ro
ro
ro

rororo

«Klug arrangiert und spannend zu lesen.» (Die Welt)

Bevor Felicitas Mayall sich ganz der Schriftstellerei widmete, arbeitete sie als Journalistin bei der *Süddeutschen Zeitung*. Wenn sie nicht gerade in Italien für ihre Geschichten recherchiert oder mit ihrem Mann Paul durch dessen australische Heimat wandert, ist sie in ihrem Haus in der Nähe von München anzutreffen. «Wolfstod» ist der vierte Fall um die sympathische Münchner Kommissarin Laura Gottberg. Außerdem lieferbar sind: «Nacht der Stachelschweine» (rororo 23615), «Wie Krähen im Nebel» (rororo 23845) und «Die Löwin aus Cinque Terre» (rororo 24044).

Felicitas Mayall

WOLFSTOD

Laura Gottberg ermittelt

Roman

Rowohlt Taschenbuch Verlag

5. Auflage November 2009

Veröffentlicht im Rowohlt Taschenbuch Verlag,
Reinbek bei Hamburg, Juli 2008

Redaktion Ulrike Kloepfer
Umschlaggestaltung any.way, Barbara Hanke / Cordula Schmidt
(Foto: Paul Mayall)
Druck und Bindung CPI – Clausen & Bosse, Leck
Printed in Germany
ISBN 978 3 499 24440 7

Für Paul

Dieser Text ist rein fiktiv. Eventuelle Ähnlichkeiten mit tatsächlichen Personen, Orten oder Ereignissen beruhen auf Zufällen und sind nicht beabsichtigt. Einige Lokale in Siena und das *Hotel Bernini* existieren allerdings tatsächlich.

Befällt mich Angst, ich müsste aus der Welt,
Bevor ich meines Geistes sel'ge Fracht
Im Worte barg, eh Buch um Buch enthält,
Gleich reichen Scheuern, reifste Frucht; wenn Nacht

In ihrem Sternenantlitz sich mir zeigt
Mit Geisterschrift aus unbekanntem Land,
Und ich bedenk, dass sich mein Leben neigt,
Eh ich sie schrieb mit magisch freier Hand;

Und wenn ich spüre, liebliche Gestalt,
Dass nimmermehr mein Auge dich umfasst,
Ich nie mehr koste holdeste Gewalt
Einsamster Liebe, – steh ich, stiller Gast,
Am Strand der Welt allein und grüble lang,
Bis Ruhm und Liebe in ein Nichts versank.

John Keats

ICH HÄTTE vor dreißig Jahren sterben sollen, dachte Giorgio Altlander. Das wäre der richtige Moment gewesen. Auf dem Höhepunkt. Drei, vier ungewöhnliche Bücher mit internationalem Erfolg, eingereiht in die Ruhmeshalle der jungen Genies, die nur kurz die Erde berühren und schon wieder davon sind – wie Botschafter einer anderen Welt … Aliens oder Engel mit dunklen Schwingen. Wie Lord Byron, Shelley, Keats, die jungen Engländer, wie ich selbst einst auf der Flucht vor Spießern und Moralaposteln, vor dem ganzen Elend des normalen Lebens.

Jetzt war er vierundsechzig, seine Bücher verkauften sich noch immer gut, aber die Kritiken hatten einen hämischen Unterton, und er wusste selbst, dass er nie mehr die Originalität seiner frühen Werke erreicht hatte. Sein Taufname Wolf stünde ihm eigentlich besser an als sein selbst gewählter Vorname Giorgio (Lord Byron hieß George), der ihm heute beinahe lächerlich erschien. Manchmal fühlte er sich wie ein zahnloser räudiger Wolf, der das Jagen verlernt hat.

Er stützte die Hände auf seinen Schreibtisch, stand langsam auf. Süßlicher Duft drang durch das offene Fenster seines Arbeitszimmers. Draußen blühte ganz Italien. Auch etwas, das er immer schlechter ertrug. Lieblichkeit hatte ihm noch nie entsprochen. Aus diesem Grunde hatte er dieses Haus südlich von Siena gewählt. Es lag inmitten der

Crete, jener klaren und kargen Landschaft, die das Skelett der Toskana bloßlegte, ihre wahre Natur. Altlander verzog das Gesicht – Wölfe scharrten nach Knochen, war es nicht so? Die Crete jedenfalls waren nie lieblich, schmückten sich nur manchmal mit Sonnenblumenfeldern oder hellem Grün keimenden Getreides.

Er mochte am liebsten nackte Felder, tiefbraune Erde hügelauf, hügelab, die Struktur der Erdklumpen und weißen Erosionsknochen. Klarheit. Zumindest außen. In seinem Inneren wechselten Klarheit und Verwirrung ständig ab. Trocken auflachend trat er ans Fenster. Ein letzter lilaroter Schimmer der untergegangenen Sonne hing über der Landschaft. Die Schirmpinie auf dem Hügel gegenüber zeichnete sich schwarz gegen den Himmel ab. Irgendwo blökten Schafe. Der Duft des Frühsommers erschien ihm wie aufdringliches Parfüm, ähnelte dem Duft, den Enzo ausströmte, wenn er nach Siena oder Florenz fuhr, um Freunde zu besuchen. Altlander hasste Parfüm und Enzos Freunde. Er hasste es, wenn Enzo sich rausputzte wie eine Nutte. Aber auch das nahm er hin, wie den Frühsommer, es bot immerhin Munition für ihre Auseinandersetzungen.

Jetzt erst bemerkte er die Gestalt seines Noch-Lebensgefährten. Enzo lehnte an der Mauer, die den Garten einfasste. Wie eine winzige blaue Nebelwolke stieg der Rauch seiner Zigarette auf. Er schaute ins Land hinaus, als genieße er den Sonnenuntergang. Doch die Art, wie er rauchte, hatte etwas Heftiges, Rastloses.

Wieder lachte Altlander bitter auf. Lautlos diesmal. Sie hatten sich beim Mittagessen gestritten. Worüber? Über irgendeine von Enzos vielen Nachlässigkeiten. Er konnte sich nicht einmal mehr genau erinnern, über welche. Doch, ja, jetzt fiel es ihm wieder ein. Enzo hatte grünen Paprika in den Salat gemischt, obwohl er genau wusste, dass Altlander grünen Paprika nicht vertrug. Solche Dinge machte Enzo in letzter Zeit häufiger. Mit den Gurken war es ähnlich – Enzo schälte sie und ließ sie einen halben Tag liegen, ehe er sie als Salat servierte. Altlander wurde schon beim Geruch übel. Es lag System in Enzos Nachlässigkeiten – die kleinen Anschläge auf Altlanders Magen und Galle wurden von den Köstlichkeiten Enzos übriger Kochkunst aufgehoben, wirkten wie wunderliche Ausrutscher, möglicherweise von der Haushälterin verschuldet, die am Salat herumgebessert hatte. Jedenfalls stellte Enzo es so dar.

Altlander fiel auf solche Ausreden nicht herein, kannte Menschen und insbesondere Enzo zu gut. Die neue Ausdruckslosigkeit in Enzos Augen war ihm nicht entgangen, die Gleichgültigkeit, manchmal sogar Unaufrichtigkeit seiner Gesten. Altlander wusste, dass ihre Beziehung sich dem Ende zuneigte – fast schon vorüber war. Er begehrte Enzo nicht mehr, obwohl er noch immer die Erscheinung des jungen Italieners bewunderte, seine Art, sich zu bewegen, diesen lässigen leichten Schritt, die Geste, mit der er seine dichten dunkelbraunen Haare zurückstrich und halb verlegen, halb provozierend lächelte. Begehren war von einer halbwegs angenehmen Vertrautheit abgelöst worden. Noch nicht lange, ein paar Monate erst. Altlander war zu erfahren, um dieser Entwicklung zu trauen, war sicher, dass Enzo sich bereits nach einem neuen Partner umschaute, vielleicht schon einen gefunden hatte. Seine Ausflüge nach Florenz und Siena häuften sich in letzter Zeit. Enzo würde sich nicht damit begnügen, einen alternden Schriftsteller zu bekochen und dessen Launen über sich ergehen zu lassen.

Altlander wusste, dass er launisch war und andere verletzte, er stand dazu. Es war Teil seiner Persönlichkeit, nicht nur Pose. Obwohl ... das natürlich auch: der sarkastische Weltflüchtige, der gnadenlose Berichterstatter menschlicher Einfalt. Sehr bewusst zielte er auf die Schwachstellen seiner Mitmenschen, konnte seinerseits gut einstecken. Wobei er allerdings selten Ebenbürtige fand.

Vor ein paar Jahren noch hätte er Enzo seine kleine Stadtwohnung in Florenz überlassen und sich von ihm verabschiedet, um wieder auf die Pirsch zu gehen. Doch jetzt hielt er an dem jungen Mann fest wie noch nie zuvor an einem Geliebten, konnte sich kaum vorstellen, ohne ihn zu leben.

Vermutlich lag es am Alter. Seit einiger Zeit hatte er einen regelrechten Widerwillen dagegen, etwas in seiner Umgebung zu verändern. Er verfiel beinahe in Panik, wenn er sich vorstellte, dass er sich an eine neue Haushälterin gewöhnen sollte. Und wer würde für ihn kochen, wenn Enzo ginge? Wer die kleinen Feste organisieren, die er hin und wieder für ausgewählte deutsche und italienische Nachbarn und Kollegen zu geben pflegte? Wer die italienische Bürokratie bändigen, Arzttermine vereinbaren, Reisen planen – nach beinahe sechs Jahren, oder waren es schon sieben?

Draußen brach inzwischen die Nacht herein. Enzos Gestalt verschmolz mit der Mauer und dem Stamm einer Zypresse. Einzig das winzige glühende Ende seiner zweiten Zigarette verriet, dass er noch da war. Altlander bewegte sich nicht, stand im Dunkeln am Fenster, hoffte, dass Enzo ihn nicht bemerken würde. Vor wenigen Monaten noch hätte er ihn angesprochen oder wäre zu ihm hinuntergegangen, um gemeinsam mit ihm über die weiten Hügel zu schauen, das magische Leuchten der hereinbrechenden Nacht zu bewundern, gemeinsam zu rauchen.

Vielleicht hätten ihre Schultern sich berührt, beinahe zufällig. Altlander liebte es, Erotik zu zelebrieren, den winzigen Funken zu einer Flamme werden zu lassen, die für kurze Zeit alles verzehrte und auslöschte. Aus diesem Grund hatte Enzo auch nie im Haupthaus gewohnt, sondern immer in einem höchst luxuriösen Appartement im Gästehaus. Über dieses Arrangement hatte es zwischen ihnen nie Streit gegeben. So war Enzo frei, und Altlander konnte seine Eigenheiten leben. Er verabscheute eheähnliche Verhältnisse zwischen Homosexuellen, fühlte sich auf seltsame Weise eher mit seiner Freundin Elsa verheiratet als mit Enzo oder einem der Vorgänger. Mit Elsa sprach er über seine Arbeit und gleichzeitig über ihre.

Elsa Michelangeli war Malerin und fast so alt wie er selbst. Ihre riesigen Landschaftsgemälde zeigten genau die Seite der Toskana, die seinen inneren Bildern entsprach: dunkle Hügel, Erosionswunden, Schlachtfelder der Geschichte. Bei Elsa waren die Sonnenblumen schwarz, die einsamen Häuser auf den Bergkuppen verlassen.

Unten an der Mauer bewegte sich Enzos Schattengestalt. Leises Husten drang zum Fenster herauf, dann knirschte Kies unter leichten Schritten. Enzo ging zum Gästehaus hinüber. Kurz darauf leuchteten die Fenster im ersten Stock auf. Erleichtert trat Altlander einen Schritt zurück, zog den Vorhang zu, knipste die Schreibtischlampe an. Er wunderte sich, dass Enzo an diesem Samstagabend noch zu Hause war. Halb absichtlich streifte seine Hand die Maus des Laptops, der Bildschirm leuchtete auf, zeigte die knappe Seite, die er am Nachmittag geschrieben hatte.

Es ging zu langsam. Er quälte sich mit jedem Satz, jedem Wort, obwohl sein Werk beinahe vollendet war. Karg sollte die Sprache sein, klar wie die Landschaft der Crete oder der karstigen Berge Griechenlands, wo Lord Byron für die Freiheit gekämpft hatte. Und doch gewaltig wie die Stürme des Mittelmeers, die einst den jungen Dichterengel Shelley verschlungen hatten.

Es war Altlanders letzter Versuch, an die Kraft seiner früheren Werke anzuschließen. Das Schreiben bereitete ihm inzwischen körperliche Schmerzen, die eigentlich geistige waren. Mit kleinen Dosen von Lachgas hielt er sie in Grenzen – mit jener Dosis, die ihn in einen leicht euphorischen Zustand versetzte. Dabei kam es auf die genau richtige Menge an, eine Sache der Erfahrung, an der es ihm nicht mangelte. Schon lange schrieb er mit Lachgas. Niemand außer Enzo und Elsa wussten davon. Er fand, dass es zu ihm passte – eine Droge, die seiner Weltsicht entsprach, seinem Sarkasmus. Außerdem war es billig. Altlander hatte nie verstanden, warum Menschen ein Vermögen für Kokain oder irgendwelche modischen Pillen ausgaben. Langsam ließ er sich in seinen Sessel fallen und griff nach der Atemmaske, lauschte kurz auf, als er Enzos Wagen fortfahren hörte, fühlte sich auf schmerzhafte Weise verlassen.

Er hatte es gesehen, trotzdem war er sich plötzlich nicht mehr sicher. Außerdem war er zu schnell gewesen, weil der Weg auf einmal in eine schmale Teerstraße mündete und sein Rennrad ganz von selbst beschleunigte. Commissario Guerrini hielt an und wischte sich den Schweiß von der Stirn. Die Sonnenblumen im Feld nebenan blühten so heftig, dass die Luft unangenehm süß roch. Langsam wendete er sein Rad, stieg wieder auf und fuhr den Weg zurück, den er gerade gekommen war.

Wie war das gewesen? Er hatte die alten Olivenbäume und Zypressen hinter dem schmiedeeisernen Zaun bewundert, und dabei waren ihm diese kleinen Leute aufgefallen. Chinesen, hatte sein Verstand gesagt. Blödsinn, hatte Guerrini ihm geantwortet. Aber sein Verstand hatte darauf bestanden. Zum Glück war der Hügel steil, der zu dem vornehmen Anwesen hinaufführte. Deshalb konnte er sehr langsam fahren, endlich absteigen. Die Villa – Renaissance, schätzte der Commissario – lag halb verborgen hinter mächtigen Zedern. Der Park rundherum wirkte sehr gepflegt. Und da waren sie wieder! Es gab keinen Zweifel. Der Park war voller Chinesen. Chinesen, die Kieswege kehrten, die Unkraut zupften, Chinesen, die Rasen mähten und Blumen gossen.

Guerrini blieb stehen. Die Chinesen hörten auf zu arbeiten und schauten zu ihm herüber. Guerrini schob sein Rad weiter den Hügel hinauf und blickte in die andere Richtung, sah zwei Reiter am Rand des Sonnenblumenfelds, eine sanfte weiße Wolke am Himmel und hielt die Chinesen noch immer für eine Halluzination. Immerhin hatte er an diesem Sonntagnachmittag eine Strecke von dreißig Kilometern zurückgelegt, immer rauf und runter. Er fühlte sich erschöpft, spürte den gerade verheilten Bruch seines Schienbeins, den er sich beim Kampf mit einer jungen Hexe in den Cinque Terre zugezogen hatte.

Wieder hielt er an, nahm seine Wasserflasche vom Rad und setzte sie an die Lippen. Auf diese Weise konnte er sich ziemlich unauffällig wieder dem seltsamen Park zuwenden. Jetzt waren die Chinesen verschwunden. Jedenfalls die meisten. Nur zwei Frauen zupften noch immer mit gesenkten Köpfen in einem Rosenbeet herum.

Interessant, dachte Guerrini, steckte seine Wasserflasche wieder weg und ging langsam weiter, bis er zu einem protzigen schmiedeeisernen Tor kam, das von zwei Kameras überwacht wurde. Es erübrigte sich, nach einem Namensschild zu suchen. Pforten dieser Art trugen keine Namensschilder. Immerhin gab es eine Nummer: Borgo Ecclesia 23. Er würde keine Mühe haben herauszufinden, wer sich hinter dieser Adresse als Freund chinesischer Immigranten betätigte.

Als er sich wieder auf sein Rad schwingen wollte, trabten die beiden Reiter so nah an ihm vorbei, dass er ausweichen musste. Einer der beiden, eine blonde Frau mittleren Alters, deren Kleidung und Stiefel mindestens von Armani sein mussten, musterte ihn mit einem jener Blicke, die andere schrumpfen lassen, sie zu Würmern im Staub verwandeln. Und obwohl Guerrini sich eigentlich ziemlich widerstandsfähig gegenüber der Arroganz einer bestimmten Klasse fühlte, war er sich doch augenblicklich seines verschwitzten Körpers bewusst, des lächerlichen Fahrradhelms und seiner nackten behaarten Beine.

Er ärgerte sich, obwohl er sich nicht ärgern wollte. Ärgerte sich über die Reichenghettos, die sich auf den Hügeln rund um Siena ausgebreitet hatten, über sich selbst, weil er auf den Blick der eingebildeten Signora reagiert hatte, und außerdem darüber, dass er zu weit geradelt war, denn er brauchte noch eine Dreiviertelstunde bis nach Siena.

Doch wenigstens war es angenehm kühl in seiner schmalen Gasse mit den hohen Häusern, die gerade so weit von der Piazza di Campo entfernt war, dass die Touristenströme in der Ferne vorüberzogen. Guerrinis Wohnung lag ganz oben, im vierten Stock, ohne Lift. Auch das ärgerte ihn an diesem Abend, denn er war müde, und sein Bein schmerzte.

Unten waren die Mauern feucht, und es roch muffig. Guerrini stellte sein Rad in den winzigen Hinterhof und sicherte es mit einer dicken Kette. Auf der Mauer saß eine dürre rot-weiße Katze und betrachtete ihn mit ähnlich kalten Augen wie die Reiterin in Borgo Ecclesia. Es war eine fremde Katze. Guerrini kannte alle Katzen seiner Hinterhöfe. Er mochte diese Katzen, stellte ihnen regelmäßig Futter und Wasser hin. Aber diese Katze mochte er nicht! Deshalb hob er drohend seinen Arm und trat näher an die Mauer heran. Die Katze schnellte auf alle vier Beine, machte einen Buckel und verschwand lautlos.

Ein kleiner Sieg, immerhin, dachte Guerrini und lächelte über sich selbst. Trotzdem verfluchte er gleich darauf die vielen Stufen bis zu seiner Wohnung, aber oben war er froh, denn er konnte von der Küche den Dom sehen und von seiner winzigen Dachterrasse die Torre di Mangia, die gerade von der untergehenden Sonne in rotes Licht getaucht wurde.

Guerrini schenkte sich ein Glas Weißwein ein, hatte genug von all dem Wassertrinken während seiner Radtour und fragte sich, ob er nicht allmählich zu alt sei für solchen Unsinn. Wie oft war er an diesem Nachmittag von Pulks wild strampelnder Anwärter auf den Giro d'Italia überholt worden. Radfahren hatte in Italien die Form eines Massenwahns angenommen.

Er schlürfte den kühlen Wein, griff dann nach dem Telefon und wählte die Nummer der Questura.

«*Questura, pronto!*»

«Guerrini. Ist Sergente Tommasini in der Nähe? Er hat doch Dienst, oder?»

«Ja, Commissario. Er ist da.»

«Dann hol ihn. Wer spricht da überhaupt?»

«D'Annunzio, Commissario.»

«Du musst deinen Namen nennen, wenn du dich meldest. Du kannst nicht einfach ‹*Questura, pronto*› sagen.»

«Entschuldigung, Commissario.»

«Schon in Ordnung. War nur ein Hinweis. Du hast ja gerade erst angefangen. Also, wo ist Tommasini?»

«Der Sergente Tommasini … ich glaube, Commissario, er ist gerade auf der Toilette.»

Guerrini lachte los.

«Dann sag ihm, er soll sich beeilen und mich sofort zu Hause anrufen. Verstanden?»

«Ja, Commissario!»

Guerrini zog seine klebrige Radlerkleidung aus und schlüpfte in einen Bademantel. Auf seiner Dachterrasse wartete er auf den Anruf des Kollegen, nippte am Wein und ärgerte sich noch immer über das Ende seines Ausflugs. Gleichzeitig wunderte er sich, denn der Anlass seines Ärgers war eigentlich nichtig gewesen. Was kümmerte ihn diese Unbekannte hoch zu Ross! Es war etwas anderes. Irgendetwas an dem Gesamtszenario in Borgo Ecclesia stimmte nicht. Die Chinesen und der kalte Blick. Eine merkwürdige Kombination.

Guerrini ließ sich in einen der Korbsessel fallen und legte beide Beine auf die Terrassenbrüstung. Kreischende Mauersegler umkreisten die Torre di Mangia, obwohl es schon beinahe dunkel war. Tagfledermäuse nannte Laura die schwarzen Vögel. Laura, die Ferne. Nur einmal hatte sie neben ihm auf dieser Terrasse gesessen. Auch sie schien ihm wie eine Halluzination. Er war heute in der Stimmung, das ganze Leben für ein Vexierbild zu halten.

Als das Telefon klingelte, schreckte Guerrini auf, denn er war fast eingenickt.

«Commissario? Hier Tommasini.»

«Na endlich. Warst du wirklich so lange auf dem Klo?»

«Entschuldigen Sie, Commissario. Was meinen Sie?»

«Du musst den jungen Mann ein bisschen erziehen, Tommasini. Er sollte nicht verraten, wo sich die Mitarbeiter der Questura gerade aufhalten.»

«Hat d'Annunzio?»

«Er hat. Aber reiß ihm deshalb nicht den Kopf ab. Setz dich lieber an den Computer und finde heraus, wer in Borgo Ecclesia 23 wohnt.»

«Gibt es einen bestimmten Grund?»

«Es könnte einen geben. Im Augenblick interessiert es mich einfach. Gibt eine Menge Chinesen da oben, die ganz plötzlich verschwinden, wenn man sie ansieht.»

«Wie bitte?»

«Ich erkläre dir das später, Tommasini.»

Guerrini leerte sein Weinglas in einem Zug, fühlte sich beinahe augenblicklich leicht beschwipst, dabei fiel ihm ein, dass er seit seinem kargen Radlerimbiss am Mittag nichts mehr gegessen hatte. Doch es war ein angenehmer Zustand, und er beschloss, diesen noch zu verstärken, indem er eine warme Dusche nahm. Erst danach wollte er sich dem Thema Hunger zuwenden.

Natürlich rief Tommasini wieder an, als Guerrini sich gerade eingeseift hatte. Diesmal ärgerte der Commissario sich aber nicht, sondern lächelte nur über die Misslichkeiten des Lebens, selbst dann noch, als der Telefonhörer ihm aus der Hand glitschte und er ihn gerade noch auffangen konnte.

«*Pronto!*»

«*Commissario?*»

«Ja, natürlich!»

«Er heißt Paolo Montelli und …»

«Sag das nochmal!»

«Er heißt Paolo Montelli.»

«Wann und wo wurde er geboren, wo ging er zur Schule?»

«Augenblick, Commissario. Ich werde mich darum kümmern. Bisher habe ich nur herausgefunden, dass er eine Textilfabrik in Prato besitzt und das Anwesen in Borgo Ecclesia vor zwei Jahren gekauft hat.»

«Sonst spuckt der Computer nichts aus?»

«Nein, Commissario.»

«Na gut, ich warte.»

Guerrini wischte mit einem Handtuch den Schaum vom Telefon und legte es auf den Rand des Waschbeckens. Während der warme Regen seiner Dusche erneut auf ihn herabprasselte, versuchte er, die Renaissancevilla, die Chinesen und den Namen Paolo Montelli in Verbindung zu bringen. Es musste sich um einen anderen Paolo Montelli handeln als denjenigen, der mit ihm zur Schule gegangen war. Vermutlich existierten Hunderte Paolo Montellis in Italien. Sein Paolo Montelli war ein kleiner Revolutionär gewesen, immer vorneweg, wenn jemand die rote Fahne schwenkte, und voll Verachtung für alle Ausbeuter und Kapitalisten. Gemeinsam hatten sie geschworen, dieses Land zu verändern, eine gerechte Gesellschaft zu schaffen. *Avanti popolo!*

Eigentlich hatte Guerrini in den letzten Jahren die Fernsehberichte über Demonstrationen gegen die Globalisierung vor allem deshalb genau angesehen, weil er sicher war, dass Paolo Montelli irgendwann in der ersten Reihe auftauchen würde. Dabei hatte er keine Ahnung, wie sein ehemaliger Schulkamerad heute aussah. Er war ihm abhandengekommen, wie es manchmal mit Menschen passiert.

Sorgfältig hüllte Guerrini sich in ein großes Handtuch, ging zum Kühlschrank und füllte sein Weinglas ein zweites Mal. Nein, der Textilunternehmer aus Prato konnte nicht sein Schulkamerad Montelli sein, obwohl … er hatte in den letzten Jahren verdammt viele Leute die Fronten wechseln sehen. Auch er selbst arbeitete für diesen Staat – sorgte für Ordnung. Für welche? Den Saustall der großen Verbrecher durfte man bestenfalls an der Oberfläche ein wenig glätten. Guerrinis Ärger kehrte zurück, machte seinen Magen sauer. Er musste unbedingt etwas essen.

Im Kühlschrank fand er noch eine Schüssel mit *insalata di mare*, die sein Vater zubereitet hatte, außerdem weiße Bohnen in Olivenöl und Knoblauch und ein Stück Pecorino. Er trug alles auf die Dachterrasse hinaus. Das Brot war nicht mehr frisch, ging aber gerade noch.

Nur mit T-Shirt und Unterhose bekleidet, setzte er sich endlich und begann zu essen. Eigentlich liebte er diese Abende über der Stadt, das unwirkliche Nachtblau des Himmels, die angestrahlten Gebäude und das ununterbrochene Hörspiel: Irgendwo lachte eine Frau, ein Kind weinte und wurde getröstet, verschlafene Tauben gurrten, jetzt gab es links einen kurzen Streit, rechts wurde ein Radio laut aufgedreht, und jemand protestierte dagegen, eine Vespa knatterte tief unten durch die Gasse, blechernes Hupen hallte zwischen den Häusern wider. Über all diesen Geräuschen lag das Stimmengesumm, das von der Piazza di Campo herüberkam und an einen fernen Bienenschwarm erinnerte.

Es stimmte alles an diesem Abend, sogar das Resteessen war nicht übel. Trotzdem fühlte Guerrini sich unzufrieden und ärgerlich. Sein Ärger schloss sogar Laura Gottberg ein, einfach weil sie nicht da war. Wenn sie da gewesen wäre, hätte er nicht wie ein Idiot auf einem Rennrad durch die toskanischen Hügel keuchen müssen. Schon deshalb, weil sie nicht gern mit dem Rad fuhr. Sie ging lieber zu Fuß. Radfahren sei zu schnell, behauptete sie, man könne nichts sehen, keine Einzelheiten wahrnehmen. Die Sache mit den Chinesen bewies, dass sie recht hatte. Er war so schnell an ihnen vorübergerast, dass er sie für Einbildung gehalten hatte. Guerrini konnte Laura genau vor sich sehen, wenn er ihr diese Geschichte erzählte. Sie würde den Kopf in den Nacken legen und laut lachen.

Ungeduldig tunkte er ein Stück Weißbrot in das Olivenöl, das am Grund der Schüssel zurückgeblieben war. Was er brauchte, um Laura nach Siena zu holen, war ein länderübergreifender Fall. Es müsste eines der prominenteren Mitglieder der deutschen Toskana-Fraktion treffen, möglichst aus München. Und der Fall müsste kompliziert sein, dann könnte Laura eine Weile in Siena bleiben, um Ermittlungshilfe zu leisten.

«Den Mord müsstest du schon selbst begehen!», sagte er laut. Selbstgespräche hatte er auch satt. Und Telefongespräche.

Natürlich klingelte das verdammte Ding genau in diesem Augenblick. Und es war nicht Laura, wie Guerrini gehofft hatte, sondern Sergente Tommasini.

«Wir hatten gerade einen Anruf, Commissario. Eine Frau. Sie sagte, dass sie einen Freund tot aufgefunden habe. In einem Landhaus zwischen Asciano und Monteroni. Sie meint, dass er ermordet wurde. Soll ich Sie abholen, Commissario? Tut mir leid, wenn ich Ihren Sonntagabend störe.»

«Ist es ein Deutscher?»

«Was?»

«Ist der Tote ein Deutscher?»

«Keine Ahnung, Commissario. Weshalb sollte er denn Deutscher sein?»

«Warum denn nicht? Wem gehören denn die meisten Landhäuser in den Crete, eh?»

«Ich weiß nicht, Commissario.» Tommasinis Stimme klang befremdet. «Haben Sie was gegen Deutsche?»

«Im Gegenteil! Also hol mich ab und schick die Spurensicherung los. Den neuen Doktor und den Staatsanwalt, wenn du ihn erwischst, was ich bezweifle.»

«Bin schon auf dem Weg!»

Irgendwie war Guerrini plötzlich nicht mehr schlechter Laune. Er befand sich in einer seltsamen Stimmung – schwankend zwischen Dankbarkeit und Schuldgefühlen. Falls es sich tatsächlich um einen Deutschen handeln sollte, schuldete er der Madonna eine Menge Kerzen. Für die Seele des Verstorbenen und aus Dankbarkeit. Jedenfalls würde Laura das sagen.

Es dauerte ziemlich lange, ehe Tommasini in der Dunkelheit das Anwesen mit dem seltsamen Namen *Wasteland* gefunden hatte. Zwanzig Minuten lang schimpfte er auf den maroden Staat, der es nicht einmal fertigbrachte, die Einsatzwagen mit GPS-Systemen auszurüsten.

«Sie müssen wissen, Commissario, dass eine wunderbare Frauenstimme uns sagen würde, wo wir abbiegen müssen und ob es noch einhundert oder zweihundert Meter sind. Und dann wären wir da, wie durch Zauberei.»

«Jetzt sind wir auch da!»

«Aber wir wären schon vor einer halben Stunde da gewesen, Commissario!»

«Mag sein. Aber es ist doch eine ziemliche Leistung, dass wir trotzdem hier sind. Aufgrund unserer Intelligenz, Tommasini. Nicht deshalb, weil ein blöder Computer uns hergeleitet hat.»

Guerrini konnte in der Dunkelheit den Blick nicht sehen, den der Sergente ihm zuwarf.

Das große alte Bauernhaus strahlte in die Nacht hinaus. Alle Fenster waren erleuchtet, Zypressen warfen lange scharfe Schatten. Ein Hund bellte. Dicht nebeneinander parkten mindestens sechs Autos unter alten Olivenbäumen, deren wulstig verknotete Äste etwas Verzweifeltes an sich hatten. Ihr Anblick irritierte Guerrini, aber vielleicht lag es ja nur an der Beleuchtung.

«Wahrscheinlich ist er Engländer!», sagte Tommasini, als er neben dem Commissario auf das Haus zuging. «Von denen gibt es in dieser Gegend auch ein paar. *Wasteland* klingt englisch, finden Sie nicht?»

«Sehr englisch», erwiderte Guerrini zerstreut, und er dachte, dass er sein Anwesen – so er denn jemals eines hätte – nicht *Wasteland* nennen würde. Es erinnerte ihn auf unangenehme Weise an die innere Wüste, die sich über die Jahre in ihm ausgebreitet hatte und auch heute noch hin und wieder ein paar Wanderdünen in sein Leben schickte. Plötzlich wurde er neugierig auf den Besitzer dieses einsamen Hauses, betrat aufmerksam die Eingangshalle, nickte dem jungen Carabiniere zu, der hier Wache hielt und Guerrinis Gruß militärisch erwiderte. Wieso waren Carabinieri hier? Hatte die unbekannte Frau denn alle alarmiert? Die Halle war hoch, rohe Balken zogen sich an der Decke entlang. Es gab einen großen offenen Kamin, darüber hing ein gewaltiges Gemälde, das in Guerrini ein höchst unangenehmes Gefühl auslöste. Die Erinnerung an schlechte Träume, Angst und wieder Wüste. Das Bild zeigte eine menschliche Gestalt, wurmartig verkrümmt auf einer Art Liegestuhl in einem leeren Zimmer, das mit rötlichen Farbstrichen auf die Leinwand geworfen war, die an Blutspritzer erinnerten.

«Ekelhaft!», murmelte Tommasini neben ihm und verzog angewidert das Gesicht.

Ja, ekelhaft, dachte auch Guerrini, und gleichzeitig fiel ihm ein, dass dieses Gemälde vom Meister des menschlichen Selbstekels stammen musste: von Francis Bacon. Er trat näher heran, stellte sich auf die Zehenspitzen und berührte behutsam die Leinwand. Sie war echt. Falls dies wirklich ein Original war, dann musste der Bewohner von *Wasteland* ziemlich vermögend sein und sein Mörder nicht an Kunstwerken interessiert oder zu blöd, ihren Wert zu kennen.

«Der Tote liegt oben!», sagte der Carabiniere und wies auf die Treppe rechts vom Kamin.

«Danke», nickte Guerrini, wandte sich nach links und drückte langsam die angelehnte Tür auf. Dahinter öffnete sich eine wunderbare alte Küche, deren Mitte ein riesiger Herd beherrschte, Pfannen und Kochgeräte hingen an den Wänden, auf der Anrichte standen große Tonschüsseln, quollen über vor Tomaten, Zucchini, roten Zwiebeln, Stangensellerie. Es roch nach frischem Basilikum. Die neuzeitlichen Küchenhelfer waren geschickt integriert – eine Kaffeemaschine, ein großer Kühlschrank, ein Gasherd und eine Spülmaschine.

In einer Ecke des großen Raums stand ein antiker Esstisch, und dort saß, den Kopf in beide Hände gestützt, eine

Frau. Sie blickte erst auf, als Guerrini sich räusperte. Ihm fiel auf, dass sie sehr große dunkle Augen hatte und beinahe weißes Haar, das in der Mitte gescheitelt und im Nacken zu einem Knoten geschlungen war. Um die Schultern trug sie ein rotes Wolltuch.

«Buona sera, signora», sagte Guerrini leise. «Haben Sie in der Questura angerufen?»

Die Frau nickte.

«Man hat mir gesagt, dass ich hier unten warten soll, bis sie oben mit ihm fertig sind.»

Guerrini hatte jetzt den Tisch erreicht. Die Frau war eine Schönheit, ihre Züge geradezu klassisch. Etwas Würdevolles ging von ihr aus, und instinktiv deutete Guerrini eine leichte Verbeugung an.

«Commissario Guerrini.»

«Elsa Michelangeli», erwiderte sie heiser. «Ich bin eine Freundin des Toten.»

«Es tut mir leid, Signora. Ich meine, der Tod Ihres Freundes.»

«Tatsächlich?» Ein seltsames Lächeln huschte über ihr Gesicht. «Geben Sie sich keine Mühe, Commissario. Weshalb sollte es Ihnen leidtun?»

«Nun, Sie haben einen Freund verloren, nicht wahr? Darf ich mich setzen?»

Sie nickte.

«Im Augenblick weiß ich noch gar nichts, Signora. Ich habe noch nicht einmal den Toten gesehen. Vielleicht können Sie mir ein wenig erzählen … wer er ist, wie Sie ihn gefunden haben und warum Sie glauben, dass er ermordet wurde.»

Tommasini räusperte sich an der Küchentür.

«Commissario …»

«Geh schon vor. Ich möchte mich kurz mit der Signora unterhalten.»

«Wie Sie meinen, Commissario.»

Tommasini verschwand, und wieder huschte ein Lächeln über Elsa Michelangelis Gesicht.

«Ich komme mir im Augenblick vor wie in einem Kriminaltheaterstück. Giorgio hätte seine Freude daran, wenn er noch am Leben wäre.»

«Giorgio?»

«Ja. Giorgio Altlander. Ihm gehört dieses Haus. Er ist … er war Schriftsteller. Ein ziemlich bekannter sogar.»

Dunkel erinnerte sich Guerrini, dass er den Namen schon einmal gehört hatte, konnte ihn aber nicht genau einordnen. *Wasteland*, dachte er, und Francis Bacon. Vielleicht ist er wirklich Engländer.

«Er ist Deutscher.»

Der Madonna sei Dank, dachte Guerrini und räusperte sich, um seine unangebrachte Freude zu verbergen.

«Warum *Wasteland*?», fragte er schnell.

«Es war seine Art, das Leben zu sehen.»

«Ihre auch?»

«Manchmal, nicht immer.» Sie hielt seinem Blick stand, und er war von ihrem Selbstbewusstsein beeindruckt.

«Wohnen Sie ebenfalls in diesem Haus, Signora?»

«Nein.»

«Wo wohnen Sie?»

«Auf einem der anderen Hügel.»

«Und weshalb sind Sie heute Abend hierhergekommen?»

«Es ist wirklich wie in einem Theaterstück, nicht wahr? Vielleicht sogar wie in einem dieser Fernsehkrimis, die ich allerdings nicht besonders häufig sehe. Warten Sie, Commissario, Sie haben mir gerade mein Stichwort gegeben: Ich bin heute hier vorbeigekommen, weil ich ungefähr jeden zweiten Abend ein Glas Wein mit Giorgio trinke und manchmal auch mit ihm und Enzo esse.»

«Mein Stichwort, Signora: Wer ist Enzo?»

«Giorgios Liebhaber.»

«Oh.»

«Er war homosexuell, wenn Sie das mit Ihrem ‹Oh› andeuten wollten.»

Guerrini beschloss, den Dialog zu verändern. Er war ihm zu distanziert.

«Sind Sie immer so gefasst, wenn Sie einen engen Freund verlieren, Signora?»

Plötzlich schloss sie die Augen und senkte den Kopf.

«Ich bin nicht gefasst, Commissario», flüsterte sie nach einer Weile. «Ich versuche nur, so zu tun. Wenn es ein Theaterstück ist, dann kann ich es besser ertragen. Bitte lassen Sie uns weiterspielen. Sie müssen jetzt fragen, wie ich ihn gefunden habe.»

Sie faltete ihre Hände, berührte ihre Lippen mit den Fingerspitzen. Guerrini beobachtete sie gespannt und stellte die gewünschte Frage.

«Ich kam gegen halb neun. Enzos Wagen war nicht da. Ich ging ins Haus und rief nach Giorgio. Als er nicht antwortete, suchte ich ihn in seinem Arbeitszimmer im ersten Stock. Manchmal hört er nicht, weil er so sehr in seine Arbeit vertieft ist …» Elsa Michelangeli machte eine vage Handbewegung. «Er saß zurückgelehnt in seinem Sessel, seine Arme hingen rechts und links herab. Er hatte die Atemmaske vor dem Gesicht …»

«Welche Atemmaske?»

«Giorgio benutzte Lachgas, um seine Schmerzen zu bekämpfen. Er litt seit Jahren an chronischen Schmerzen.» Ihr Blick wanderte zum Fenster, und Guerrini hatte das Gefühl, dass sie ihn gerade angelogen hatte. Jetzt sah sie ihn wieder an, ihre Züge waren ein wenig verzerrt, als bemühe sie sich verzweifelt um Selbstbeherrschung.

«Wo bleibt Ihr Stichwort, Commissario?»

«Woraus schließen Sie, dass Signor Altlander ermordet wurde?»

«Ich weiß es einfach.»

«Commissario!»

«Was ist denn schon wieder, Tommasini?»

«Der Doktor will mit Ihnen sprechen, und der Staatsanwalt kommt in fünf Minuten. Sie sollten sich den Toten ansehen, ehe der Staatsanwalt eintrifft.»

Elsa Michelangeli presste die Lippen zusammen und nickte.

«Ende des ersten Aktes», sagte sie.

Guerrini wusste nicht, was er antworten sollte.

In ihren weißen Schutzanzügen erschienen die Kollegen von der Spurensicherung Guerrini jedes Mal wie ein Entseuchungstrupp. In jeder Ecke des schönen Raums wuselten sie herum, zwei waren damit beschäftigt, jeden Gegenstand auf dem riesigen Schreibtisch nach Fingerabdrücken zu untersuchen. Einer kniete neben zwei Gasflaschen, ein anderer leerte gerade den Inhalt des Papierkorbs in einen Plastiksack.

Guerrini kniff die Augen ein wenig zusammen und ließ die Atmosphäre dieses Arbeitszimmers auf sich wirken. Es hatte die Farben der Erde, dunkelbraun, sienarot, ocker. Bücherregale bis zur Decke, eine dunkelrote Ledercouch, großflächige Landschaftsgemälde, sonst nur der Schreibtisch. Mehr gab es nicht in diesem Raum, der vermutlich größer war als Guerrinis Wohnung in Siena. Wieder griff die Leere nach Guerrini. Er war ziemlich sicher, dass auch Giorgio Altlander eine innere Wüste mit sich herumgetragen hatte.

Jetzt erst nahm Guerrini den Assistenten von Professore Granelli wahr, der den alten Gerichtsmediziner immer häufiger vertreten musste, seit diesem das Rheuma heftig zusetzte. Der junge Dottor Salvia hatte zum Glück bereits eine Menge von dem alten Herrn gelernt.

«Er liegt nicht mehr ganz so da, wie wir ihn gefunden haben, Commissario», sagte Salvia. «Ich habe ihm die Atemmaske vom Gesicht nehmen müssen, um eine genauere Analyse durchführen zu können.»

Langsam ging Guerrini um den Ledersessel mit der hohen Rückenlehne herum, betrachtete den Toten erst von der Seite, dann von vorn. Giorgio Altlander saß ganz entspannt da, sein Kopf war nach hinten gefallen, der Mund stand ein wenig offen, wie es auch im Schlaf geschieht. Seine Arme und Hände hingen locker herab. Er war ein schlanker großer Mann mit scharfen asketischen Gesichtszügen. Sein Haar war dunkel und dicht. Guerrini nahm an, dass er es gefärbt hatte. Er trug ein enganliegendes schwarzes Seidenhemd mit einer dezenten Rüschenborte und dunkelblaue Jeans.

Guerrini war der Tote nicht auf Anhieb sympathisch, und ihm fiel auf, dass Altlander die Stirn runzelte, als missbillige er, was ihm zugestoßen war.

«Also, was gibt's?» Fragend schaute der Commissario zu Dottor Salvia hinüber.

«Schwieriger Fall. Kann sein, dass er einfach zu viel

Lachgas inhaliert hat … dann wäre es ein Unfall oder vielleicht Selbstmord. Kann aber auch sein, dass jemand ihn dazu gezwungen hat, das Gas einzuatmen.»

«Müsste es dann nicht Spuren eines Kampfes geben?»

«Eigentlich schon. Es könnte sein, dass der Tote eine Druckstelle am Hals aufweist. Aber um wirklich etwas sagen zu können, müssen wir die Autopsie abwarten. Ich hoffe, dass der Professore sie mit mir machen wird.»

«Wie lange ist er schon tot?»

«Mindestens zwölf Stunden. Aber ganz genau kann ich auch das erst später sagen.»

Guerrini ging langsam im Zimmer umher. Absolut nichts deutete auf einen Kampf hin – der Raum war in perfekter Ordnung. Die glasierten dunkelbraunen Bodenfliesen glänzten, die wenigen Teppiche lagen glatt da, nur rund um die Spezialisten der Spurensicherung breitete sich allmählich ein Chaos aus, das nicht hierherpasste.

«Der Schreibtisch sieht so leer aus!», sagte Guerrini zu einem vom Entseuchungstrupp.

«Ja, irgendwie schon.»

«Lagen da keine Notizen? Irgendwas, an dem er gearbeitet hat?»

«Nein, Commissario.»

«Vielleicht ist ihm nichts mehr eingefallen. Er war doch Schriftsteller, oder?» Dottor Salvia schien selbst zu spüren, dass sein Versuch zu scherzen nicht besonders gelungen war. Er schaute schnell auf seine Uhr. «Wo bleibt denn der Staatsanwalt! Ich warte hier schon seit über einer Stunde.»

«Er muss in einer Minute hier sein», sagte Tommasini.

«Wieso in einer Minute?», fragte Guerrini irritiert.

«Weil sein Wagen ein GPS-System hat, und vor vier

Minuten hat sein System gesagt, dass er in fünf Minuten hier sein wird. Also muss er in einer Minute ankommen.»

Der Staatsanwalt kam nach neun Minuten, weil der Satellit ihn vorübergehend in einen Feldweg geschickt hatte, der sich als Sackgasse entpuppte. Tommasini wich dem Blick des Commissario aus. Der Staatsanwalt blieb nur sehr kurz, schaute sich um, sprach mit dem Arzt, ordnete an, dass man den Raum nach dem Abtransport der Leiche versiegeln solle, und war schon wieder fort. Guerrini hatte ihm wohlweislich die Anwesenheit von Elsa Michelangeli verschwiegen.

Ehe Giorgio Altlander in dem Leichentransportsack mit Reißverschluss verschwinden sollte, begleitete Guerrini die weißhaarige Frau noch einmal zu ihrem Freund hinauf. Wieder wunderte er sich über ihre Selbstbeherrschung. Sie trat vor den Toten hin, als mache sie solche Dinge jeden Tag. Strich leicht über seine Wange, sein Haar.

«Gute Reise», sagte sie mit ihrer dunklen, etwas rauen Stimme. «Vielleicht triffst du sie ja, alle deine Freunde da draußen.» Dann drehte sie sich um, ließ ihren Blick durch den Raum wandern und ging schnell hinaus. Guerrini folgte ihr.

«Welche Freunde?», fragte er, als sie nebeneinander die breite Holztreppe hinunterstiegen.

«Ach, das tut nichts zur Sache, Commissario. Sie sind schon lange tot, diese Freunde. Ich bin müde und möchte nach Hause.»

«Nur eine Frage noch, Signora. Lebte er denn ganz allein hier?»

«Nicht ganz. Enzo Leone wohnt im Gästehaus nebenan. Und die Haushälterin kommt jeden zweiten Tag, eine

Frau aus Asciano. Ach ja, ein Bauer aus der Gegend versorgt den Garten und erntet die Oliven.»

«Dieser Enzo Leone – haben Sie seine Handynummer?»

Sie blieb nicht stehen, als sie die Halle erreichten, ging einfach ruhig weiter auf die weit offene Haustür zu.

«Ich habe ihn angerufen, während Sie zu Giorgio hinaufgegangen sind. Er ist auf dem Weg hierher, aber es wird ein bisschen dauern, denn er war in Florenz. Ich bin wirklich sehr müde, Commissario. Den zweiten Akt unseres Stückes müssen wir verschieben. *Buona notte.*»

«Wenn Sie mir Ihre Adresse verraten, dann können wir das tun, Signora.»

«Der eifrige junge Mann mit den roten Streifen auf den Hosenbeinen hat alles aufgeschrieben.» Elsa Michelangeli wies auf den Carabiniere, der noch immer die Halle bewachte, dann nickte sie und verschwand in der Dunkelheit.

Warum habe ich sie gehen lassen?, dachte Guerrini und wartete auf das Motorengeräusch eines Wagens. Doch draußen blieb es still. Irgendwie beunruhigte ihn diese Stille, deshalb trat er vors Haus und schaute zu den parkenden Autos hinüber. Nichts rührte sich. Wohin war sie verschwunden? Guerrini lief den Weg entlang, bis er den Lichtschein des Hauses hinter sich gelassen hatte. Es war eine helle Nacht, der Mond beinahe voll. Die endlosen Hügel der Crete lagen vor ihm wie schwarze Wogen eines Ozeans, silbern bekränzt vom Mondlicht.

Und dann sah er Elsa, eine kleine dunkle Gestalt, die sich kaum gegen den Himmel abhob und gleich darauf hinter einer Hügelkuppe verschwand.

Langsam kehrte Guerrini zum Haus zurück. In einem

der alten Olivenbäume schrie ein Käuzchen, und als gleich darauf die Bahre mit dem toten Schriftsteller an ihm vorbeigetragen wurde, dachte er, dass Elsa recht hatte. Es wirkte tatsächlich alles wie ein Theaterstück. Langsam kehrte er in die Halle zurück und sah die Männer der Spurensicherung gerade die Treppe herunterkommen.

«Wir machen für heute Schluss, Commissario. Capponi hat das Arbeitszimmer versiegelt.»

Inzwischen war es fast ein Uhr morgens. Guerrini schickte auch die beiden Carabinieri nach Hause.

«Und Sie, Commissario?», fragte Dottor Salvia.

«Ich warte auf diesen Enzo. Er kann nicht mehr weit weg sein. Ich möchte sehen, wie er auf den Tod seines Lebensgefährten reagiert.»

«Tun Sie das, Guerrini. Wir sehen uns morgen.»

«Warten Sie, Dottore. Macht es Ihnen etwas aus, wenn Sie Sergente Tommasini mit nach Siena nehmen?»

«Nein, durchaus nicht!»

«Aber mir macht es etwas aus, Commissario!» Tommasinis Stimme klang leise, aber entschieden. «Ich werde Sie auf gar keinen Fall in dieser Einöde allein lassen. Wir wissen nicht, was sich hier abgespielt hat. Vielleicht ist der Mörder noch in der Nähe.»

«Und ich bin natürlich nicht in der Lage, mich zu verteidigen. Das meinst du doch, oder?»

«Sind Sie nicht, Commissario. Oder haben Sie vielleicht eine Waffe dabei?»

Guerrini kapitulierte und breitete die Arme aus, während der Arzt lachend in seinen Wagen stieg.

Wie lange braucht man von Florenz nach Asciano, wenn man unter Schock steht?

Vorausgesetzt, man steht unter Schock. Inzwischen war es halb drei. Ungeduldig wanderte Guerrini zweimal um den gigantischen Küchenherd herum und fragte sich, ob er jemals mit Holz beheizt wurde oder ob er nur als Ausstellungsstück diente. Schließlich schaltete er entschlossen die elegante Kaffeemaschine ein und bereitete zwei doppelte *espressi*. In den vergangenen neunzig Minuten hatte er die Bücherregale in der Eingangshalle studiert, den Inhalt des Kühlschranks überprüft – am nächsten Tag sollte es offenbar ein frisches Kaninchen geben. Es lag bereits in einer Beize mit vielen Kräutern, und Guerrini lief bei seinem Anblick das Wasser im Mund zusammen. Danach hatte er sich ein Glas besonders edlen Grappa eingeschenkt – weil Tommasini im Wagen döste und Guerrini der Meinung war, dass er selbst eine kleine Belohnung für diese durchwachte Nacht verdiente.

Während er Zucker in die beiden *espressi* rührte, dachte er über die Bücher in der Halle nach. Eine Menge davon war offenbar deutsche Literatur, aber es gab fast ebenso viele englische Bücher und auch einige italienische. Die Namen Byron, Shelley, Keats waren ihm aufgefallen … romantische englische Dichter, wenn er sich recht erinnerte. Sie schienen nicht zu Giorgio Altlander zu passen, diesem einsamen Mann auf einem einsamen Hügel. Aber vielleicht irrte er, Guerrini, vielleicht war Altlander nicht so einsam, wie es schien. Das eingelegte Kaninchen jedenfalls deutete zumindest auf eine gewisse Freude am Essen hin.

Vorsichtig trug Guerrini eine der beiden Espressotassen zu Tommasini hinaus. Durch das offene Seitenfenster hörte er den Sergente leise schnarchen. Als er sich umwandte, um zum Haus zurückzugehen, sah er in der Ferne die Scheinwerfer eines Autos. Das Licht näherte sich erst schnell, wurde dann plötzlich ganz langsam, verschwand hin und wieder, wenn der Feldweg in eine der Senken tauchte.

Guerrini setzte sich hinter einen großen Oleanderbusch auf die Stufen vor dem Haus. Nur in der Halle und in der Küche brannte noch Licht, die Treppe lag im Dunkeln. Vorsichtig schlürfte er den starken heißen *caffè*. Der Wagen war inzwischen nicht mehr als ein paar hundert Meter entfernt, plötzlich hielt er an, die Scheinwerfer erloschen, der Motor verstummte.

Was macht der nur, dachte Guerrini und stellte die Tasse weg. Ein, zwei Minuten blieb es ganz still, dann heulte der Motor auf, der Wagen wendete und raste davon.

Guerrini tastete nach seinem Espresso und trank wieder einen Schluck. Interessant, dachte er. Entweder ist der Liebhaber durchgeknallt, oder es war jemand, der mal nachsehen wollte und das Risiko zu groß fand. Es hatte keinen Sinn, Tommasini zu wecken und die Verfolgung aufzunehmen. Der Vorsprung des Unbekannten war viel zu groß, und er fuhr ein Auto mit starkem Motor, das hatte Guerrini hören können.

Es war wieder dunkel und still. Fledermäuse huschten vor den beleuchteten Fenstern hin und her, weil sich dort die nächtlichen Insekten sammelten. Die Luft wurde kühl und feucht. Es roch nach Erde und ganz leicht nach Lavendel. Der Hund, der offensichtlich irgendwo hinter dem Haus angebunden war, bellte hin und wieder klagend, als wüsste er, dass etwas nicht in Ordnung war.

Guerrini fröstelte ein wenig und wollte gerade ins Haus gehen, als wieder Lichter hinter den Hügeln zu geistern begannen. Diesmal näherten sie sich schnell, und kurz darauf hielt ein dunkler BMW direkt vor der Treppe an. Ein Mann stieg langsam aus, schaute sich um, schwankte, nahm offenbar das fremde Fahrzeug unter den Olivenbäumen wahr und begann die Stufen zu Guerrini heraufzusteigen.

«Enzo Leone, nehme ich an», sagte Guerrini leise, als der Mann nur noch drei Stufen von ihm entfernt war. Der Angesprochene erschrak so sehr, dass er beinahe gestürzt wäre. Guerrini griff nach seinem Arm, roch Alkohol und ein starkes Männerparfüm.

«Wo ist Giorgio?», stammelte Enzo Leone. «Elsa wollte mir Angst einjagen, nicht wahr? Wer sind Sie überhaupt? Was machen Sie hier mitten in der Nacht?» Er verschliff die Worte, war offensichtlich ziemlich betrunken.

«Wo is' Giorgio?», wiederholte er hartnäckig. «Was hat Elsa mit ihm gemacht?»

Als Tommasini aus der Dunkelheit auftauchte, schrak Leone erneut zusammen.

«Ich hab nichts getrunken!», lallte er. «Ihr könnt mich nicht einfach einsperren. Ich will zu Giorgio!»

«Der ist hinüber, Commissario.» Tommasini griff nach dem anderen Arm des jungen Mannes, um ihn auf den Beinen zu halten.

«Wo waren Sie heute Abend?» Guerrini versuchte es trotzdem und widerstand dem Impuls, den Betrunkenen zu duzen.

«Ich muss gar nichts sagen, überhaupt nichts, verstanden! Ich war nicht da, und basta! Giorgio hat euch geschickt, jetzt weiß ich's! Er will immer wissen, wo ich bin.»

«Sollen wir ihn mitnehmen, Commissario?»

«Wegen Trunkenheit am Steuer? Das Protokoll schreibst du!»

«Wir können ihn auch ins Bett bringen …», erwiderte Tommasini schnell. «Er schläft garantiert sofort ein. Den Autoschlüssel behalten wir.»

«Dann ist immer noch Altlanders Wagen in der Garage.»

«Die versiegeln wir!»

Guerrini musste lachen.

«Keine Lust auf Protokoll, was? Also bringen wir ihn ins Bett.»

Als sie zehn Minuten später nach Siena zurückfuhren, hatte Guerrini das sichere Gefühl, einen Fehler gemacht zu haben. Zwar hatten sie Haustür und Garage versiegelt … Er war zu müde, um genauer darüber nachzudenken.

Halb fünf. Alle Tauben Sienas begannen gleichzeitig zu gurren, alle Spatzen gleichzeitig zu tschilpen, als Guerrini sich endlich auf sein Bett fallen ließ. Er schaffte es gerade noch, seine Schuhe abzustreifen und den Gürtel seiner Jeans zu öffnen. Bereits im Halbschlaf, wurde er selbst zur Taube und stieg in einer gurrenden Wolke zum Himmel auf. In dieser Wolke schlief er tief und fest, bis das sanfte Gurren von einem höchst unangenehmen Schrillen gestört wurde. Blind tastete er um sich, stieß das Telefon um, fand es halb unter seinem Bett wieder, hoffte, dass es zu schrillen aufhören möge, aber es hörte nicht auf. Endlich hielt er es richtig herum in der Hand, drückte auf den Knopf und horchte einfach.

«Commissario?»

Guerrini sagte nichts.

«Commissario? Sind Sie da? Ist alles in Ordnung?»

«Nein!», antwortete Guerrini heiser.

«Was ist los, Commissario? Sind Sie krank?»

«Nein! Wer spricht da überhaupt.»

«Capponi, Spurensicherung. Ich habe gestern Nacht das Arbeitszimmer des Mordopfers versiegelt, Commissario.»

«Vielleicht ist es ja gar kein Mordopfer», murmelte Guerrini und versuchte wach zu werden.

«Wahrscheinlich aber schon, Commissario. Mir ist sehr unangenehm, was ich Ihnen jetzt sagen muss. Das Siegel ist aufgebrochen worden.»

«Das am Arbeitszimmer?»

«Ja, das auch.»

«Welches noch?»

«Das an der Haustür und das am Fenster des Arbeitszimmers.»

Guerrini massierte seinen Nacken.

«Fehlt was?»

«Wir wissen es nicht, Commissario!»

«Aber jemand, der ein Siegel verletzt, sucht doch etwas?»

Jetzt schwieg Capponi, räusperte sich dann und sagte mit belegter Stimme: «Vermutlich, Commissario, aber wir wissen nicht, was.»

«Habt ihr die Sachen auf dem Schreibtisch ins Protokoll aufgenommen?»

«Es war spät, Commissario. Wir dachten ja, dass wir am Morgen wiederkommen würden …»

«Bravo!»

«Wie meinen, Commissario?»

«Bravo! Ist das so schwer zu verstehen?»

«Nein, Commissario.»

Guerrini schaute auf die Uhr neben seinem Bett. Zwanzig nach zehn.

«Wieso ist das Siegel am Fenster aufgebrochen?»

«Da steht eine Leiter, und ein Fenster ist eingedrückt.»

Schweigen.

«Commissario, sind Sie noch da?»

«Jaja. Habt ihr schon was von diesem Enzo Leone gesehen, der im Gästehaus wohnt?»

«Nein, Commissario. Er scheint noch zu schlafen. Sein Wagen ist da.»

«Lasst ihn nicht weg! Hast du verstanden, Capponi? In einer Stunde bin ich bei euch!»

«Sì, commissario!»

Ein paar Minuten blieb Guerrini flach auf dem Rücken liegen und starrte an die Decke. Trotz seines spontanen Ärgers über Capponi und sich selbst fand er die Situation eher komisch. Sie alle hatten die Sache zu leicht genommen. Andererseits – je komplizierter dieser Fall sich entwickelte, desto wahrscheinlicher wurde die Notwendigkeit deutscher Ermittlungshilfe. Aber war Altlander überhaupt aus München? Je schneller er das herausfand, desto eher konnte er ganz gezielt Hilfe bei den Deutschen anfordern.

Guerrini sprang aus dem Bett und stolperte über seine Jeans, deren eines Hosenbein er auch noch am Morgen anhatte. Vom zweiten hatte er sich offenbar im Schlaf befreit. Ungeduldig kickte er die Hose von sich, stellte die kleine Espressokanne auf den Gasherd und genoss dann eine ausgiebige Dusche. Während er sich rasierte und dabei vorsichtig den weißen Schaum samt Bartstoppeln von seinem Gesicht schabte, versuchte er einen Aktionsplan aufzustellen. Herausfinden, wer Altlander war und woher er stammte. Internet. Aber er konnte ebenso gut Laura anrufen. Guerrini war sicher, dass sie den Schriftsteller kannte. Mit dem Handtuch wischte er den Rest des Rasierschaums von seinem Kinn, warf sich im Spiegel einen prüfenden Blick zu.

Na ja, nicht gerade taufrisch, dachte er und zog sich schnell an. Kaffee war der zweite Punkt des Aktionsplans – alles andere kam später.

Obwohl dieser Montag ihr freier Tag war, stand Laura Gottberg auf, um wie immer mit ihren Kindern zu frühstücken.

«Warum schläfst du nicht aus, Mama?», fragte ihr Sohn Luca, als sie mit verstrubbeltem Haar und glasigen Augen in der Küche erschien. Laura zog ihren Morgenmantel fest um sich, gähnte und goss sich eine Tasse Tee auf.

«He, Mama! Ich hab dich was gefragt!»

«Weil ich gern mit euch frühstücke, Luca. Auch wenn du es nicht glaubst!»

«Chronische Schuldgefühle berufstätiger Mütter!», grinste er und ging hinter dem Küchenschrank in Deckung.

«Mann, bist du aber ein kluger Junge. Wo hast du denn das her?»

«Stand in der Zeitung.»

«Soso.»

«Wirst du gar nicht wütend?»

«Wieso denn? Stimmt doch!»

Vorsichtig tauchte er wieder hinter dem Schrank auf, grinste und begann, dick Butter auf eine Scheibe Brot zu streichen. Laura lehnte sich an die Wand, trank den heißen Tee in kleinen Schlucken und beobachtete ihren großen schlaksigen Sohn, der neuerdings seine Haare an den Enden blond färbte und mit Hilfe von Gel kleine abstehende Strähnen formte, was ihm manchmal das Aussehen eines Außerirdischen verlieh. In zwei Monaten wurde er siebzehn, er hatte eine Freundin und war irgendwie schon auf dem Absprung ins eigene Leben.

«Wann bist du denn gestern Abend nach Hause gekommen?», fragte er.

«Um halb zwei.»

«Warst du im Dezernat oder auf Einsatz?»

«Ich hab an meinem Schreibtisch Akten studiert und den Computer befragt. Aber er hat nicht viel gesagt. Die Akten waren interessanter.»

«Worum geht's?»

«Du bist richtig nett, Luca. Interessiert es dich wirklich, so früh am Morgen?»

Luca biss in sein Butterbrot und kaute heftig.

«Mich interessiert, was dich bis halb zwei Uhr nachts wach hält!», sagte er undeutlich.

«Na ja, hatte ohnehin Bereitschaftsdienst. Aber wenn du es wirklich wissen willst: Mich interessiert, warum ein alter Mann von beinahe neunzig Jahren mit E 605 vergiftet wurde. Es ist schon vor zwei Wochen passiert, aber wir kommen nicht weiter.»

«Einer von den Altenpflegern?»

«Er lebte nicht im Heim.»

«Der Hausarzt!»

«Bist du heute Morgen witzig!»

«Jemand, der erben wollte!»

«Nichts zu erben, Sohn, keine Kinder, keine Verwandten. Außerdem wäre das äußerst dämlich, denn E 605 kann man gut nachweisen. Wo bleibt eigentlich Sofia – ihr müsst doch gleich los!»

«Hab vergessen, dir einen Zettel hinzulegen. Sie hat bei einer Freundin übernachtet und kommt erst nach der Schule nach Hause.»

«Ich finde das nicht gut, Luca. Sofia muss mich anrufen, wenn sie woanders übernachtet. Sie ist noch nicht mal vierzehn. Sie kann das nicht einfach mit dir ausmachen.»

«Sie wollte dich nicht stören. Was ist denn dabei, wenn sie bei Sabine übernachtet? Das macht sie doch ganz oft!»

«Aber es ist ein Unterschied, ob sie es mir oder dir sagt.»

«Bah – manchmal merkt man ziemlich deutlich, dass du bei der Polizei bist.»

«So ein Blödsinn!»

«Gar kein Blödsinn. Ist rein formaler Quatsch! Es kommt doch nur darauf an, dass einer von der Familie weiß, wo die jeweils anderen sind!»

«Aber nimm mal an, dass du nochmal mit Katrin ausgegangen wärst und ich zu Hause angerufen hätte, und Sofia wäre nicht da gewesen.»

«Dann hättest du uns beide auf dem Handy erreicht, Mama. Ich weiß wirklich nicht, wo das Problem liegt.»

«Okay, okay – du hast ja recht.» Laura lächelte ihrem Sohn ein bisschen schief zu und ging ins Badezimmer.

Das Problem ist, dass ich ab und zu den Kontakt zu euch verliere, dachte sie, während sie mit kräftigen Strichen ihr Haar bürstete. Und manchmal macht mir das Angst.

Als Luca zur Schule gegangen war, legte Laura sich noch einmal hin, konnte aber nicht mehr einschlafen. Immer wieder kreisten ihre Gedanken um den Tod des alten Mannes, der gerade einmal neun Jahre älter als ihr eigener

Vater gewesen war. Ein dicker alter Mann, Typ gemütlicher Bayer, mit grauem Schnurrbart, rundem Schädel und Glatze, einem beeindruckenden Bierbauch. Er hatte auf dem Boden gelegen, mit einer Schulter an den Wohnzimmerschrank gelehnt, seitlich zusammengekrümmt, und er hatte erschrocken ausgesehen. Der Kanarienvogel im Käfig am Fenster hatte laut gesungen, und in der Kaffeetasse auf dem Tisch waren noch ein paar Milliliter Gift übrig geblieben. Es gab keinen Hinweis auf einen Kampf oder Raub, keine Fingerabdrücke außer denen des alten Mannes und der Leute vom Essen auf Rädern. Lauras Kollege Peter Baumann plädierte inzwischen dafür, die Geschichte als Selbstmord abzuhaken. Laura kannte das von ihm. Manchmal fehlte ihm einfach die Lust, tiefer in einen Fall einzusteigen. Es mangelte ihm an einer gewissen Vorstellungskraft, die über naheliegende Motive hinausging.

«Alter Mann, einsam, eher arm, Witwer, keine Kinder, nicht mal schwul. Also, wer sollte so jemanden umbringen?», hatte er gefragt. Und selbst der Staatsanwalt fand Baumanns Argumente einsichtig.

Widerwillig stand Laura auf, zog die Vorhänge zurück und blinzelte auf ihre kleine Straße hinunter. Der griechische Gemüsehändler stapelte riesige Löwenzahnbüschel übereinander. Eine rothaarige alte Frau zerrte einen fetten Hund an der Leine hinter sich her, und die Sonne verschwand gerade hinter einer dunklen Wolke. Sonst war nichts los.

Am Schwarzen Brett in der Küche betrachtete sie die lange Liste der wichtigsten Dinge, die sie an freien Tagen zu erledigen hatte. Da stand eigentlich nichts, wozu sie Lust hatte. Und doch sollte sie sich zum Beispiel demnächst mit der Steuererklärung befassen, mit Sofias Mathelehrer sprechen, Zahnarzttermine für die ganze Familie ausmachen, einen Großeinkauf organisieren, um die Vorräte aufzufrischen.

Was sagte Angelo Guerrini in solchen Fällen? Das deutsche Pflichtbewusstsein tickt schon wieder in deinem Kopf. Ich kann es hören!

Laura lauschte. Es tickte tatsächlich, aber das war die Küchenuhr. Trotzdem beschloss sie, ein Bad zu nehmen und die Liste zu ignorieren.

Als sie sich zehn Minuten später im warmen Wasser ausstreckte, war sie ziemlich stolz auf sich, obwohl es nach kurzer Zeit wieder zu ticken begann. Diesmal war es nicht die Küchenuhr, sondern ihr Kopf, und wieder sah sie den alten Mann vor sich, dachte an die Geheimnisse eines so langen Lebens und daran, dass er einer Generation angehörte, die besonders viele dunkle Geheimnisse hütete. Wie alt war er bei Kriegsende gewesen? Mitte zwanzig? Aber in seinen Unterlagen stand nichts darüber, dass er Kriegsteilnehmer gewesen war.

Laura schloss die Augen und atmete den warmen Salzduft ein, der von ihrem Bad aufstieg, dachte Kriegsteilnehmer, wendete dieses Wort hin und her und wunderte sich über seine vermeintliche Harmlosigkeit, als könnte man an einem Krieg einfach so teilnehmen oder sich seinen Teil des Kriegs nehmen. Seltsam, dass in manchen Todesanzeigen noch heute stand, der Verstorbene sei Kriegsteilnehmer gewesen. Nicht Beamter oder Metzgermeister, sondern Kriegsteilnehmer, als wäre es das einzig wichtige Ereignis in seinem Leben gewesen. Aber vielleicht war es das sogar, und die sechzig Jahre danach zählten viel weniger.

Plötzlich erinnerte sie sich an die blitzenden Augen eines entfernten Verwandten ihres Vaters, der regelrecht aufblühte, wenn er vom Krieg erzählte. Von diesem erhebenden, aufregenden Augenblick, als er zum ersten Mal Berlin betrat, er, der Junge vom Dorf, der noch nie eine Großstadt gesehen hatte. Irgendwie hatte er es geschafft, nur die positiven Seiten dieser Zeit im Gedächtnis zu behalten. Alles andere – das Grauen, die Entbehrungen, Ängste – all das war von einer partiellen Amnesie vernebelt worden.

Laura schöpfte mit ihren Händen Wasser und ließ es über ihr Gesicht laufen. Was also hatte der Mann während des Krieges gemacht, wenn er nicht Soldat gewesen war? War er krank gewesen? Oder aus irgendeinem Grund in der Heimat unabkömmlich? Später hatte er als Hilfsarbeiter auf dem Bau gearbeitet und mit seiner Frau zusammen eine Hausmeisterstelle in einer großen Wohnanlage übernommen.

Hausmeister können viel wissen, dachte Laura. Aber wem sollte dieser alte Mann so gefährlich werden, dass er aus dem Weg geräumt wurde? Die Nachbarn hatten ausgesagt, dass er ganz selten die Wohnung verlassen und eigentlich mit niemandem gesprochen habe.

Warum denke ich eigentlich dauernd über ihn nach? Die Antwort fiel ihr leicht. Der Gesichtsausdruck des Toten war der Grund, dieses erstarrte Erschrecken, beinahe Entsetzen, vielleicht das Entsetzen über die Gewissheit des Todes, vielleicht auch Schmerz – aber für Laura hatte es eher so gewirkt, als habe er etwas Furchtbares gesehen, als habe er versucht wegzulaufen, und das Gift hatte ihn niedergestreckt, während er noch immer versuchte, sich wegzuducken. Sie schauderte, ließ heißes Wasser nachlaufen, betrachtete interessiert die Gänsehaut auf ihren Brüsten.

Als das Telefon klingelte und ihre Gedanken unterbrach, war sie dankbar. Nach einem kurzen Blick auf das Display lächelte sie und meldete sich mit *«pronto»*.

«Ach, ist das langweilig!», brummte Guerrini. «Mit dieser verdammten modernen Technik gibt es immer weniger Überraschungen! Was machst du gerade, *amore*?»

«Ich liege in der Badewanne.»

«Wunderbar. Ich komme sofort! Warum liegst du in der Badewanne? An einem Montagvormittag?»

«Es ist mein freier Tag, Angelo.»

«Nicht mehr lange, Commissaria. Ich brauche deine Hilfe. Kennst du einen Giorgio Altlander? Deutscher Schriftsteller.»

«Ja, natürlich. Er ist ziemlich bekannt. War sogar mal für den Nobelpreis im Gespräch. Aber das ist schon eine Weile her. Was hast du mit Altlander zu tun?»

«Er wurde ermordet. Jedenfalls sieht es so aus.»

«In Siena?»

«In der Nähe. Er hatte hier ein Haus.»

«Seltsam. Er war irgendwie schon lange wie weggetaucht. Passt zu ihm, dass er sich so verabschiedet.»

«Wieso?»

«Er hatte etwas Todessehnsüchtiges. War destruktiv, radikal kritisch – erschreckend. Ich habe ihn vor zwanzig Jahren mit klopfendem Herzen gelesen und wollte entweder sofort sterben oder die Welt verändern.»

«Solche Leute kenne ich auch. Die meisten haben leider nicht die Welt verändert, sondern sich selbst – und das nicht immer zum Besten. Dein Altlander lebte zum Beispiel nicht schlecht auf seinem toskanischen Landsitz.»

«Hast du mit dieser Bemerkung eigentlich auch mich gemeint?» Laura setzte sich langsam auf.

«Uns alle – aber darüber können wir uns ein anderes Mal unterhalten.»

«Was ist denn?»

«Gar nichts. Ich versuche dir nur zu erklären, dass ich dringend Ermittlungshilfe brauche. Ich werde sie noch heute beim deutschen Bundeskriminalamt anfordern. Wo lebte denn dieser Altlander, wenn er nicht gerade in der Toskana Lachgas schnüffelte?»

«Was sagst du? Wiederhole mal die letzten beiden Worte!»

«Lachgas schnüffelte.»

«Machte er das?»

«Ja, das machte er, und vermutlich ist er daran erstickt. Also, wo kommt er her?»

«Er hatte eine Wohnung in München, irgendwo in der Innenstadt, wenn mich nicht alles täuscht.»

«Ich werde mein ganzes Gehalt für Kerzen ausgeben müssen!»

«Was soll das jetzt wieder heißen?»

«Ich muss der Madonna danken und der heiligen Katharina von Siena. Altlander hätte auch aus Hamburg stammen können. Wann kommst du, Laura?»

«Du bist verrückt. Das geht nicht so schnell, und das weißt du genau. Außerdem ist überhaupt nicht sicher, dass die mich schicken.»

«Ich werde jemanden mit detaillierten Kenntnissen von Altlanders Leben und Werk anfordern, der außerdem hervorragend Italienisch spricht und Erfahrung in der Zusammenarbeit mit der italienischen Polizei hat. Glaubst du im Ernst, dass es bei der deutschen Polizei viele Kollegen mit diesem Profil gibt?»

«Aber ich habe gar keine detaillierten Kenntnisse von

Altlanders Leben, und seine Bücher habe ich vor zwanzig Jahren gelesen.»

«Er war schwul, das ist schon ein wichtiges Detail!»

«Was ist denn mit dir los? Du klingst total unernst.»

«Ich freu mich einfach. Du kannst mich für herzlos und verrückt halten, aber ich freue mich über diesen Fall. Und ich freu mich auf dich! Der Mohn blüht und der rote Klee! Was blüht bei dir?»

«Die Geranien auf meinem Balkon.»

«Dann komm, aber schnell. *Ti amo, Laura.*»

Er hatte aufgelegt.

Ti amo. Während Laura sich abtrocknete und einölte, dachte sie über diese beiden kleinen Worte nach. Im Italienischen hatten diese Liebesworte eine andere Bedeutung als im Deutschen. *Dich* liebe ich, hieß es bei den Italienern. *Ich* liebe dich, bei den Deutschen. Ziemlich klar, wer dabei der Wichtigere ist, dachte Laura und musste über ihren plötzlichen Hang zu Sprachforschungen lächeln.

Und es war verdammt schade, dass Guerrini so weit weg war!

Seufzend zog sie sich an, studierte noch einmal den Aktionsplan in der Küche, brühte sich dann endlich eine große Tasse grünen Tee auf, setzte sich auf dem winzigen Balkon in die Sonne und legte die Beine auf die Brüstung. Dann griff sie nach ihrem Telefon, das bereits neben der Teetasse lag, und rief im Dezernat an.

Claudia, die Sekretärin, meldete sich.

«Laura hier, ist Baumann da?»

«Guten Morgen. Hast du nicht deinen freien Tag?»

«Hab ich. Kann ich trotzdem Baumann sprechen?»

«Warte. Ich glaube, er will gerade in die Kantine, aber ich erwische ihn noch.»

Irgendwelche seltsamen Geräusche drangen aus dem Telefon, Wortfetzen, Rufe, Gepolter. Dann meldete sich Kommissar Baumann.

«Ja?»

«Klemm dich bitte mal hinters Einwohnermeldeamt und finde heraus, wo genau dieser Gustav Dobler während des Krieges gewohnt hat.»

«Mein Gott, lässt dich diese alte Leiche nicht mal an deinem freien Tag in Ruhe?»

«Doch. Deshalb schicke ich ja dich zum Einwohnermeldeamt. Und wage es ja nicht, Claudia damit zu beauftragen!»

«Ist das eine Drohung?»

«Ja!», antwortete Laura und legte auf, trank einen Schluck Tee, sah einer Taube zu, die in der Dachrinne schräg gegenüber herumtrippelte und ab und zu mit dem Schnabel eine Ladung Dreck hinauswarf. In einer der anderen Wohnungen, die auf den Hinterhof hinausgingen, spielte jemand Klavier, schlug die Tasten ganz vorsichtig an, als fürchte er, zu stören oder einen falschen Ton hervorzubringen. Die Taube begann leise zu gurren, es passte zum schüchternen Klavierspiel. Manchmal ist das Leben gar nicht so schlecht, dachte Laura und schloss die Augen.

EHE GUERRINI wieder zum Landsitz mit dem seltsamen Namen *Wasteland* aufbrach, ging er in die größte Buchhandlung Sienas und fragte nach einem Werk von Giorgio Altlander. Zu seinem Erstaunen gab es eine ganze Reihe seiner Bücher in italienischer Sprache.

«Haben Sie was von ihm gelesen?», fragte Guerrini den jungen Buchhändler, der mit seinem Dreitagebart, halblangem Haar und runden Brillengläsern in hauchdünnem Goldgestell an einen Revolutionär erinnerte und entfernte Ähnlichkeit mit Che Guevara hatte.

«Das hier!», sagte der junge Mann. «Es ist schwierig, aber ziemlich gut. Vorausgesetzt natürlich, Sie sind am katastrophalen inneren Zustand unserer kapitalistischen Gesellschaft interessiert.» Er musterte Guerrini mit der unbefangenen Überheblichkeit junger Leute, die davon ausgehen, dass die Älteren ohnehin für die Menschheit verloren sind.

Tatsächlich ein kleiner Revolutionär, dachte Guerrini, sich seiner eigenen Arroganz vor beinahe dreißig Jahren erinnernd.

«Das nehme ich!», sagte er laut. «Hat er nur gesellschaftskritische Bücher geschrieben?»

«Fast ausschließlich. In Romanform oder als Essays. Aber ein paar Gedichtbände hat er auch veröffentlicht.»

«Davon nehme ich auch einen.»

«Welchen?»

«Egal. Was Sie mir empfehlen können.»

Der junge Buchhändler sah ihn nicht an, aber sein Gesichtsausdruck zeigte deutlich die Missbilligung solcher Ignoranz. Nun verspürte Guerrini doch das Bedürfnis, den anderen etwas in die Schranken zu weisen.

«Er ist übrigens tot», sagte er deshalb beiläufig.

«Wer?»

«Altlander.»

«Wieso?»

«Das ist noch nicht ganz klar.»

Der junge Buchhändler war blass geworden.

«Aber …», stammelte er. «Vor vier Tagen hat er noch Bücher bei mir bestellt.»

«Die wird er nicht mehr abholen.» Bedauernd zuckte Guerrini die Achseln. «Übrigens, was für Titel waren das?»

«Was geht Sie das an!» Schnell hatte der junge Mann seine Arroganz wiedergefunden.

«Eine Menge!» Guerrini zückte seinen Ausweis.

Der Buchhändler warf einen kurzen verächtlichen Blick darauf, ging dann zu seinem Computer hinter dem Tresen und drückte ein paar Tasten.

«Die englische Ausgabe einer Biographie über Lord Byron und etwas über organisierte Kriminalität», murmelte er, ohne den Commissario anzusehen.

«Sind die Bücher schon da?»

Der junge Mann drehte sich zu einem Regal um und zog einen dicken Band heraus. «Das über organisierte Kriminalität.»

«Zeigen Sie mal.»

Zögernd reichte der Buchhändler den Band über den

Tresen. Er war noch in Folie eingeschweißt. Guerrini drehte ihn um und tat so, als lese er den Rückentext.

«Ich nehme es mit!», sagte er dann.

«Wenn Sie es bezahlen …»

«Es ist ein Beweismittel, junger Mann. Sie können die Rechnung ja Signor Altlanders Nachlassverwalter schicken.» Guerrini grüßte und verließ mit einem winzigen Triumphgefühl den Laden.

Als er mit seinen drei Büchern unterm Arm die steile Gasse zum Kommissariat hinaufging, überlegte Guerrini, warum er niemals ein Buch von Altlander gelesen hatte. Aber vielleicht konnte er sich nur nicht an den Namen erinnern. Er blieb in einem Hauseingang stehen, um den stetigen Strom von Touristen nicht aufzuhalten, die dem Dom zustrebten, und schlug den Gedichtband irgendwo in der Mitte auf.

Und der rote Mantel der Vergeltung
Wird dereinst die Erde fegen.
Wenn sie verdorrt ist
unter der menschlichen Gier.

Der rote Mantel der Vergeltung. An diesen Satz erinnerte sich Guerrini dunkel. Hatte nicht sein Schulfreund Montelli diese Verse damals zitiert und bei Kundgebungen sogar übers Megafon hinausgebrüllt? Es konnte natürlich auch ein Einfall Montellis gewesen sein, oder er hatte diesen Satz einfach von Altlander geklaut.

Wasteland. Der Name des einsamen Hauses passte zur verdorrten Erde in diesen Versen, machte Guerrini neugierig. Plötzlich bedauerte er, dass Altlander tot war, hätte ihn gern kennengelernt. Doch aus seiner Erfahrung als

Kommissar wusste er, dass man in diesem Beruf Toten mitunter näher kam als Lebenden. Elsa Michelangeli und Enzo Leone waren die ersten Mittler auf diesem Weg.

«Übrigens, dieser Montelli, nach dem Sie mich gefragt hatten – der aus Borgo Ecclesia –, er wurde in Siena geboren, Commissario, 1957. Er ist hier zur Schule gegangen, hat die Matura gemacht …»

«1975!»

«Woher wissen Sie das, Commissario?», fragte Tommasini verwirrt.

«Weil ich rechnen kann.»

Tommasini runzelte die Stirn.

«Wann haben Sie die Matura gemacht, Commissario?»

«1975.»

«Dann müssen Sie ihn kennen, diesen Montelli.»

«Sagen wir besser – ich habe ihn gekannt.»

«Ah, Sie können doch nicht so schnell rechnen! Außerdem hätte er auch 1976 oder 1977 die Matura machen können, nicht wahr!»

Guerrini warf seinem Kollegen einen etwas verzweifelten Blick zu. Manchmal bereitete ihm die schwerfällige Rechthaberei Tommasinis regelrechte Schmerzen. Aber heute konnte er sich an ihm rächen.

«Ich möchte, dass du dich mit d'Annunzio zusammentust und alles über Enzo Leone und Elsa Michelangeli herausfindest. Außerdem jede Information über Altlander, soweit es in den Polizeiarchiven etwas gibt. Ich fahre zum Tatort und weiß noch nicht, wann ich zurückkomme.»

«Aber Sie sollten nicht allein fahren, Commissario. Sie wissen ganz genau …»

«Ich bin nicht allein da draußen!», unterbrach Guerrini den Sergente. «Capponi und die anderen von der Spurensicherung sind schon vor Ort.»

«Ja dann ...» Tommasini zuckte die Achseln. Sein Gesicht war ausdruckslos, und mit den Fingerspitzen seiner rechten Hand tastete er nach den schütteren Haaren über seiner hohen Stirn, wie er es immer machte, wenn er ein wenig ärgerlich war.

«Ja, und bring Dottor Salvia und den Professore auf Trab. Sie sollen die Autopsie möglichst schnell zum Abschluss bringen.»

«Noch was, Commissario?»

«Das ist im Augenblick alles.»

Tommasini rührte sich nicht von der Stelle, obwohl Guerrini ihm den Rücken zuwandte und seinen PC einschaltete.

«Dieser Montelli», sagte er nach einer Weile.

«Ja?» Guerrini suchte die E-Mail-Adresse des Bundeskriminalamts.

«Gibt es einen bestimmten Grund, warum ich was über ihn herausfinden sollte?»

«In seinem Park laufen lauter Chinesen herum!»

«*Permesso?*»

«Chinesen. Sie arbeiten in seinem Park und verschwinden, wenn man sie zu lange ansieht!»

«Aha. Ich habe bei den Kollegen in Prato angerufen. Die haben mir gesagt, dass Montelli in seiner Textilfabrik auch lauter Chinesen beschäftigt. Sie hätten ihn schon seit Jahren im Auge.»

«Im Auge!» Guerrini drehte sich schnell um. «Dass ich nicht lache. Die haben beide Augen fest zu! Alle wissen, dass es in Prato von Illegalen wimmelt, aber niemand unternimmt etwas, weil sonst unsere wunderbare italienische Modebranche zusammenbricht! Und jetzt kriegen wir sie auch noch als Gärtner, die Chinesen! Aber danke, Tommasini, dass du in Prato angerufen hast.»

«Haben Sie was gegen Chinesen, Commissario?»

«Nein, nur gegen schlechte Chinarestaurants.»

«Aber …»

«Ich habe nichts gegen Chinesen. Ich hab was dagegen, dass sie ausgebeutet werden, dass sie vierundzwanzig Stunden arbeiten, was kein vernünftiger Italiener tun würde, und dass sie nichts dafür bekommen und dass diese Schweine von Unternehmern immer mehr von ihnen ins Land holen!»

«Ja», murmelte Tommasini, «da kann ich Ihnen folgen, Commissario.»

«Wie schön.»

«Liegt etwas gegen Montelli vor?» Tommasini rührte sich noch immer nicht von der Stelle.

«Noch nicht. Aber es könnte durchaus sein, dass bald etwas vorliegt. Und jetzt geh bitte, ich muss einen wichtigen Brief schreiben.»

Tommasini ging. Vermutlich beleidigt. Erleichtert lehnte Guerrini sich in seinen Sessel zurück und atmete tief ein. Wenn Tommasini sich an etwas festbiss, war er wie Kaugummi am Schuh. Guerrini bemühte sich, nicht an seinen Schulkameraden Montelli zu denken. Er wollte nicht wütend werden, sondern in aller Ruhe den Brief schreiben, der Laura nach Siena bringen sollte.

Sehr geehrte Kollegen, begann er und erfand im Laufe seines Briefes viele zu verhörende Deutsche, die rund um das Anwesen Altlanders lebten und alle irgendwie mit ihm verbunden waren. Manche von ihnen sogar bekannte Persönlichkeiten, ehemalige deutsche Politiker, Künstler usw. Ein Fall also, der Fingerspitzengefühl erfordere, und deshalb sei Ermittlungshilfe dringend geboten, und zwar in Person der Kriminalhauptkommissarin Laura Gottberg, mit der er bereits in einem anderen schwierigen Fall sehr erfolgreich zusammengearbeitet habe.

Als er nach einer halben Stunde sein Werk per Mausklick ins Internet beförderte, war er ziemlich zufrieden mit sich, doch ehe er nach *Wasteland* aufbrach, lief er schnell die wenigen Meter zum Dom hinauf, drängte sich an der Warteschlange vorbei, zeigte dem verblüfften Kassierer am Eingang seinen Polizeiausweis und entzündete an einem Seitenaltar zehn Kerzen.

«Das Siegel an der Haustür war aufgebrochen», sagte Capponi und zog die Schultern hoch. «Trotzdem ist jemand durchs Fenster gekommen. Die Leiter steht noch da.» Der große Mann hielt den Kopf leicht gesenkt und steckte jetzt beide Hände in die Hosentaschen.

«Warum habt ihr letzte Nacht eure Arbeit nicht fertig gemacht?» Guerrini bemühte sich, seine Stimme nicht zu erheben. Capponis Schultern reichten nun fast bis zu seinen Ohren.

«Ich weiß es nicht, Commissario. Es war offensichtlich eine falsche Entscheidung meinerseits. Die Jungs waren müde, es war spät. Soll ich aus dem Fenster springen?»

«Bitte nicht. Ich wusste gar nicht, dass du so eine dramatische Ader hast, Capponi.»

Capponi verzog das Gesicht.

«Sehen Sie, Commissario: Dieser Einbruch könnte sogar eine große Hilfe sein. Bisher gab es Zweifel daran, ob der Tote ermordet wurde. Jetzt können wir eigentlich davon ausgehen.»

Guerrini brummte unwirsch.

«Da müssen Sie mir doch zustimmen, Commissario.»

«Es gibt immer viele verschiedene Möglichkeiten, Capponi. Du bist erfahren genug, um dir ein paar auszudenken.»

Capponi seufzte und zuckte die Achseln.

«Wollen Sie sich die Sache nicht ansehen?», fragte er.

«Nein. Ich will diesen Enzo Leone sprechen. Aber von euch erwarte ich, dass ihr jeden Millimeter des Arbeitszimmers untersucht.»

«Sì, commissario!» Capponi nahm die Hände aus den Hosentaschen, und seine Schultern sanken in ihre normale Lage zurück. Der Commissario aber wandte sich um und schlenderte um das große Haus, berührte mit einer Hand die sonnenwarmen Travertinsteine, aus denen es gebaut war, sah einer kleinen Eidechse zu, die mit pumpender Kehle an der Wand hing, und ließ seinen Blick dann über die weite Landschaft schweifen. Jetzt im Juni hatte dieses Land nichts von einem *Waste Land*, die Hügel schimmerten in allen Schattierungen von Grün, Gelb und Rot, blau erhoben sich in der Ferne die Vulkankegel des Monte Amiata. Langsam ging Guerrini weiter, vorbei an Rabatten von Schwertlilien, englischen Rosen, Lavendel und Rosmarin. Das Gästehaus war wohl einst die Scheune dieses Bauernhauses gewesen, lag nur ein paar Meter vom Hauptgebäude entfernt, durch eine Weinlaube mit ihm verbunden.

Als Guerrini an die Tür klopfte – sie leuchtete in einem satten Tomatenrot –, öffnete Enzo Leone so schnell, als habe er nur auf dieses Klopfen gewartet. Blass, unrasiert stand er da, hatte dunkle Ringe unter den Augen, und sein Haar war zerzaust. Über einer schwarzen Jeans trug er offen ein dunkelgrünes Baumwollhemd, und Guerrini registrierte ein großes goldenes Kreuz auf Leones unbehaarter Brust. Er war ganz ohne Zweifel ein schöner junger Mann.

«Ich warte schon seit Stunden auf Sie, Commissario! Warum kommen Sie so spät? Ihre Kollegen haben nichts rausgelassen, nur dass ich im Haus bleiben muss. Ich bin beinahe verrückt geworden! Was ist denn passiert?»

Nachdenklich betrachtete Guerrini den jungen Mann und fragte sich, ob er das Schauspiel gut oder schlecht fand, entschied sich für mittelmäßig und fragte freundlich, ob er eintreten dürfe. Leone machte eine vage Handbewegung, und Guerrini betrat einen großzügigen Wohnraum, ganz in Gelb, Orange und Weiß gehalten, der in eine hochmoderne Küche überging.

«Hübsch haben Sie es hier. Könnte ich einen *caffè* haben?»

«Ich möchte wissen, was los ist!» Leones Stimme wurde lauter. «Gestern Abend hatte ich einen Filmriss. Ich war betrunken. Ich kann mich nur noch daran erinnern, dass ich Sie irgendwie gesehen habe. Aber sonst an nichts!»

«Sie können mir doch nicht erzählen, dass Sie inzwischen nicht mit Elsa Michelangeli telefoniert haben!»

«Ich habe es versucht, aber ich kann sie nicht erreichen!»

«Tatsächlich nicht?»

«Nein, tatsächlich nicht.»

«Dann sollten wir uns in aller Ruhe unterhalten – bei einem Espresso zum Beispiel.»

Enzo Leone warf Guerrini einen irritierten Blick zu, drehte sich dann wortlos um und ging in die Küche hinüber, hantierte fahrig an der Kaffeemaschine herum. Guerrini folgte ihm, lehnte sich an die Wand und sah ihm zu.

«Ist er wirklich tot, oder handelt es sich um eine seiner Inszenierungen?» Leone füllte Kaffeepulver in den Filter, verschüttete einen Teil.

«Inszenierungen?»

«Er liebt dramatische Auftritte, um andere in Schrecken zu versetzen.»

«Er ist tot.»

«Und warum? Schlaganfall, Herzinfarkt? Sagen Sie schon!» Leone fuhr sich mit beiden Händen durch das dichte Haar, wandte sich halb zu Guerrini um.

«Hören Sie mal zu, junger Mann. Sie wissen genau, dass er ermordet wurde, sonst würden hier nicht Leute in weißen Schutzanzügen herumsuchen, und es würde auch keine Leiter am Haus lehnen, und die Fensterscheibe vor seinem Arbeitszimmer wäre nicht eingedrückt worden, und niemand hätte sämtliche Siegel aufgebrochen.»

«Aber wer sollte ihn ermorden? Er war Schriftsteller, er lebte hier ganz unauffällig. Es gibt keinen Grund, Commissario!» Etwas wie Schluchzen drang aus seiner Kehle, ein gepresster, heiserer Laut.

«Wo kamen Sie denn letzte Nacht her, oder sollte ich besser fragen – wo haben Sie sich so betrunken?»

«Ich war in Florenz, bei Freunden – seit Samstagabend schon. Das können Sie nachprüfen.»

«Wann sind Sie hier losgefahren – nach Florenz?»

«Ich weiß nicht genau – am Samstagabend so gegen halb zehn, vielleicht ein bisschen später. Es wurde gerade dunkel. Giorgio wollte arbeiten, er arbeitet meistens die ganze Nacht. Soll ich Ihnen mal was sagen, Commissario?

Merken Sie, was hier abläuft? Was wäre, wenn ich seine Ehefrau wäre? Dann würden Sie mir Beileid wünschen und Respekt vor mir haben. Ist es nicht so? Aber weil wir schwul sind, gilt das alles nicht. Sie können mich behandeln wie einen Idioten, der sowieso verdächtig ist!» Wieder schluchzte er auf.

«Sie irren sich, junger Mann. Wenn eine Ehefrau nach Mitternacht volltrunken nach Hause zurückkäme, dann würde ich sie nicht anders behandeln als Sie, und ich würde ihr die gleichen Fragen stellen. Übrigens, der Kaffee ist fertig.»

Enzo Leones Hände zitterten, als er den Espresso in kleine Tassen füllte und eine vor Guerrini auf den edlen Tresen stellte. Olivenholz, schätzte Guerrini und fuhr mit der Hand über die glatte Fläche.

«Es tut mir leid, dass Sie Ihren Partner verloren haben. Aber ich habe nicht den Eindruck, dass Sie besonders traurig darüber sind.» Guerrini rührte bedächtig einen Löffel Zucker in seinen Espresso.

«Was muss ich tun, um Ihnen meine Trauer zu beweisen? Mein Hemd zerreißen? Mich auf den Boden werfen? Was wollen Sie eigentlich von mir?»

«Ich wüsste gern, wer die Leiter vor dem Haus aufgestellt hat, wer das Fenster zum Arbeitszimmer eingeschlagen hat und wer die Siegel aufgebrochen hat, um ins Haus zu kommen.»

«Was?» Leone starrte den Commissario mit offenem Mund an. «Ich habe keine Ahnung, wovon Sie reden. Welche Leiter?»

«Sie haben natürlich nichts gehört in den frühen Morgenstunden? Keinen Wagen, kein Klirren, gar nichts?»

«Ich habe geschlafen, Commissario. Ich war betrunken.

Sie wissen selbst, dass ich betrunken war. Ich kann mich nicht einmal daran erinnern, wie ich in mein Bett gekommen bin.»

«Warum waren Sie so betrunken?»

Enzo Leone stand auf der anderen Seite des Tresens und biss auf seine Unterlippe.

«Ich hatte Angst!», sagte er endlich leise. «Dieser Anruf von Elsa … ich hatte Angst, dass Giorgio und Elsa mich reinlegen wollten. Giorgio hatte in letzter Zeit so eine Art Verfolgungswahn entwickelt. Dauernd warf er mir vor, dass ich ihn mit dem Essen krank machen wollte. Es war keine gute Zeit.»

«Haben Sie ihn mit dem Essen krank gemacht?»

Der junge Mann lachte plötzlich auf, ein Ansatz von verführerischem Charme blitzte über sein Gesicht.

«Nein, nicht wirklich. Ich habe manchmal grünen Paprika in den Salat gemischt, um ihn zu ärgern. Er hat niemals einen Bissen davon gegessen, sondern ihn Stück für Stück herausgefischt und mir auf den Teller geknallt.»

Guerrini unterdrückte ein Lächeln, erinnerte sich plötzlich an ähnliche Situationen in seiner Ehe. Ehe Carlotta ihn verließ, kochte sie immer häufiger Gerichte, die er nicht mochte. *Trippa alla fiorentina* zum Beispiel. Er hasste dieses Gericht aus kleingeschnittenen Kutteln! Und sie hatte es nicht mal selbst zubereitet, sondern aus Dosen aufgewärmt. Guerrini erschauerte noch im Nachhinein. Die Unterschiede zwischen gleichgeschlechtlichen und heterosexuellen Paaren schienen selbst in den Formen der Rache nicht besonders groß zu sein.

«Warum haben Sie grünen Paprika in sein Essen gemischt?»

Enzo Leone schob seine Espressotasse hin und her. «Sie

wissen nicht, wie er war, Commissario. Giorgio war ein großer Schriftsteller, aber er war auch ein sehr schwieriger Mensch. Er konnte andere sehr verletzen, nahm keine Rücksicht.»

«Auch nicht auf Sie?»

«Nein, auch nicht auf mich. Aber wenn Sie meinen, dass ich ihn deshalb umgebracht haben könnte – nein, Commissario. Ich war schon zu lange an seine Gemeinheiten gewöhnt. Ich habe ihn nicht umgebracht. Das Leben mit Giorgio hatte mehr gute als schlechte Seiten.»

«Warum leben Sie dann in diesem Gästehaus und nicht im Haupthaus?»

«Das war ja eine der guten Seiten. Wir haben uns Freiraum gelassen, Commissario.»

Guerrini starrte den jungen Mann interessiert an.

«Freiraum wofür?»

Leone verdrehte die Augen wie ein Teenager.

«Für alles Mögliche.»

«Und das wäre?»

«Verschiedene Fernsehprogramme zum Beispiel. Ich stehe früher auf als Giorgio. Ich telefoniere viel …»

«Aha!» Guerrini ließ ihn nicht aus den Augen.

Der junge Mann hatte inzwischen an Selbstsicherheit gewonnen, zelebrierte dezent seine Körperlichkeit vor Guerrini.

«Was könnte so interessant am Arbeitszimmer von Signor Altlander sein, dass jemand sogar Polizeisiegel aufbricht?»

«Er hat eine Menge Notizen über eine Menge Leute gesammelt. Aber ich weiß es nicht. Ich hatte keinen Zugang zu seinem Laptop, und ich kann auch kein Deutsch. Ich habe meinen eigenen PC.»

«Da war aber kein Laptop!»

«Was? Auf seinem Schreibtisch stand immer ein Laptop. Er arbeitete nur so!»

Guerrini trank den bittersüßen Espresso aus.

«Dann hat der Mörder ihn vermutlich mitgenommen. Ich möchte, dass Sie mir eine Liste der Freunde und Bekannten Altlanders aufstellen und sich weiterhin zur Verfügung halten. Und geben Sie mir die Namen und Adressen ihrer Freunde in Florenz, damit ich Ihre Aussage nachprüfen kann. Heute Nachmittag möchte ich Sie in der Questura in Siena sehen. Mit der Liste.»

Er nickte dem jungen Mann zu und ging. Als er die Tür hinter sich ins Schloss gezogen hatte, legte Enzo Leone kurz den Kopf in seinen Arm auf dem Tresen, trank dann gierig ein Glas kaltes Wasser, betrachtete das leere Glas und warf es an die Wand. Draußen hielt Guerrini einen Augenblick inne, horchte auf das Splittern, nickte und ging zu seinem Wagen.

Schneller als erwartet fand Kommissar Peter Baumann heraus, wo der alte Mann den Großen Krieg zugebracht hatte: nach Auskunft des Einwohnermeldeamts in den Wohnblöcken einer Baugenossenschaft im Stadtteil Schwabing. Dort gab es auch eine Eintragung über seine Tätigkeit als Luftschutzwart und Hausmeister.

«Gibt's die noch, diese Baugenossenschaft?», fragte Laura und nahm die Beine von der Balkonbrüstung.

«Allerdings. Die haben ein Büro, einen Vorstand, eine Sekretärin und einen Geschäftsführer.»

«Wo ist das Büro?»

«Du bist ein richtiger Workaholic, Laura. Es ist

dein freier Tag! Hast du schon gemerkt, dass die Sonne scheint?»

«Natürlich, ich sitze auf dem Balkon. Aber ich habe vor, jetzt aufzustehen und meinen Vater in Schwabing zu besuchen. Falls dieses Büro auf dem Weg liegt, kann ich ja mal reinschauen. Du interessierst dich doch sowieso nicht für diesen Fall.»

«Es ist kein Fall, Laura. Der Staatsanwalt will morgen die Sache ad acta legen, falls nichts Neues herauskommt.»

«Es kann nur etwas Neues herauskommen, wenn man Fragen stellt, findest du nicht?»

«Normalerweise schon – aber in dieser Angelegenheit übertreibst du mal wieder.»

«Also hör mal zu: Wer leitet die Ermittlungen? Du oder ich?»

«Ich dachte, Hierarchien bedeuten dir nichts!»

«Es gibt bestimmte Situationen, in denen Hierarchien durchaus nützlich sind, mein lieber Kollege. Dies ist so eine! Gibst du mir jetzt die Adresse des Büros oder nicht?»

Baumann schwieg einen Augenblick, dann räusperte er sich und diktierte Laura die Anschrift des Genossenschaftsbüros.

«Wolltest du wirklich deinen Vater besuchen?»

«Ja, natürlich.»

«Dann grüß ihn von mir.»

«Klar. Übrigens, lass Claudia mal nachprüfen, ob es irgendwas über einen gewissen Giorgio Altlander im Archiv gibt. Und sie soll mal im Internet nachsehen, was da über ihn zu finden ist.»

«Hatte der was mit unserem Alten zu tun?»

«Nein – aber er ist auch tot.»

«Und was geht das uns an?»

«Ich weiß es noch nicht.»

«Sag mal – geht's dir gut?»

«Sehr gut. *Ciao!*»

Laura legte das Telefon neben sich, schloss kurz die Augen und räkelte sich in der Sonne. War sie ein Workaholic, wie Baumann behauptete?

«Nein!», sagte sie dann laut. «Ich bin nur neugieriger als andere, und ich kann meine Freizeit besser genießen, deshalb brauche ich weniger.»

Stimmte das? Manchmal – aber die anderen schienen nie zu begreifen, dass sie gern arbeitete –, meistens jedenfalls. Dass sie wirklich an anderen Menschen interessiert war. Deshalb hatte sie ja diesen Beruf ergriffen, obwohl ihr Vater, der alte Rechtsanwalt Dr. Emilio Gottberg, dagegen gewesen war. Wie er hätte sie Rechtsanwältin werden sollen – das hatte zwar auch eine Menge mit inneren Irrgärten zu tun, aber die Distanz war größer. Ein Rechtsanwalt bearbeitete Irrgärten, während ein Kommissar sie Schritt für Schritt erforschte, um ihre Erbauer zu finden. Die übergab er dann dem Rechtsanwalt und dem Richter – samt dazugehörigem Irrgarten.

Laura warf einen Blick auf die Uhr. Halb elf. Sofia würde gegen zwei aus der Schule kommen, und dann wollte Laura unbedingt zu Hause sein, um mit ihrer Tochter zu essen. Wenn sie gleich losfuhr, konnte sie zuerst dieses Genossenschaftsbüro besuchen und dann ihrem Vater ein wenig Gesellschaft leisten.

Träge löste sie sich von ihrem Sonnenbad, tapste halbblind durch die Küche ins Bad, sah mehr schwarze Punkte als sich selbst im Spiegel, legte Lippenstift auf und hoffte, dass sie ihre Lippen getroffen hatte. Dann griff sie nach ihrem kleinen Rucksack, dem Autoschlüssel und lief schnell die neunundachtzig Stufen hinunter, die sie schon so oft gezählt hatte – beim Hinaufsteigen allerdings, nach langen erschöpfenden Nächten.

Es war ein warmer Tag, endlich löste ein wenig Sommer den zaghaften Frühling ab. Lauras alter Mercedes parkte, bedeckt von Blütenblättern und gelben Pollen, unter Lindenbäumen, klebte von Blütensaft. Es war einer dieser leuchtenden hellgrünen Tage, an denen Laura die Stadt liebte und selbst Verkehrsstaus erträglich fand. An diesem Montag brauchte sie allerdings nur knapp zwanzig Minuten von ihrer Wohnung in Haidhausen nach Schwabing, und sie fand das Büro der Baugenossenschaft im üppig begrünten Hinterhof eines alten Mietshauses nahe der Münchner Freiheit.

Als sie auf die Klingel drückte, geschah zunächst gar nichts. Als sie es ein zweites Mal versuchte, drang Rauschen aus der Sprechanlage, dann beschied ihr eine verzerrte Frauenstimme, dass heute kein Sprechtag sei. Sie solle am Dienstag nächster Woche zwischen 18 und 20 Uhr wiederkommen.

«So lange möchte ich eigentlich nicht warten», gab Laura zurück. «Kripo München. Ich habe ein paar Fragen.»

Keine Antwort. Es rauschte noch ein paar Sekunden, dann näherten sich Schritte der Tür, ein Schlüssel drehte sich im Schloss, und gleich darauf erschien das misstrauische Gesicht einer jungen Frau, deren dunkles Haar in zwei dicke lange Zöpfe geflochten war, die ihr bis zur Taille herabhingen. Ihr rundes Gesicht veränderte sich beim Anblick von Laura Gottberg und zeigte jetzt den Ausdruck geradezu nackter Neugier.

«Haben Sie gesagt Kripo?»

Laura nickte und zeigte ihren Ausweis.

«Kriminalhauptkommissarin», las die junge Frau beinahe ehrfürchtig. «Ja, so was! Noch nie war die Kripo bei uns. Ganz ehrlich! Und ich bin schon beinahe zehn Jahr in dem Job!»

«Kann ich reinkommen?» Laura lächelte und tat einen Schritt nach vorn. Die junge Frau aber machte keine Anstalten, sie einzulassen, sondern schaute sich suchend nach rechts und links um.

«Wo sind denn die Kollegen?»

«Welche Kollegen?»

«Ich meine die Kommissare?»

«Keine Kommissare. Eine Kommissarin, Gottberg ist mein Name.»

«Oh!», machte die Frau enttäuscht. «Ja, dann kommen S' halt rein.»

Laura folgte ihr durch einen geräumigen Flur, dessen Wände mit Aufnahmen historischer Mietshäuser bedeckt waren. Die Frau warf ihre langen Zöpfe über die Schultern, ihr weiter Rock schwang hin und her. In einem kargen Zimmer mit Schreibtisch und Gummibaum wies sie auf einen Stuhl, verschanzte sich dann hinter dem Tisch und fragte:

«Um was geht's denn?»

«Es wäre nett, wenn Sie sich vorstellen würden», entgegnete Laura sanft. «Meinen Namen kennen Sie ja inzwischen.»

«Unterberger, Theresia!», sagte die Frau schnippisch, und ihr Blick war jetzt nicht mehr neugierig, sondern wachsam, fast schlau. «Ich bin hier nur die Sekretärin. Wenn Sie was Spezielles wissen wollen, dann muss ich natürlich die Vorstände anrufen. Über Mieter darf ich sowieso keine Auskunft geben, des is ja klar!»

Ich hätte Baumann schicken sollen, dachte Laura. Dem

würde sie wahrscheinlich alles erzählen, weil er ein Kommissar ist und gut aussieht wie die Jungs im *Tatort*.

«Es geht um einen ehemaligen Mieter, der bereits verstorben ist», sagte sie laut und ging auf den beinahe unverschämten Ton nicht ein.

«Hat er was ausg'fressen?»

«Im Augenblick wüsste ich nur gern, was er zwischen 1940 und 1945 gemacht hat. Da wohnte er nämlich in einer Wohnung Ihrer Baugenossenschaft.»

«Des is ja schon über sechzig Jahr her. Da war ich ja noch nicht einmal auf der Welt. Des is ja Schnee von vorgestern. Da steht nix im Computer, des kann ich Ihnen garantieren, Frau Kommissarin. Da müssen wir die ganz alten Akten raussuchen – aber garantieren kann ich nix. Ich weiß nicht, ob wir da überhaupt noch Unterlagen haben! Was hat er denn ausg'fressen?»

Theresia Unterberger beugte sich mit einem gierigen Gesichtsausdruck vor, als könnte sie Laura auf diese Weise ihr Wissen entreißen, und Laura entschloss sich, ihr einen Brocken hinzuwerfen.

«Genau das möchte ich herauskriegen – er ist nämlich umgebracht worden.»

«Was, umgebracht!?»

«Jaja.»

«Und warum?»

«Ich weiß es nicht.»

«Aber der … der muss ja schon uralt gewesen sein. Mindestens neunzig oder hundert!»

Laura nickte.

«Ja, wer bringt denn so einen alten Mann um?»

«Das würde ich gern herausfinden, mit Ihrer Hilfe, Frau Unterberger.»

«Ja, wenn ich des kann?»

«Natürlich können Sie, ich werde Ihnen Kommissar Baumann als Assistenten schicken. Der studiert gern alte Akten. Glauben Sie, dass Sie eine Liste der ältesten Mieter dieser Baugenossenschaft aufstellen könnten? Also von Leuten, die schon im Zweiten Weltkrieg hier gewohnt haben?»

Theresia Unterberger starrte Laura mit halb zusammengekniffenen Augen an.

«Da sind nicht mehr viele da – aber ein paar gibt's noch. Des is eine zähe Generation, Frau Kommissarin. Die sitzen zum Teil in Wohnungen, die viel zu groß für sie geworden sind. Aber meinen S', dass die rausgehen? Da warten Familien mit drei Kindern auf so große Wohnungen. Aber keine Chance. Die rühren sich keinen Millimeter. Raustragen muss man sie. So is des!»

«Na ja, kann man verstehen, oder?»

«Ich versteh's nicht, Frau Kommissarin. Ich bin schon fünfmal umgezogen und hab's noch nie bereut!»

«Wir Menschen sind verschieden. Ich zieh auch nicht gern um. Also, krieg ich meine Liste? Sie können sie ins Präsidium faxen oder per E-Mail schicken. Ich geb Ihnen meine Karte – und den Kommissar schicke ich morgen vorbei. Ist das recht?»

Und tatsächlich: Theresia Unterberger errötete sanft und nickte, aber in ihren Augen blitzte Abenteuerlust.

Commissario Guerrini erreichte das kleine Bauernhaus von Elsa Michelangeli gegen Mittag. Es war ungewöhnlich heiß für Anfang Juni, Hitzeschwaden flirrten über dem Feldweg, der sich in weiten Bögen den Hang hinaufwand und endlich in eine Zypressenallee überging. Keine besonders lange oder herrschaftliche Allee. Nur ein Akzent in der Landschaft, mehr nicht. Das Haus selbst lag im Schatten dichter Schirmpinien, wurde eingefasst von blühenden Oleanderbüschen und Kletterrosen. Als Guerrini aus dem Wagen stieg, fiel ihm die beinahe vollkommene Stille auf. Katzen lagen in sonnigen Ecken herum, und sechs schneeweiße Tauben saßen auf dem Dach, radschlagend wie Pfaue.

Ein plötzlicher Windstoß bewegte die Äste der Pinien, das Rauschen durchbrach die Stille, setzte sich fort in Taubengurren und im Schlagen eines Fensterladens oder einer Tür. Ein unwirklicher Ort, zeitlos, verwunschen. Kränze getrockneter Pepperoni hingen neben dem Eingang. Wieder schlug eine Tür. Der Wind war warm und heftig.

«Signora Michelangeli!»

Guerrini lauschte seiner eigenen Stimme nach, die ihm zu laut vorkam und seltsam zu hallen schien. Die Tür gab unter seinem vorsichtigen Druck nach, war nur angelehnt gewesen.

«Signora?»

Er betrat die halbdunkle Eingangshalle, warf einen Blick in die Küche, einen zweiten in den Wohnraum, der sich zu einer Terrasse öffnete.

«Signora?»

Es war die Terrassentür, die im Wind schlug. Niemand war zu sehen, nur eine Katze schlief auf dem riesigen rostroten Sofa, eine zweite in einem Sessel. Keine der beiden beachtete Guerrini. Er schloss die im Wind schlagende Tür, fand noch einen Raum, das Schlafzimmer, meinte im Dämmerlicht auf dem breiten Bett den Umriss eines Menschen zu sehen, doch es waren nur Kissen mit dunklen Seidenbezügen. Endlich wandte er sich der schmalen Treppe zu, die in den ersten Stock führte. Erst jetzt, da seine Augen sich an das Halbdunkel im Innern des Hauses gewöhnt hatten, nahm er die großen Gemälde an den Wänden wahr. Sie fügten sich beinahe organisch in die Architektur ein, und Guerrini erkannte auf ihnen die Landschaften seiner Heimat oder vielmehr die Essenz dieser Landschaften. Ganz ähnliche Bilder hatten in Altlanders Haus die Wände bedeckt.

«Signora Michelangeli?»

Langsam stieg er die steilen Stufen hinauf, gelangte an ihrem Ende in einen hellen Raum, der das gesamte Stockwerk einnahm. Große Staffeleien standen an den Wänden, Tongefäße voller Pinsel, Kästen mit Farbtuben. In der Mitte des Raums lagen große glatte Steine und bildeten eine Art Labyrinth. Vor einer besonders großen Leinwand auf einer riesigen Staffelei nahe der Fensterfront saß Elsa Michelangeli, das Kinn in die rechte Hand gestützt, bewegungslos. Die Leinwand war weiß und leer.

Ein paar Minuten lang ließ Guerrini die Atmosphäre des Raums auf sich wirken, dann räusperte er sich leise.

«Signora Michelangeli?»

Sie begann so unvermittelt zu sprechen, dass er ein wenig erschrak.

«Seit gestern sitze ich hier und versuche ein Bild in mir aufsteigen zu lassen. Eines, das sein Leben beschreiben könnte. Aber es geht nicht, da ist nichts als diese leere Leinwand und dahinter noch mehr Leere, als würde ich einen leeren Raum nach dem anderen betreten.»

Waste Land, dachte Guerrini, und ihm fiel plötzlich wieder ein, dass es die Überschrift eines endlos langen Gedichts von T. S. Eliot war, das er vor vielen Jahren gelesen hatte. Daher also war ihm der Name *Wasteland* vertraut. Vieles in den Versen hatte er damals nur halb begriffen, anderes war ihm sehr nahegegangen. Irgendwo in seinem Bücherregal zu Hause musste der Gedichtband noch herumstehen. Gleich heute Abend würde er nachsehen.

«Haben Sie gerade an Eliot gedacht?» Sie starrte noch immer auf die Leinwand.

«Wie bitte?»

«Es liegt nahe, nicht wahr?»

«Wie kommen Sie auf die Idee, dass ich an Eliot gedacht habe, Signora?»

«Weil Sie an ihn gedacht haben, genau wie ich. Zehnmal habe ich sein Gedicht letzte Nacht gelesen. Vor allem jene Stelle, wo er fragt, wer der dritte Mann sei, der neben uns geht. Der dritte mit dem braunen Mantel und der Kapuze. Der dritte geht immer neben uns, wenn wir zu zweit sind, nicht wahr, Commissario? Wir alle wissen es, aber wir glauben es nicht wirklich.» Plötzlich lachte sie, drehte sich aber noch immer nicht zu Guerrini um.

«Ich habe mir tatsächlich eingebildet, dass wir zusammen alt werden könnten. Jeder auf seinem Hügel, aber immer in Kontakt, verwandt im Denken und Fühlen.» Elsa Michelangeli strich mit der linken Hand über die leere Leinwand. «Sie werden über mich lachen, Commissario. Wahrscheinlich denken Sie, ich sei eine verrückte alte Frau. Aber ich fühle mich wie eine Witwe … als hätte man mir ein Stück entrissen.»

«Nein, das glaube ich ganz und gar nicht, Signora.» Guerrini fühlte sich ein wenig unbehaglich. Woher wusste sie, dass er an Eliot gedacht hatte? Kaum jemand heutzutage kannte Eliot. Der junge Buchhändler in Siena vielleicht, der ihm Altlanders Gedichte verkauft hatte, und ein paar Literaturstudenten, aber sonst …

«Das ist nett von Ihnen, Commissario.» Sie wandte den Kopf. «Ich danke Ihnen, dass Sie gekommen sind. So habe ich einen Grund, aufzustehen und einen *caffè* zu kochen.»

Guerrini wollte einwenden, dass er gerade einen Espresso getrunken hatte, doch er unterließ es. Vermutlich tat es Elsa Michelangeli gut, einen Kaffee zuzubereiten. Jetzt stand sie auf und kam auf ihn zu, eine große schlanke Frau, sehr aufrecht, mit leicht erhobenem Kinn. Aristokratisch wirkte sie mit ihren herben Gesichtszügen und dem weißen Haar. Sie wies auf die großen Gemälde, die in Guerrini ein Gefühl auslösten, als hätte die Künstlerin das Land durch ein sehr starkes Vergrößerungsglas betrachtet, eines, das in die Erde eindringen konnte, um ihr alle Geheimnisse zu entreißen.

«Giorgio war der Spiegel meiner Kunst», sagte sie leise. «Er begriff sofort, was ich zeigen wollte. Manchmal schrieb er ein Gedicht, wenn er eines meiner Bilder betrachtet hatte. Manchmal malte ich ein Bild, wenn ich eines seiner Gedichte gelesen hatte. Es war eine Art Befruchtung, Frage und Antwort.»

Guerrini versuchte sich an die vier Zeilen zu erinnern, die er in Altlanders Gedichtband gelesen hatte.

«Und der rote Mantel der Vergeltung …», begann er, blieb natürlich stecken. Elsa Michelangeli sah ihn erstaunt an, hob leicht die Augenbrauen und fuhr fort:

«… wird dereinst die Erde fegen,
wenn sie verdorrt ist
unter der menschlichen Gier.

Schatten schwarzer Vögel
werden die Sonne verdunkeln,
Stöhnen das Universum füllen,
wenn Gaia sich von uns befreit.»

Einen Augenblick lang lauschten Guerrini und die Malerin diesen mächtigen apokalyptischen Worten nach.

«Haben Sie ein Bild dazu gemalt?»

«Ja, das habe ich. Nicht nur eines. Eine ganze Serie. Sie hängt im Museum für moderne Kunst in Rom. Aber wenn es Sie interessiert, Commissario, ich habe Fotos der Bilder.»

«Ich würde sie gern sehen.»

«Dann kommen Sie mit hinunter. Ich mache uns Kaffee.»

Auf halber Treppe blieb sie stehen und wandte sich zu ihm um.

«Was wollen Sie eigentlich von mir, Commissario?»

«Nun, was man in meinem Beruf so macht, Signora. Ich möchte Ihnen zuhören, ein paar Fragen stellen, und ich möchte herausfinden, was für ein Mensch Giorgio Altlander war.»

Wieder lachte sie auf. Spöttisch diesmal.

«Was für ein Mensch er war? Das weiß ja nicht einmal ich genau, obwohl ich ihm so nahestand. Es gab immer wieder neue Seiten an ihm zu entdecken – manche wunderbar, andere erschreckend, ja abstoßend.» Sie ging weiter, strich im Vorübergehen einer Katze über den Rücken. Guerrini folgte ihr langsam, war froh, dass Tommasini nicht da war. Angesichts dieser feingeistigen Gespräche hätte er vermutlich einen Anfall von Klassenhass bekommen und Guerrini gleich mit eingeschlossen.

«Ich bereite meinen Espresso noch auf die altmodische Art, und ich finde, er schmeckt besser als aus diesen Maschinen.» Sorgfältig füllte sie den Einsatz eines Aluminiumkännchens mit Kaffeepulver, goss Wasser in den unteren Teil, schraubte alles zusammen und entzündete auf dem Herd eine Gasflamme.

«Möchten Sie ein paar *cantuccini* dazu, Commissario? Selbstgebacken. Giorgio liebte meine Mandelkekse.»

«Haben Sie auch für ihn gekocht, Signora?»

«So gut wie nie. Das machte Enzo. Er kocht wirklich gut, wenn er Lust dazu hat. Ich habe nur gekocht, wenn Giorgio mich besuchte. *Faraona con fichi freschi* mochte er ganz besonders gern.»

Bei der Vorstellung von Perlhuhn mit frischen Feigen lief Guerrini das Wasser im Mund zusammen, und ihm wurde bewusst, dass er außer einem kargen Frühstück heute noch nichts zu sich genommen hatte.

«Ich nehme gern ein paar Ihrer *cantuccini*, Signora!», sagte er schnell und überlegte gleichzeitig, welche Rolle sie wohl in Altlanders Leben gespielt hatte. Muse, Mutter, Schwester? Platonische Geliebte? Vermutlich alles zusammen.

Er beobachtete die Malerin, während sie in der Küche umherlief, die Keksdose aus dem alten Bauernschrank nahm. Sie trug einen langen dunkelblauen Rock, eine enge Leinenbluse in einem Blau, das eine Nuance heller war. Beides betonte ihre schlanke Gestalt. Der Haarknoten in ihrem Nacken hatte sich ein wenig gelöst, und die herabhängenden Strähnen machten ihr Gesicht weicher.

«Leben Sie ganz allein hier, Signora?»

«Erstaunt Sie das? Kreative Arbeit erfordert Einsamkeit – zumindest zeitweilig. Sie können sich nicht auf innere Bilder konzentrieren, wenn ständig irgendwelche Leute um sie herumtanzen. Aber ich lebe nicht immer allein. Es gibt ein paar Kunststudenten, die jedes Jahr einige Monate bei mir lernen.»

Natürlich, dachte Guerrini. Elsa Michelangeli war eine bekannte Malerin. Genau wie Altlander ein bekannter Schriftsteller war. Guerrini kam sich wie ein Trottel vor. Na, immerhin kannte er T. S. Eliot. Jedenfalls ein bisschen.

«Wollten Sie mich fragen, ob ich mich so allein nicht fürchte? Alle fragen mich das!» Ihre Stimme klang plötzlich angriffslustig.

«Nein. Das wollte ich Sie nicht fragen, Signora Michelangeli. Sie würden hier wohl nicht wohnen, wenn Sie sich fürchteten.»

Sie warf ihm einen erstaunten Blick zu.

«Sagen Sie Elsa zu mir und fragen Sie mich endlich was. Oder fällt Ihnen nichts ein, Commissario?»

«Doch, Signora. Ich habe ja schon eine Menge erfahren.»

«Mit diesem Smalltalk, den wir bisher geführt haben? Dass ich nicht lache.»

Aha, dachte Guerrini. Jetzt kommt die wahre Elsa langsam ans Licht. Gefällt mir gar nicht so schlecht.

«Sie mögen diesen Enzo Leone nicht besonders, oder irre ich mich da?»

«Nein, ich mag ihn nicht besonders. Ich habe ihn seit Jahren hingenommen. Er war in meinen Augen nicht der richtige Partner für Giorgio. Ich habe ihn immer als einen kleinen miesen Abstauber betrachtet. Aber in die Beziehungen von Homosexuellen darf man sich noch weniger einmischen als in andere. Deshalb habe ich mich rausgehalten. Er kocht ganz gut, ist kein schlechter Sekretär –

wenn man bedenkt, dass er eigentlich Kellner war, na ja. Mehr kann ich dazu nicht sagen.»

Wieder dankte Guerrini dem Himmel, dass Tommasini nicht zuhörte. Sein Bruder war Kellner gewesen, besaß aber inzwischen eine Osteria.

«Gab es Probleme zwischen den beiden?»

«Meiner Ansicht nach hätten sie sich bald getrennt. Enzo fuhr dauernd nach Florenz, und sie haben sich viel gestritten.» Ein verächtlicher Zug lag um Elsas Mund. «Ich weiß nicht, warum Giorgio nicht schon längst mit ihm Schluss gemacht hat. Früher war er da viel radikaler. Er sagte mal etwas wie: Im Alter trennt man sich nicht mehr so leicht.»

«Können Sie sich vorstellen, dass Enzo etwas mit Altlanders Tod zu tun hat?»

Elsa Michelangeli richtete sich hoch auf, stemmte beide Fäuste in ihre Hüften, lachte kurz und bitter auf.

«Vorstellen kann ich mir alles, Commissario. Alles, was Menschen so draufhaben.»

«Und was bedeutet das?»

Sie zuckte die Achseln.

«Wurde er bedroht? Hatte er Feinde?»

«Ja, natürlich. Er machte sich gern Feinde. Menschen waren nicht seine bevorzugten Lebewesen. Vögel und Hunde mochte er lieber.»

«Sein Laptop wurde offensichtlich gestohlen – möglicherweise hat der Mörder ihn mitgenommen, und inzwischen wurde eingebrochen, obwohl die Räume versiegelt waren.»

«Ach! Das finde ich interessant.» Sie nippte an ihrer winzigen Espressotasse und streichelte die Katze, die neben ihr auf dem Sofa lag.

«Haben Sie eine Ahnung, was auf diesem Laptop gespeichert sein könnte?»

«Bösartige Bemerkungen über diverse Menschen, Gedichte, Essays, Notizen für seine Arbeit … was ein Schriftsteller eben so seinem Computer anvertraut.»

«Wer könnte daran interessiert sein? Signora, ich habe den Eindruck, dass Sie ausweichen. Sie sind eine wichtige Zeugin, eine der wenigen, die ihn näher gekannt haben.»

«Ich kann Ihnen mindestens zehn Leute nennen, die Interesse an diesem blöden Computer haben müssten.»

«Ich bitte darum.»

«Die Namen muss ich erst zusammenbringen, aber einer davon ist bestimmt Paolo Montelli, der Textilfabrikant.»

«Der aus Prato, mit der Villa in Borgo Ecclesia?»

«Genau der!»

«Warum denn der? Was hat ein italienischer Textilfabrikant mit einem deutschen Schriftsteller zu tun?»

Wieder lachte Elsa auf.

«Man sieht, dass Sie Giorgio nicht kannten. Er gab ab und zu große Feste, um die Vertreter des Kapitalismus hautnah zu studieren, traf sich auch privat mit ihnen. Mit deutschen und italienischen. Giorgio war ein großer Zyniker. Er hat sie eingeladen, sie beobachtet und dann über sie geschrieben. Seltsamerweise kamen sie trotzdem.»

«Wahrscheinlich haben sie seine Bücher nicht gelesen», meinte Guerrini.

Sie stieß einen verächtlichen Laut aus. «Ich vermute eher, dass sie sich bedeutend vorkamen … oder dass sie so blöde sind, es nicht zu merken!»

«Und Sie, haben Sie diese Menschen gemalt?»

«Ja, natürlich. Die Bilder hängen alle in Rom. Ist es nicht merkwürdig, dass eine Gesellschaft die Zeugnisse ihrer Demaskierung in die Museen hängt und auch noch eine Menge Geld dafür bezahlt?»

«Nur auf den ersten Blick, Signora. Im Museum sind diese Dinge gut aufgehoben – ein bisschen der Wirklichkeit entrückt und damit weniger gefährlich. Denken Sie an die legendäre Umarmung des Feindes.» Guerrini tunkte einen *cantuccino* in seinen Espresso und begann nachdenklich zu kauen.

«Als Sie den Toten fanden, stand da der Laptop noch auf dem Schreibtisch, Signora?» Er sah sie nicht an, sondern schien ausschließlich mit dem Gebäck beschäftigt zu sein.

«Glauben Sie wirklich, dass ich in diesem Augenblick auf so etwas achten konnte?»

«Na ja, Sie wollen doch, dass ich Fragen stelle.»

«Aber intelligente!» Sie stellte ihre Tasse etwas heftig auf den Unterteller.

«Ich finde die Frage gar nicht so unintelligent. Dieser Laptop könnte schließlich auch für Sie interessant sein.»

«Wie kommen Sie dazu, mich zu verdächtigen! Ich habe die ganze Nacht in meinem Atelier gesessen und diese leere Leinwand angestarrt. Und ich hatte die ganze Zeit das Gefühl, dass ich nie wieder ein Bild malen kann. Das war meine Beschäftigung in der vergangenen Nacht. Giorgio war meine Inspiration. Ich weiß im Moment nicht, wie es weitergehen soll.» Sie stand auf und öffnete die Terrassentür.

Eine dritte Katze schlüpfte herein, streifte erst Elsas Rock, glitt dann mit der Schulter an einem der Sessel entlang, setzte sich schließlich vor Guerrini hin und starrte ihn an. Das Tier war offensichtlich ein Kater, rothaarig, mit dickem Kopf. Eines seiner Ohren hing seitlich herab, und das linke Auge war blind.

«SIE IST DA!», flüsterte Dr. Emilio Gottberg und wies auf die Wohnzimmertür. Er griff nach Lauras Arm und zog seine Tochter in seine kleine Küche, schloss leise die Tür und ließ sich erschöpft auf einen Stuhl sinken. «Sie ist furchtbar!»

«Vater, sie putzt. Warum gehst du nicht spazieren, solange sie putzt?»

«Weil ich ein Sandkorn im Auge habe, und außerdem habe ich auf dich gewartet. Ich verstehe diese Frau nicht, Laura. Wenn sie kommt, dann will sie mich immer auf den Mund küssen, sie nennt mich Onkel oder Vatter, sie verfolgt gnadenlos alle harmlosen Spinnen, die sich in meine Wohnung verirren, und sie hat eine entsetzlich keifende Stimme.»

«Sie ist Russin, Vater. Die küssen alle auf den Mund.»

«Aber ich bin kein Russe! Heute hat sie etwas ganz besonders Fürchterliches gemacht. Sie hat mein rotes Auge gesehen, und so musste ich ihr sagen, dass ich ein Sandkorn drinhabe. Da wollte sie mein Auge mit der Zunge auslecken. Stell dir das vor! So hätten sie das immer in Sibirien gemacht!» Schützend bedeckte der alte Gottberg sein rechtes Auge mit einer Hand.

Laura prustete los.

«Hat sie das wirklich gesagt?»

«Allerdings! Findest du das wirklich komisch?»

«Ja, ich finde das wirklich komisch. Darf ich mir das Auge mal ansehen?»

Er zog die Hand vom Gesicht.

«Du darfst. Aber lass diese Person nicht in meine Nähe.»

«Warte mal, das haben wir gleich. Das Sandkorn muss raus, dein Auge ist schon ganz rot!» Laura füllte ein kleines Kännchen mit lauwarmem Wasser, nahm ein sauberes Küchentuch aus dem Schrank.

«Lehn dich zurück!»

Gehorsam legte der alte Herr seinen Kopf in den Nacken, und Laura spülte behutsam sein Auge aus.

«Und dann hat sie mir noch eine ganz schreckliche Geschichte von ihrem Großonkel erzählt, der ein offenes Bein hatte. Um ihn zu kurieren, hat sie jeden Tag in eine Schüssel gepinkelt, gebrunzt hat sie gesagt, stell dir vor, *gebrunzt*!»

Wieder lachte Laura los, und diesmal stimmte auch ihr Vater ein.

«Und wie geht die Geschichte weiter?» Laura drückte ihrem Vater einen Kuss auf die Stirn.

«Sie hat mit dem Urin das Bein ihres Großonkels gewaschen, und es heilte. Kein Arzt hätte das fertiggekriegt, sagte sie, und sie ist mir dauernd nachgelaufen, während sie das erzählte. Und danach wäre die nächste Geschichte gekommen, wenn ich mich nicht auf dem Klo verschanzt hätte.»

«Eigentlich», lachte Laura, während sie die kleine Kaffeemaschine einschaltete, «eigentlich ist deine Olga Schuster von unschätzbarem Wert. Sie bringt uns zum Lachen, und sie ist sehr originell.»

«Wenn man gute Nerven hat, dann könnte man das

so sehen», grummelte Emilio Gottberg, während er seine Augenlider auf- und zuklappte, um herauszufinden, ob das verflixte Sandkorn wirklich fort war. «Was würdest du tun, wenn deine Putzfrau dir von Zimmer zu Zimmer folgt, um gnadenlos ihre Geschichten zu erzählen?»

«Ich würde es so einrichten, dass ich nie zu Hause wäre, wenn sie kommt!»

«Meistens mache ich das auch, aber zurzeit bleibe ich lieber zu Hause.»

«Geht's dir nicht so gut?»

Er rieb vorsichtig sein Auge.

«Nicht reiben!»

«Es juckt.»

«Lass es jucken. Ich hab dich was gefragt, Vater.»

«Ach, es geht mir ganz gut. Es ist nur … ich fühl mich draußen manchmal so ausgesetzt. Es ist alles irgendwie zu hell und zu laut und zu schnell. Da sitze ich doch lieber auf meinem Balkon und lese die Zeitung.»

«Und wenn ich mit dir rausgehe?»

«Setz dich lieber zu mir auf den Balkon. Ich mag die Stadt zurzeit einfach nicht. Ich hab ganz andere Bilder im Kopf, Pinien und Zypressen, einen Schwatz in einer Bar in – sagen wir Siena, auf dem Campo. Dein Commissario wohnt doch in Siena. Und ich war so oft mit deiner Mutter dort, Laura. Ich würde die Toskana wirklich gern noch einmal sehen, ehe ich mich verabschiede. Wir haben immer wieder darüber gesprochen in den letzten Monaten. Ich weiß ja, dass du wenig Zeit hast – aber vielleicht eine Woche?»

«Ich habe es dir versprochen, Vater. Was sagten wir? Juni ist eine gute Zeit, wenn der Mohn blüht und man nachts draußen sitzen kann, ohne zu frieren.»

«Der Juni ist schon fast vorbei, Laura.»

«Aber noch nicht ganz! Ich habe Urlaub beantragt, und Ronald ist einverstanden, die Kinder zu übernehmen.»

Emilio Gottberg lächelte, doch etwas in seinem Lächeln beunruhigte Laura. Es waren seine Augen, sie hatten einen seltsam fernen Ausdruck, als blicke er bereits auf die fernen Hügel oder als sähe er etwas, das für Laura unsichtbar war.

Als sie sich zur Tür wandte, blieb er ganz gegen seine Gewohnheit sitzen. Da kehrte sie zu ihm zurück und legte ihm eine Hand auf die Schulter, streichelte ihn leicht und kam sich unbeholfen vor. Alle beide zuckten sie zusammen, weil Lauras Handy zu brummen begann.

«Ja, Gottberg?»

«Mama, hier ist Sofia. Du, ich komm heute Mittag nicht nach Hause. Sabine und ich wollen gemeinsam Mathe lernen. Du hast doch nichts dagegen, oder?»

Laura blickte auf ihren Vater, der inzwischen seine Augen geschlossen hatte.

«Weiß nicht, nein … lernt nur. Aber ich möchte, dass du heute Abend um sechs zu Hause bist. Dann kochen wir zusammen!»

«Alles klar, Mama. Bis später.»

Weg war sie.

«Sofia?», fragte der alte Gottberg und machte ein Auge auf.

«Ja.»

«Fliegt auch davon, was?» Er öffnete das zweite Auge.

«Sie macht Flugübungen.»

«Tut's weh?»

«Manchmal.»

«Kenn ich.» Er seufzte.

«Ist aber schon länger her, was?» Laura streichelte weiter seine Schulter. Plötzlich lächelte er ein bisschen boshaft.

«Also, ich finde, dass du noch heute ab und zu Flugübungen machst! Wenn ich nur an diese ungeheuer komplizierte Geschichte mit deinem Commissario denke …»

«Aber das tut nicht weh, oder?»

«Nur wenn du es dir schwermachst.»

«Aber Babbo, das ist ganz allein meine Sache.»

«Warte nur, bis deine Kinder Liebeskummer haben. Das tut genauso weh wie der eigene!» Er hatte seine Augen wieder zugemacht. Aus dem Schlafzimmer klang das Röhren des Staubsaugers herüber, aber in der Küche war es ganz still, duftete nach Kaffee, und Laura liebte ihren Vater für seine Klugheit.

Die Kollegen von der Spurensicherung hatten außer ein paar Glasscherben nichts finden können, nichts, was auf den Dieb des Laptops hätte schließen lassen. Keine Fingerabdrücke an der Leiter, keine neuen im Arbeitszimmer. Aber dort hatten sie ohnehin nur die von Altlander, der Putzfrau und Enzo Leone gefunden. Immerhin erschien Altlanders Lebensgefährte am späten Nachmittag in der Questura und überreichte Guerrini eine lange Liste mit Namen und Telefonnummern. Er sah noch immer ein wenig angeschlagen aus, war aber sorgfältig gekleidet und frisiert.

Irgendwie schien er von der schlichten Einrichtung in Guerrinis Büro irritiert, hatte vielleicht Besseres erwartet von einem Commissario. Er legte die Liste auf den Schreibtisch und wollte gleich wieder gehen, doch Guerrini hielt ihn zurück.

«Ich habe noch ein paar Fragen, Signor Leone.»

«Und welche? Was gibt es denn noch?»

«Eigentlich alles. Wir haben ja nicht einmal angefangen, richtig miteinander zu reden.»

«Ich dachte, wir wären durch.» Leone stand noch immer an der Tür.

«Das ist ein Irrtum. Wollen Sie sich nicht setzen? Ich kann auch einen Espresso machen lassen, wenn Sie einen möchten. Er wird zwar sicher nicht so gut sein wie Ihrer, aber immerhin so aussehen wie Espresso.»

Enzo Leone trat einen Schritt näher an Guerrinis Schreibtisch heran.

«Was wollen Sie von mir, Commissario? Ich habe ihn nicht umgebracht, obwohl ich manchmal Grund dazu hatte.»

«Ich habe nicht behauptet, dass Sie ihn umgebracht haben. Es wäre zwar eine Möglichkeit, aber es gibt sicher noch andere. Was können Sie mir zum Beispiel über Giorgio Altlanders Verhältnis zu Elsa Michelangeli erzählen?»

Leone zuckte die Achseln, setzte sich endlich.

«Sie waren ein seltsames Paar. Ich hab mich nie wirklich wohlgefühlt, wenn wir zu dritt waren. Ich kam mir dann irgendwie ausgeschlossen vor. Sie redeten über Dichter und Bücher und weiß der Teufel was. Lauter Dinge, von denen ich nichts verstehe. Elsa ist sehr berühmt, und sie hat es mich spüren lassen. Ich war so was wie der arme Verwandte oder der unpassende Partner. Ja, jetzt fällt es mir so richtig auf. Sie war wie eine Mutter, deren Sohn die falsche Freundin hat.» Er strich mit der Hand über sein Bein, glättete eine Falte seiner hellen Hose.

«Sie haben eine gute Beobachtungsgabe, Signor Leone. Glauben Sie, das Elsa Michelangeli eifersüchtig auf Sie war?»

«Wollen Sie wirklich wissen, was ich glaube?»

«Natürlich.»

«Ich glaube, dass die alte Hexe Giorgio liebte. Es hat sie halb umgebracht, dass er schwul war.»

«Warum sagen Sie ‹alte Hexe›?»

«Weil sie eine ist. Alle ihre Ideen stammten doch von Giorgio. Sie hat ihn ausgesaugt.»

«Und seine, woher stammten die?»

«Bestimmt nicht von ihr. Er saugte die anderen aus, Commissario.»

«Zum Beispiel Paolo Montelli?»

Leone runzelte die Stirn.

«Wie kommen Sie denn auf den?»

«Steht er nicht auf Ihrer Liste?»

«Doch, aber woher kennen Sie ihn?»

«Ach, das spielt keine Rolle. Mich interessiert sein Verhältnis zu Signor Altlander.»

«Darüber weiß ich nichts …» Leones Lächeln hatte plötzlich etwas Schmutziges, Anzügliches. «Ich weiß nur, dass Montelli ziemlich viel Geld hat und dass er Giorgio schon lange kannte.»

«Wie lange?»

«Keine Ahnung.»

«Länger als Sie?»

«Ich nehme es an.»

«Hat Signor Altlander nie etwas über diese Verbindung verlauten lassen?»

«Nein. Ich habe nur einmal gehört, dass die beiden sehr heftig stritten. Ich glaube, dass es dabei um Politik ging. Aber genau habe ich es nicht hören können.»

«War Montelli häufig mit Altlander zusammen?»

«Nein. Ich habe ab und zu für die beiden gekocht. Montelli liebt Wildschwein und große *bistecche*. Er trägt eine goldene Rolex und fährt einen blauen Jaguar.»

«Ist das alles, was Sie über ihn wissen?»

«Reicht das nicht?»

Dieses Schwein, dachte Guerrini und meinte damit nicht Enzo Leone.

Die Nachricht von Giorgio Altlanders Tod schlug in der deutschen Presse ziemlich kräftig ein. Nicht gerade wie eine Bombe, denn er war ja nur Schriftsteller und nicht Politiker oder Schauspieler, aber immerhin heftig genug, um für Wirbel zu sorgen. Es war eine echte Story: Skandalautor in der Toskana ermordet. War es sein Liebhaber? So lauteten die Schlagzeilen einiger Boulevardblätter.

Die seriösen Tageszeitungen behandelten das Thema mit Zurückhaltung, kommentierten seine großartigen frühen Werke, die starken Gedichte, die erbarmungslose Gesellschaftskritik und seine Nominierung für den Literaturnobelpreis vor zwanzig Jahren. Er sei unter ungeklärten Umständen ums Leben gekommen.

Als Laura am Dienstagmorgen mit einem Arm voller Zeitungen ins Dezernat kam, begrüßte Claudia sie mit der Nachricht, dass Kriminaloberrat Becker bereits auf sie warte.

«Er ist nervös!», sagte sie und schaute fragend auf den Stapel Zeitungen.

«Altlander!», erwiderte Laura. «Interessiert mich. Hast du was von ihm gelesen?»

«Nee. Oder doch, irgendwelche Gedichte in der Schule, aber das ist schon lange her. Ich kann mich nicht genau erinnern. Warum der wohl umgebracht wurde?»

«Keine Ahnung, aber ich wüsste es gern.»

«Na ja, ich denke, dass du ziemlich nah dran an der Sache bist. Heute Morgen kam eine E-Mail vom BKA. Und ich kann dir eins sagen: Manchmal wäre ich wirklich gern du.» Claudia schupste einen Stapel Akten an.

«Aber bisher wolltest du nie mit mir und Baumann tauschen.»

«Nicht, wenn ihr dauernd nachts unterwegs seid, aber wenn sie dich nach Italien schicken, dann finde ich das echt beneidenswert!»

«Wer schickt mich nach Italien?» Laura versuchte die Ahnungslose zu spielen.

«Mach dich nicht über mich lustig. Ich wette, dass dein Commissario längst bei dir angerufen hat! Du hast wirklich ein unglaubliches Glück, dass dieser Altlander ausgerechnet in der Nähe von Siena umgebracht wurde.»

«Wir haben das arrangiert, Claudia. Ich dachte, du würdest selbst draufkommen.» Laura zwinkerte der jungen Frau zu.

«Baumann vermutet auch so was», entgegnete Claudia trocken.

«Was, der weiß auch schon davon?»

«Na, der Chef hat ihn vorhin gefragt, ob er eine Woche ohne dich auskommen könnte. Er hat natürlich nein gesagt. Aber es liegt ja nichts Besonderes vor, außer dem vergifteten alten Mann.»

«Für mich ist der vergiftete alte Mann aber etwas Besonderes, und ich möchte, dass du mir dabei hilfst, Baumann zu motivieren. Ich hab das Gefühl, dass da eine ziemlich seltsame Geschichte dahintersteckt.»

«In welcher Hinsicht?»

«Ich weiß es nicht genau. Irgendwas aus der Vergangenheit des Alten.»

«Du magst solche Fälle, nicht wahr? Ist spannender als Mord aus Eifersucht und so was!»

«Mord aus Eifersucht ist primitiv und nervt.» Laura legte ihre Zeitungen auf Claudias Schreibtisch ab, kämmte mit den Fingern ihr Haar zurück.

«Also, wenn jemand nach mir fragt, ich bin beim Chef!»

Während Laura den langen Gang zum Büro ihres Vorgesetzten entlangging, versuchte sie sich an den Gedanken zu gewöhnen, dass inzwischen alle von ihrer Beziehung zu Commissario Guerrini wussten. Alle außer Kriminaloberrat Becker. Das jedenfalls hoffte Laura.

«Ich glaube mich daran zu erinnern, dass Sie schon einmal Ermittlungshilfe in Siena geleistet haben. Was war das nochmal?» Kriminaloberrat Becker runzelte die Stirn und sah Laura fragend an. Sie war sicher, dass er genau wusste, um welchen Fall es sich handelte.

«Es war die Geschichte mit der Selbsterfahrungsgruppe im letzten Jahr. Ein Totschlag, ein Mord.»

«Jaja, jetzt erinnere ich mich. Da hat die Presse ja auch verrücktgespielt.» Er ging vor seinem Schreibtisch auf und ab, schaute aus dem Fenster, ging weiter, blieb vor Laura stehen. So nah, dass sie sein Rasierwaser riechen konnte.

«Ist es nicht ein seltsamer Zufall, dass es nun wieder Siena trifft?»

«Ich weiß nicht, worum es geht, Chef.»

«Ein gewisser Commissario Angelo Guerrini hat beim BKA um Ermittlungshilfe im Fall Altlander gebeten.

Dringend! Und raten Sie mal, wen er ganz dezidiert angefordert hat – aufgrund ihrer Erfahrung und Kenntnis der italienischen Sprache.»

Er beugte sich noch näher zu Laura. Sie wich nicht zurück, falls er das beabsichtigt hatte, aber sie versuchte, flach zu atmen, um seinem etwas heftigen Männerparfüm zu entgehen.

«Ich habe Altlander nicht umgebracht, und ich habe auch nicht Commissario Guerrini darum gebeten, mich anzufordern.»

«Aber eigenartig ist es schon, finden Sie nicht, Laura?»

«Vielleicht.»

Er schaute in Lauras Augen, so bedeutungsvoll und tief, dass sie den Blick abwandte und sich fühlte, als hätte er sie auf eine Art angefasst, die ihr zuwider war.

«Tja», murmelte er nach einer Weile. «Ich bin durchaus für eine gute Zusammenarbeit auf europäischer Ebene, und persönliche Kontakte gerade zu den italienischen Kollegen können auch uns nützen. Aber die Kontakte sollten nicht zu persönlich sein, denn das wiederum behindert eine objektive und effektive Arbeit.»

«Bitte?»

«Ich denke, dass ich mich klar genug ausgedrückt habe. Sie werden am Donnerstag nach Siena fahren. Es ist nicht meine Entscheidung, falls es Sie interessiert. Sie kam von höherer Stelle.»

«Oh.» Laura war angesichts dieser unerwartet rasanten Entwicklung ihre Schlagfertigkeit abhandengekommen. Becker hob die Augenbrauen und fingerte an seiner Krawatte, die wie immer ein wenig zu eng saß. «Das wäre es», murmelte er. «Halten Sie mich auf dem Laufenden. Es wird uns nichts anderes übrigbleiben, als regelmäßige

Presseerklärungen abzugeben. Ich hasse Fälle, in die Prominente verwickelt sind.»

Donnerstag, dachte Laura. Heute ist Dienstag. Ich werde noch zehn Kerzen neben Angelos stellen. Für die heilige Katharina von Siena. Und ich werde Vater mitnehmen. Ganz egal, was passiert.

Sie hatte den Impuls, einen Luftsprung zu machen oder laut zu singen, was natürlich in den Gängen des Polizeipräsidiums gänzlich unangebracht war. So lief sie nur schneller als gewöhnlich und riss die Tür zum Dezernatsbüro so heftig auf, dass Kommissar Baumann und Claudia erstaunt aufblickten.

«Gibt's schon Adressen von den ältesten Bewohnern der Schwabinger Genossenschaft?», rief sie.

«Was ist denn mit dir los?» Baumann runzelte missbilligend die Stirn.

«Ich arbeite gern!»

«Du warst beim Chef», entgegnete er. «Und du darfst schon wieder nach Italien fahren. Ich würde auch gern arbeiten, wenn ich eine tolle Freundin in Siena hätte.»

«Dann lern doch Italienisch und such dir eine!»

«Hehehe!»

«Ja, ich finde, es wird langsam Zeit. Du bist schon über dreißig, Peter. Da hatte ich schon zwei Kinder.»

«Findest du nicht, dass das meine Privatangelegenheit ist?»

«Und findest du nicht, dass meine Freundschaft mit Guerrini meine Privatangelegenheit ist?»

«Bravo!», rief Claudia und klatschte. «Eins zu null für Laura!»

Baumann hob beide Hände.

«Ich ergebe mich. Aber ich finde es nicht gut, dass du mich mit dieser historischen Forschungsarbeit im Fall Gustav Dobler alleinlässt. So was ist nicht mein Ding, das weißt du genau …»

«Wir können keine Spezialfälle in Auftrag geben, die genau auf die Interessen von Kommissar Baumann zugeschnitten sind. Was genau sind diese Interessen übrigens?»

«Übertreib's nicht, Laura.» Er war beleidigt. Sie konnte es sehen, aber es war ihr egal. Manchmal war es gar nicht so schlecht, wenn sie ihn auf seine Durchhänger hinwies. Er war kein schlechter Kriminaler, aber auch kein besonders guter. Irgendwas fehlte. Vielleicht war es Neugier? Er hatte eine Neigung zu einfachen Lösungen, wie sich im Fall Dobler wieder zeigte.

«Dieser Altlander hätte ja auch in München umgebracht werden können. Das würde mich zum Beispiel interessieren.» Grummelnd versuchte er seinen Ärger zu verbergen.

«Ist er aber nicht. Können wir dieses Thema jetzt abschließen?»

«Eigentlich nicht!» Er hatte seinen sturen Tag.

«Ich möchte, dass du dich um die Adressen der alten Leute kümmerst, und zwar schnell. Einige möchte ich nämlich noch selbst befragen, ehe ich am Donnerstag fahre.» Lauras Antwort war schärfer ausgefallen, als sie beabsichtigt hatte. Baumann warf ihr einen halb verletzten, halb erstaunten Blick zu, und auch Claudia hob den Kopf.

«Die Adressen sind vor zehn Minuten per E-Mail durchgegeben worden. Ich habe sie schon ausgedruckt. Eine Liste für dich und eine für Peter. Okay?»

Claudias kaum merkliche Rüge stimmte Laura milder.

«Tut mir leid», sagte sie leichthin. «Ich möchte die Sache mit dem alten Herrn noch auf den Weg bringen. Mir ist das wirklich wichtig – genauso wichtig wie Altlander –, ob ihr es glaubt oder nicht.»

«Oder nicht», murmelte Baumann so leise, dass nur Claudia es vernahm, weil sie direkt neben ihm stand.

«Ach, übrigens, Peter. Ich möchte, dass du zum Büro dieser Baugenossenschaft fährst und mit der Sekretärin, einer Frau Unterberger, die alten Akten über die Zeit zwischen 1940 und 1945 durchschaust. Vielleicht findest du was über den Dobler.»

Baumann hob die Augen zur Decke.

«Alte Akten!», wiederholte er, und es klang wie ein Stöhnen.

«Ja, alte Akten. Die Frau Unterberger ist übrigens sehr nett und hat eine Schwäche für Kommissare.»

Mit der Adressenliste in einer Hand und einem Becher Tee in der anderen zog Laura sich endlich in ihr Büro zurück. Ein paar Minuten lang schaukelte sie auf ihrem ledernen Drehsessel herum und überflog die Namen der Alten. Endlich griff sie mit einem Seufzer zum Telefon und rief ihren Exmann Ronald an. So freundlich wie möglich erklärte sie ihm, warum er die Kinder bereits ab Donnerstag übernehmen müsse. Natürlich konnte er sich eine süffisante Bemerkung über die internationalen Aktivitäten der Münchner Kripo nicht verkneifen.

«Ja», sagte Laura nur.

«Was ja?»

«So ist es. Du hast völlig recht.»

Er schwieg ein paar Sekunden.

«Stimmt bei dir alles? Warum bist du so friedfertig?»

«Weil ich keine Lust habe, mit dir zu streiten. Außerdem hab ich's eilig, weil ich in schwierigen Ermittlungen stecke und gleichzeitig die Sache mit Altlander angehen muss.»

«Nett von ihm, dass er sich in der Toskana umbringen ließ.» Ronalds Stimme klang wie ein Knurren.

«Ja.»

«Was ja?»

«Ja, nett von ihm.»

Wieder Schweigen. Dann Räuspern.

«Falls du interessante Sachen über ihn herausfindest, dann bin ich bitte der Erste, der was darüber erfährt. Ich habe schon mit meinem Chefredakteur darüber gesprochen. Ich werde eine große Story über Altlander machen. Arbeitstitel: Der einsame Weg eines großen Linken. Wie findest du das?»

Diesmal schwieg Laura.

«Was ist los?» Seine Stimme klang ärgerlich.

Warum muss ich es jedes Mal wieder neu erklären, dachte Laura. Warum gibt er nie auf?

«Es geht nicht, Ronald. Du weißt genau, warum. Wir waren verheiratet. Wenn ich dir Informationen zukommen lasse, die nicht von oben abgesegnet sind, dann fliege ich raus.»

«Ich könnte die Infos ja über unklare italienische Kanäle …»

«Vergiss es!»

«Weißt du, was dir fehlt, Laura?»

«Nein.»

«Italienisches Familiengefühl! In Italien arbeiten alle

solidarisch zusammen an gemeinsamen Interessen – vor allem wenn sie einer Familie angehören! Du hattest doch eine italienische Mutter.»

«Aber sie war nicht Mitglied der Mafia!»

Er lachte trocken auf.

«Ich meine nicht die Mafia, sondern die ganz normale Verhaltensweise, dass Familienmitglieder sich gegenseitig unterstützen.»

«Es hat keinen Zweck, Ronald.»

«Aber als Babysitter bin ich gut genug, was?»

Jetzt, dachte Laura und atmete tief durch, um nicht zu explodieren.

«Ronald …», begann sie. Er hatte aufgelegt. Mit einer heftigen Bewegung riss Laura ein Blatt aus ihrem Notizblock, knüllte es zusammen und warf es anstelle des Telefons an die Wand.

Auf dem Weg nach Schwabing hielt sie vor einer Bäckerei und kaufte sich eine Butterbreze. Wieder im Wagen, biss sie mit solcher Gier hinein, dass sie plötzlich innehielt, dem Geschmack von Butter und knusprigem Salzgebäck auf der Zunge nachspürte und gleichzeitig wusste, dass diese Brezenlust nur Ausdruck ihrer Sehnsucht nach viel mehr Leben war, als sie leben konnte. Sie steckte diese Erkenntnis weg und aß weiter.

Grauer Tag, das Wetter hatte über Nacht umgeschlagen. Laura kam es vor, als wäre auch die Stadt über Nacht hässlicher geworden. Die Leopoldstraße erschien ihr geradezu trostlos, graue Häuserreihen hinter dünnen, zu hohen Pappeln, zu viele Autos, zu viele Menschen. Sie atmete erleichtert auf, als sie in die schmalen Seitenstraßen hinter der Münchner Freiheit einbog und endlich vor einem der behäbigen Gründerzeithäuser anhielt.

Vielleicht wäre es besser gewesen, die alten Leute anzurufen und auf ihren Besuch vorzubereiten. Aber Laura hatte diesen Gedanken verworfen. Ein Überraschungsbesuch würde vermutlich bessere Ergebnisse bringen. Meistens war es gut, wenn Menschen sich nichts zurechtlegen konnten, dann kam es der Wahrheit näher. Sie wischte die Brezenkrümel von ihrem Mund, von ihrer Lederjacke, stieg langsam aus.

Vor den mächtigen Häusern lagen kleine Vorgärten, von Mauern eingefasst, schier überquellend von Blumen und Büschen. Die Wohnanlage strahlte Beständigkeit aus, hatte nichts von der Flüchtigkeit neuer Stadtrandsiedlungen. Laura kam es vor, als hätten diese Häuser Wurzeln.

Die Erste auf ihrer Liste hieß Neugebauer, Anna, 89 Jahre, Witwe, wohnhaft in der Genossenschaft seit 1942. Laura drückte auf den Klingelknopf, wartete lange, ehe der elektrische Türöffner summte. Es gab keinen Aufzug im Haus, dafür eine breite Holztreppe, die nach Bohnerwachs roch. Anna Neugebauer wohnte im ersten Stock rechts, ihre Wohnungstür war geschlossen, doch als Laura davorstand, ging sie einen Spaltbreit auf, und eine brüchige Stimme fragte, wer denn da sei. Laura erklärte vorsichtig, dass sie als Polizeibeamtin die Hilfe der alten Dame brauche.

«Da könnt ja jeder kommen!», erklang es durch den Spalt, der mit zwei Ketten abgesichert war. «Und wenn ich aufmach, dann stehlen S' mei Geld. Ich hab noch nie mit der Polizei zu tun g'habt. Mein ganzes Leben lang net!»

Laura steckte ihren Ausweis durch den Spalt. Er wurde hineingezogen, dann war es eine Weile still.

«Der könnt auch g'fälscht sein!», erklang endlich die zittrige Stimme wieder.

«Tja», antwortete Laura. «Das Risiko müssen Sie wohl eingehen, Frau Neugebauer.»

Wieder blieb es ein paar Minuten still.

«Sie können mir ja die Fragen durch die Tür stellen.»

«Ich würde Sie aber gern dabei anschauen, Frau Neugebauer.»

«Da sehen S' aber nix G'scheit's. Bloß a uralte Frau. Um was geht's denn eigentlich?»

«Um Gustav Dobler. Vielleicht erinnern Sie sich an ihn? Er war während des Zweiten Weltkriegs Hausmeister.»

Die alte Frau hinter der Tür hustete.

«Dobler?», krächzte sie.

«Ja, Gustav Dobler.»

«Kenn keinen Dobler.» Wieder Husten.

«Aber er war hier Hausmeister, und Sie haben hier bereits gewohnt, Frau Neugebauer.»

«Woher wissen S' denn des? Wieso spionier'n Sie hinter mir her? Ich kenn keinen Dobler, und damit basta!»

Die Tür klappte zu. Lauras Ausweis war drinnen. Jetzt ging die Wohnungstür auf der anderen Seite des Flurs auf, und eine junge Frau trat heraus.

«Hallo!», sagte sie. «Wollen Sie zu Frau Neugebauer?»

«Ja, aber sie hat offensichtlich etwas gegen Besucher.»

«Sie ist nur vorsichtig», antwortete die junge Frau und musterte Laura prüfend. «Was wollen Sie denn von ihr?»

«Ich brauche ein paar Auskünfte. Ich bin Polizeibeamtin – aber selbst mein Ausweis konnte die alte Dame nicht überzeugen. Sie hat ihn gleich behalten.»

Die junge Frau lachte so spontan los, dass Laura einstimmte.

«Das sieht ihr ähnlich. Warten Sie – mich kennt sie. Wahrscheinlich steht sie noch hinter der Tür und horcht, was jetzt passiert.» Die Frau überquerte den Hausgang, klappte den Briefschlitz von Anna Neugebauers Wohnungstür hoch und rief: «Frau Neugebauer, ich bin's, die Marion. Die Frau von der Polizei braucht ihren Ausweis wieder, und vielleicht sollten Sie doch die Tür aufmachen. Ich bin ja auch da und kann aufpassen.»

Es dauerte noch ein paar Minuten, ehe die junge Frau ihre alte Nachbarin endlich davon überzeugen konnte, die Tür zu öffnen. Dann stand sie im halbdunklen Flur – nicht so klein und zerbrechlich, wie Laura erwartet hatte, sondern aufrecht, mit wachsamen Augen, hager, das Gesicht voll tiefer Linien, das weiße Haar glatt nach hinten gekämmt.

«Da ist der Ausweis!» Sie hielt ihn Laura hin. «Den Dobler kenn ich trotzdem nicht!»

«Warum denn nicht?», fragte Laura und nahm ihren Ausweis.

«Weil er ein schlechter Mensch war!»

Die junge Frau neben Laura kicherte.

«Und warum war er ein schlechter Mensch?»

«Das geht Sie nichts an!»

Die Tür knallte zu, die Kette wurde wieder eingehängt.

«Ich fürchte, das war's für heute», sagte die junge Frau namens Marion. «Jetzt macht sie bestimmt nicht mehr auf.»

«Falls ich es nochmal versuchen möchte, kann ich Sie dann vorher anrufen?» Laura sah die junge Frau fragend an.

«Ja, natürlich. Ich geb Ihnen meine Nummer. Ist es denn wichtig?»

«Ja, schon. Es geht immerhin um einen Mord.»

«Was, Mord?» Wieder kicherte Marion. «Also, die Frau Neugebauer hat bestimmt keinen umgebracht.»

«Vermutlich nicht», gab Laura zurück, «aber sie kannte das Opfer.»

«Den schlechten Menschen?»

«Genau den.»

«Ich werd mal versuchen, mit ihr darüber zu reden, wenn das für Sie okay ist.»

«Tja, wenn Sie es versuchen wollen. Hier ist meine Karte. Rufen Sie mich an. Falls ich nicht da bin, lassen Sie sich mit meinem Kollegen Baumann verbinden. Kommissar Baumann … ich schreib's dazu.»

Der Nächste auf der Liste war ein Mann. Karl-Otto Mayer, 92 Jahre, Witwer, Mitglied der Genossenschaft seit 1940. Seine Wohnung lag drei Häuser weiter im selben Block. Er wohnte im zweiten Stock links. Im Gegensatz zu Frau Neugebauer öffnete er die Tür ziemlich schnell und schien sich über den unerwarteten Besuch zu freuen. Lauras Ausweis überzeugte ihn sofort, und er bat sie herein. Von dem langen Flur gingen mindestens sechs Türen ab, und Laura hätte am liebsten jede aufgemacht, um zu sehen, was sich dahinter verbarg. Der alte Herr schien ihre Gedanken zu erraten, denn er sagte: «Früher hab ich an Studenten vermietet, aber jetzt ist mir das zu viel geworden. Ich hab die Zimmer einfach abgeschlossen. Dann brauch ich nicht zu putzen und zu heizen – ist genauso, als hätt ich eine kleine Wohnung.»

Er führte Laura ins Wohnzimmer. Dunkle schwere Möbel füllten den Raum so sehr, dass ihr das Atmen schwerfiel. Es kam ihr vor, als hätte er die Schränke und

Tische aus allen anderen Zimmern hier versammelt, es gab kaum Platz genug, sich zu einem der Sofas oder Sessel durchzuschlängeln.

«Leben Sie hier allein?» Laura setzte sich auf ein Sofa mit großen Samtkissen, versank beinahe darin.

«Jaja», murmelte er. «Schon lange. Meine Frau ist schon vor vielen Jahren gestorben. Meine Kinder wohnen in Norddeutschland. Aber da geh ich nicht hin! Auch wenn die das wollen. Ich bin hier geboren, und hier bleib ich!»

Laura lächelte ihm zu. Er lächelte zurück, stand ein wenig gebeugt neben einem Sessel, die Hand auf die Lehne gestützt. Als er Laura fragte, ob sie ein Schnapserl wolle, erinnerte er sie so sehr an ihren eigenen Großvater, dass sie leicht den Kopf schüttelte, um in die Wirklichkeit zurückzufinden. Auch ihr Großvater hatte selbst am Vormittag jedem Besucher einen Schnaps angeboten. Irgendwie war ihm kein anderes Getränk eingefallen.

«Ach gehen S', Frau Kommissarin. Ein kleines Glaserl!»

«Ein halbes!», erwiderte Laura, denn sie war sicher, dass der alte Herr dann bereitwilliger mit ihr reden würde. Sie kam sich ein bisschen schlecht bei diesem berechnenden Schachzug vor, doch sein breites Lächeln tröstete sie darüber hinweg.

«Himbeergeist? Oder lieber ein Zwetschgenwasser? Ein bisserl Grappa hab ich auch noch, den hat mir mein Sohn aus Italien mitgebracht.»

«Himbeergeist.»

«Der duftet, Frau Kommissarin. Wie reife Himbeeren duftet der!» Er nahm zwei Gläser aus dem großen dunklen Wohnzimmerschrank, betrachtete zufrieden die Flasche, schenkte sorgsam ein. Nicht mehr als zwei halbe Schnapsgläschen voll.

«Mehr darf ich auch nicht», bemerkte er. «Hat der Arzt gesagt. Zwei halbe Gläser am Tag. Mehr nicht. Eigentlich schad in meinem Alter. Oder was sagen Sie, Frau Kommissarin? Ich mein, viel kann ich eh nicht mehr kaputt machen.» Er stieß ein glucksendes Lachen aus.

«Na ja. Aber zu viel ist ja auch nicht gut. Mir wird schlecht, wenn ich zu viel trinke.»

«Da haben S' auch wieder recht. Also prost, Frau Kommissarin. Schön, dass Sie da sind.»

Sie stießen an, und er kippte sein halbes Glas hinunter, während Laura nur nippte.

«Also!», sagte er nach einem zufriedenen Seufzer. «Was wollen S' denn von mir?»

«Ich hab nur ein paar Fragen über eine Zeit, die schon lange zurückliegt.»

«Fangen S' ja nicht vom Krieg an. Der ist vorbei.»

«Es geht nicht direkt um den Krieg, nur um die Zeit. Haben Sie während des Krieges schon hier gewohnt?»

Er goss sich noch ein halbes Glas ein.

«Jaja», murmelte er. «Aber ich war an der Front. Meine Frau war hier. Ist einmal ausgebombt worden. Da ist eine Phosphorbombe in den Dachstuhl eingeschlagen, und bis zum dritten Stock runter hat alles gebrannt. Wir haben Glück gehabt und das meiste retten können.»

Laura schwieg, wartete auf eine neue Frage von ihm. Er drehte das Gläschen in seiner Hand, und sie konnte sehen, dass er in Gedanken weit weg war. Endlich räusperte er sich, nickte vor sich hin. «Das waren schlimme Zeiten, Frau Kommissarin. Wer die nicht erlebt hat, kann dankbar sein.»

Er trank einen kleinen Schluck Himbeergeist und kam endlich wieder bei ihr an.

«Also, was wollen S' wissen?»

«Haben Sie damals einen Gustav Dobler gekannt?»

«Den Dobler? Warten S' ... der war damals Hauswart und gleichzeitig Blockwart. Des waren damals Leut wie die bei der Stasi in Ostdeutschland. Die haben alle ausspioniert. Meine Frau hat er beinah ins KZ gebracht, weil sie sich darüber aufgeregt hat. Sie müssen wissen, dass meine Frau ziemlich gradheraus war. Sie hat ihn einen braunen Feigling genannt, weil er überall herumgeschlichen ist und den Leuten nachspioniert hat. Da hat er sie beim Gauleiter verpfiffen, und der hat gesagt, dass sie so was nie mehr sagen darf, weil er sie sonst nach Dachau schickt. So war das!»

«Und dann hat sie es nicht mehr gesagt?»

«Nein, nur noch gedacht. So war das damals.» Er trank des Rest des Himbeergeistes.

«Wissen Sie, was der Dobler nach dem Krieg gemacht hat?»

Der alte Mann lachte auf, stellte das Glas mit einem Knall auf den Tisch.

«Der hat sofort umgeschwenkt und die Nazis an die Amis verpfiffen, auch solche, die es nicht waren. Aber das haben die Leut ihm nicht lang durchgehen lassen. Da hat's Drohungen gegeben, und eines Tages war er weg. Hab ungefähr seit 1948 nie wieder was von ihm gehört. Warum fragen Sie eigentlich nach dem Dobler? Der ist doch bestimmt schon lang tot.»

«Bis vor einer Woche hat er noch gelebt.»

«Schau an.» Er betrachtete die Flasche, schien einen weiteren Schluck zu erwägen, wandte sich dann aber jäh zu Laura um. «Dann stimmt wahrscheinlich was nicht mit seinem Tod, oder?»

«So kann man's sagen. Er ist vergiftet worden.»

«Soso, vergiftet.»

«Ja, vergiftet.»

«Wird auch so um die neunzig gewesen sein, der Dobler.»

«Ja.»

«Da hat jemand lang nach ihm gesucht, wie!» Er verzog das Gesicht zu einem schiefen Lächeln.

«Haben Sie eine Ahnung, wer das gewesen sein könnte?»

Er seufzte, rieb seine Nase und schüttelte den Kopf. «Alle, die mir spontan einfallen, sind schon tot. Nein, da kann ich Ihnen nicht helfen, Frau Kommissarin.»

«Kennen Sie die Frau Neugebauer?»

«Jaja, von früher. Die geht ja nicht mehr aus dem Haus seit ihrem Oberschenkelhalsbruch.»

«Die Frau Neugebauer hat gesagt, dass der Dobler ein schlechter Mensch gewesen sei.»

«Da hat sie recht. Wenn ich mich richtig erinnere, dann hat der Dobler ihren Mann an die Amis verraten, und der hat dann ewig seine Entnazifizierung nicht gekriegt. Deswegen ging's den Neugebauers nach dem Krieg lange Zeit sehr schlecht.»

«Und war der Herr Neugebauer ein Nazi?» Laura fühlte sich allmählich ebenfalls reif für einen zweiten Himbeergeist.

«Na ja, wie man's nimmt, Frau Kommissarin.»

«Und wie nimmt man's?»

«Er … er war schon einer. Aber kein wirklich fanatischer. So einer halt wie die meisten damals.»

«Ach, so einer.»

«Ja, so einer.»

«Hat der Dobler Sie auch verpfiffen, Herr Mayer?»

Der alte Mann senkte den Kopf und nickte lächelnd vor sich hin.

«Sie sind eine ganz Gescheite, Frau Kommissarin. Aber Sie haben kein Glück. Mich hat er nicht verpfiffen, der Dobler. Ich war nämlich nicht einmal in der NSDAP. Prost, Frau Kommissarin.»

Als Laura wieder in ihrem Wagen saß, hatte sie das Gefühl, dass der alte Mann ihr etwas verschwiegen hatte. Sie war sich dessen ganz sicher – da war ein leicht spöttischer Ausdruck in seinen Augen gewesen, und zum Abschied hatte er gesagt, dass man nicht alles im Leben aufklären müsse. Um den Dobler sei es nicht unbedingt schade.

Plötzlich freute sie sich nicht mehr ganz so heftig auf die Reise nach Italien. Nur ungern überließ sie Peter Baumann die weiteren Ermittlungen im Fall Dobler. Immerhin hatte sie so viel in Erfahrung gebracht, dass der Staatsanwalt die Sache nicht als Selbstmord zu den Akten legen konnte.

Inzwischen war es beinahe Mittag. Zeit, bei ihrem Vater vorbeizuschauen und ihn auf die Reise vorzubereiten. Vielleicht konnte er ihr im Fall Dobler sogar einen Rat geben. Der alte Emilio Gottberg hatte häufig einen untrüglichen Instinkt.

Während sie ihren Mercedes zu seiner Wohnung am Englischen Garten lenkte, dachte sie über das Wort Entnazifizierung nach. Es erinnerte sie an Entlausung oder Desinfektion, und sie fragte sich, wie man jemanden entnazifizieren konnte. Der Begriff erschien ihr vollkommen absurd. Vor allem wenn man bedachte, wie viele Nazis entnazifiziert worden waren, die dann ähnlich wie Dobler blitzschnell die Seiten wechselten und als vorbildliche Demokraten neue Karrieren begannen. Lauras Vater hatte noch viele Jahre nach dem Krieg Richter und Anwälte zu Fall gebracht. Der alte Gottberg war ein toleranter Mensch, aber bei alten oder neuen Nazis kannte er keine Nachsicht.

Als ihr Handy klingelte und sie auf dem Display seine Nummer sah, musste sie lächeln. Er rief fast immer an, wenn sie intensiv an ihn dachte – allerdings auch, wenn sie nicht an ihn dachte.

«Hallo, Babbo», sagte sie.

«Bist du gar nicht böse, dass ich anrufe?»

«Nein.»

«Wo steckst du denn?»

«Fast vor deiner Haustür.»

«Ach, wie gut!», rief er. «Bitte fahr zu meinem Lebensmittelladen und bring mir zwei Weißwürste mit und süßen Senf und eine Semmel. Den Fraß von heute habe ich denen gleich wieder mitgegeben.»

«So schlimm?»

«Was würdest du zu matschigem Salat, einem fettigen Gummiomelett mit Dosenpilzen und Schokoladencreme sagen, die wie Hundescheiße aussieht?»

«Also Vater!»

«Hab dich nicht so und sag ja nicht, dass Leute in der Dritten Welt froh wären, so was zu essen. Auch denen wünsche ich so was nicht!»

Laura lachte.

«Es ist nur halb so lustig, wie es klingt, wenn man jeden Tag solchen Fraß vorgesetzt bekommt», knurrte er.

«Vater, das mit der Dritten Welt habe ich noch nie zu dir gesagt!»

«Aber der junge Kerl, der mir das Zeug liefert, hat es gesagt!»

«Wahrscheinlich aus Verzweiflung!»

«Wie meinst du das?»

«Erklär ich dir später. Ich hole jetzt Weißwürste für uns beide!»

Laura drehte um und fuhr zurück zu dem kleinen Lebensmittelladen in der Osterwaldstraße. Sie kannte den ewigen Kampf ihres Vaters gegen Essen auf Rädern. Emilio Gottberg war an die köstlichen Gerichte gewöhnt, die seine italienische Ehefrau ihm jahrzehntelang serviert hatte.

Im Grunde ist er ein verwöhnter Macho, dachte Laura, als sie zehn Minuten später mit den Weißwürsten vor seiner Wohnung stand. Doch als er die Tür öffnete, so aufrecht wie möglich und mit jenem strahlenden Lächeln, das er speziell für seine Tochter aufsetzte – da wusste sie, dass es nur sein Widerstand gegen die Grausamkeit des Lebens war. Niemals würde er den Tod seiner Frau akzeptieren. Sein Kampf gegen Essen auf Rädern war ein etwas verquerer, hilfloser Kampf gegen den Tod.

Laura nahm ihren Vater in die Arme, streichelte seinen Rücken, spürte, wie dünn er geworden war. Die Tüte mit den Weißwürsten landete auf dem Boden, und als sie sich von ihm löste, schaute er sie etwas verwirrt an.

«Stimmt was nicht?»

«Warum soll etwas nicht stimmen, wenn ich das Bedürfnis habe, dich in den Arm zu nehmen? Mir war einfach danach!»

«Na dann.»

Er bückte sich mühsam und hob die Weißwürste auf. Spontane Gefühlsausbrüche seiner Tochter machten ihn stets ein wenig verlegen. Auch das mochte Laura an ihm.

Als er sah, dass sie sechs Weißwürste mitgebracht hatte, lächelte er wieder.

«Du isst also tatsächlich mit mir.»

«Ja. Und ich brauche deinen Rat.» Sie wollte ihn behutsam auf die bevorstehende Reise vorbereiten, denn sie war sich sicher, dass er eigentlich nur von der Toskana träumte und sich vor der wirklichen Toskana eher fürchtete. Während sie die Würste wärmte, erzählte sie ihm deshalb die Geschichte vom seltsamen Tod des Gustav Dobler und von den Gesprächen, die sie mit den alten Bewohnern der Baugenossenschaft geführt hatte.

«Lass sie bloss nicht aufplatzen», unterbrach der alte Gottberg, der bereits erwartungsvoll vor seinem Teller saß.

«Ich pass schon auf.»

«Du darfst sie nie kochen, wenn du dir selbst einmal welche machst. Wenn du sie kochst, dann platzen sie.»

«Jaja. Ich bin Münchnerin, falls du das vergessen hast. Also, diese Sache mit dem Dobler muss einen ziemlich ernsten Hintergrund haben. Ich kann mir nicht vorstellen, dass jemand ihn jetzt umbringt, weil er ihn bei der Entnazifizierung hingehängt hat. Da sind die Leut lang drüber weg. Wenn du mich fragst, dann hat der Dobler jemanden auf dem Gewissen. Vielleicht hat er tatsächlich einen Menschen ins KZ gebracht, und derjenige ist dabei ums Leben gekommen, oder jemand hat sich selbst umgebracht aus Angst vor den Nazis. Irgend so was.»

Er tunkte eine Weißwurst in den süßen Senf ein und saugte an ihr, wie die Münchner es machen. Eigentlich war es keine besonders vornehme Art zu essen, dafür aber ein echter sinnlicher Genuss. Laura tat es ihrem Vater gleich, und sie zwinkerten sich zu – beide an die Empörung von

Lauras Mutter denkend, wenn Vater und Tochter sich beim Weißwurstessen gegen sie verbündeten.

«Hast du übrigens noch Lust, in die Toskana zu fahren?», fragte Laura und leckte sich die Finger ab.

«Natürlich!»

«Gut. Dann fang schon mal an zu packen. Am Donnerstag fahren wir – mit dem Auto und ganz gemütlich!»

Er starrte sie mit offenem Mund an.

«Meinst du das wirklich?»

«Ganz wirklich.»

«Dann bestell ich sofort das Essen auf Rädern ab.»

Sie brachen beide in Gelächter aus.

Während Laura und ihr Vater Weißwürste aßen, saß Angelo Guerrini vor der *Osteria Chiacchiera* in der Sonne und las Zeitung. Er wartete auf seine Terrine *ribollita* und stellte nach einer Weile fest, dass er die Zeitung gar nicht las, sondern nur mit den Augen über die Seiten wanderte. Seine Gedanken waren ganz woanders – an drei, vier Orten gleichzeitig. Bei Paolo Montelli, bei Elsa Michelangeli, bei Enzo Leone und bei Laura, zwischendurch auch bei seinem Vater, der unbedingt Maipilze am Monte Amiata mit ihm sammeln wollte. Maipilze! Inzwischen war es Ende Juni, und es hatte lange nicht mehr geregnet. Wahrscheinlich waren sie alle vertrocknet, die Maipilze.

Hartnäckig aber kehrten seine Gedanken zu seinem ehemaligen Schulkameraden Montelli zurück. Und jedes Mal erfasste ihn eine neue Welle der Wut. Ein glühender Anhänger der Weltrevolution, ein Anwalt der Armen und Ausgebeuteten war zum Industriellen mit pompöser Villa geworden, zum Ausbeuter illegaler Einwanderer! Mit goldener Rolex und blauem Jaguar. Vermutlich war die blonde Armani-Zicke, die ihn so verächtlich angesehen hatte, seine Ehefrau!

Wie macht man das?, fragte Guerrini halblaut seine Zeitung. Der ebenfalls zeitunglesende Mann am Nebentisch warf ihm einen prüfenden Blick über den Rand seiner Brille zu, und Guerrini räusperte sich verlegen.

Zum Glück kam in diesem Augenblick die *ribollita*, und sie duftete so verlockend, dass Guerrini seinen Ärger beinahe vergaß. Er streute einen Hauch geriebenen Parmesan über den Eintopf und ließ den ersten Löffel langsam über seine Zunge gleiten. Das *Chiacchiera* war eine seiner Lieblingsadressen, obwohl es inzwischen von Touristen entdeckt worden war. Zum Glück hatte der *padrone* jedoch sein Angebot nicht den neuen Kunden angepasst, sondern die Kunden seiner Küche. Und alle waren begeistert. Das einzige Gericht, das Guerrini noch nie hier gegessen hatte, waren die *trippa alla fiorentina*. Kutteln überließ er lieber den Deutschen, die vermutlich gar nicht wussten, was sie da auf dem Teller hatten.

Während er seine Suppe löffelte, beschloss er, Elsa Michelangeli einen zweiten Besuch abzustatten und danach in *Wasteland* vorbeizuschauen. Tommasini hatte für den Nachmittag Altlanders Haushälterin dorthin bestellt.

Es war gut zu arbeiten, denn der Gedanke, dass Laura am Donnerstag in Siena eintreffen würde, machte ihn inzwischen ganz unruhig. Er musste seiner Putzfrau noch einmal ins Gewissen reden, außerdem den Kühlschrank auffüllen, Blumen kaufen – und vielleicht endlich seinem Vater sagen, dass er eine deutsche Freundin hatte, doch zum Glück eine mit italienischer Mutter.

Gleichzeitig fragte er sich, warum er sich gebärdete wie

ein aufgeregter Jüngling. Er war immerhin beinahe 49, hatte eine Ehe hinter sich, kannte Laura seit fast einem Jahr. War sie nervös gewesen, als er Ostern zum ersten Mal nach München gekommen war?

Natürlich. Sogar zugegeben hatte sie es. Warum also sollte er selbst sich nicht aufregen? Es war völlig normal, wenn man jemanden liebte. Er aß schneller, rief den Kellner herbei, während er noch seinen Eintopf löffelte. Der war neu hier in der Osteria, mit sommersprossigem Fuchsgesicht und roten Haaren, genetisches Überbleibsel irgendwelcher Invasoren, von denen weiß Gott genügend über die Toskana gekommen waren.

«*Il conto, per favore*», sagte Guerrini mit vollem Mund.

«Sofort, Commissario!»

«Woher kennst du mich denn?»

«Der Chef hat mir gesagt, wer Sie sind.»

«Dann behalt es bitte für dich, ja?»

«Ach, Sie sind incognito hier?»

«Immer!»

«Ich werde es mir merken, Commissario!»

«Nicht so laut!»

«Entschuldigung, Commissario.»

Guerrini gab es auf. Der Mann am Nachbartisch starrte wieder über den Rand seiner Brille zu ihm herüber. Eine Gruppe englischer Touristen blieb genau vor Guerrinis Tisch stehen.

«*That's it. Osteria Chia... Chia... cchiera!*» Ein älterer Herr sah triumphierend von seinem Reiseführer auf. Er trug kurze Hosen, seine dürren Beine endeten in weißen Socken und braunen Sandalen.

Madre mia, dachte Guerrini. Jetzt steht mein Lieblingslokal schon in Reiseführern. Er war geneigt, aufzustehen und den Engländern zu erklären, dass es hier nur Gerichte aus Kuheutern oder Schafsdärmen gebe und sie besser eine Pizza auf dem Campo essen sollten. Das wäre auch billiger.

Aber er tat es nicht. Verzichtete stattdessen auf den Espresso, den er eigentlich immer nach dem Mittagessen trank, zahlte und ergriff die Flucht. Nein, er hatte ja nichts gegen Touristen – was wäre die Toskana, was Siena ohne sie. Bröckelnde Kadaver der Geschichte, mehr nicht. Man musste den Fremden dankbar sein, dass sie kamen und ihr Geld hierließen. Nur manchmal wurde es ein bisschen viel, wenn Fremde auch die letzten Festungen der Einheimischen eroberten.

Er ging am Oratorium der heiligen Katharina vorbei hinunter zum Brunnenhaus Fonte Branda, einfach nur, um einen Blick auf die mächtige Basilika San Domenico zu werfen, die ihn immer aufs Neue erstaunte, obwohl er sie nun schon seit Jahrzehnten kannte. Immer wieder fragte er sich, wie die Dominikaner vor fast achthundert Jahren auf die Idee gekommen waren, solch eine monströse Kirche zu bauen. Braunrot stand sie auf dem Felsen, wie ein Gipfel der Dolomiten. Er musste den Kopf in den Nacken legen, so hoch ragte sie auf. Die hellen Sommerwolken schienen ihr Dach zu berühren. Tauben flatterten da oben, als wäre der heilige Geist soeben in vielfacher Gestalt herabgestiegen.

Das war wahrscheinlich der Grund, dachte Guerrini in plötzlicher Erkenntnis. Sie wollten, dass die Menschen den Kopf in den Nacken legen müssen und das Gefühl haben, zu etwas Erhabenem aufzuschauen. Die Mächtigen hatten es schon immer gern, wenn man zu ihnen aufschauen musste. Außerdem hatte dieser Blick nach oben auch etwas Spirituelles. Vermutlich war beides richtig. Er wandte sich um und nahm die steile Treppe zum Dom hinauf, bahnte sich – etwas außer Atem vom Aufstieg – einen Weg durch die Massen der Fremden und erreichte erleichtert den Innenhof der Questura. Dort herrschte eine geradezu köstliche Stille.

Der junge Wachtmeister d'Annunzio hatte bereits auf Guerrini gewartet.

«Wie gut, dass Sie wieder da sind, Commissario. Eine Commissaria aus Deutschland hat angerufen. Ich habe versucht, Sie zu erreichen, aber ihr Handy war abgeschaltet.»

«Es liegt auf meinem Schreibtisch», murmelte Guerrini. «Ich nehme es nie mit, wenn ich zum Essen gehe. Wenn ich esse, will ich nicht telefonieren!»

«Ja, das kann ich verstehen, Commissario.» D'Annunzio schaute etwas unsicher zur Seite und schlug die Augen nieder. Guerrini war überzeugt, dass der junge Mann es nicht verstehen konnte. Alle jungen Italiener hatten immer ihr Telefonino dabei. Selbst auf der Toilette.

«Was wollte die Commissaria?»

«Das hat sie nicht gesagt. Nur dass es dringend ist und sie auf Ihren Rückruf wartet, Commissario.»

Guerrini nickte und zog sich in sein Büro zurück, widerstand der Versuchung, einen Espresso aus dem Automaten zu holen, und wählte endlich Lauras Handynummer. Es dauerte lange, ehe die Verbindung zustande kam, und sie war sehr schlecht.

«Ich komme am Donnerstagabend!» Das zumindest konnte er aus den Nebengeräuschen herausfiltern.

«Benissimo!»

«Ich bringe meinen Vater mit.» Diesmal klang sie so, als spräche sie im Nebenzimmer.

«Aber Laura, wir haben schwierige Ermittlungen vor uns. Wer soll sich denn um ihn kümmern? Du weißt, dass ich deinen Vater sehr schätze, aber …»

«Er muss mitkommen, Angelo. Er muss noch einmal in die Toskana.»

«So ernst?»

«Ja, so ernst.»

«Also gut. Ich suche ein Zimmer für ihn.»

«Danke.»

«Bitte.»

«Bist du sauer?»

«Nein, nur ein bisschen überfordert.»

«Ich auch. Wie geht's mit Altlander?»

«Mühsam.»

«Ich werde heute Nachmittag mit seinem Verleger hier in München sprechen. Vielleicht kann er uns ein paar Hinweise geben, die uns weiterhelfen.»

«Ja, vielleicht.»

«Du bist wirklich böse, nicht wahr?»

«Nein, ich bin nicht böse. Ich habe nur gerade gedacht, dass die deutschen Familien nicht weniger anstrengend sind als die italienischen – sie folgen uns überallhin, nicht wahr?»

«Solange wir uns noch nicht selbst klonen können. *Ciao amore*.»

Sie hatte tatsächlich aufgelegt. Oder waren sie unterbrochen worden? Er schaute das Telefon an, wartete auf sein Klingeln, aber es blieb stumm. Sie hatte ja auch *«ciao»* gesagt. Immerhin *«ciao amore»*. Seufzend stand er auf und machte sich auf den Weg zu Elsa Michelangeli.

Sie war nicht zu Hause. Nur der einäugige Kater saß auf der Gartenmauer und starrte Guerrini genauso an wie bei ihrer ersten Begegnung. Mit seinem dicken Kopf und dem hängenden Ohr wirkte er wie ein kleiner Dämon, der einem Gemälde von Hieronymus Bosch entsprungen war. Und wie beim letzten Mal fuhr ein warmer Windstoß durch die Bäume, schüttelte die Kletterrosen und Oleanderbüsche, ließ die weißen Schmucktäubchen aufflattern und zwirbelte den feinen Staub vor dem Haus zu einem winzigen Tornado, der über den Platz eilte und am Stamm eines Olivenbaums zerstob.

Guerrini ging langsam um das Haus der Malerin, rief ein-, zweimal ihren Namen. Der Wind nahm an Stärke zu, und als Guerrini vor die Zypressen und Olivenbäume trat, um übers Land zu schauen, drängten vom Monte Amiata her dunkle Gewitterwolken über die Crete.

Einer Eingebung folgend, kehrte er zu seinem Wagen zurück und fuhr langsam einen Feldweg entlang, der vom Haus zu den kahlen Hügeln führte. Er fand Elsa Michelangeli drei Hügel weiter unter einer uralten Zypresse neben einem Marien-Bildstock. Die Malerin saß am Boden und schaute zu dem erloschenen Vulkan hinüber. Als Guerrini aus dem Wagen stieg, warf sie ihm einen kurzen Blick zu, und er hatte das Gefühl, dass sie erleichtert war, ihn zu sehen. Seltsam, dachte er. Als hätte sie jemand anderen erwartet, der ihr weniger angenehm gewesen wäre.

«*Buona sera*», sagte er leise. «Ich hoffe, ich störe nicht.»

«Natürlich stören Sie. Aber es ist schon in Ordnung. Was wollen Sie denn?»

«Nun, ich wollte noch einmal mit Ihnen sprechen, Signora. Sie waren ja selbst der Meinung, dass wir letztes Mal nicht über Smalltalk hinausgekommen sind.»

Sie machte eine wegwerfende Bewegung mit einer Hand. «Schauen Sie sich die Wolken an. Sie kommen daher wie riesige dunkle Vögel. Ich sitze gern hier, wenn ein Gewitter am Amiata aufzieht.»

Bei ihren Worten fielen Guerrini wieder die Verse ein, die sie gestern zitiert hatte. Wie war das gewesen?

Schatten schwarzer Vögel
werden die Sonne verdunkeln …

Weiter wusste er nicht mehr. Schon immer hatte er sich nur die ersten Zeilen von Gedichten merken können. Er wollte die beiden Zeilen laut aufsagen, kam aber über die erste nicht hinaus.

«Seien Sie still!» Ihre Stimme klang hart. «Kommen Sie mir nicht wieder mit sentimentalen Tricks!»

«Bei diesen Wolken liegt das Gedicht doch ganz nahe. Haben Sie etwa nicht daran gedacht?»

«Nein.»

«An was dann? An *Waste Land* von Eliot?»

Sie antwortete nicht. Guerrini beugte sich zu dem Bildstock hinab und schaute auf den kleinen Marienaltar. Dort brannte eine Kerze. Flackernd kämpfte ihre Flamme gegen den Wind.

«Ich zünde auch Kerzen an, wenn mir jemand wichtig ist», sagte er leise.

Elsa Michelangeli hatte die Augen geschlossen, schien dem Wind auf ihrem Gesicht nachzuspüren.

«Gestern habe ich zehn Kerzen angezündet», fuhr Guerrini fort, schaute auf den Berg, der die schwarzen Wolkenfetzen auszuspucken schien, und wusste, dass er sich auf unsicherem Terrain bewegte.

«Ich gedenke nicht, meine innersten Gefühle mit einem Polizisten zu teilen!» Ihre Stimme war irgendwie zu laut und heiser. Als Guerrini zu ihr hinschaute, sah er Tränen über ihre Wangen laufen, wandte schnell seinen Blick ab.

«Nein», murmelte er. «Ein Polizist ist sicher nicht der Richtige, um solche Gefühle zu teilen.» Dann setzte er sich auf einen großen Feldstein und wartete. Ihm fiel auf, dass von dieser Stelle aus die Landschaft unberührt wirkte. Er konnte kein Haus entdecken, keine Straße, kein Dorf. Nur Hügel, Waldflecken und den uralten Berg, der einst Feuer und Schwefel gespuckt hatte. Und er hörte, wie Elsa Michelangeli ihr Schluchzen zu unterdrücken versuchte, wie ihr Schmerz trotz aller Kämpfe immer heftiger nach außen drängte und sie plötzlich nachgab, mit einem rauen Aufschrei das Gesicht in den Händen vergrub.

Er rührte sich nicht, und trotzdem richtete sie ihre Verzweiflung gegen ihn, schrie ihn an, dass er verschwinden solle, dass er kein Recht habe, sie so zu sehen.

«Signora», sagte er vorsichtig, als sie erschöpft verstummte. «Wenn ich den Menschen verlieren würde, den ich am meisten liebe, dann würde ich ganz genauso leiden und weinen wie Sie. Ob ich nun Polizist bin oder nicht.»

Seine Worte riefen einen neuen Ausbruch von Schmerz und Wut hervor.

«Er war mein Freund, mein Bruder! So habe ich ihn geliebt. Es war eine reine Liebe! Sie kleiner schmutziger Schnüffler!»

Drüben am Monte Amiata fuhren jetzt Blitze aus den dunklen Wolken, und fernes Grollen rollte über die Hügel zu ihnen herüber. Guerrini wunderte sich, dass sie seine Worte genauso verstanden hatte, wie sie gemeint waren, und dass sie sich so schnell verraten hatte. Er überlegte, wie er sich fühlen würde, wenn Laura Gottberg lesbisch wäre und er sie trotz allem zum Mittelpunkt seines Lebens machen würde. Allen Heiligen sei Dank, sie war nicht lesbisch. Ganz und gar nicht. Aber wenn sie es wäre und er sie zwanzig oder dreißig Jahre lang lieben würde, ohne ihre Körperlichkeit zu teilen – Qualen wären das, endlose Projektionen, Selbstverleugnung und vielleicht auch Hass. Nein, nicht vielleicht, sondern sogar ganz sicher Hass. War es möglich, dass Elsa diesen unnahbaren Geliebten umgebracht hatte? Natürlich war es möglich – alles war möglich in diesem Leben.

Der Wind war plötzlich kalt geworden, und es roch nach näherkommendem Regen. Elsa Michelangeli hatte ihre Selbstbeherrschung wiedergefunden, schien Atemübungen zu machen.

«Kommen Sie, Signora, ich fahre Sie nach Hause.» Guerrini stand auf.

«Ich gehe!»

«Aber es wird gleich regnen.»

«Ich gehe gern im Regen.»

«Aber es ist ein Gewitter.»

«Glauben Sie, dass mich ein Blitz erschlagen wird?» Sie hatte beinahe zu ihrer alten Ironie zurückgefunden.

«Blitze sind gefährlich auf diesen kahlen Hügeln.»

«Giorgio und ich sind häufig bei Gewitter draußen gewesen. Gewitter sind eine Quelle der Kraft …» Sie krümmte sich zusammen, als könne sie auf diese Weise den Schmerz zurückdrängen, der ganz offensichtlich wieder in ihr aufstieg. Die Wolken standen jetzt unmittelbar über ihnen und hatten den Rest der Welt ausgelöscht. Kalter Regen peitschte herab, und ohne Verzögerung folgte Donner den Blitzen.

Guerrini rannte zum Auto und fuhr näher an die Zypresse heran, unter der Elsa noch immer saß.

«Wollen Sie nicht doch einsteigen, Signora?»

Sie schüttelte den Kopf und hielt ihr Gesicht dem Regen entgegen. Da wendete Guerrini seinen Lancia und fuhr im Schritttempo zurück. Offensichtlich wollte Elsa Michelangeli dort draußen eine einsame Orgie des Schmerzes feiern. Und er konnte sie verstehen. Erinnerte sich an seine eigenen Schmerzorgien – auch immer irgendwo im Freien, wenn er sicher gewesen war, dass niemand ihn sehen oder hören konnte. Er brauchte das manchmal, wenn ein Fall ihm zu nahegegangen war – und als Carlotta ihn verlassen hatte, da war er ebenfalls im Regen auf einen Berg gestiegen, hatte gewütet wie ein Verrückter. Aber nicht so sehr ihretwegen, mehr seiner selbst und der eigenen Unfähigkeit wegen.

Die Haushälterin von *Wasteland* empfing den Commissario an der Haustür, beobachtete genau, wie gründlich er sich den Matsch von den Schuhen streifte, und lachte übers ganze Gesicht, als er sie fragte, ob er die Schuhe ausziehen solle.

«Aber Commissario. Seh ich wirklich so aus? Kommen Sie in die Küche, ich habe gerade frischen *caffè* gemacht.» Sie mochte ungefähr vierzig sein, hatte kurze lockige Haare, kräftige Beine und Arme, war nicht groß, nicht klein und überall rund. Ganz anders, als Guerrini sich die Putzfrau von *Wasteland* vorgestellt hatte. Sein inneres Bild hatte eine hagere Witwe gezeichnet, jemanden, der wenig lachte. So konnte man sich irren.

«Es ist wirklich schade um den Signor Giorgio, Gott

hab ihn selig!», plapperte sie unbekümmert vor sich hin, während sie Guerrini einen perfekten Cappuccino zubereitete. «Er war ein guter Herr. Ein bisschen launisch, aber wirklich einer der nettesten Männer, für die ich je gearbeitet habe. Sie müssen wissen, Commissario, die Italiener, die sich eine Hilfe leisten können, sind meistens ziemlich eingebildet. Ich kann das ganz gut vergleichen – ich arbeite für Italiener, für Deutsche und für Engländer. Die Deutschen sind die nettesten, das kann ich ihnen sagen.»

«Für wie viele Deutsche arbeiten Sie denn, Signora …»

«Signora Piselli, Angela Piselli. Für zwei Deutsche, vier Italiener und einen Engländer! Na ja, jetzt nur noch für einen Deutschen.»

«Aha.» Guerrini fiel angesichts ihrer Redseligkeit zunächst gar nichts ein, und er fand auch den Vergleich ihrer verschiedenen Arbeitgeber nicht besonders überzeugend. Deshalb ließ er sie einfach reden.

«Mich hat fast der Herzschlag getroffen, als ich diese schreckliche Geschichte erfahren habe. Konnte mich kaum noch auf den Beinen halten. Der Signor Giorgio war ein feiner Mann, auch wenn er schwul war. Man redet ja nicht darüber, aber es ist ja nun mal so, nicht wahr? Hat ja keinen Sinn, wenn man so tut, als wäre es anders. Meine Schwester sagt immer: Mit den Schwulen kannst du als Frau umgehen wie mit ganz normalen Menschen, weil sie nichts von dir wollen. Da hat sie recht, finde ich.»

Guerrini fiel noch immer nichts ein, er hielt sich an seiner Tasse fest.

«Warum sagen Sie nichts Commissario? Weil Sie ein Mann sind, hab ich recht? Männer reden nicht gern über Schwule. Wenn ich meinem Mann was davon erzähle, dann sagt er: Halt den Mund, Angela! Er will nichts davon wissen, absolut nichts.» Bei all diesen Redeströmen sah sie ihn nicht an, sondern reinigte die Kaffeemaschine, wischte auf dem Tisch herum, räumte die Milch wieder in den Kühlschrank, und Guerrini fühlte sich versucht, ebenfalls zu sagen: Halt den Mund, Angela! Aber das hätte ihn nicht weitergebracht, deshalb überlegte er sich eine Frage und sagte endlich:

«Wer hat Ihnen von Signor Altlanders Tod erzählt, Signora Piselli?»

«Das war der Signor Enzo. Er hat mich angerufen und hat gesagt, dass ich heute nicht kommen soll. Aber dann hat mich der Polizist angerufen. Tommasini war sein Name, nicht wahr? Und der hat gesagt, dass ich heute doch kommen soll, weil Sie mit mir sprechen wollen, Commissario. Und deshalb bin ich hier.»

«*Bene*. Wie lange arbeiten Sie schon für Signor Altlander?»

«Ah, Sie können doch reden, Commissario. Warten Sie … fast zehn Jahre, ungefähr. Ja, so lange ist es schon. Wie die Zeit vergeht. Damals hatte er noch den hübschen Raffaele, der selige Signor Giorgio. Das war ein junger Mann wie ein Engel, *un angelo*! Wenn nur einer meiner Söhne so schön wäre wie er – aber dann wäre er wahrscheinlich schwul, und ich bekäme keine Enkelkinder.» Sie lachte, und Guerrini meinte, die Gläser in den Schränken leise klirren zu hören.

«Und warum ist dieser Engel Raffaele nicht mehr hier?»

«Was weiß ich, Commissario! Wahrscheinlich haben sie sich gestritten. Der Signor Enzo und Signor Giorgio streiten auch manchmal, wenn ich putze und aufräume. Na ja, jetzt nicht mehr! Und ich streite mit meinem Mann und meine Schwester mit ihrem und Sie wahrscheinlich mit Ihrer Frau, Commissario. Hab ich recht?»

Dio mio, dachte Guerrini und war sich nicht sicher, wie lange er dieser Flut von Allgemeinplätzen würde standhalten können.

«Natürlich haben Sie recht. Erzählen Sie mir noch ein bisschen von Signor Altlander. Wie war er so?»

Signora Piselli stützte beide Hände auf die Anrichte und runzelte die Stirn.

«Er war ein echter Herr – ich meine, das sehen Sie schon an den vielen Büchern und Bildern, Commissario. Obwohl – das Bild in der Eingangshalle, das hab ich nie gemocht, da wird es mir schlecht. Aber die von der Signora Elsa, die gefallen mir. Wissen Sie, Commissario – wenn ich hier war, dann hab ich hauptsächlich geputzt, aber ab und zu hat sich der selige Signor Altlander zu mir in die Küche gesetzt, oder er hat mich auf die Terrasse gerufen: *Pisellina*, Erbschen, setz dich her und hör auf zu putzen! Das hat er gerufen, der selige Signor Altlander, und dann haben wir zusammen einen *caffè* getrunken oder manchmal ein Glas Wein. Und dann musste ich ihm von meinen anderen Arbeitsstellen erzählen, und wir haben viel gelacht, denn man erlebt ja die unglaublichsten Geschichten als Putzfrau. Es ist überhaupt nicht langweilig. Und der selige Signor Altlander hat gesagt, dass er eines Tages ein Buch mit mir zusammen machen wollte, eines mit all den Geschichten, die ich ihm erzählt habe. Ja, er hatte ein Herz für die einfachen Leute, der selige Signor Altlander. Aber jetzt können wir das Buch nicht mehr machen, und das ist sehr traurig.»

«Ja, sehr traurig», wiederholte Guerrini. Ein Donnerschlag ließ das Haus erbeben, und sie zuckten alle beide zusammen.

«*Madre mia!*», murmelte Angela Piselli und bekreuzigte sich. Allmählich fand Guerrini Gefallen an ihrer Art. Nicht, dass er sie jeden Tag ertragen hätte, aber hin und wieder – wie Altlander es gemacht hatte, war es sicher ganz amüsant und vermutlich sogar lehrreich, ihr zuzuhören.

«Wenn Signor Altlander eine Einladung oder ein Fest gegeben hat, dann waren Sie doch sicher auch hier, oder?»

«Aber sicher, Commissario. Ich war immer da, wenn es ein Fest gab. Signor Enzo hätte das nie allein geschafft. Meistens hat der selige Signor Altlander nur ein oder zwei Leute eingeladen, manchmal aber auch zwanzig oder dreißig. Das war wunderbar: überall Kerzen und Blumen und herrliches Essen – ich meine, man kann von Signor Enzo denken, was man will. Aber kochen kann er.»

«Was könnte man denn von Signor Enzo denken?»

Sie warf Guerrini einen prüfenden Blick zu.

«Der war's nicht, wenn Sie darauf hinauswollen, Commissario. Was hat er denn davon, wenn der selige Signor Altlander nicht mehr lebt. Der erbt bestimmt nichts, und sein schönes Häuschen kann er auch räumen. Hat doch gelebt wie die Made im Speck – dabei war er bloß Kellner, einer von uns. Der Raffaele war da anders, der hat gemalt und Gedichte geschrieben.»

Erstaunlich, dachte Guerrini. Da schaut sie auf einen Angehörigen ihrer eigenen Klasse herab, kaum anders als Elsa Michelangeli. Manchmal verstehe ich gar nichts.

«Und was haben Sie sonst so von ihm gedacht?», fragte er laut.

Sie wischte mit einem feuchten Tuch über den großen Holztisch und antwortete merkwürdigerweise nicht sofort.

«Ah, ich will nichts gegen ihn sagen», murmelte sie

endlich. «Ich mochte ihn eben nicht so gern wie Raffaele. Er hat mich wie eine Putzfrau behandelt, der Signor Enzo – dabei war er nichts Besseres als ich. Doch der Signor Raffaele, der war immer höflich.» Sie atmete tief ein und machte ein unglückliches Gesicht. «Und da war was, das ich gesehen habe, und eigentlich wollte ich es immer dem seligen Signor Altlander sagen, aber ich hab mich nicht getraut.» Sie wischte den Tisch ein zweites Mal.

«Was haben Sie denn gesehen, Signora?»

«Er hat den seligen Signor Altlander betrogen! Ich bin ganz sicher. Einmal, bei einem Fest, da war der selige Signor Altlander mit den letzten Gästen oben im Arbeitszimmer. Ich hab die Küche aufgeräumt, es war ja schon spät. Wie ich den Müll rausbringen wollte, da hab ich sie gesehen – den Signor Enzo und einen der Gäste. Ich war ziemlich schockiert – so was sieht man ja nicht alle Tage, Commissario. Ich bin blitzschnell wieder rein in die Küche und hab einen Grappa getrunken, was ich sonst nie mache!»

«Haben Sie den Gast erkannt?»

«Ich bin mir nicht sicher, deshalb will ich nichts sagen, Signor Commissario. Es war stockdunkel, müssen Sie wissen. Man kann ja Leute in Teufels Küche bringen, wenn man so was über sie sagt!»

«Mhm», brummte Guerrini. «Putzen Sie eigentlich auch bei Elsa Michelangeli?»

«Nein, Commissario. Man putzt nie bei Freunden des Chefs. Da sagt man einmal was Falsches, und schon ist man beide Jobs los. Das ist mir nur einmal passiert – vor vielen Jahren. Seitdem mach ich das nie wieder!»

Guerrini bedankte sich bei Angela Piselli und trat den Rückzug an. Sie folgte ihm durch die Halle zum Eingang.

«Und wann darf ich das Arbeitszimmer sauber machen?»

«Wenn es freigegeben wird. Solange es versiegelt ist, dürfen Sie nicht hinein!»

«Ah, ich bin ganz froh, dass ich nicht hineindarf. Es wär mir ganz schlimm in dem Zimmer, in dem der selige Signor Altlander gestorben ist …»

Guerrini winkte ihr zu und lief durch den Regen zu seinem Wagen. Als er die Straße nach Siena erreicht hatte, verspürte er leise Lust auf eine Zigarette. Aber er hatte das Rauchen vor zwei Jahren aufgegeben. Laut verfluchte er diejenigen, die herausgefunden hatten, dass Rauchen ungesund war.

LAURA HATTE sich bei Altlanders Verleger nicht angemeldet, sondern war auf gut Glück hingefahren. Das Verlagshaus lag nicht mal zehn Minuten von der Wohnung des alten Gottberg entfernt. Es war ein renommierter Verlag, einer, der nicht den modischen Trends der Buchindustrie folgte, sondern auf Qualität achtete. Niemals würde man die zweifelhaften Lebensbeichten eines Schlagersängers oder Schauspielers in seinem Programm finden, dafür Literaturnobelpreisträger zuhauf.

Von außen wirkte das efeubewachsene Haus dunkel und abweisend, innen war es jedoch hell und modern – als hätte man es ausgehöhlt und frisch gefüllt. Im Foyer wurden die Neuerscheinungen ausgestellt, dazu lagen Stapel von Katalogen herum. Eine Frau mittleren Alters, sehr gepflegt, mit blondiertem Haar und großen Perlenohrringen, saß am Empfang, und ihre Augen weiteten sich erstaunt, als sie Lauras Ausweis studierte.

«Ich werde Sie sofort anmelden. Doktor Pasteur ist in seinem Büro. Kann ich ihm einen Hinweis geben, worum es geht?»

«Um den Tod seines Autors Altlander.»

«Ja, natürlich. Eine tragische Geschichte. Einen Augenblick.» Sie griff nach dem Telefon. Laura schlenderte zum Regal mit den Neuerscheinungen. Es war kein Buch von Altlander dabei, viel Südamerikanisches, drei Titel deutscher Autoren, deren Namen Laura noch nie gehört hatte.

Ich sollte mehr lesen, dachte sie. Fragt sich nur, wann.

«Sie können rechts durch die Tür gehen und dann in den ersten Stock. Dort wird Doktor Pasteur auf Sie warten.»

Laura schlug den beschriebenen Weg ein, wusste allerdings nicht genau, was Sie den Verleger fragen sollte. Das passierte ihr häufig. Irgendwie ergaben sich die richtigen Fragen aus der Situation. Sie war neugierig auf Pasteur, denn er war so etwas wie die graue Eminenz unter den deutschen Verlegern, und das seit Jahrzehnten.

Der Teppich auf den Stufen fühlte sich weich an und verschluckte ihre Schritte. Als sie den ersten Absatz erreicht hatte, blickte sie nach oben und bemerkte, dass sie von Pasteur bereits erwartet wurde. Der Verleger war um die sechzig, das graue Haar leicht schütter, dazu der Ansatz eines Bauchs und große, lebendige Augen, deren Farbe Laura nicht genau erkennen konnte.

«Noch nie hatte ich die Ehre, eine Kriminalhauptkommissarin zu empfangen. Das Leben ist voller Überraschungen!», sagte er, und Laura fand, dass seine Stimme einen metallischen Unterton hatte, den sie nicht besonders mochte.

«Willkommen.» Er lächelte, als sie ihn erreicht hatte, streckte ihr seine rechte Hand entgegen, drückte ihre ganz leicht. Dann führte er sie in ein großes Arbeitszimmer voller Manuskriptstapel, dazu ein paar abstrakte Kleinplastiken und an der Wand moderne Malerei.

«Kaffee, Tee, Wasser?» Fragend hob er die Augenbrauen. Seine Augen waren bernsteinfarben, jetzt konnte Laura es sehen. Guerrini hatte solche Augen.

«Wasser», antwortete sie. «Es geht um Giorgio Altlander. Sie wissen sicher von seinem Tod.»

«Freunde aus Italien haben mich gestern angerufen, und diverse Journalisten hatten wir auch schon in der Leitung. Ich kann es noch gar nicht fassen. Giorgio und ich kennen uns seit dreißig Jahren. Ich habe fast alle seine Bücher verlegt. Bitte, nehmen Sie doch Platz.» Er wies auf drei Sessel um einen kleinen Tisch, Mineralwasser stand bereit. Laura setzte sich.

«Ist es wahr, was in den Zeitungen steht? Wurde er wirklich ermordet?» Pasteur setzte sich neben Laura und goss ihr ein Glas ein.

«Es sieht so aus. Deshalb werde ich zu den weiteren Ermittlungen nach Italien fahren. Aber von Ihnen würde ich gerne wissen, ob Herr Altlander ein neues Buch plante, ob er etwas recherchierte, das gefährlich für ihn werden konnte?»

Pasteur schüttelte den Kopf.

«Ich habe ihn immer wieder ermuntert, endlich etwas Neues in Angriff zu nehmen. Seit vier Jahren hat Giorgio kein neues Buch herausgebracht. Doch er meinte, die Zeit sei noch nicht reif dafür. Ich bin daher sicher, dass er an einer größeren Sache arbeitete. Er machte stets ein Geheimnis um seine Projekte.»

«Wann haben Sie das letzte Mal mit Giorgio Altlander gesprochen?»

«Warten Sie – vor ungefähr drei Wochen. Ich rief ihn an, weil ich ihn im August ein paar Tage auf *Wasteland* besuchen wollte.»

«*Wasteland?*»

«Das ist der Name seines Anwesens bei Siena. Nach T. S. Eliot, falls Sie das Gedicht kennen.»

«Ja, ich erinnere mich. *April is the cruellest month* … so fängt es doch an, oder?»

«Oh», machte Pasteur. «Ich bin beeindruckt. Nicht viele kennen Eliot.»

Laura ging nicht darauf ein.

«Hat Giorgio Altlander irgendetwas von Schwierigkeiten erzählt? Immerhin kannten Sie sich schon lange.»

«Nein. Er war nur in einer ziemlich düsteren Stimmung, aber das bin ich von ihm eigentlich gewöhnt. Er meinte, dass das Leben ihn gerade anwidere. Allerdings drückte er sich drastischer aus, er sagte, dass es ihn ankotze und seine Mitmenschen im Besonderen.»

«Hat er diese Bemerkung irgendwie begründet?»

«Nein.»

«Haben Sie nachgefragt?»

«Nein, wir haben darüber gelacht. Er als Erster.»

«War das normal für Altlander?»

«Nun ja, eigentlich schon. Er war voller Selbstironie und hatte einen sarkastischen Humor.»

«Haben Sie irgendeine Idee, wer Altlander umgebracht haben könnte?»

«Also, wenn es vor zwanzig Jahren passiert wäre, dann hätte ich gesagt, ein Strichjunge. Aber jetzt … ich habe wirklich nicht die geringste Ahnung.» Er lachte kurz und bitter auf.

«Gab es Spannungen zwischen ihm und seinem Partner? Könnte die Bemerkung, dass ihn das Leben ankotzt, damit zu tun haben?»

Der Verleger lächelte kaum merklich.

«Nein. Wenn Giorgio etwas ankotzte, dann war das von größerer Bedeutung … wie soll ich sagen … etwas, das die allgemeine Moral oder das Leben schlechthin betraf.»

«Was habe ich mir darunter vorzustellen?»

«Ganz simpel zum Beispiel: Wenn ein Nazi plötzlich Kommunist wird, weil er dadurch Vorteile hat. Oder wenn jemand korrupt ist und moralische Reden hält oder die schlichte Tatsache, dass wir alle sterblich sind.»

«War er selbst denn so unfehlbar?»

Pasteur neigte den Kopf und betrachtete Laura nachdenklich.

«Ja, in vielen Dingen war er das – ein richtiger Asket.»

«Auch in seinen sexuellen Gewohnheiten?»

«Weshalb fragen Sie das?»

«Wegen Ihrer Bemerkung über Strichjungen.»

«Hab ich darüber eine Bemerkung gemacht?»

«Sie haben.»

«Ach, das ist lange her. Er war eine Weile ganz verrückt nach jungen Männern. Aber niemals nach Minderjährigen, wenn Sie das meinen. Es waren immer die bildschönen Zwanzigjährigen.»

Laura fragte sich, ob sie derart intime Details über einen so genannten Freund oder eine Freundin so ohne weiteres erzählen würde. Nein, sicher nicht ohne Not. Und bisher stand Pasteur durchaus nicht unter Druck. Seine Indiskretion war ihr unangenehm. «Hatten Sie selbst ein intimes Verhältnis zu Altlander?», fragte sie deshalb kühl und erntete eine heftige Reaktion.

«Wie kommen Sie denn darauf?! Was fällt Ihnen überhaupt ein, Frau Kommissarin?! Ich bin nicht schwul, wenn Sie mir das unterstellen wollen. Ich bin verheiratet und habe zwei Kinder!» Doch schnell fing er sich wieder, setzte ein ironisches Lächeln auf. «Ach, natürlich, Sie wollten mich provozieren. Schließlich sind Sie bei der Kriminalpolizei … Entschuldigen Sie bitte.»

Laura ließ ihn nicht aus den Augen.

«Warum wissen Sie dann so gut über Altlanders Liebesleben Bescheid?»

Er lächelte ein wenig, füllte sein Glas ebenfalls mit Wasser und trank einen kleinen Schluck.

«Weil er mein Autor ist, und das schon seit über dreißig Jahren. Autoren schütten ihren Verlegern häufig ihr Herz aus – es sind mitunter vertrauensvolle Freundschaften, wichtig für das Schaffen großer Werke. Man trinkt zusammen, diskutiert ganze Nächte hindurch, und daraus entstehen neue Ideen, andere Freundschaften, Projekte.» Er redete vor sich hin, als hielte er einen Vortrag, unterstrich seine Worte mit den Händen. «Giorgio wusste auch eine Menge von mir. Das gehört dazu. Solche Beziehungen können nicht einseitig bleiben.»

«Warum lebte er in Italien?», fragte sie, um wieder auf weniger intimes Terrain zu gelangen.

«Vier Monate im Jahr wohnte er in München. Allerdings reiste er dann viel, hielt Vorträge und Lesungen. Er konnte Deutschland nicht besonders leiden, er nannte es das Land der Gartenzwerge. Es war ihm zu grün, zu ordentlich und zu langweilig. Außerdem hasste er die rechte Szene …»

«Na ja, die italienischen Neofaschisten sind auch nicht ohne», erwiderte Laura.

«Aber nicht in der Toskana», lächelte Pasteur. «Die Toskana ist und bleibt rot. So gesehen war Giorgio vielleicht ein wenig naiv. Hat sich mit *Wasteland* seine Fluchtburg gebaut.»

«War er politisch engagiert – in irgendwelchen Gruppen oder Parteien?»

«Er hat sich seit zwanzig Jahren nur noch in seinen

Büchern engagiert. Gruppen und Parteien traute er nicht mehr.»

«Und warum nicht?»

«Weil er ein unabhängiger Geist war, deshalb, Frau Kommissarin!»

Laura trank einen letzten Schluck Wasser und stand auf.

«Ich möchte Sie nicht länger aufhalten – nur noch eine Frage: Hat Altlander Sie für den August eingeladen?»

«Ja, er hat sich gefreut.»

«Danke, das wäre zunächst alles, Herr Pasteur – woher stammt eigentlich der französische Name?»

«Hugenottisch, Frau Kommissarin. Irgendeiner unserer Vorfahren war immer auf der Flucht. Welcher war's bei Ihnen?»

«Ich weiß nicht, ich müsste erst Ahnenforschung betreiben.»

«Machen Sie das. Es lohnt sich!» Er deutete eine Verbeugung an und ließ seinen Blick blitzschnell über ihren Körper wandern.

Das musste jetzt wohl sein, dachte Laura und widerstand der Versuchung, ihm eine Grimasse zu schneiden.

Kurz vor Siena ließ Guerrini das Fenster seines Lancia herunter und genoss die weiche warme Luft nach dem Gewitter. Wilde Malven blühten am Straßenrand, und das Licht der tiefstehenden Sonne ließ die Regentropfen auf Halmen und Blättern funkeln. Er fuhr langsamer, betrachtete die Stadt auf dem Hügel und war froh darüber, dass er hier geboren worden war. Er liebte Siena, war stolz auf die Geschichte der Stadt – immerhin hatten seine

Vorfahren es bereits im Mittelalter geschafft, eine Art Demokratie zu entwickeln. Nicht sehr lange zwar, aber immerhin ein paar Jahrzehnte lang, ehe Cosimo I. die Bürgerstadt unterwarf. Ah, diese Florentiner. Noch heute kamen sie sich besser vor als der Rest der Toskaner. Guerrini hatte es am eigenen Leib erfahren, als er fast zehn Jahre lang in Florenz Dienst tat. Heute war er richtig froh darüber, dass er in die Provinz zurückversetzt worden war, weil er ein paar korrupten Florentiner Gesellschaftsgrößen zu sehr auf den Pelz rückte. *Tempi passati.* Das war vorbei. Nur manchmal flammte in ihm noch das Bedürfnis nach Rache auf.

Jetzt zum Beispiel, da er sich die Belagerung Sienas durch die Florentiner vorstellte. Und weil er gleichzeitig wieder an Montelli denken musste, der gar kein Sieneser war, sondern Florentiner. Deshalb hatte er ihn vermutlich aus den Augen verloren. Montelli war nach der Schule wieder nach Florenz gegangen, während Guerrini in Rom studierte und dann zum Entsetzen seines Vaters auf die Polizeiakademie wechselte.

Je näher die Stadt kam, desto dichter wurde der Verkehr – natürlich, es war ja schon beinahe sechs. Aber eigentlich gab es rund um Siena immer zu viele Autos und Laster und Busse. Guerrini landete im Abendstau und war ausnahmsweise froh darüber, dass er sein Handy dabeihatte. Während er sich die Via Fontebranda hinaufquälte, rief er Professor Granelli, den Gerichtsmediziner an, der hoffentlich endlich den toten Altlander inspiziert hatte. Erstaunlicherweise funktionierte die Verbindung auf Anhieb, und der alte Arzt meldete sich persönlich.

«Granelli.»

«Sono Guerrini. Buona sera, professore.»

«*Buona sera, commissario.* Ihre Leiche ist eine verdammt harte Nuss, wenn Sie wissen wollen, warum wir uns noch nicht gemeldet haben. Salvia und ich sind mit diesem Deutschen noch nicht durch.»

«Was ist denn los mit ihm?»

«Er hat kaum nachweisbare Druckstellen im Halsbereich, hat sich offensichtlich nicht gewehrt, zu viel Lachgas eingeatmet, aber nicht genug, um zu sterben, ist auch nicht erwürgt worden, sondern wahrscheinlich an Herzversagen hinübergegangen.»

«Aha.»

«Sparen Sie sich Ihre Kommentare, Guerrini. Ich sage schon lange nicht mehr aha. Aber eins erscheint mir ziemlich sicher: Dieser Altlander ist nicht freiwillig gestorben. Da hat sich jemand große Mühe gegeben, es wie einen Selbstmord aussehen zu lassen.»

«So etwas dachte ich mir schon.»

«Dachte ich mir, dass Sie so was dachten!» Der alte Professore stieß ein meckerndes Gelächter aus. «Aber wir schnipseln noch ein bisschen weiter an dem werten Dichter herum. Vielleicht finden wir was!»

«Danke, Professore.»

«Nichts zu danken.»

Hinter Guerrini hupten mehrere Autos gleichzeitig, und erst jetzt fiel ihm auf, dass vor ihm die Straße frei war. Im Rückspiegel sah er einen dicken unrasierten Mann, der mit großen Schritten auf den Lancia zukam. Der Mann bewegte sich wie einer, der gerade seine Ärmel aufkrempelt.

Guerrini ließ sein Seitenfenster halb offen und wartete. Als der Mann neben seinem Wagen anhielt und die geballte Faust zeigte, meinte Guerrini: «Auf diese Weise passieren viele schlimme Dinge auf der Welt. Man fragt den anderen nicht, was los ist, sondern haut gleich drauf! Verschwinde!» Und damit gab der Commissario Gas, fuhr schnell den steilen Berg zur Stadt hinauf, hoffte, dass er nicht erneut im Stau steckenbleiben würde, denn er hatte keine Lust, sich mit dem Kerl zu prügeln. Er hatte auch keine Lust, nochmal in sein Büro zu gehen und mit Tommasini zu reden. Aber als er seinen Wagen im Hof der Questura abstellte, um gleich wieder zu gehen, winkte d'Annunzio ihm aus einem Fenster im ersten Stock aufgeregt zu. So blieb Guerrini nichts übrig, als hinaufzulaufen.

«Ja?», fragte er unfreundlich, als er oben ankam.

«Der Questore, der Chef, er hat schon zweimal nach Ihnen gefragt, Commissario. Jetzt ist er gegangen, aber er hat mit Tommasini geredet. Tommasini ist noch da.»

«Ich hatte mein Handy dabei, d'Annunzio.»

«Aber Sie haben es doch nie dabei, Commissario.»

«Ich war nicht beim Essen, d'Annunzio! Ruf Tommasini – ich hab nicht viel Zeit.» Er ließ den jungen Wachtmeister stehen und war sich seiner Unfreundlichkeit durchaus bewusst.

Tommasini erschien, kaum hatte Guerrini dessen Büro betreten. Auch er hatte es offensichtlich eilig.

«Was wollte denn der Questore?»

«Ach, eigentlich nichts. Nur, dieser Signor Altlander scheint ziemlich bekannt zu sein, und deshalb will der Questore, dass wir ganz besonders sorgfältig arbeiten und nichts der Presse sagen, was nicht vorher von ihm persönlich abgesegnet ist. Inzwischen haben schon eine Menge Journalisten angerufen. Ich hab der Zentrale gesagt, dass sie niemanden mehr zu uns durchstellen sollen. Wird es eine Pressekonferenz geben, Commissario?»

«Sobald wir was wissen, Tommasini.»

Tommasini zuckte die Achseln.

«Wann wissen wir was?»

«Keine Ahnung! Ich geh jetzt – ich habe mein Handy dabei, und wenn etwas los ist, dann könnt ihr mich erreichen. Sag das auch d'Annunzio und den anderen!»

«Ja, Commissario. Ich nehme mein Handy auch mit.»

«Wo gehst du denn hin?»

«Auf ein Treffen meiner *contrada*. Sie wissen doch, dass ich in diesem Jahr den Palio mit vorbereite!»

«Na, dann viel Erfolg!»

Guerrini schlich sich aus der Questura und machte sich auf den Weg zu seinem Vater. *Contrade*, dachte er – ein Stadtteil gegen den anderen. Ein Glück, dass wir nicht mehr im Mittelalter leben. So reiten sie wenigstens nur und schlagen sich nicht gegenseitig die Köpfe ein.

«Na, so eine Überraschung!», rief Fernando Guerrini. «Hätte nicht gedacht, dass ich dich in diesem Leben nochmal sehe!»

Angelo ging nicht auf die Bemerkung seines Vaters ein, sondern tätschelte den alten Jagdhund Tonino, der sich mühsam von seinem Lager aufrappelte, um den Sohn seines Herrn zu begrüßen. Als er den Kopf hob, sah er das riesige Schwarz-Weiß-Foto seiner Großeltern wieder über der Garderobe hängen, obwohl er es vor ein paar Wochen gegen ein Mohnblumenposter ausgetauscht hatte.

«Ich hab's wieder hingehängt!», sagte Fernando, der den Blick seines Sohnes bemerkt hatte. «Sie waren immer da, und sie gehören dahin. Was würdest du sagen, wenn deine Enkel dich auf den Dachboden verbannen würden?»

«Vermutlich wäre es mir egal», murmelte Angelo.

«Was? Was hast du gesagt? Kannst du nicht lauter sprechen?»

«Ich habe sie nicht auf den Dachboden verbannt, sondern an eine Wand gehängt, die nicht genau gegenüber der Eingangstür liegt.»

«Und warum?»

«Ich habe es dir genau erklärt, Vater, und das nicht nur einmal. Deine Eltern haben auf diesem Foto einen Blick, der nicht zum Eintreten ermutigt!»

«Sag nicht *deine Eltern*, als hättest du nichts mit ihnen zu tun! Es sind auch *deine Großeltern*, Angelo! Wo warst du übrigens die ganze Zeit?»

«Ich habe gearbeitet, Vater. In Siena.»

Seit Angelo die rituellen Mittwochsabendessen bei seinem Vater aufgegeben hatte – im Einvernehmen mit diesem –, sahen sie sich nicht mehr so häufig. Sie hatten ausgemacht, sich nur noch dann zu treffen, wenn sie sich wirklich sehen wollten. Aber irgendwie funktionierte es immer schlechter. Ist wie mit Sport, dachte Guerrini, wenn man nicht strikt zweimal die Woche losläuft oder einem Verein beitritt, macht man gar nichts.

«Du hast Glück, ich habe ein Hühnchen gebraten. Mit schwarzen Oliven, Sardellen und Kapern. Es wird für uns beide reichen.»

Seit Angelos Mutter vor beinahe vier Jahren gestorben war, hatte der alte Guerrini sich zu einem begnadeten Koch entwickelt, obwohl er während seiner gesamten Ehe die Küche kaum betreten hatte.

«Sie hat mich ja nicht gelassen, deine Mutter. Das Haus ist meine Sache, hat sie gesagt. Wenn ich schon nicht arbeite, dann ist das mein Bereich. Wage es ja nicht, dich auch noch hier einzumischen, Fernando! Das hat sie gesagt, und dabei blieb es.»

Angelo musste lächeln, wenn er daran dachte. Vermutlich war es seinem Vater nicht ungelegen gekommen, dass er im Haus nichts zu sagen hatte. Auf diese Weise konnte er sich ganz seinem Handel mit toskanischer Keramik widmen, seinen Jagdausflügen und Pilzexkursionen, den Treffen seiner *contrada* und den Abenden mit ehemaligen Partisanen, Geschäftsfreunden, Schulkameraden. Jetzt also kochte er, handelte nur noch ein bisschen mit Keramik – fast ausschließlich mit Madonnenreliefs, nach denen die Amerikaner zurzeit ganz verrückt waren. Es waren vor allem Nachbildungen der Terracotten von Andrea della Robbia, der schon im fünfzehnten Jahrhundert ein gutes Geschäft damit gemacht hatte.

Angelo nahm den Duft wahr, der sich von der Küche bis in den Eingang ausbreitete, und das Wasser lief ihm im Mund zusammen.

«Wunderbar, Vater. Ich habe heute Mittag nur einen Teller *ribollita* gegessen.»

«Dann komm.»

Der alte Tonino schüttelte sich und folgte ihnen in die Küche.

«Er fängt an zu stinken!» Fernando Guerrini wies auf den Hund. «Wahrscheinlich ist es bei mir auch nicht anders. Zum Glück kann ich mich selbst nicht riechen. So stinken wir beide vor uns hin, bis sie uns abholen.»

«Ich rieche nur Hühnchen, Knoblauch und Rosmarin.»

«Ach, sei doch nicht so verdammt positiv. Gib zu: Es stinkt nach altem Hund, altem Mann und *pollo arrosto*.»

Guerrini breitete ergeben die Arme aus und schenkte

sich ein Glas Rotwein ein, genoss die alte Küche mit dem großen Tisch, dem Kamin und den Pfannen an den Wänden. Gemeinsam mit seinem Vater deckte er den Tisch, gemeinsam brachen sie das Brot, tunkten es in den köstlichen Bratensaft, nickten sich zu und teilten das Huhn. Guerrini erzählte vom Fall Altlander, von Elsa Michelangeli und Enzo Leone. Er beschrieb *Wasteland* und brachte seinen Vater zum Lachen, als er Angela Piselli nachmachte. Sie aßen hauchdünne Scheiben alten Parmesan zum Nachtisch, tranken noch mehr Wein, Guerrini erzählte von der Questura, und irgendwann wurde ihm bewusst, dass es bereits nach elf Uhr war und er noch immer nichts von Laura Gottberg gesagt hatte. Der alte Guerrini kochte Espresso in einer vorsintflutlichen Kanne, drehte sich plötzlich zu seinem Sohn um und sagte: «Du bist sehr unterhaltsam heute Abend. Was verschweigst du mir eigentlich die ganze Zeit?»

Da verstummte der Commissario und bewunderte seinen Vater für seine Menschenkenntnis.

«Also, was ist los?»

«Ich bekomme übermorgen Besuch, Vater.»

«Ja, und?»

«Es ist meine Freundin, Vater.»

«Du hast eine Freundin? Wieso hab ich nichts davon gemerkt, eh? Wie bringst du es fertig, so wichtige Dinge vor deinem Vater zu verstecken?»

«Sie ist nicht von hier, Vater. Sie ist …»

«Ja?» Der alte Guerrini beugte sich vor.

«Es ist eine Kollegin aus Deutschland, aus München, *Monaco di Baviera*.» Angelo wurde ärgerlich. Wieso beichtete er eigentlich wie ein kleiner Junge? Wie brachte sein Vater es fertig, dass er sich so fühlte?

«Ah», sagte der alte Guerrini und starrte seinen Sohn an. «Wo hast du die denn her?»

«Wir haben zusammen an einem Fall gearbeitet.»

Fernando Guerrini verbrannte sich die Finger an seinem Kaffeetopf und fluchte laut. Endlich knallte er eine kleine Espressotasse vor seinen Sohn hin.

«Weiß Carlotta, dass du eine Freundin hast?»

«Vater, Carlotta hat sich von mir getrennt. Es ist ihr völlig egal, ob ich eine Freundin habe oder nicht!»

«So, meinst du! Deiner Mutter wäre es nicht egal gewesen, und wenn sie sich zehnmal von mir getrennt hätte.»

«Lassen wir das, ja?»

«Gut, lassen wir das.»

«Danke.»

«Wie sieht sie aus? Wahrscheinlich blond und einen Kopf größer als du!» Das Lachen des alten Guerrini klang eher wie Husten. Tonino hob den Kopf und starrte seinen Herrn aufmerksam an.

«Sie ist einen halben Kopf kleiner, hat dunkelbraune Locken und heißt Laura. Ihre Mutter war Florentinerin. Außerdem wirst du sie demnächst kennenlernen. Sie kommt übermorgen. Mit ihrem Vater.»

«Dio buono!», stieß Angelos Vater aus und griff nach der Grappaflasche, die für Notfälle auf der Anrichte stand.

Es war weit nach Mitternacht, als Angelo sich endlich auf den Heimweg machte. Er schlenderte über den Campo, den er nachts besonders liebte. Zum Glück waren nicht mehr viele Menschen unterwegs – noch schienen die Massen nicht über Siena hereingebrochen zu sein. Die meisten Restaurants hatten bereits geschlossen, die meisten Fremden waren im Bett. Nur ein paar saßen, wie vergessene Skulpturen, mitten auf der Piazza, offensichtlich bemüht zu begreifen, dass all das um sie herum Wirklichkeit und nicht Traum war.

Die Wasser der Fonte Gaia plätscherten überlaut in der nächtlichen Stille, und Guerrini blieb kurz stehen, um sich zu versichern, dass er den Brunnen nicht mochte. Stets hatte er ihn als Fremdkörper auf diesem beinahe organisch gewachsenen Platz empfunden. Eckig war er, vergittert und zudem eine Kopie des Originals, das wahrscheinlich auch nicht besser gewesen war. Nein, Guerrini gehörte nicht zu denen, die jedes Kunstwerk vergangener Generationen in den Himmel hoben. Seiner Meinung nach hatten sie auch eine Menge Kitsch produziert.

Mit einem entschlossenen Tritt kickte er eine leere Coladose über den Campo. Es schepperte, und alle die noch herumsaßen oder -standen, drehten sich nach ihm um. Plötzlich sprang eine der Schattengestalten auf, lief hinter der Dose her und schoss sie zu Guerrini zurück. Ein Dritter kam dazu, dann ein Vierter, und endlich spielten sie ein gespenstisches Match, lautlos, abgesehen vom Scheppern der Dose. Irgendwann landete sie nach einem hohen Pass im Brunnen. Platsch machte es, alle Spieler brachen in Gelächter aus, trennten sich wortlos.

Langsam ging Guerrini weiter, wandte sich am Rand des Campo noch einmal um, spürte der Flüchtigkeit solch unverhofft glücklicher Momente nach. Endlich gähnte er laut und dachte unwillig an die vielen Stufen, die zu seiner Wohnung hinaufführten. Ehe er jedoch die Haustür aufschließen konnte, brummte sein Handy in der Hosentasche, fühlte sich an wie ein gefangener Riesenkäfer, der loszufliegen versucht.

«Pronto!»

Er hörte nichts oder vielleicht doch etwas, jemand atmete in ein Telefon.

«Pronto!», wiederholte er. *«Commissario Guerrini! Chi parla?»*

«Kann nicht … bitte …» Die Stimme war kaum zu hören. Eine weibliche Stimme?

«Brauchen Sie Hilfe?»

Leises Stöhnen und Wimmern, aber keine Antwort. Guerrini schaute auf das Display. Wer zum Teufel war das? Er konnte sich Nummern nicht besonders gut merken. So beschloss er, die Frage andersherum anzugehen: Wer hatte seine Handynummer? Alle in der Questura, sein Vater, Laura. Laura! Nein, es war nicht Lauras Nummer. Er atmete auf. Aber welche Frau kannte seine Handynummer? Neuer Versuch: Wem hatte er in letzter Zeit seine Handynummer gegeben? Und vor allem welcher Frau?

«Signora. Dov'è, signora?»

Die Verbindung stand noch, doch er bekam keine Antwort. Plötzlich wusste er, wem er seine Nummer gegeben hatte: Elsa Michelangeli. Er drehte sich um und rannte zur Questura zurück, stieß den Wachhabenden zur Seite, holte seine Dienstwaffe aus dem Schreibtisch, lief zum Wagen.

«Commissario! Brauchen Sie Unterstützung?»

Guerrini antwortete nicht, war schon auf dem Weg durch die dunklen Gassen, fluchte, weil er all den Einbahnstraßen folgen musste, war endlich draußen auf der Straße nach Asciano, fragte sich, ob er nicht doch einen Kollegen hätte mitnehmen sollen. Die Nacht war weit und leer, kein einziges Fahrzeug begegnete ihm, und er brauchte nur knapp zwanzig Minuten zum Haus der Malerin. Hell erleuchtet stand es auf dem Hügel. Irgendwer schien sämtliche verfügbaren Lampen eingeschaltet zu haben. Guerrini ließ seinen Wagen am Anfang der kleinen Allee stehen und ging zu Fuß weiter, hielt sich im Schatten der Bäume, lauschte ab und zu. Aber es war nichts zu hören, nicht einmal der Wind, der sonst immer hier oben wehte. Der Platz vor dem Haus war leer, die Eingangstür stand offen. Guerrini näherte sich dem Haus von der Seite, schlich geduckt unter den Rosenbüschen entlang, blieb ein paarmal an den Dornen hängen. Als er die offene Tür erreichte, horchte er wieder. Nichts. Er nahm die Pistole aus seiner Jackentasche und entsicherte sie. Die Tür knarrte ein wenig, als er sie weiter aufschob, er horchte. Wieder nichts. Niemand war in der Halle, aber etwas hatte sich verändert. Alle Schubladen der alten Kommode waren herausgezogen und offensichtlich durchwühlt worden.

Auf Zehenspitzen bewegte Guerrini sich weiter zum Wohnzimmer, auch hier brannten alle Lichter. Die Sofapolster lagen am Boden, das Bücherregal war umgestoßen worden. Ein Bücherberg ragte in der Mitte des Zimmers auf. Für den Bruchteil einer Sekunde erschien der einäugige Kater in der Terrassentür, fauchte und verschwand.

Guerrini stieg über die Scherben einer zerbrochenen Bodenvase, schaute in die Küche. Auch hier herrschte Chaos. Er bewegte sich jetzt schneller, lief die Treppe zum Atelier der Malerin hinauf. Dort sah es noch schlimmer aus. Jemand hatte mehrere Gemälde aufgeschlitzt und von den Wänden gerissen. Das Schlafzimmer nebenan war völlig auf den Kopf gestellt worden, die Kleider lagen vor dem Schrank auf dem Boden verstreut, die Matratze war aufgerissen. Aber keine Spur von Elsa Michelangeli. Guerrini war jetzt überzeugt, dass sie versucht hatte, ihn zu erreichen.

Und er war auch überzeugt, dass sich außer ihm niemand mehr in diesem Haus aufhielt. Wer immer es durchwühlt hatte, war längst fort. Er sicherte seine Pistole und schob sie wieder in die Jackentasche. Er hasste entsicherte Pistolen.

Elsa Michelangeli blieb unauffindbar, obwohl er auch Garten und Geräteschuppen, Garage und Keller durchsuchte. Er setzte sich auf die niedrige Mauer vor dem Haus und rauchte eine imaginäre Zigarette. Wieder tauchte der Kater auf und starrte ihn an.

Plötzlich fielen ihm die Lichter des Autos ein, die er gestern Nacht von *Wasteland* aus gesehen hatte. Jenes Wagens, der wieder verschwunden war, ehe Enzo Leone kam. Gleichzeitig dachte er an Elsa, die unter der Zypresse gesessen hatte und allein sein wollte. Die mindestens drei Kilometer zu laufen hatte – von jener Zypresse zum Haus. Und er hatte schon den halben Weg zu seinem Auto zurückgelegt, ehe die Schreckensvision in aller Deutlichkeit vor seinem inneren Auge Gestalt annahm.

Er fuhr los, bog in den Feldweg ab, blendete seine Scheinwerfer auf. Schritttempo, das Seitenfenster offen, alle Sinne in Alarmbereitschaft. Ein paarmal stieg er aus, untersuchte den Graben, meinte etwas gesehen zu haben. Doch immer war es nur ein Felsbrocken oder ein Ast. Jetzt konnte er nicht mehr weit von der Zypresse und dem Marienschrein entfernt sein. Vielleicht hatte er sich doch getäuscht. Aber jetzt erinnerte er sich wieder an ihren Blick, als er sie am Nachmittag angesprochen hatte. Sie war erleichtert gewesen. Wen hätte sie sonst erwarten können? Jemanden, vor dem sie sich fürchtete, der ihr unangenehm war, der sie bedrohte?

Da war der Schrein, die Zypresse. Guerrini stieg aus,

nahm seine Taschenlampe aus dem Handschuhfach und folgte zu Fuß dem Feldweg. Zikaden schnarrten, es roch nach feuchter Erde. Guerrini untersuchte den Weg, fand frische, sehr breite Reifenspuren, ging schneller. Die Spuren endeten, der Wagen hatte gewendet. Guerrini leuchtete die Umgebung ab. Sonnenblumen wuchsen aus der Finsternis, hatten nichts mehr von der freundlichen goldenen Fülle des Tages – ähnelten eher den schwarzen bedrohlichen Blüten auf Elsas Gemälden. Und dann lag da ein Schuh. Guerrinis Herz klopfte nicht schneller, nur irgendwie lauter und seltsam schmerzhaft.

Er fand Elsa Michelangeli hinter einem Busch in einer Ackerfurche, sie lag auf der Seite – lang ausgestreckt. Ihr Haar hatte sich gelöst. Mit der rechten Hand umklammerte sie das Handy, die linke hielt sie schützend vor ihre Brust. Guerrini kniete sich neben sie, versuchte ihren Puls zu fühlen. Unter seinen Fingerkuppen spürte er ein flatterndes, flüchtiges Pochen. Ihre Augen waren geschlossen, aber die Lider zuckten, als versuche sie, wach zu werden. Während er behutsam das Telefon aus ihrer Hand löste, stöhnte sie und krümmte sich zusammen.

Guerrini warf einen kurzen Blick auf das Display. Die Verbindung war noch immer nicht unterbrochen, und die Malerin hatte eindeutig ihn angerufen. Er lief zu seinem Wagen zurück, wählte die Nummer der Misericordia in Asciano – von dort würde die Ambulanz am schnellsten hier sein. Aber es dauerte, bis endlich abgehoben wurde. In knappen Worten erklärte Guerrini die Situation und beschrieb den Weg.

«Bringt einen Arzt mit, und wenn ihr ihn aus dem Bett prügeln müsst!»

«Können wir nicht versprechen, Commissario.»

«Ihr werdet es versprechen!», brüllte Guerrini und beendete abrupt die Verbindung. Er trat gegen den Vorderreifen seines Lancia. Früher, dachte er, konnte man das Telefon auf die Gabel knallen, und es brachte irgendwie Erleichterung. Selbst diese kleinen Entladungen nimmt man uns. Nachdem er ein zweites Mal gegen den Vorderreifen getreten hatte, packte er die Decke aus seinem Wagen, den Erste-Hilfe-Koffer und ging wieder zu Elsa Michelangeli. Es war schiere Hilflosigkeit, das wusste er selbst. Nichts konnte er tun, als sie warm zu halten und zu warten. Dieser Scheißkerl hatte sie vermutlich vor sich hergejagt und dann überfahren. Danach war er zum Haus zurückgekehrt und hatte es auf den Kopf gestellt. Es musste also jemand gewesen sein, der Elsa und ihre Gewohnheiten kannte.

Elsa lag noch da, wie er sie verlassen hatte. Vorsichtig breitete er die Decke über der Malerin aus, lagerte sie ein wenig mehr zur Seite, wagte aber keine größeren Aktionen, weil er sicher war, dass sie innere Verletzungen erlitten hatte. Doch sie lebte.

Er setzte sich neben sie in die Ackerfurche und hielt ihre Hand. Ein paar verirrte Glühwürmchen blinkten zwischen den Sonnenblumen. Er schaute auf die Uhr. Halb drei inzwischen. Vermutlich lag Elsa schon seit dem späten Nachmittag hier, hatte nach Stunden kurz die Kraft gefunden, um Hilfe zu rufen. Er dankte dem Himmel, dass sein Handy ausnahmsweise eingeschaltet gewesen war. Und er schloss, dass sie seine Nummer einprogammiert hatte. Welch kluge Voraussicht.

Er rief in der Questura an, mobilisierte die Spurensicherung, Tommasini und d'Annunzio.

Zwanzig vor drei hörte er in der Ferne ein Martinshorn,

da kamen die verdammten Esel also endlich. Kurz darauf sah er die Scheinwerfer zweier Autos. Sie hatten tatsächlich den richtigen Feldweg eingeschlagen, und Guerrini nahm die verdammten Esel zurück. Er gab Zeichen mit seiner Taschenlampe und stoppte den Krankenwagen und das zweite Auto, ehe sie alle Reifenspuren des Angreifers zerstören konnten.

Sie hatten tatsächlich einen Arzt aufgetrieben – einen jungen Mann um die dreißig, der sehr besorgt aussah, als er sich wieder aufrichtete, nachdem er die Malerin untersucht hatte.

«Sieht nicht gut aus!», murmelte er. «Wir bringen sie nach Siena. Ich werde die Kollegen vorab informieren und mitfahren. Eigentlich bräuchten wir einen Hubschrauber … ist sie Ihnen vor den Wagen gelaufen?»

Guerrini starrte den Arzt an.

«Solche Bemerkungen vertrage ich im Augenblick nicht besonders gut!», murmelte er.

Es war halb acht am Morgen, als Guerrini endlich in seine Wohnung zurückkehrte und sich aufs Bett fallen ließ. Flach auf den Bauch, mit ausgebreiteten Armen. Was immer die Spurensicherung in Elsa Michelangelis Haus finden würde – in diesem Augenblick interessierte es ihn nicht. Er war noch im Krankenhaus vorbeigefahren, hatte mit den Ärzten gesprochen. Keine Prognose, ernste Gesichter. Innere Verletzungen, Brüche, künstliches Koma – ein Wunder, dass die Malerin nicht im Graben gestorben war. Aber Menschen hätten erstaunliche Kräfte, sagte der Chirurg und erzählte die Geschichte eines Motorradfahrers, der zwei Tage und Nächte in einem Graben gelegen hatte, bis man ihn endlich fand. Mit schweren Kopfverletzungen, einem Milzriss und … Guerrini hatte es nicht hören wollen, war einfach mitten im Satz gegangen und hatte den Arzt stehen gelassen.

Jetzt fühlte er sich selbst wie jemand, der zwei Tage im Graben gelegen hatte, wollte nichts, nur schlafen.

Er schlief. Unruhig. Fuhr gegen elf aus einem Traum hoch, hatte Laura im Graben liegen sehen. Ein Sanitäter beugte sich über sie und sagte: Sie wird's nicht schaffen! Es dauerte ein paar Minuten, ehe er begriff, dass er die Szene geträumt hatte, dass er in seinem Bett lag.

Er hatte Kopfschmerzen, bewegte vorsichtig seinen Nacken hin und her. Endlich kroch er aus dem Bett, fühlte sich alt und dem Tag nicht gewachsen.

Laura lehnte im Zimmer ihrer Tochter an der Wand, die Arme verschränkt, und versuchte gelassen zu bleiben.

«Ist doch ganz praktisch für dich, wenn ich bei meinen Freundinnen übernachte oder zu Mittag esse. Dann hast du keinen Stress mit der Arbeit. So ist es doch!»

Das war der letzte Satz, den Sofia ihr hingeknallt hatte.

«Ich habe überhaupt nichts dagegen, wenn du bei einer Freundin übernachtest oder wenn deine Freundinnen bei dir übernachten. Ich hab nur was dagegen, wenn ich nicht weiß, wo du bist!» Das «verdammt nochmal» schluckte Laura runter.

«Aber ich hab es Luca gesagt!»

«Ja, ich weiß. Aber Luca ist dein Bruder und nicht deine Mutter. Manchmal sehe ich Luca zwei Tage lang nicht. Er ist beinahe siebzehn, Sofia. Wenn Luca weiß, wo du bist, dann weiß ich es noch lange nicht.»

«Und warum darf Luca zwei Tage lang unsichtbar bleiben und ich nicht?»

«Weil Luca fast siebzehn ist und du noch nicht mal vierzehn.»

«Und weil ich ein Mädchen bin, gib's doch zu!»

Laura seufzte.

«Ja, auch weil du ein Mädchen bist, Sofia.»

«Das ist ungerecht, Mama!»

«Nein, es ist nicht ungerecht, Sofi. Würdest du bitte zu mir in die Küche kommen, wir trinken eine Tasse Tee zusammen, und ich versuche dir zu erklären, was ich meine.»

«Wenn's sein muss.»

Widerstrebend folgte Sofia ihrer Mutter in die Küche, stellte sich auf den Balkon und schaute irgendwohin.

«Also, ich höre.»

«Komm bitte rein und hol zwei Tassen aus dem Schrank. Welchen Tee möchtest du?»

«Ist mir egal.»

«Sofi, so geht es nicht.»

«Wieso? Du willst doch Tee trinken.»

Laura versuchte, ihren Ärger zu verbergen und die Unfreundlichkeit ihrer Tochter zu ignorieren.

«Okay. Dann trinken wir eben keinen Tee. Würdest du dich bitte setzen.» Laura ließ sich auf einen der drei Küchenstühle sinken.

«Wieso denn? Ich kann doch auch stehen bleiben, oder?»

«Ich kann nicht mit dir reden, wenn du rumstehst, als würdest du gleich gehen.»

Sofia verzog das Gesicht und setzte sich auf die vorderste Stuhlkante. Sie wickelte eine Locke ihrer langen dunklen Haare um einen Finger und starrte auf den Boden.

«Also …?

Laura unterdrückte ein Lächeln, denn dieses «also» war typisch für ihre Tochter. Schon als ganz kleines Mädchen hatte sie stets erwartungsvoll «also» gesagt, wenn sie eine Geschichte hören wollte oder auf eine Antwort neugierig war. Leider klang das «also» diesmal keineswegs neugierig oder erwartungsvoll, sondern im besten Fall cool.

«Also», begann auch Laura, die nicht genau wusste, wie sie zu ihrer Tochter durchdringen sollte. «Du wirst es nicht glauben, Sofi, aber es gibt wirklich einen Unterschied zwischen siebzehn und vierzehn. Luca durfte damals auch nicht tun und lassen, was er wollte. Das kann er übrigens noch immer nicht. Er sagt mir immer, zu wem er geht und wo ich ihn erreichen kann.»

«Toller Bruder!»

«Ich hatte diese Auseinandersetzung, die wir gerade führen, auch mit ihm, Sofi. Also hab dich nicht so. Ich liebe dich, deshalb mache ich mir manchmal Sorgen.»

«Jetzt sagst du wahrscheinlich gleich, dass ich nicht mit fremden Männern gehen soll und all das …» Sofi zog die Nase kraus und war noch immer nicht zum Einlenken bereit.

«Natürlich sag ich das, und dein Vater sagt es auch und dein Großvater ebenso. Vielleicht ist es besser, du unterhältst dich mal mit den beiden, sie sind schließlich Männer und wissen Bescheid!»

«War's das?»

Laura nickte. Sofia sprang auf und ging zur Tür.

«Ich muss noch meine Englisch-Hausaufgaben machen.»

Weg war sie. Dabei hätte Laura gern gemeinsam mit ihr gekocht, ihr zugehört und mit ihr gelacht.

Dann eben nicht, dachte sie und schenkte sich endlich eine Tasse Tee ein. Ich werde Ronald sagen, dass er ihr klare Verhaltensregeln geben muss. Er hat so eine Art, sich beliebt zu machen und ihr alles zu erlauben. Grimmig begann sie Gemüse zu schneiden, um eine chinesische Reispfanne vorzubereiten, die sie für den Abend geplant hatte. Es war vielleicht ganz gut, für eine Weile zu verschwinden und die Verantwortung anderen zu überlassen. Nicht nur in der Familie, sondern auch im Dezernat.

«Wir haben ziemlich gute Reifenspuren von einem großen Geländewagen. Jede Menge Fingerabdrücke – unter anderem auch Ihre, Commissario. Katzenhaare und Menschenhaare. Sonst nicht viel. Da ist jemand am Werk, der verdammt vorsichtig ist, wenn Sie mich fragen.» Capponi presste die Lippen zusammen und zog gleichzeitig die Augenbrauen hoch. Es verlieh ihm einen etwas einfältigen Gesichtsausdruck, und Guerrini fragte sich, ob manche Menschen sich der seltsamen Grimassen bewusst waren, mit denen sie andere konfrontierten.

«Bene!», sagte er und räusperte sich, weil ihm auch nichts dazu einfiel.

«Was könnten die denn gesucht haben?» Capponis Gesicht nahm wieder einen halbwegs normalen Ausdruck an.

«Woher soll ich das wissen, Capponi? Ich kann mir nur vorstellen, dass die Signora Michelangeli etwas besaß, das mit Altlander zu tun hatte. Aber was das sein könnte …» Guerrini zuckte die Achseln. «Lassen denn die Reifenspuren irgendwelche Rückschlüsse zu?»

Capponi schüttelte den Kopf.

«Es gibt Hunderte solcher Geländewagen rund um Siena. Jeder Idiot fährt heute so einen Laster. Fragt sich nur, wie sie das Benzin bezahlen. Irgendwann wird man die Dinger ganz billig angeboten bekommen, und keiner will sie mehr haben! Dann können sie ein Museum damit füllen!» Capponi lachte laut, hörte aber sofort auf, als Guerrini nicht einstimmte. «Brauchen Sie noch etwas, Commissario?»

«Im Augenblick nicht, danke, Capponi.»

Und jetzt?, dachte Guerrini, vorsichtig seinen Nacken massierend, denn seine Kopfschmerzen waren trotz zwei Tabletten nicht wesentlich besser geworden. Er wusste nur, dass der Questore oder der Vicequestore ihn vermutlich in zehn Minuten anrufen würde, dass es eine Pressekonferenz geben musste, weil nach Altlander eine zweite bekannte Persönlichkeit Opfer eines Verbrechens geworden war, dass er nicht wusste, was er den Journalisten sagen sollte, und dass er wahrscheinlich noch immer Kopfschmerzen haben würde. Aber eines wusste er in diesem Augenblick ganz sicher: Sobald bekannt wurde, dass Elsa Michelangeli den Anschlag überlebt hatte, musste sie Tag und Nacht bewacht werden.

«Wo bleiben eigentlich die Unterlagen über Altlander?», raunzte er Tommasini an, als dieser den Kopf zur Tür hereinsteckte.

«Da gibt es nicht viel, Commissario.» Tommasini war sichtlich beleidigt. «Er war ja schließlich kein Verbrecher, der Signor Altlander. Wir sind die letzten zwanzig Jahre zurückgegangen, d'Annunzio und ich. Das wird wohl reichen!»

«Nein, es reicht nicht. Weil bei Altlander die späten sechziger und die siebziger Jahre die interessantesten sind!»

«Das hätten Sie mir gleich sagen können, Commissario!» Jetzt war Tommasini wirklich beleidigt.

«Entschuldige, ich hab es selbst nicht so genau gewusst. Also macht noch ein bisschen weiter, ja? Wäre gut, wenn ich die Sachen heute Abend auf dem Schreibtisch hätte. Morgen kommt nämlich die Commissaria aus *Monaco di Baviera*, die uns unterstützen soll.»

Tommasini hob interessiert den Kopf, und Guerrini dankte dem Himmel, dass sein Kollege Laura noch nie gesehen hatte. Bisher war es ihm gelungen, seine Beziehung in Siena geheim zu halten.

«Also los!» Er nickte Tommasini aufmunternd zu und meinte damit auch sich selbst. Deshalb rief er sofort seine Putzfrau an, bestellte sie für den nächsten Morgen und reservierte für Lauras Vater ein Zimmer in der Pension seiner Cousine Natalia, die nur fünf Minuten von seiner Wohnung entfernt lag. Danach fühlte er sich erleichtert, aber erschöpft. Als das Telefon klingelte, war es tatsächlich der Vicequestore, und er schlug Guerrini vor, die Pressekonferenz und den Fall Altlander samt Michelangeli beim Mittagessen zu besprechen. Vielleicht, dachte Guerrini, werde ich diesen Tag doch lebend überstehen.

VIELLEICHT, dachte Laura Gottberg, werde ich diesen Tag nicht lebend überstehen. Sofia war auch am Morgen noch wortkarg gewesen, Luca hatte bei seiner Freundin Katrin übernachtet. Als Laura das Dezernat betrat, überreichte Claudia ihr einen Berg Papier und erklärte ihn zum Ergebnis ihrer Internetrecherche über Giorgio Altlander, und sie hätte nur das Wichtigste ausgedruckt und einiges schon wieder weggeworfen.

Kriminaloberrat Becker hatte für den Nachmittag eine Pressekonferenz anberaumt, natürlich ohne Laura vorher etwas davon zu sagen. Außerdem musste sie dringend und ausführlich mit Baumann und Havel über den Fall Dobler reden. Sie sollte auch kurz bei ihrem Vater vorbeifahren, mit Ronald über Sofia reden und …

Es reicht!, dachte sie, mixte sich einen Tütencappuccino und schloss die Tür ihres Büros hinter sich ab. Dann ließ sie sich in ihren großen ledernen Chefsessel sinken, legte die Beine auf den Schreibtisch, lehnte sich zurück und schloss die Augen. Sie atmete tief und ruhig, versuchte nicht zu denken. Natürlich funktionierte es nicht.

Ich sollte endlich wieder regelmäßig meditieren, dachte sie.

«Mit den Beinen auf dem Schreibtisch meditiert sowieso keiner», murmelte sie vor sich hin und nahm die Beine wieder runter.

Jemand klopfte an die Tür. Laura beobachtete, wie die Klinke sich bewegte, blieb ganz still sitzen.

«Hallo, Laura, bist du da drin?» Es war Claudia.

Laura sagte nichts.

«Laura! Ist alles in Ordnung?»

Ich fahre morgen weg, dachte Laura. Es ist nur noch ein Tag. Ich werde ihn irgendwie überstehen. Bisher habe ich auch alle anderen Tage meines Lebens überstanden.

«Also, diese Theresia Unterberger ist eine Strafe Gottes! Das werde ich dir nicht so leicht verzeihen, Laura.» Kommissar Baumann war wirklich wütend. «Die rückt mir regelrecht auf die Pelle.»

Andreas Havel, der junge Fachmann für Spurensicherung, rieb heftig seine Nase, um sein Grinsen zu verbergen.

«Was macht sie denn?» Laura hob scheinbar interessiert den Blick von dem Stapel Papier, den Baumann auf ihren Schreibtisch gelegt – hörbar hingelegt, um präzise zu sein, hingeknallt hatte.

«Was sie macht? Ich hatte mindestens zwanzigmal unfreiwilligen Körperkontakt mit ihr, während sie mit mir die Akten durchging. Außerdem hat sie mich zum Essen zu sich nach Hause eingeladen, weil ich so unvorsichtig war und erwähnt habe, dass ich gern saure Lunge esse und dass man so was kaum noch in Gaststätten bekommt.»

Havel konnte sich nicht mehr beherrschen und lachte laut los.

«Du musst ja nicht hingehen!»

«Du musst wirklich nicht hingehen!» Laura versuchte ernst zu bleiben.

«Ich werde auch nicht hingehen. Aber ich habe den Verdacht, dass sie anfängt, mich zu verfolgen. Gestern Abend hab ich aus meinem Schlafzimmerfenster geschaut, einfach so, auf dem Weg ins Bett, und ich war ziemlich sicher, dass sie auf der anderen Straßenseite unter einem Baum stand und zu mir heraufschaute.»

«Wir haben Spezialisten für Stalking bei der Polizei», warf Havel mit seinem weichen tschechischen Akzent ein.

«Leute, ich muss eine Pressekonferenz vorbereiten und bin ab morgen nur noch telefonisch anwesend. Also können wir bitte anfangen?»

Baumann fuhr mit gespreizten Fingern durch seinen dunkelblonden Haarschopf, der wieder ein wenig zu lang geworden war, und zuckte die Achseln.

«Sehr wohl, Chefin. In den Häuserblocks, die Dobler bis 1948 betreute, gab es achtzig Wohnungen, die meist von Familien mit Kindern belegt waren – ungefähr zu siebzig Prozent. Im Rest lebten ältere Ehepaare oder Alleinstehende. Über Dobler selbst ist ganz wenig zu finden gewesen. Es gibt nur eine Eintragung: Offensichtlich sollte ihm 1944 gekündigt werden, aber es kam dann doch nicht dazu. Dieselbe Geschichte wiederholte sich nach Kriegsende. Was da tatsächlich los war, darüber gibt es keine Vermerke.»

«Gut, dann kannst du dich daranmachen, genau das herauszufinden, wenn ich nicht da bin. Du hast die Liste der noch lebenden Bewohner aus dieser Zeit?»

«Hab ich.»

«Eigentlich beneide ich dich um diese Ermittlungen», sagte Laura.

Wieder zuckte Baumann die Achseln.

«Du kennst ja meine Einstellung zu historischen Fällen.»

«Irgendwie bist du überhaupt nicht flexibel», fauchte Laura, der seine Unzufriedenheit auf die Nerven ging. Abrupt wandte sie sich von ihm ab und sah Havel an.

«Habt ihr wirklich überhaupt nichts am Tatort gefunden, was irgendwie brauchbar wäre?»

«Tja, nichts außer dem Rest von E 605 in der Tasse. Aber er hat es sicher nicht selbst in seinen Kaffee gemischt, denn sonst hätten wir eine Tüte oder ein Gefäß finden müssen. E 605 fliegt nicht durch die Luft, auch wenn es dem Staatsanwalt lieber wäre.»

«Du würdest also davon ausgehen, dass jemand das Gift in seine Tasse gestreut hat und ihn zwang, es zu trinken?»

Havel wiegte den Kopf leicht hin und her.

«Vielleicht, vielleicht aber hat der Unbekannte es in den Kaffee getan, als Dobler gerade nicht im Zimmer war.»

«Aber es gab nur eine Tasse!», warf Baumann ein.

«Hast du schon mal was davon gehört, dass man Tassen abspülen und aufräumen kann?», fragte Laura.

«Dann muss der aber ganz schön kaltblütig gewesen sein.»

«Leute, die einen Mord präzise planen, sind immer kaltblütig. Was ist denn heute mit dir los, Peter?»

«Bist du schon mal gestalkt worden?»

«Ist das jetzt dein Ernst, oder machst du Witze?» Laura sah ihn ungläubig an.

Baumann verzog das Gesicht.

«Halbe-halbe. Die Frau ist mir zwar wirklich unangenehm, aber manchmal möchte ich euch einfach ein bisschen Spaß gönnen. Es ist doch schön, sich klüger als andere zu fühlen.»

Laura hob den Blick himmelwärts.

«Ich geh ja schon!»

Er war aus der Tür, ehe sie etwas sagen konnte.

Kurz vor der Pressekonferenz rief der alte Gottberg an, um Laura mitzuteilen, dass er seinen Pass nicht finden könne.

«Reg dich nicht auf, Vater. Für Italien brauchst du nur einen Personalausweis. Außerdem kontrolliert an den Grenzen niemand mehr.»

«Ich habe keinen Personalausweis.»

«Wir werden den Pass finden, Papa. Ich komm später kurz vorbei. Beim Packen helfe ich dir morgen früh, dann haben wir Ruhe.»

«Vielleicht ist der Pass abgelaufen.»

Laura schloss kurz die Augen.

«Mach dir keine Sorgen. Schließlich haben wir gute Beziehungen zur italienischen Polizei, nicht wahr?»

«Ja, aber dein Commissario kann auch nicht alles regeln. Weißt du eigentlich, wie kompliziert die italienische Polizei ist – die haben nicht nur eine, sondern hundert verschiedene, von den Carabinieri bis zur Antimafia.»

«Es wird schon gutgehen, Vater. Das ist Reisefieber. Ist das nicht toll? Wie lange hattest du schon kein Reisefieber mehr?»

«Red nicht mit mir, als wäre ich schwachsinnig!»

Laura hielt kurz die Luft an, beschloss, nicht auf diesen Satz einzugehen. Er hat ja recht, dachte sie, er hat wirklich recht. Ich rede irgendwas, um ihn abzuwimmeln.

«Entschuldige, aber ich habe gleich eine Pressekonferenz …»

«Ist ja schon gut. Wann kommst du denn?»

«Sobald ich kann.»

Er seufzte.

«Freust du dich?», fragte Laura.

«Wenn wir unterwegs sind, dann freue ich mich. Bei dir kann sich ja ständig alles ändern.»

«Diesmal nicht, Babbo. Aber ich freu mich auch erst morgen. *Ciao.*»

Der alte Gottberg knurrte noch etwas Unverständliches, ehe er auflegte.

Kurz vor Beginn der Pressekonferenz in der Questura rief Commissario Guerrini Laura an. Sie war gerade auf dem Weg zu ihrer eigenen Pressekonferenz.

«Gut, dass ich dich noch erwischt habe!» Er schilderte Laura die neue Lage nach dem Mordanschlag auf Elsa Michelangeli und dass er mit der Befragung der deutschen Nachbarn auf ihre Unterstützung warte.

«Danke, wahrscheinlich wird irgendein besonders kluger Reporter das mit Elsa Michelangeli bereits wissen, und ich hätte dumm aus der Wäsche geschaut.»

«Ich habe Tommasini gesagt, dass er dir eine E-Mail schicken soll.»

«Ich bin noch nicht dazu gekommen, meine Mails zu lesen.»

«So schlimm?»

«Schlimmer.»

«Mi dispiace.»

«Nett von dir.»

«Was ist los?»

«Lass mich diesen Tag überstehen, dann weiß ich's.»

«Aber du kommst doch?»

«Natürlich. Morgen Abend sind wir da, Babbo und ich. Obwohl ich inzwischen nicht mehr weiß, ob es eine gute Idee war, ihn mitzunehmen.»

«Warum?»

«Er ist gerade schwierig.»

«Und deine Kinder?»

«Die auch, jedenfalls Sofia. Ich muss los, Angelo. Die warten auf mich.»

«Auf mich auch. Mach's gut, Laura.»

«Warte. Magst du Pressekonferenzen?»

«Manchmal. Alle Aufmerksamkeit ist auf mich gerichtet, und ich kann ihnen irgendwas erzählen. Sie werden es schreiben, wenn ich nur ein überzeugendes Gesicht mache.»

«Bist du eitel, Angelo?»

«Wusstest du das noch nicht? Es wird wirklich Zeit, dass wir uns näher kennenlernen, Commissaria.»

«Ich bin heute nicht schlagfertig, Angelo. Was soll ich denen denn sagen?»

«Gib ihnen eine satte Story. Ich glaube, Giorgio Altlander hat es verdient, nochmal dicke Schlagzeilen zu bekommen. Vielleicht lesen die Leute dann seine Bücher wieder, und das könnte ein ziemlich gutes Ergebnis seines traurigen Todes sein.»

«Eine richtig satte Story?»

«Eine richtig fette Story, Commissaria!»

«Bene, commissario.»

«Ci vediamo, commissaria.»

«Ci vediamo.»

Laura ging in ihr Büro zurück und überprüfte noch einmal ihr Aussehen, legte ein bisschen mehr Lippenstift auf, unterstrich ihre Augen ein wenig mehr, ließ das Haar wild lockig. Dann atmete sie zehnmal tief durch, richtete sich auf und schaute auf die Uhr. Die Pressekonferenz hätte vor zwei Minuten beginnen sollen.

Nicht schlecht, wenn die ein bisschen warten müssen, dachte sie und machte sich auf den Weg durch die Gänge des Präsidiums. Vielleicht ist der Chef schon da.

Natürlich war er da, wartete vor der Tür zum Konferenzsaal auf sie.

«Wo bleiben Sie denn, Laura?»

«Ich habe gerade wichtige neue Informationen bekommen», antwortete sie. «Gehen wir?»

Sie hatte schon die Tür aufgemacht, und so blieb ihm nichts anderes übrig, als ihr zu folgen.

«Guten Tag, meine Damen und Herren!», sagte Laura. «Ich habe eine interessante Geschichte für Sie …»

Guerrinis Pressekonferenz verlief ausgesprochen schwierig. Die Vertreter der konservativen Presse rückten Altlander in die Nähe der Roten Brigaden, die in den siebziger und achtziger Jahren Italien unsicher gemacht hatten. Die linksgerichteten Journalisten stritten sich daraufhin mit den konservativen Kollegen, und diverse Male herrschte im Saal ein derartiges Getümmel, dass Guerrini kurz davor war, alle rauszuwerfen.

«Glauben Sie, dass die Tat einen politischen Hintergrund hatte?», fragte der Vertreter von *La Nazione*.

«Elsa Michelangeli ist ja ebenfalls eine Genossin!», stimmte der Kollege von *Il Tirreno* zu.

«Er war schwul!», rief einer von ganz hinten im Saal. «Könnte das ein Motiv gewesen sein?»

Guerrini reichte es.

«Ich kann Ihnen keine weiteren Auskünfte geben», brüllte er ins Mikrophon, um den Lärm zu übertönen. «Die Ermittlungen laufen, wir konzentrieren uns auf bestimmte Verbindungen, die in der Vergangenheit des Opfers liegen. Mehr kann und will ich nicht sagen. Und jetzt entschuldigen Sie mich, bitte!»

Er flüchtete zurück in sein Büro, kühlte seine Hände und sein Gesicht im Waschbecken, das zum Glück bisher nicht entfernt worden war. Alle außer ihm waren der Meinung, dass ein Waschbecken im Büro eines Commissario nichts zu suchen hatte. Er aber liebte dieses Waschbecken, das noch eine solide altertümliche Form besaß und ihm in all den Jahren gute Dienste geleistet hatte.

Er war stolz auf seine letzten Worte über die Verbindungen aus Altlanders Vergangenheit. Vielleicht gelang es ihm auf diese Weise, diese Verbindungen – falls es sie überhaupt gab – nervös zu machen.

Halb sechs. Er wollte nochmal im Krankenhaus vorbeischauen, um mit Elsas Ärzten zu sprechen. Der Vicequestore hatte einer Bewachung der Malerin zugestimmt. Danach wollte Guerrini einkaufen gehen und vielleicht ausnahmsweise einen ruhigen Abend zu Hause verbringen. Laura fand zwar, dass es ihm gut stand, wenn er übermüdet war – er ähnele dann Vittorio Gassmann, einem Schauspieler aus der Generation seines Vaters, den nur noch wenige kannten. Er musste lächeln, als er sich daran erinnerte, wie er versucht hatte, alte Fotos von Gassmann aufzutreiben. Als er endlich fündig wurde, war er ganz zufrieden, betrachtete sein eigenes Spiegelbild etwas anders als zuvor. Er hatte sich auch ein paar alte Filme gekauft, war beeindruckt von der Qualität und der schauspielerischen Leistung seines vermeintlichen Doppelgängers.

Vielleicht, dachte er, finden Laura und ich die Zeit, einen dieser Filme gemeinsam anzuschauen … Das Schrillen des Telefons riss ihn aus seinen Gedanken.

«Entschuldigen Sie, Commissario. Da ist eine Signora Piselli, die unbedingt mit Ihnen sprechen will. Soll ich durchstellen?»

«Stell durch, d'Annunzio.»

Signora Piselli atmete so heftig, dass sie kaum sprechen konnte.

«Das war ja was! Als wollte ich die Königin von England sprechen. Sind Sie das, Commissario?»

«*Sì.*»

«Ich bin im Haus von Signor Altlander. Es hat mir keine Ruhe gelassen, weil der Signor Enzo gestern nicht gekommen ist und der Hund doch ganz allein war.»

Guerrini erinnerte sich an das entfernte Bellen, das er bei seinem ersten Besuch in *Wasteland* gehört hatte. Irgendwie hatte er dieses Bellen nicht dem Haus Altlanders zugeordnet, sondern einem Bauernhof in der Nähe.

«Was ist mit dem Hund, Signora?»

«Er ist weg, Commissario. Dabei war er in einem Zwinger hinter Signor Enzos Haus, und Signor Enzo ist auch nicht da. Aber dafür wimmelt es von Männern mit Fotoapparaten. Die haben mich fotografiert, Commissario. Ich konnte die Tür gar nicht so schnell hinter mir zumachen. Und dann haben sie dagegengeklopft, und sie klopfen immer noch, Commissario. Ich kann gar nicht mehr raus. Was soll ich jetzt denn tun?»

«Bleiben Sie im Haus, Signora, und machen Sie nicht auf.»

«Aber ich muss nach Hause. Mein Mann wartet auf sein Abendessen.»

«Soll er doch selber kochen», erwidert Guerrini.

«Was haben Sie gesagt, Commissario?»

«Ich habe gesagt, dass er selber kochen soll!»

«Das sagen Sie mal meinem Mann. Wenn der kocht, dann geht die Welt unter.»

«Signora, es gibt die Erfindung der Pizza, es gibt Salami, Käse und Brot. Niemand in diesem Land ist bisher verhungert, wenn seine Frau nicht gekocht hat.»

«Aber ich will nach Hause. Es ist unheimlich hier mit all den Leuten, die mich belagern!»

«Dann gehen Sie raus, ganz ruhig zu Ihrem Wagen, beantworten Sie keine Fragen und fahren Sie weg. Aber schließen Sie das Haus gut ab. Diese Reporter sind zu allem fähig. Übrigens, haben Sie eine Ahnung, wo Enzo Leone sein könnte?»

«*Non lo so!* Aber wahrscheinlich ist er in Florenz. Da fährt er immer hin.»

«Also, was machen Sie jetzt, Signora?»

«Ich geh raus. Die Madonna steh mir bei!»

«Sie steht Ihnen bestimmt bei, Signora. Alles Gute.»

Leise vor sich hin lachend, ging Guerrini ins Zimmer der Wachtmeister hinüber.

«Tommasini ist schon weg, Commissario», sagte d'Annunzio. «Wegen dem Palio.»

«Palio, Palio», murrte Guerrini. «Kannst du mir jetzt und auf der Stelle erklären, welche Bedeutung der Palio hat?»

«Nein, Commissario.» D'Annunzio wurde rot.

«Siehst du, ich müsste es auch nochmal nachlesen, weil es so kompliziert ist, dass man sich das unmöglich genau merken kann. Und die armen Pferde begreifen auch nicht, warum sie sich den Hals brechen müssen.»

«Nein, Commissario.»

«Hast du Nachtdienst?»

«Ja, Commissario.»

«Ich wäre dir dankbar, wenn du mich heute Nacht nicht stören würdest, d'Annunzio. Irgendwann muss auch ich mal schlafen. Ruf also bitte nur an, wenn die Welt untergeht. Alles andere können die Kollegen regeln.» Er nickte dem jungen Polizisten zu und zog sich so schnell zurück, dass er dessen «Ja, Commissario» nicht mehr hören musste.

Ehe er die Questura verließ, rief Guerrini einen Kollegen und Freund in Florenz an, bat ihn, bei den Bekannten von Enzo Leone vorbeizuschauen, nach dem jungen Mann zu fragen und ihm ausrichten zu lassen, dass er sich am Freitag wieder in der Questura von Siena melden solle. Mehr nicht. Es würde reichen, ihn weiterhin nervös zu machen. Guerrini freute sich geradezu auf die Begegnung zwischen Laura und Enzo Leone. Er schätzte ihre Art zu fragen und die winzigen Unaufrichtigkeiten in anderen zu durchschauen.

Nach dem Telefongespräch war es sechs, und die Müdigkeit breitete sich schmerzhaft in seinem Körper aus. Trotzdem fuhr er zum Krankenhaus. Die Neonlichter in den Gängen verstärkten sein Kopfweh, die Gerüche bereiteten ihm Übelkeit.

«Geht es Ihnen nicht gut, Commissario?», fragte der Stationsarzt in der Notfallchirurgie mehr interessiert als besorgt. Er beugte sich zu Guerrini und betrachtete ihn aufmerksam über den Rand seiner Brille hinweg.

«Danke, es ging mir schon besser. Schlafmangel, Dottore.»

«Ach so», nickte der Arzt. «In meinem Beruf leidet man eigentlich ständig darunter.»

«In meinem auch.» Guerrini wollte sich mit dem Chirurgen nicht über Schlafmangel unterhalten, sondern wissen, wie es Elsa Michelangeli ging.

«Wie geht es ihr?», fragte er deshalb fast unfreundlich.

«Nun, wir haben operiert und halten sie jetzt im künstlichen Koma. Sie hat eine Chance, aber die ist hauchdünn, Commissario. Ihre inneren Verletzungen waren erheblich, dazu kommt ein Bruch der Hüfte und des rechten Beins. Zum Glück hat sie wenigstens keine Kopfverletzungen erlitten. Wollen Sie Signora Michelangeli sehen?»

«Nein.» Guerrini fühlte sich nicht in der Lage, die Intensivstation zu ertragen. «Ich wollte mich nur überzeugen, dass die Signora bewacht wird.»

«*Sì sì*, seit der Operation, die fast fünf Stunden gedauert hat, sitzt einer Ihrer Wachtmeister vor dem Zimmer der Patientin. Halten Sie das wirklich für notwendig, Commissario?»

«Absolut notwendig!», erwiderte Guerrini und hatte das Gefühl, als müsse er den Kopf schütteln, um wach zu bleiben.

«Es war also kein normaler Autounfall?»

«Nein, Dottore.»

«Können Sie mir das genauer erklären?»

«Nicht heute Abend.»

«Geheim?» Der Arzt nahm die Brille ab und zog erwartungsvoll die Augenbrauen hoch. Er war untersetzt, um die vierzig und trug das Haar etwas länger. Unter normalen Umständen wäre er Guerrini sympathisch gewesen. Aber an diesem Abend gab es keine normalen Umstände.

«Streng geheim!», antwortete er deshalb und verabschiedete sich schnell. Er würde erst morgen früh einkaufen, gegessen hatte er ausgiebig mit dem Vicequestore. Was er brauchte, war ausschließlich ein Bett, sonst würde er weder Laura noch ihrem Vater gewachsen sein.

Als Laura am Donnerstagvormittag ihren Vater endlich im Wagen hatte, war sie erstaunt, dass sie den gestrigen Tag wirklich lebend überstanden hatte. Die Pressekonferenz war ziemlich gut verlaufen, und die «satte Story» hatte ihr Spaß gemacht. Aber das unerwartete Gespräch mit dem Staatsanwalt, der immer noch nicht von einem Mordfall Dobler überzeugt war, ihr reisefiebernder Vater und ihr Exmann Ronald, der natürlich eine völlig andere Meinung vom richtigen Verhalten gegenüber Sofia hatte und ihr einen geradezu abgehobenen Vortrag über Mütter und Töchter zumutete – das war zu viel gewesen! Luca hatte zudem darauf bestanden, dass sie alle gemeinsam beim Griechen an der Ecke essen sollten – die ganze Familie, sprich Vater, Mutter, Kinder –, ehe Laura nach Italien fuhr. Sie hatte sich weigern wollen und es dann doch nicht fertiggebracht. Also waren sie beim Griechen gewesen (Laura hatte bezahlt, weil Ronald natürlich rein zufällig nicht genügend Geld dabeihatte), und es war anstrengend und lang gewesen. Danach hatte sie noch eine Ladung Wäsche in den Trockner geworfen, gebügelt, sich Gedanken über ihre Garderobe gemacht, etwas planlos ihren Koffer gepackt und war trotz aller guten Vorsätze viel zu spät ins Bett gegangen.

«Bist du sicher, dass wir mit meinem abgelaufenen Pass losfahren können?», fragte der alte Gottberg, als sie die Autobahn erreichten.

«Wir können!» Laura legte eine Hand auf seinen Arm.

«Ganz sicher?»

«Ganz sicher. Wir können denen doch wunderbare Geschichten vorspielen, Babbo. So was hat dir doch immer viel Spaß gemacht!»

«Jaja», murmelte er. «Und wie es mir Spaß gemacht hat. Weiß auch nicht, was mit mir los ist. War noch nie ein Feigling, oder?»

Laura schüttelte den Kopf und lächelte ihm zu.

«So!», murmelte er. «Jetzt werde ich diese Fahrt genießen.»

Und das machte der alte Doktor Gottberg ausgiebig. Doch er schaltete dabei seinen Verstand nicht aus, sondern registrierte alle negativen Veränderungen rechts und links der Autobahn. Das zugebaute Inntal bezeichnete er als Schande Österreichs. Er bedauerte die Anwohner der Brenner-Autobahn, erinnerte sich voll Wehmut an das alte *Gasthaus zur Post* in Mauls, in dem er immer mit seiner Frau übernachtet hatte.

«Es ist jetzt ein Romantik-Hotel mit vier Sternen», sagte Laura.

Voll Abscheu verzog er das Gesicht.

«Romantisch war es vor vierzig Jahren. Da hatten sie Zimmer, so groß wie Ballsäle, und weiß gescheuerte Holzböden. Es gab einen Kachelofen und wunderbare alte Möbel, die ein bisschen wurmstichig waren. Die Böden waren nicht ganz gerade, und deshalb hatten wir immer das Gefühl, als seien wir ein wenig beschwipst, und in der Gaststube saßen die Einheimischen beim Wein. Deine Mutter hat dieses Gasthaus geliebt.»

Danach versank er bis südlich von Bozen in Schweigen, schien zu dösen. Als Laura eine Raststätte im Etschtal ansteuerte, fuhr er auf und tat so, als sei er gerade aufgewacht. Aber als sie sich kurz darauf bei einem Milchkaffee gegenübersaßen, bekannte er, dass er keineswegs geschlafen, sondern versucht hatte, die Lastwagenkolonnen auszublenden und auch die anderen Dinge, die ihn aufregten.

«Wenn ich noch jünger wäre, dann würde ich Umweltaktivist! Das kannst du mir glauben!» Er rührte heftig in seinem Kaffee.

«Es wird noch schlimmer, Vater. Ich muss dich darauf vorbereiten. In der Poebene machst du die Augen bitte nur alle zehn Minuten auf, und zwischen Modena und Bologna schläfst du am besten.»

«Ist das dein Ernst?»

«Wie lange bist du nicht mehr in Florenz gewesen?»

«Warte ... mehr als zehn Jahre.»

«In den zehn Jahren wurde viel gebaut, Vater. Und der Verkehr hat sich wahrscheinlich verzehnfacht.»

«Ist dir eigentlich schon aufgefallen, dass man diese Veränderungen kaum bemerkt, wenn man mitten drinsteckt», sagte er nachdenklich, «aber wenn man draußen war und zurückkehrt, dann ist es, als würde man eine fremde Welt betrachten.» Er schaute sich in dem Selbstbedienungsrestaurant um, das in eine Art Supermarkt überging, der wie ein Schlaraffenland italienischer Spezialitäten gestaltet war. Plötzlich lachte er, tätschelte Lauras Hand und meinte, dass er es schon schaffen werde.

«Ich nehme es als Abenteuerreise auf einen anderen Planeten, und hinterher schreibe ich darüber eine Geschichte für meine Enkel. Ich habe schon eine ganze Menge Geschichten für Luca und Sofia geschrieben.»

«Das hast du mir noch nie erzählt.»

Mit dem Löffel nahm er ein bisschen Milchschaum von seinem Kaffee und betrachtete ihn nachdenklich, ehe er ihn ableckte.

«Die Geschichten sind ja auch für meine Enkel», murmelte er. «Es sind Dinge, von denen ich glaube, dass ich sie verstanden habe. Du weißt schon, was ich meine, Laura: Geschichte, Politik, Liebe, Familie, deine Mutter …» Seine Stimme wurde heiser, ungeschickt versuchte er, die Tränen in seinen Augen zu verbergen. Und Laura wusste, dass sie besser nicht auf seinen Schmerz einging, dass sie wegschauen sollte, und sie schaute weg, hinüber zu einer riesigen Micky Maus aus Plastik, hatte auch Tränen in den Augen und hoffte, dass er sie nicht sehen würde.

Angelo Guerrini wurde an diesem Morgen von seiner Putzfrau geweckt, einer Frau aus dem Kosovo, die sich und ihre drei Kinder durchbringen musste, weil ihr Mann im Bürgerkrieg ums Leben gekommen war. Zenia arbeitete seit zwei Jahren für den Commissario. Als sie plötzlich vor seinem Bett stand, erwartete er irgendwie, dass sie ihm die Decke wegziehen würde. Es hätte zu Zenia gepasst, und ihr Gesichtsausdruck verriet ihm, dass sie nahe daran war, es zu tun. So aber drehte sie sich schnell um, sagte nur sehr laut in ihrem harten Akzent «Fast neun Uhr!» und verschwand.

Es war Guerrini unangenehm, dass er verschlafen hatte. Wenn Zenia in der Küche zugange war, wagte er nicht, einen Kaffee auf seiner kleinen Terrasse zu trinken. Zenia gab ihm stets zu verstehen, dass er das pure Luxusleben führe, dass er ein nichtsnutziges Mannsbild sei. Natürlich sagte sie das nicht, sondern drückte es – klarer als alle Worte – mit ihrem Gesicht und ihrem Körper aus. Ihre Art, beim Anblick von Krümeln auf dem Tisch oder ungespültem Geschirr die Mundwinkel nach unten zu ziehen und einzuatmen, als ziehe sie die Nase hoch, reichte völlig aus.

Mehrmals war Guerrini kurz davor gewesen, ihr zu kündigen. Aber sie war eine gute Putzfrau, sehr gründlich und zuverlässig. Außerdem hatte sie drei Kinder. Deshalb behielt er sie, vermied es allerdings, gemeinsam mit ihr in der Wohnung zu sein.

An diesem Morgen duschte er so schnell wie noch nie, zog sich in wenigen Minuten an und war schon fast aus der Wohnung, erlaubte sich allerdings, ihr eine Anweisung zu geben, ehe er die Tür hinter sich zuzog.

«Würden Sie bitte das Bett frisch beziehen, Zenia?»

Sie tauchte nicht auf. Er hörte nur ihre klare und laute Stimme aus der Küche: «Ich immer beziehe Bett frisch! Jede Woche!» In ihren Worten schwang Empörung mit.

Guerrini schloss die Tür und lief erleichtert die Treppe hinunter. Als er auf die Straße trat, wehte ein leiser Wind durch die Gasse und blähte die bunten Fahnen, die an jedem Haus steckten. Bald war der Palio. Ein Nachbar von gegenüber schob gerade seine Vespa in die Mitte der Straße, winkte Guerrini freundlich zu, ehe er den Motor anwarf und knatternd davonbrauste. Mauersegler kreischten, eine Gruppe japanischer Touristen fotografierte die bunten Fahnen, dann zwei Katzen, die auf einem Mäuerchen saßen. Guerrinis alte Nachbarin aus dem zweiten Stock kam gerade vom Einkaufen zurück. Trotz der Wärme trug sie eine dicke blaue Wolljacke über ihrem Schürzenkleid. Sie war dünn und blass, ein wenig kränklich.

«Alles wird immer teurer!», empörte sie sich und stellte ihre schwarze Plastikeinkaufstasche neben dem Commissario ab. «Nur meine Rente wird nicht mehr. Die Kirschen,

Commissario, die Kirschen sind unbezahlbar in diesem Jahr. Wenn man es genau betrachtet, dann kann man als Rentner eigentlich nur noch von Pasta und Tomatensauce leben. So wird es enden … alle werden Pasta und Tomatensauce essen, wenn sie alt sind!» Sie lachte grimmig vor sich hin, und er sah, dass ihre Tasche rund um die Henkel tiefe Risse hatte.

«Soll ich Ihnen den Einkauf nach oben tragen, Signora?», fragte er.

«*No, commissario.* In der Tasche ist so wenig drin, dass ich das selber schaffe. Aber vielen Dank, trotzdem. Wissen Sie, was hundert Gramm Taleggio kosten? Zwei Euro fünfzig! Das ist so ein winziges Stückchen Käse, Commissario!» Sie zeigte mit ihren Fingern ungefähr zwei Millimeter an. «Es ist eine Schande! Die gehören alle eingesperrt, die da oben! Die Rechten und die Linken, wenn Sie mich fragen, Commissario. Eingesperrt bei Pasta und Tomatensauce!» Diesmal lachte sie richtig dreckig über ihren eigenen Einfall. Guerrini lachte mit, winkte ihr zu und ging in Richtung Questura davon.

Auf halbem Weg trank er in seinem Stammcafé im Stehen einen Cappuccino und aß eine *brioche*. Trotz der unerwarteten Begegnung mit Zenia fühlte er sich wesentlich besser als am Tag zuvor. Die Kopfschmerzen waren weg, und er hatte gut geschlafen. Nun konnte sie kommen, seine Commissaria. Er freute sich. Freute er sich? Seltsam, sobald er über Gefühle nachdachte, lösten sie sich irgendwie auf, und zurück blieb eine Art Taubheit, etwas Wattiges, Unbestimmtes.

Er trank seinen Cappuccino aus und machte sich auf den Weg in die Questura. Der Erste, dem er dort begegnete, war d'Annunzio.

«Bist du eigentlich immer im Dienst?», fragte er den jungen Mann.

«Nein, Commissario. Heute habe ich erst um neun angefangen.»

«Dann bin ich ja beruhigt. Gibt's was?»

«Gestern Abend hat noch eine Signora Piselli angerufen, ungefähr eine Stunde nachdem Sie gegangen waren. Aber Sie hatten ja gesagt, dass ich Sie nicht stören sollte, und deshalb habe ich Sie nicht gestört, Commissario.»

«Ja, und? Was wollte Signora Piselli?»

«Sie hat gesagt, dass ich Ihnen unbedingt ausrichten soll, dass ihr Wagen beinahe von einem anderen Auto gerammt worden sei. Von einem großen Geländewagen mit Stangen vorn dran. Der Wagen war schwarz und die Scheiben auch, deshalb konnte sie nicht sehen, wer am Steuer saß, und ein Nummernschild hat sie auch nicht erkennen können.»

«Interessant.»

«Ich habe Sie nicht angerufen, Commissario, war das richtig?»

«Jaja, d'Annunzio. Vollkommen richtig. Schließlich war es kein Weltuntergang, oder?»

«Nein, Commissario.»

«Gut, dann ruf mal die andern zusammen, sag ihnen, dass wir uns in zehn Minuten zu einer Besprechung im Fall Altlander und Michelangeli treffen. In meinem Büro.»

«*Sì, commissario*. Oh, ich habe etwas vergessen. Vor einer halben Stunde hat ein Commissario aus Florenz angerufen und wollte mit Ihnen sprechen.»

Guerrini winkte dem jungen Wachtmeister zu und schloss die Tür seines Büros hinter sich. Es roch nach Staub und Holz. Manchmal störte ihn das, heute mochte er es, mochte sogar die dunklen Möbel.

Heute scheint der Tag der Putzfrauen zu sein, dachte er, griff nach dem Telefon und wählte die Nummer von Signora Piselli.

«*Pronto!*» Sie war selbst dran.

«*Buon giorno, signora. Sono il commissario Guerrini.* Erzählen Sie mir doch ihr Erlebnis von gestern Abend.»

Eine Flut brach über ihn herein. Als sie endlich versiegte, brauchten sie beide eine Pause. Guerrini fasste sich.

«Könnte es einer der Fotografen gewesen sein?»

«Es könnten alle Möglichen gewesen sein, Commissario. Ich kenne mindestens zehn Leute, die so ein ähnliches Auto fahren. Mir ist das unheimlich. Man fängt ja an, sich vor allen zu fürchten.»

«Sie sind ganz sicher, dass der Wagen mit voller Absicht auf sie zugerast ist und nur deshalb abbog, weil ein anderes Auto plötzlich hinter Ihnen um die Kurve kam?»

«Ganz sicher, Commissario! Der andere Autofahrer ist ja genauso erschrocken wie ich. Er hat angehalten und mir seine Telefonnummer gegeben, falls ich ihn als Zeugen brauche.»

«Verlieren Sie die Nummer nicht, Signora, und bleiben Sie in den nächsten Tagen zu Hause. Falls Ihnen etwas auffällt oder der Wagen erneut auftauchen sollte, dann rufen Sie sofort an.»

«Mich kriegt keiner mehr raus, ehe Sie diesen Kerl erwischt haben, Commissario. Das ist ja wie in Sizilien, da erschießen sie doch immer Leute auf der Straße und solche Sachen.»

«*Buon giorno, signora.*»

«Mein Mann sagt …»

«*Buon giorno!*» Guerrini legte auf und dachte: Halt den Mund, Angela!

Das anschließende Telefongespräch mit seinem Kollegen in Florenz unterschied sich auf angenehme Weise von dem mit Signora Piselli. Man hatte Guerrinis Bitte entsprochen und drei Freunde von Enzo Leone besucht, war freundlich gewesen und hatte doch die Botschaft deutlich vermittelt. Leone selbst hatte man nicht gesehen, war aber sicher, dass er die Warnung erhalten hatte.

Es klopfte.

Guerrini setzte sich in seinen großen Ledersessel, der zwar ein wenig abgewetzt, aber sehr bequem war, und betrachtete die Tür. Es klopfte ein zweites Mal.

«*Entrate!*» sagte Guerrini.

Sie schoben sich herein, einer nach dem anderen. Zuerst Tommasini, dann der Kollege Capponi, Guerrinis Stellvertreter Lana, der eigentlich ständig unterwegs war, weil er Büroarbeit hasste, und d'Annunzio. Ein bisschen verlegen standen sie herum, bis Guerrini ihnen Plätze anbot.

«Ich weiß überhaupt nichts», sagte Lana. «Ich war im Auftrag des Questore in Pisa und bin erst gestern Abend zurückgekommen.»

«Dann hör einfach zu», erwiderte Guerrini.

Lana strich über seinen gepflegten Schnurrbart und runzelte leicht die Stirn. «Ich habe vom Questore heute Morgen gehört, dass wir in diesem Fall schnell Ergebnisse brauchen, weil sonst die Mordkommission in Florenz übernimmt.»

«Du weißt nichts, deshalb misch dich nicht ein!» Guerrini hasste die unterschwellige Konkurrenz, die Lana ihm gegenüber praktizierte. Das war einer der Gründe, warum er jeden Auftrag unterstützte, der den Vicecommissario weit weg führte.

Tommasini saß mit gesenktem Kopf in der Ecke. Er konnte Lana nicht ausstehen. Jetzt räusperte er sich.

«Ich habe mit d'Annunzios Hilfe in Altlanders Leben herumgestöbert. Ist ja interessant, was so ein Schriftsteller alles macht. Er war in den sechziger Jahren ganz eng mit unseren linken Studenten verbandelt, und es gab immer wieder Gerüchte, dass er auch zu den Roten Brigaden Kontakt hatte. Er kannte sogar den Verleger Feltrinelli – das war der, der sich selbst in die Luft gesprengt hat, als er einen Anschlag auf einen Hochspannungsmast verüben wollte.»

«*Veramente?*», staunte d'Annunzio, der damals noch nicht einmal geboren war.

«*Veramente!*», nickte Tommasini mit einem freundlichen Seitenblick auf seinen jungen Kollegen.

«Montelli», murmelte Guerrini. «Ist dir dabei der Name Montelli irgendwo untergekommen?»

«Nein, Commissario. Altlander war damals hauptsächlich in Mailand und Turin. Manchmal auch in Padua und Venedig. Er hatte noch kein Haus in der Toskana. Aber er war bekannter als heute. Und Ende der siebziger Jahre hätte er beinahe den Nobelpreis für Literatur bekommen. Jedenfalls war er auf der Liste ganz oben.»

«Und was ist danach passiert?»

«Na ja, er hat weiter Bücher geschrieben, wäre in Deutschland beinahe vor Gericht gestellt worden, weil er die deutschen Terroristen im Gefängnis besucht hat und danach schrieb, dass er sie verstehen könne und jede Gesellschaft die Jugend hervorbringe, die sie verdient habe.»

«Wie hießen die noch?», warf Lana ein.

«Baader-Meinhof», murmelte Guerrini, und d'Annunzio sah ihn bewundernd an.

«Und was dann?»

«Nichts, Commissario. Der Prozess fand nicht statt. Und seit fünfzehn Jahren wohnte Altlander die meiste Zeit hier – sehr zurückgezogen. Erst mit einem jungen Mann namens Raffaele Piovene, der wohl auch Dichter ist, und dann mit Enzo Leone.»

«Schon wieder ein Schwuler!», stöhnte Lana.

Niemand sagte etwas. Nach langem Schweigen räusperte sich Guerrini. «Lebt dieser Raffaele Piovene noch?»

«Sì!», meldete sich d'Annunzio. «Ich hab nachgeforscht und ihn in Rom gefunden. Ich habe Adresse und Telefonnummer.»

«Sehr gut, d'Annunzio.»

«Soll ich ihn anrufen, Commissario?»

«Das mach ich lieber selber. Hast du was Neues, Capponi?»

«Nein, Commissario. Wir haben den Unfallort noch zweimal abgesucht. Kein Lacksplitter, keine Scherbe, gar nichts. Aber der Arzt von Signora Michelangeli hat mich angerufen. Er glaubt, dass der Wagen, der die Signora überfahren hat, Schutzstangen vor dem Kühler hatte. Das könne er an den Prellungen sehen.»

«Und warum ruft der Arzt nicht mich an?»

«Weil Sie gestern Abend nicht da waren, Commissario, und d'Annunzio das Gespräch an mich weitergeleitet hat.»

«Aber ich war im Krankenhaus und habe mit ihm gesprochen!»

«Es ist ihm erst eingefallen, als Sie schon weg waren, Commissario.»

«Santa Caterina!», stöhnte Guerrini. «Tommasini! Gibt es noch etwas Wichtiges zu Elsa Michelangeli?»

«Nur dass sie auch immer politisch links war, dass sie vor dreizehn Jahren das Haus in der Nähe von Altlander gekauft hat. Aber sie kennt ihn schon länger. Also, wenn Sie mich fragen, Commissario, dann ist das ein ganz schöner Kuddelmuddel, und ich finde, dass diese Künstler ziemlich komplizierte Menschen sind.»

In der Mittagspause ging Guerrini einkaufen – schaffte es gerade noch, ehe die Rollläden der Lebensmittelgeschäfte herabdonnerten – mittelalten Pecorino, Lauras Lieblingskäse, rohen Schinken, Salami, eingelegte Oliven, Tomaten, ein frisches toskanisches Weißbrot und einen großen Strauß duftender blassroter Rosen. In der Annahme, dass Zenia bereits fort war, trug er alles nach Hause. Aber Zenia war noch da und musterte erst die Rosen, dann die Plastiktüten mit den Einkäufen und zuletzt Guerrini selbst mit jenem alles durchdringenden Blick, der ihm so unangenehm war.

«Soll ich Sachen in Kühlschrank?», fragte sie langsam.

«Ich mach das schon.» Er musste sie fast zur Seite drängen, um in seine Küche zu kommen.

«Soll ich Rosen in Vase?» Beide Fäuste in die Hüften gestemmt, stand sie in der Küchentür.

«Nein, danke.» Guerrini bemühte sich um einen halbwegs freundlichen Ton. Plötzlich erinnerte er sich an den Satz eines Studienfreunds, der Psychologe geworden war. Sie hatten über Frauen gesprochen, besonders über Mütter und Tanten, und warum sie ständig Anweisungen geben und Belehrungen erteilen. Der Freund hatte gesagt, dass er aufgrund seines Studiums die Sache so sehe: Frauen hätten die Neigung, in leere Räume vorzudringen. Männer dagegen schafften diese leeren Räume, indem sie nichts sagten und nichts täten.

«Sie müssen Rosen anschneiden unten!», sagte Zenia in diesem Augenblick.

Guerrini fuhr herum.

«*Grazie, Zenia!* Wenn du hier fertig bist, dann kannst du jetzt gehen. Ich möchte mich gern ein bisschen ausruhen.»

Sie war beleidigt, griff nach ihrer Tasche und bewegte sich langsam in Richtung Wohnungstür. Dann aber siegte doch ihre Neugier. Sie drehte sich halb zu Guerrini herum und sagte: «Wenn Besuch kommt, Sie mich morgen brauchen?»

«Nein, Zenia. Ich brauche dich erst nächste Woche wieder. So wie immer.»

Jetzt ging sie tatsächlich, ließ die Tür ziemlich laut ins Schloss fallen.

«Leere Räume», murmelte Guerrini und suchte ein geeignetes Messer, um die Rosen anzuschneiden. Ob Laura auch irgendwann sagen würde, dass er die Rosen anschneiden solle oder dass er eine warme Jacke brauche, dass er besser keine Nachspeise mehr essen solle? Als Carlotta aufhörte, in seine leeren Räume vorzudringen, da hatte sie bereits das Interesse an ihm verloren. Und er hatte sie verstanden.

Florenz lag links von der Autobahn hinter Industrieanlagen und einem dichten Dunstschleier. Es war heiß.

«Hat sich doch nicht so verändert, wie ich befürchtet habe», sagte Emilio Gottberg und reckte den Hals. «Über Florenz hing auch vor zwanzig Jahren gelber Smog. Jedenfalls im Sommer.»

«Macht es dir etwas aus, wenn ich weiterfahre? Wir können auf dem Rückweg in Florenz Station machen. Aber es wird allmählich spät …»

«Fahr nur, fahr!» Er lächelte. «Es ist besser, das Schwierigste ans Ende zu schieben.»

Laura warf ihm einen kurzen Blick zu. Er hatte sich wieder zurückgelehnt und sah starr auf die Autobahn vor ihnen. Laura ahnte, was er meinte. In Florenz würden die Erinnerungen an ihre Mutter übermächtig werden. Als sie nach der Mautstelle auf die Schnellstraße nach Siena abbogen, atmete Lauras Vater auf.

«Jetzt freu ich mich auf ein Bett! Hätte nicht gedacht, dass es so weit ist in die Toskana! Früher kam es mir viel näher vor.» Er lächelte vor sich hin. «Kinder müssen es so ähnlich empfinden wie ich. Beinahe hätte ich dich schon in Trient gefragt, ob wir nicht bald da sind.»

Dabei haben wir vier lange Pausen gemacht, dachte Laura, und trotzdem strengt es ihn sehr an.

«Wo werde ich denn schlafen?», fragte er. «Ist es nicht merkwürdig, dass ich mir seit Stunden Sorgen mache, wo ich heute Nacht schlafen werde? Ich glaube, ich werde wirklich langsam alt.»

«Warum hast du denn nichts gesagt, Vater?»

«Weil ich mich nicht lächerlich machen wollte.»

«Du machst dich doch nicht lächerlich, wenn du mir so eine völlig normale Frage stellst.»

«Doch! Weil nämlich jeder vernünftige Mensch darauf vertrauen würde, dass ein Zimmer und ein Bett auf ihn warten.»

Laura legte eine Hand auf seinen Arm.

«Also: Du wirst ein schönes, kühles Zimmer bekommen. Angelo hat dich in der Pension seiner Cousine untergebracht, und ich bin sicher, dass sie dich verwöhnen wird. Beruhigt?»

«Jaja, ist schon gut. Es tut mir leid.»

«Aber warum denn?»

«Weil ich dir nicht zusätzliche Sorgen machen will. Du hast schon genug um die Ohren. Ich möchte, dass du dich auf deinen Commissario und die Arbeit konzentrierst, Laura. Ich komm schon zurecht. Siena war immer eine meiner Lieblingsstädte. Ich werde mich zu den alten Männern setzen, Zeitung lesen und die Zeitläufte diskutieren – wie sich das für alte Männer gehört!»

Laura überholte eine Kolonne von Wohnmobilen aus Holland.

«Angelo hat einen Vater!»

«Das nehme ich an!»

«Ach, Babbo. Vielleicht versteht ihr euch ja … du und Angelos Vater.»

«Davon sollten wir nicht unbedingt ausgehen. In meinem Alter schließt man Menschen nicht mehr so schnell ins Herz. In seinem wahrscheinlich auch nicht.»

«Und warum nicht?»

«Weil das Herz schon voll ist!»

Sie schwiegen, bis die Türme von Siena vor ihnen auftauchten, tauschten erst dann ein Lächeln.

ANGELO GUERRINI ging vor der Pension seiner Cousine Natalia auf und ab. Er hatte keine Rose in der Hand, weil er Natalia keinen Anlass zu zweideutigen Bemerkungen geben wollte. Darin war sie sehr gut. Andererseits empfand er seine eigene Vorsicht als irgendwie unsympathisch. Es gab überhaupt keinen wirklichen Grund, Natalia zu verheimlichen, dass Laura seine Freundin war. Außerdem müsste sie längst hier sein. Seit ihrem Anruf waren bereits zwanzig Minuten verstrichen, und da hatte sie bereits die Außenbezirke von Siena erreicht. Vermutlich hatte sie sich verfahren.

Guerrini zog sein Handy aus der Hosentasche, drückte auf den Knopf für automatische Verbindung, unterbrach sie gleich wieder, denn in diesem Augenblick bog Lauras alter Mercedes in die schmale Straße ein, näherte sich scheppernd über das Kopfsteinpflaster. Grüßend hob er den Arm, warf einen Blick auf die gelben Rosen, die an Natalias Haus blühten, widerstand der Versuchung, eine abzubrechen. Natürlich hatte auch Natalia das Scheppern des Autos gehört und streckte neugierig den Kopf aus dem Haus.

Guerrini öffnete die Wagentür für Laura, legte eine Hand auf sein Herz und verbeugte sich leicht. Sie schaute ihm mit einer so umwerfenden Mischung aus Freude und Zurückhaltung entgegen, dass er spontan seine idiotischen

Hemmungen fahrenließ, sie aus dem Auto zog und vor Natalia in die Arme nahm.

«Ah!», bemerkte seine Cousine dicht hinter ihm. *«La collega da Monaco!»* Sie ging um das Auto herum, schaute durch das offene Seitenfenster zum alten Gottberg hinein. «Und das ist wohl der Polizeipräsident.»

Sie hatte nicht damit gerechnet, dass ein alter Herr aus Deutschland Italienisch verstand und außerdem mindestens so schlagfertig war wie sie selbst.

«So ist es, Signorina! Dottor Emilio Gottberg ist mein Name, Polizeipräsident im Ruhestand. Ich reise in geheimer Mission.»

Laura und Guerrini prusteten los, während Natalia mit gerunzelter Stirn von einem zum anderen schaute. Ein bisschen verlegen schüttelte sie ihre kurzen dunklen Locken, drehte dann die Handflächen nach oben und zog die Schultern hoch.

«Warum hast du immer Geheimnisse, Angelo? Liegt es daran, dass du bei der Polizei bist? Übrigens, der Auspuff dieses Wagens ist kaputt, Dottor Presidente.»

«Es tut mir leid, Natalia. Darf ich dir Laura vorstellen. Sie ist tatsächlich eine Kollegin aus München. Aber sie ist auch eine Freundin.»

Eine Freundin kann alles sein, dachte er gleichzeitig. Es klingt flau. Er warf Laura einen prüfenden Blick zu. Hatte sie es registriert? Sie streckte Natalia die Hand entgegen und lächelte.

«Der Polizeipräsident ist mein Vater, und er ist natürlich kein Polizeipräsident», sagte sie jetzt. «Ich freue mich, Sie kennenzulernen, Natalia.»

«Ich auch!» Es klang aber nicht so.

Warum habe ich es ihr nicht gesagt?, fluchte Guerrini innerlich. Natalia kann richtig nett sein, wenn man ein Geheimnis mit ihr teilt. Früher, als Kinder und sogar als Jugendliche, hatten sie das häufig gemacht und einander nie verraten. Aber Natalia war der Meinung, dass er noch immer seine Geheimnisse mit ihr teilen sollte, wie ein kleiner Junge. Sie betrachtete sich als seine jüngere Schwester, weil sie selbst keinen Bruder hatte. Und jetzt war sie eifersüchtig, das konnte er an ihren Augen sehen. Warum hatte er ausgerechnet bei ihr ein Zimmer für Lauras Vater gemietet? Diese verdammte italienische Eigenschaft, beinahe automatisch alles in der eigenen Familie halten zu wollen. Er hatte sie auch, diese Eigenschaft, obwohl er es vor sich selbst leugnete und sich bei anderen darüber aufregte.

«Ich glaube, mein Vater ist sehr müde von der langen Reise», hörte er Laura sagen. «Es wäre gut, wenn er sich ein wenig hinlegen könnte.»

Natalias Ärger über Guerrini schloss offensichtlich nicht Emilio Gottberg ein, möglicherweise nicht einmal Laura. Fürsorglich half sie dem alten Herrn aus dem Wagen, hakte ihn unter und führte ihn ins Haus, so bestimmt, dass er kaum Zeit hatte, Guerrini zu begrüßen. Sie selbst würdigte ihren Cousin keines Blickes.

«Wow!», sagte Laura und nahm das Gepäck ihres Vaters aus dem Kofferraum. «Die hat's aber in sich!»

«Die blaugelbe Stunde», murmelte Guerrini, als sie sich zehn Minuten später auf den Weg zu seiner Wohnung machten.

«Blaugelb?»

«In Siena ist die blaue Stunde blaugelb, deshalb nenne

ich sie auch so. Die historischen Gebäude werden gelb angestrahlt, und der Rest der Welt ist blau. Du bist gerade gelb. Lass dich ansehen!» Er drehte Lauras Gesicht hin und her. «Auch blaugelb! Ich hatte Angst, dass du andere Haare haben könntest, aber du siehst noch genauso aus wie vor drei Monaten.»

«Ist das gut oder schlecht?»

«Es ist wunderbar.» Er griff nach ihrem Rollkoffer und wollte weitergehen, doch Laura hielt ihn zurück, legte ihre Hände auf seine Schultern und steckte die Nase in die kleine Vertiefung an seinem Halsansatz. Zweimal sog sie tief die Luft ein, dann löste sie sich von ihm und lächelte.

«Ich hatte Angst, dass du nicht mehr so gut riechen könntest wie vor drei Monaten.»

«Und? Gut oder schlecht?»

«Wunderbar!»

Lachend zog Guerrini sie an der Hand hinter sich her. «Komm schnell, deine Rosen warten auf dich. Ich wollte nicht, dass sie welken …» Er schloss die Haustür auf, war froh, dass keiner der Nachbarn herumstand.

«Das glaub ich dir nicht.» Laura blieb stehen.

«Was glaubst du nicht?» Er drehte sich nach ihr um und wusste genau, was sie nicht glaubte.

«Das mit den welkenden Rosen. Du hast sie nicht mitgenommen, weil du nicht wolltest, dass deine Cousine sie sieht!»

«Ah, Laura … du kennst Natalia nicht. Sie will immer alles wissen.»

«Warum hast du nicht eine andere Pension ausgesucht?»

«Weil Natalia sich um deinen Vater kümmern wird, wenn wir arbeiten. Sie mag kluge alte Männer.»

«Dann gibst du also zu, dass die Sache mit den Rosen erfunden war!»

Er legte eine Hand auf seine Brust, schloss die Augen. «*Mi dispiace.* Es tut mir leid, Laura.»

«Es muss dir nicht leidtun, Angelo. Es beruhigt mich, dass ich nicht die Einzige bin, die so komische Manöver vollführt!»

Sie lachte. Sie lachte tatsächlich, und Guerrini war regelrecht erschüttert von ihrer unerwarteten Reaktion. Eigentlich hatte er zumindest eine kleine Szene erwartet – eingedenk der Theorie, dass Frauen in leere Räume vordringen. Aber so war das eben mit Theorien. Es gab immer ein paar Prozent, die nicht hineinpassten. Und genau deshalb liebte er Laura umso mehr.

«*Bene!*», sagte er, weil ihm in seiner Erschütterung nichts anderes einfiel. Sie antwortete nicht, folgte ihm schweigend in den vierten Stock, betrachtete schweigend den Rosenstrauß, trat auf die Terrasse hinaus, schaute schweigend über die Dächer von Siena.

Guerrini beobachtete sie, nahm die Freude wahr, die sie ausstrahlte, ohne ein Wort zu sagen, ging leise in seine Küche und überlegte, welches Getränk dem Augenblick angemessen war, entschied sich gegen Prosecco oder Spumante, nahm eine Flasche seines besten Brunello di Montalcino und entkorkte sie. Als er die beiden Gläser auf die Terrasse trug, stand sie noch immer da und schaute zur Torre di Mangia hinüber.

«Es ist unanständig, so zu wohnen!», sagte sie, als er neben ihr stand.

«Etwas Ähnliches hast du auch gesagt, als du zum ersten Mal in meiner Wohnung warst – erinnerst du dich?» Er reichte ihr eines der Gläser.

«Dunkel», murmelte sie. «Aber ich hatte recht. Es ist unanständig!» Sie stieß mit ihm an, ließ entzückt den köstlichen Rotwein über ihre Zunge laufen. «Lass uns hierbleiben, Angelo.»

«Ich wollte es dir überlassen. Ausgehen oder hierbleiben. Du kannst machen, was du willst – essen, duschen, schlafen …»

«Gut. Nach dieser endlosen Fahrt: duschen! Dann Brunello, Käse und Brot. Und dazwischen immer Angelo.»

Er beugte sich zu ihr hinüber und küsste sie. Laura schmeckte nach Brunello, und er spürte, wie lustvolle Hitzewellen seinen Körper durchzuckten.

Nicht denken!, dachte er. Nicht denken! Einfach leben!

Viel später lagen sie nebeneinander, ein bisschen verstört von der heftigen Umarmung. Gelbe Lichtstreifen fielen auf das Bett.

«Gelbschwarz», murmelte Laura.

«Come?»

«In Siena ist die Nacht gelbschwarz.»

Er lachte leise, ließ seine Hand über ihren Bauch und ihre Oberschenkel gleiten.

«Glaubst du, dass mein Vater wirklich gut versorgt ist?» Sie war so müde, dass sie undeutlich sprach.

«Absolut. Sonst hätte Natalia längst angerufen.»

«Wie spät ist es eigentlich?»

«Halb eins.»

«Ich dachte, halb vier.»

«Schlaf, Laura. Morgen musst du Commissaria sein.»

«Ich will aber gar nicht. Ich will nur Laura sein und mit dir im Bett liegen.»

«Du hast einen Schwips!»

«Zwei.»

Sie legte ein Bein über seine Hüfte, wie sie es schon oft getan hatte.

«*Ti amo*», flüsterte er und sah ihr Lächeln in einem der gelben Lichtstreifen.

Dann klingelte das Telefon.

«Lass es klingeln», sagte er.

«Aber wenn etwas mit meinem Vater ist?»

«Also gut, ich geh ran. Aber wenn es Dienst ist, dann bist du schuld.»

Guerrini wälzte sich übers Bett zum Telefon auf dem Nachttisch.

«*Pronto.*»

«Bist du's, Angelo?»

«*Sì.*»

«Hier ist dein Vater. Ich wollte dir nur sagen, dass du sie bringen kannst, diese Deutschen.»

«Was?»

«Diese Commissaria und ihren Vater. Morgen Abend um acht. Ich werde *faraona con fichi freschi* machen.»

«Weißt du eigentlich, wie spät es ist, Vater?»

«Zwanzig vor eins. Ich gehe nie früher ins Bett.»

«*Bene.* Danke für die Einladung.»

«Ist sie schon da?»

«Wer?»

«Diese deutsche Commissaria.»

«Vater, bitte.»

«Wahrscheinlich liegt sie neben dir im Bett!» Fernando Guerrini kicherte. «Na, dann viel Spaß, mein Sohn. Lass dich nicht stören von deinem alten Vater. *Buona notte!*»

«*Buona notte.*»

Guerrini legte den Hörer zurück und rollte sich wieder zu Laura hinüber. Sie betrachtete ihn mit halbgeschlossenen Augen.

«Und?»

«Mein Vater.»

«Was wollte er denn mitten in der Nacht?»

«Dich zum Essen einladen. Dich und deinen Vater.»

«Jetzt gleich?»

Guerrini lachte. «Morgen Abend. Er hat sicher seit Stunden darüber nachgedacht, und jetzt musste es heraus.»

«Wie schön.»

Guerrini stützte das Kinn auf seine Hand und sah Laura dabei zu, wie sie einschlief. Schwarzgelb gestreift lag sie da. Und er dachte über den merkwürdigen Zufall nach, dass sein Vater ausgerechnet eines der Lieblingsgerichte von Giorgio Altlander kochen wollte.

Laura war nicht da, als er am nächsten Morgen aufwachte, und für ein paar Minuten war er überzeugt, dass die letzte Nacht nur ein Traum gewesen war. Er träumte sehr intensiv in letzter Zeit. Dann aber sah er ihren Koffer, die leeren Weingläser, die Teller und Käserinden. Als er unter der Dusche stand, dachte er, dass ihr Verschwinden zu ihrer Beziehung passte.

Aber da war sie schon wieder zurück, ganz außer Atem von den vielen Stufen, und küsste ein paar Wassertropfen von seiner Schulter.

«Ich hab nur schnell nach meinem Vater geschaut. Er frühstückt gerade mit Natalia und macht einen ausgesprochen zufriedenen Eindruck. Ich konnte gerade noch sagen, dass wir heute Abend zum Essen eingeladen sind, da schickte er mich schon wieder weg.»

«Und Natalia?»

«Sie war einigermaßen freundlich. Aber sie hat mir keine Grüße an dich aufgetragen.»

«Die kleine Hexe.»

«Sind wir wirklich zum Essen eingeladen? Oder habe ich das geträumt?»

«Wir sind eingeladen. Und es wird sicher ein spannender Abend. Ich fühle mich ein bisschen unbehaglich, wenn ich daran denke.»

«Ah, es wird schon werden.»

«Vielleicht.» Guerrini wickelte das große Badelaken um sich. «Du trinkst sicher Tee, oder?»

Laura nickte.

«Was passiert nach dem Tee?»

«Es tickt schon wieder in deinem Kopf, Commissaria. Du bist gerade erst angekommen! Letzte Nacht hast du gesagt, dass du nur Laura sein und mit mir im Bett bleiben willst.»

«Deshalb habe ich ja gefragt, was nach dem Tee passiert. Es hat überhaupt nicht getickt!»

«*Bene!*», sagte Laura. «Sie wissen also nicht, dass ich deine Freundin bin, und wie ich die Sache sehe, willst du auch nicht, dass sie es wissen.»

Sie hatten beinahe die Questura erreicht.

«Ich bin stolz auf dich, Laura. Aber ich will nicht, dass sie alle über uns reden. Es würde die Arbeit erschweren, weil sie alle denken, dass ich dich nur aus diesem einen Grund angefordert habe. Sie würden dich nicht ernst nehmen.»

«Ja, das leuchtet mir ein. Meine Kollegen geben sich auch alle Mühe, dich nicht ernst zu nehmen.»

Guerrini verzog ein bisschen das Gesicht.

«Meinst du, dass wir denen ein hervorragendes Theater vorspielen können?»

«Ob es hervorragend wird, weiß ich nicht, aber in bestimmten Grenzen schaffen wir es sicher. Es ist ja auch reizvoll, *vero*? Wir begegnen uns als beinahe Fremde und lernen uns neu kennen. Wie nenne ich dich?»

«Commissario Guerrini.»

«Dann musst du Commissaria Gottberg sagen, bis ich dir offiziell erlaube, mich Commissaria Laura zu nennen.»

«Hoffentlich versprechen wir uns nicht.»

«Niemals. Ich werde dich ab sofort mit anderen Augen betrachten.»

«Mit welchen?»

«Denen einer Commissaria.»

«Wie unangenehm.»

Laura lachte, wurde aber sofort ernst, als Guerrini einen Kollegen grüßte und ihr zuflüsterte, das sei sein Stellvertreter Fabrizio Lana und sie könne sicher sein, dass er sie anmachen werde.

Lana kam auf sie zu, alles an ihm glänzte – seine Haare, sein Schnurrbart, die zartgebräunte Haut, das frischgebügelte Hemd, die Bügelfalten in seiner Hose und ganz unten seine Schuhe.

«Er wohnt noch bei seiner Mutter!», flüsterte Guerrini boshaft.

Laura beachtete ihn nicht.

«Ah!», rief Lana. «Das ist sicher die Commissaria aus Deutschland. *Benvenuta a Siena!* Möchtest du mich nicht vorstellen, Angelo?»

Eigentlich nicht, dachte Guerrini.

«Commissaria Gottberg! Vicecommissario Lana!», sagte er laut und ziemlich unfreundlich. «Wir haben es eilig. Um zehn ist das erste Verhör angesetzt.»

«Signora Commissaria, es ist mir eine Ehre. Wenn Sie Schwierigkeiten haben, wenden Sie sich ohne Scheu an mich.» Er schüttelte Lauras Hand und schaute ihr dabei tief in die Augen.

«Oh, das ist sehr nett von Ihnen, Vicecommissario. Ich freue mich auf die Zusammenarbeit mit Ihnen.»

Guerrini hustete und mahnte zur Eile, zeigte auf seine Armbanduhr.

«Was ist das für ein Verhör? Wahrscheinlich wäre es gut, wenn ich daran teilnähme. Ich weiß noch nicht viel über den Fall Altlander.» Lana sah noch immer Laura an, sprach ausschließlich mit ihr.

«Nein! Es wäre überhaupt nicht gut, weil du eben nichts vom Fall Altlander weißt. Außerdem wirst du in zwei Tagen wieder verreisen, und deshalb kannst du dir die Geschichte sparen.» Guerrini hielt die Tür zum Kommissariat weit auf.

«Aber manchmal ist die Meinung von Außenstehenden ganz nützlich», sagte Laura und lächelte Lana zu. Er lächelte zurück.

«Es ist gleich zehn!» Guerrini stand kurz vor einer Explosion.

«Oh, ich habe um zehn auch eine wichtige Verabredung. Aber ich kann ja später zu diesem Verhör dazustoßen. Wen verhört ihr denn, Angelo?»

«Du kennst ihn nicht.»

«Sie sehen, Commissaria, manchmal ist die Arbeit hier nicht so einfach. Ich entschuldige mich. Wir sehen uns später – hoffentlich.» Er neigte den Kopf und eilte davon, ohne Guerrini auch nur eines Blicks zu würdigen.

Guerrini schwieg, während sie die Stufen zu seinem Büro hinaufstiegen. Auf halber Treppe sagte er: «Du hättest auch halb so freundlich zu ihm sein können.»

«Sie wollten hervorragendes Theater, Commissario Guerrini. Ich tue mein Bestes und bin erstaunt über den vertraulichen Ton, den Sie mir gegenüber anschlagen.»

Guerrini starrte sie an, nahm ihren kühlen Blick wahr und wunderte sich über ihre Wandlungsfähigkeit. Sie sah so überzeugend aus in ihrer neuen Rolle, dass er sich sogar ein wenig unsicher fühlte. Er kannte diese Unsicherheit, sie überkam ihn, wenn er über Gefühle nachdachte. Es war wie schwankender Boden.

«*Bene*», murmelte er. «Ich werde mir Mühe geben.»

Enzo Leone hatte sich verspätet. Vielleicht würde er gar nicht kommen. Tommasini und d'Annunzio wurden rot, als Guerrini die Commissaria vorstellte, ähnlich reagierten die anderen Kollegen. Entweder wurden sie rot, oder sie versuchten zu gockeln. Auch eine Nationalkrankheit, dachte Guerrini und war sich nicht sicher, ob er selbst davon befallen war oder nicht. Laura jedenfalls ließ sich nichts anmerken, war gleichmäßig freundlich zu allen und überhörte Capponis leise Bemerkung über ihre langen Beine, die wiederum Guerrinis Kopf rot anlaufen ließ.

Als sie endlich allein in seinem Büro waren, ließ er sich in seinen alten Ledersessel fallen, verschränkte die Arme vor der Brust und sah Laura düster an.

«Vielleicht war es doch keine gute Idee, ihnen Theater vorzuspielen!»

«Es war eine geniale Idee. Niemand verstellt sich außer uns, alle Dinge liegen offen.»

«Es gefällt mir nicht.»

«Sie sind ein schlechter Schauspieler, Commissario.»

«Ich mag es nicht, wenn sie dich so ansehen!»

«Wenn sie wüssten, dass ich deine Freundin bin, würden sie es heimlich tun, und das wäre noch unangenehmer. Mir jedenfalls. Außerdem, mein lieber Commissario, bin ich nicht mehr fünfundzwanzig. Sie starren, weil Männer in diesem Land immer starren, wenn eine Frau halbwegs gut aussieht.»

«*Dio mio!* Wenn man dir zuhört, kommt man sich als Mann völlig idiotisch vor! Denken alle deutschen Frauen so?»

«Einige.»

«Das ist ja furchtbar!» Guerrini war erschüttert.

«Nein», erwiderte Laura sachlich. «Es ist schön, denn in Deutschland starren sie nicht mehr, und in Amerika ist inzwischen sogar das Flirten verboten … man nennt es *sexuelle Belästigung*!»

«Was?»

Ehe Laura antworten konnte, klopfte es, und d'Annunzio lugte ins Zimmer.

«*Scusa*. Der Leone ist gerade gekommen.»

«Schick ihn rein.»

«Sofort, Commissario.»

D'Annunzio verschwand, erschien aber gleich wieder, lächelte Laura zu und sagte: «Er hat einen Hund dabei, Commissario. Ich habe ihm gesagt, dass er den Hund nicht mit in die Questura bringen darf, aber es ist ihm egal. Er sagt, dass er den Hund nicht allein im Wagen lassen kann, weil er so laut jaulen würde, dass ganz Siena …»

«Ist gut, d'Annunzio. Schick sie beide rein.»

Wieder lächelte der junge Polizist Laura zu und verschwand, rückwärtsgehend.

«Wenn du nicht so blödsinnig eifersüchtig wärst, hätten wir über Leone reden können!»

«Laura, bitte! Lass ihn einfach auf dich wirken. Er war Altlanders Liebhaber und zur Todeszeit in Florenz. Dafür gibt es Zeugen. Aber ich nehme an, dass er etwas weiß!»

«Und woher kommt er jetzt – mit Hund?»

«Vermutlich auch aus Florenz. Der Hund gehörte Altlander. Ich hab ihn bisher nur bellen gehört.»

«Aha.»

Es war ein großer schwarzer Labrador mit breitem rotem Halsband und einer roten Lederleine. Er schien Enzo Leone hinter sich herzuziehen. Hechelnd und schnaufend eroberte er Guerrinis Büro, inspizierte alle Ecken, füllte den Raum mit ungebremster Lebendigkeit und setzte sich erst nach mehrmaligen scharfen Befehlen Leones.

«Ich musste ihn mitbringen. Außer mir ist niemand da, der sich um ihn kümmern könnte.»

«Ist schon gut», sagte Guerrini. «Das ist Commissaria Gottberg. Sie leitet die deutschen Ermittlungen im Fall Giorgio Altlander.»

Leone warf nur einen kurzen Seitenblick auf Laura und zuckte die Achseln.

«Warum wollten Sie mich sprechen? Ich bin nicht gern nach Siena gekommen. Ich brauche Abstand nach diesem Schock. Und nun die Sache mit Elsa. Da ist ein Verrückter unterwegs. Ich habe nie gern in *Wasteland* gewohnt. Es ist einfach zu einsam.» Er sprach abgehackt, mit gesenktem Blick, und Laura fand, dass er ganz gut zu ihrem und Guerrinis Theaterspiel passte.

«Sie wollen also nicht länger in *Wasteland* wohnen?», fragte Guerrini.

«Auf keinen Fall!» Leone fuhr entsetzt auf. «Ich würde nachts kein Auge zutun. Ich habe schon die letzten Tage in Florenz verbracht.»

«Werden Sie sich um Signor Altlanders Beisetzung kümmern?», fragte Laura.

«Das wollte eigentlich Elsa machen», murmelte er.

«Die fällt aber aus.» Guerrini betrachtete Enzo Leone aus schmalen Augen.

«Natürlich werde ich mich darum kümmern. Aber das kann ich auch von Florenz aus. Giorgio wollte verbrannt werden, und seine Asche sollte unter einem bestimmten Olivenbaum vergraben werden. Er hasste Friedhöfe.» Plötzlich schlug Leone einen regelrecht tuntigen Ton an.

«Werden Sie etwas erben?» Guerrini runzelte die Stirn, denn der Labrador kratzte sich heftig und lautstark.

«Woher soll ich das denn wissen? Ich kenne Giorgios Testament nicht, falls er überhaupt eins gemacht hat. Musste ich extra aus Florenz herkommen, um solche Fragen zu beantworten?»

«Unter anderem», knurrte Guerrini. «Ich würde trotzdem noch gern ein paar Ihrer Gedanken zum Tod Ihres Lebensgefährten hören. Sie müssen doch Vermutungen haben, oder?»

Leone beugte sich zu dem schwarzen Labrador und strich mit dem Zeigefinger vom Kopf des Tieres über seinen Hals und Rücken. Der Hund wand sich vor Entzücken.

«Ich sagte Ihnen doch schon, dass ich es nicht weiß. Das Einzige, was ich sicher weiß: Giorgio kannte eine ganze Menge einflussreicher Leute, und ich bin sicher, dass er von einigen mehr wusste, als denen recht war. Er sammelte die Scheiße, die andere gebaut haben, und machte Bücher draus!»

«Interessante Arbeitsmethode», murmelte Guerrini.

«Da ist er nicht der Einzige.» Leone kraulte den Schwanzansatz des Hundes. Der stöhnte vor Wonne.

«Was haben Sie jetzt vor, Signor Leone?» Laura bemühte sich, Leones Hundeinszenierung zu ignorieren.

«Ich werde meine Sachen aus *Wasteland* holen und zu Freunden nach Florenz ziehen. Übrigens habe ich ein neues *telefonino*. Das alte ist kaputtgegangen. Hier ist die Nummer, falls Sie mich brauchen.» Leone reichte Guerrini eine hellblaue Karte.

«Kann ich jetzt gehen?»

«Schreiben Sie bitte Name, Anschrift und Telefonnummer Ihrer Freunde in Florenz auf diese Karte.»

«Ich möchte nicht, dass meine Freunde da hineingezogen werden.» Er stand schon.

«Wir müssen wissen, wo Sie sich aufhalten, Signor Leone. Sie sind ein wichtiger Zeuge … wenn nicht mehr.»

«Was?»

«Ich meine unverzichtbar!»

Widerwillig schrieb Leone eine Adresse auf die blaue Karte, die Guerrini ihm wieder in die Hand gedrückt hatte.

«Übrigens», sagte der Commissario langsam, «auf die Putzfrau, Angela Piselli, wurde ebenfalls ein Anschlag verübt.»

Mit aufgerissenen Augen starrte Leone von Guerrini zu Laura und wieder zurück.

«Dann bin ich der Einzige, der noch nicht dran war, was? Ist Angela etwas passiert?»

«Nein. Zum Glück wurde der Unbekannte gestört.»

«Wie … wie hat er es denn versucht?» Leone schluckte. Der Hund kratzte an der Tür und stieß einen hohen Fiepton aus.

«Sei still, Lupino, *zitto*!»

«Ganz ähnlich wie bei Elsa Michelangeli», erwiderte Guerrini. «Jemand hat versucht, ihren Wagen zu rammen.»

«Ich trau mich nicht allein nach *Wasteland*.» Leones Stimme klang hoch, überschlug sich. «Sie können mich für einen Feigling halten, Commissario. Das ist mir scheißegal! Ich brauche Polizeischutz, wenn ich da rausfahre. Ich bin doch nicht verrückt und lass mich auch noch umbringen!»

«Polizeischutz kann ich Ihnen nicht geben, Signor Leone. Aber wir könnten uns verabreden und in *Wasteland* treffen. Sagen wir um halb vier?»

«Und wenn Sie aufgehalten werden?» Leones Augen waren noch immer geweitet.

«Wir werden um halb vier da sein. Und bestellen Sie bitte auch den Gärtner um diese Zeit. Wir müssen mit ihm sprechen.»

Dieser Vorschlag schien Leone zu erleichtern.

«Pietro hat ein Gewehr!», sagte er und ging, ohne zu grüßen. Die Krallen des Hundes klapperten auf dem Parkett.

«*Lupino*, das Wölfchen», sagte Laura nachdenklich, als sie auf dem Weg zu Natalias Pension waren. «Altlander hieß mit seinem richtigen Vornamen Wolf.»

«Er nannte seine Putzfrau *pisellina*, Erbschen. Mit den Menschen und Tieren, die er mochte, scheint er nett gewesen zu sein. Trotzdem hat mich Leones Bemerkung, dass Altlander die Scheiße, die andere bauten, sammelte und Bücher daraus machte, ziemlich beeindruckt. So ein Satz bringt die Dinge auf den Punkt. Der junge Mann ist keineswegs so dumm, wie Elsa Michelangeli ihn mir beschrieben hat. Er verfügt über eine erstaunliche Beobachtungsgabe.»

«Wir sammeln auch die Scheiße, die andere bauen!» Laura versetzte Guerrini einen Schups.

«*Attenzione!* Wir sind noch nicht aus dem Dunstkreis der Questura.»

«*Oh, scusa, commissario*, Entschuldigung!»

«Sag mir lieber, was du von Leone hältst.»

«Er ist hübsch, ein bisschen unseriös, aber ziemlich erotisch. Ein typischer Liebhaber von reichen Schwulen – so wie es typische weibliche Geliebte von reichen Männern gibt. Das sind keineswegs Dummchen, sondern Männer und Frauen, die auf ihren Vorteil bedacht sind und sich selbst als Kapital einsetzen. Sie geben viel, und das Risiko ist hoch, aber sie bekommen auch was dafür.»

«Ist das alles?»

«Er hat Angst, was verständlich ist. Aber er hat eine Menge Angst, und deshalb glaube ich, dass er mehr weiß, als er sagt.»

«Altlander hat vor seinem Tod ein Buch über organisierte Kriminalität bestellt.»

Laura sah ihn fragend an.

«Vielleicht hat er in dieser Richtung recherchiert, und es hat irgendwelchen Leuten nicht gepasst.»

Und du glaubst, dass Leone etwas darüber wissen könnte?»

Angelo zuckte die Achseln. «Leone hat mir ein paar

Namen aufgeschrieben, die er für wichtig hält. Nicht unbedingt verdächtig, aber wichtig.»

«In welcher Hinsicht wichtig?»

«Menschen, die Altlander bewegt haben, offensichtlich. Interessant ist, dass fast alle Namen mit denen übereinstimmen, die mir Elsa Michelangeli genannt hat.»

Sie hatten Natalias Pension fast erreicht, da kam aus einer Seitengasse Vicecommissario Lana auf sie zu, und Guerrini dankte dem Himmel, dass er nicht gerade seinen Arm um Lauras Schultern gelegt hatte.

«Oh, Commissaria. Welch angenehme Überraschung. Ich konnte leider nicht rechtzeitig zum Verhör dieses Leone da sein. Aber wie wäre es, wenn wir alle gemeinsam etwas essen würden? Dann könnten Sie mir erzählen, was dieser Leone gesagt hat, und mich interessiert auch die Arbeit der Kriminalpolizei in München. Es ist so wichtig, dass wir eng zusammenarbeiten in diesen Zeiten, nicht wahr! Ich kenne eine wunderbare alte Trattoria nicht weit von hier.»

«Wir haben keine Zeit! Drei Termine warten auf uns. Die Signora Commissaria ist nicht hier, um essen zu gehen, sondern um Ermittlungshilfe zu leisten!» Guerrini hatte den Unterkiefer vorgeschoben, und Laura betrachtete ihn amüsiert.

«Es tut mir wirklich leid», sagte sie mit sanfter Stimme. «Der Commissario hat recht. Wir sind auf dem Weg zu seinem Wagen und müssen mehrere Deutsche vernehmen, die in der Nähe des Tatorts wohnen. Vielleicht klappt es ja morgen, Vicecommissario. Ich würde gern mit Ihnen essen gehen.»

Lana verbeugte sich lächelnd.

«Dann vielleicht bis morgen, Commissaria.»

Er sah ihnen nach. Deshalb gingen sie zunächst an der Pension vorbei und bogen in eine Seitengasse ein.

«Der kommt sonst noch auf die Idee, dich bei Natalia zu suchen, um dir Siena zu zeigen!», knurrte Guerrini.

Emilio Gottberg saß in Natalias Küche, aß in Butter gedünstete Fenchelscheiben und ein hauchdünnes Kalbsschnitzel in Marsala.

«Köstlich!», sagte er. «Meine Frau machte es nicht besser.»

«Und wir wollten schnell mit dir essen gehen, Babbo … der Fall ist ziemlich kompliziert, weißt du. Wir müssen heute Nachmittag mehrere Leute befragen – außerhalb von Siena.»

«Schnell essen gehen ist eine Sünde!» Der alte Gottberg wischte sich den Mund mit einer knallgelben Papierserviette ab. «Fahrt ihr nur zu euren Verhören. Ich werde langsam essen, dann eine Siesta einlegen und den Nachmittag auf der Piazza di Campo verbringen. Ihr könnt mich ja dann zum Abendessen abholen. Was hat dein Vater gesagt, Angelo?»

«Du kannst die Deutschen bringen!»

«Klingt gefährlich!» Lauras Vater lachte und schaute zu Natalia hinüber, die gerade einen Becher mit Zitronencreme füllte. «Natalia hat mir von deinem Vater erzählt. Es wird sicher eine interessante Begegnung.»

«Was hat sie denn erzählt?»

«Dass er Partisan war, dass er immer die Kommunisten gewählt hat, obwohl er Geschäftsmann war, und dass er gut kocht, dass er deine Mutter eine Hexe nannte …»

«Natalia!» Guerrini wandte sich empört zu seiner Cousine.

«*Ma, Angelo!* Ist doch nichts als die Wahrheit oder? Man kann den armen Dottore doch nicht deinem Vater ausliefern, ohne ihm die Wahrheit zu sagen!»

Die Gewitter hatten sich verzogen. Nur über dem Monte Amiata hingen ein paar Wolken und verbargen den Gipfel. Die Getreidefelder der Crete waren beinahe schon golden, nur ein Hauch von Grün lag noch über den Hügelwellen. Mohnblüten tupften Rot hinein, Kornblumen dieses unbeschreibliche Himmelblau, das Laura so sehr liebte. Ein Raubvogel kreiste.

«*Tutto bene?*», fragte Guerrini.

«*Tutto bene.*» Laura lehnte sich in den Beifahrersitz und genoss die Fahrt.

«Tommasini wollte uns begleiten, aber ich habe ihn gebeten, mit einem Kollegen zu Altlanders Haus zu fahren, um Leone zu beobachten. Könnte ja durchaus sein, dass jemand dort wartet.»

«Diese schwarzen Geländewagen mit dunklen Scheiben habe ich immer als bedrohlich empfunden», sagte Laura langsam. «Man kann die Insassen nicht sehen, keinen Blickkontakt herstellen, und die Dinger sehen aus wie bösartige Panzer. Ich habe sie Mörderwagen getauft, mir immer vorgestellt, dass Auftragskiller und Mafiosi in solchen Monstern unterwegs sind. Es hat beinahe etwas Logisches für mich, dass Elsa Michelangeli von so einem Wagen angefahren wurde, die Putzfrau sich fast zu Tode erschreckt hat, als so ein Ding auf sie zuraste. Hast du überprüfen lassen, wer in der Gegend so einen Wagen fährt?»

«Natürlich. Es gibt Dutzende. Aber ich bin ganz sicher, dass dieser spezielle Wagen nicht hier angemeldet ist, sondern ganz woanders. Der unheimliche Unbekannte ist sehr intelligent. Er hat bisher keinerlei verwertbare Spuren hinterlassen. Offensichtlich trug er immer Handschuhe – wahrscheinlich sogar einen Overall und eine Mütze, denn es gibt nichts, was unsere Spurensicherung nachweisen konnte. Auf den Klebebändern, mit denen sie Fasern sammeln, fanden sie Hunde- und Katzenhaare, Altlanders Haare, die Haare der Putzfrau, die von Leone und Elsa und sogar eins von mir. Sonst nichts.»

«Elsa Michelangeli und Leone scheiden für dich aus?» Laura nahm den warmen Duft wilder Kamillenblüten wahr, atmete tief ein und war froh, dass Angelo nicht besonders schnell fuhr.

«Elsa ist für mich erst nach dem Mordanschlag ausgeschieden. Leone hat kein erkennbares Motiv.»

«Hatte Elsa eins?»

«Unerfüllte Liebe.» Guerrini wich einer Eidechse aus, die sich auf dem heißen Asphalt sonnte.

«Aber sie standen sich doch sehr nahe, Altlander und Elsa Michelangeli. Ich habe einen Artikel über sie gelesen – unsere Sekretärin hat ihn im Internet gefunden. Sie waren angeblich füreinander eine Quelle der Inspiration und haben seit Jahren eng zusammengearbeitet.»

Guerrini legte eine Hand auf Lauras Oberschenkel.

«Aber sie wollte möglicherweise mehr.»

Laura schaute auf seine Hand.

«Du meinst, ins Bett mit ihm?»

«Natürlich.»

«Wieso natürlich? Vielleicht wollte sie gar nicht!»

«Leone war da anderer Meinung.»

«Männer denken immer, dass es ohne Sex nicht geht.»

«Geht's denn ohne?» Der Druck seiner Hand auf ihrem

Oberschenkel verstärkte sich. Es fühlte sich gut an in ihrem Bauch.

«Nicht immer, aber unter bestimmten Umständen.»

«Unter welchen?»

«Na, wenn einer von beiden nicht kann oder nicht will.»

Seine Finger gruben sich in ihren Oberschenkel.

«Au!» Laura schob seine Hand weg. «Spiel nicht den Latin Lover!»

Guerrini lachte auf.

«Was würdest du machen, wenn ich schwul wäre und du dich in mich verliebt hättest?» Er warf ihr einen prüfenden Blick über den Rand seiner Sonnenbrille zu.

«Es wäre schade, Commissario. Wirklich jammerschade. Übrigens ist mir so ein Gedanke durch den Kopf gegangen, als wir uns zum ersten Mal getroffen haben … damals in Florenz.»

«Was? Du bist hinterhältig!» Er bremste und hielt am Straßenrand. «Sag das nochmal!»

«Es ist mir durch den Kopf gegangen, weil du nicht so ganz jung warst und keinen Ehering hattest. Und ich dachte, dass es schade wäre.»

«*Madonnina*. Was Frauen alles denken. Wir Männer haben keine Ahnung!»

Laura lachte.

«Natürlich habt ihr keine Ahnung. Aber es sollte dich doch freuen, dass es mir leidgetan hätte, wenn du schwul gewesen wärst.»

«Ich muss erst darüber wegkommen, dass du es für möglich gehalten hast, dass ich schwul sein könnte.»

«Ach, ihr Männer habt euch immer so entsetzlich, wenn es darum geht. Unsere größten Künstler, Dichter und Denker waren schwul. Michelangelo zum Beispiel …»

«Woher weißt du das?»

«Man kann es nachlesen.»

«Kann man das?» Guerrini sah sie erschüttert an.

«Natürlich.»

«*Bene.* Was also würdest du machen, wenn ich schwul wäre und du dich trotzdem in mich verliebt hättest?»

Laura betrachtete ihn nachdenklich, fuhr mit einem Finger leicht über seine Wange.

«Ich glaube nicht, dass ich mein Leben mit dem deinen verbinden würde, Angelo. Nein, sogar ziemlich sicher nicht!»

«Du würdest mich also einfach ignorieren, abservieren. Als untauglich. Keine Freundschaft? Kein Versuch, mich zu bekehren?» Er nahm seine Sonnenbrille ab.

«Ich glaube, du bist wirklich eitel, Angelo. Natürlich würde ich dich abservieren. Du bist schließlich kein Dichter wie Altlander, der mir wichtige Ideen für meine Arbeit liefert. Meine Morde kann ich auch mit den Kollegen in München aufklären. Dazu brauche ich keinen schwulen Commissario.»

«Und wozu brauchst du mich?»

Laura sah ihn ernst an.

«Ich brauche dich, Angelo. Einfach dich.»

«*Grazie.*»

Das Anwesen des ersten Deutschen auf Enzo Leones Liste war ungefähr fünf Kilometer von *Wasteland* entfernt. Es lag zur Abwechslung nicht auf einem Hügel, sondern auf halber Höhe eines bewaldeten Hangs. Der Besitzer war Jugendbuchautor, seine Freundin Illustratorin. Das hatte Leone in Klammern hinter die Namen geschrieben. Die beiden standen auch auf Elsas Liste, mit Fragezeichen versehen und dem Zusatz «bemühen sich angestrengt um Freundschaft».

Im Tal, das zu dem ehemaligen Bauernhaus führte, blühte noch der Ginster, verstärkte mit seinem gelben Gleißen das Sonnenlicht, strömte süße Düfte aus. Es war heiß. Das Tor stand offen, und als Guerrini den Wagen auf den freien Platz zwischen Scheune und Wohnhaus lenkte, warteten die Besitzer bereits. Sie standen im Schatten, sahen Laura und Guerrini entgegen. Die Frau war etwa vierzig, trug ein buntes Tuch um den Kopf und große Kreolen in den Ohren, hatte etwas von einer Roma mit ihren dunklen Augen und der braunen Haut. Der Mann dagegen war graublond, mit blondem Bart, sehr hellhäutig, dünn und faltig, passte eigentlich besser an die Nordsee als in die Toskana. Laura dachte spontan an einen Friesen, als sie auf ihn zuging. Und tatsächlich war der norddeutsche Tonfall nicht zu überhören, als er sie begrüßte, offensichtlich war er froh darüber, deutsch sprechen zu können.

«Ich habe schon darauf gewartet, dass jemand von der Polizei kommt. Habe mir Sorgen gemacht, weil mein Italienisch nicht so astrein klingt. Schön, dass Giorgio so wichtig ist, dass jemand aus Deutschland geschickt wird!»

Er hieß Benno Peters und seine Zigeunerin Roswita Wolke.

«Wie schön», sagte Laura.

«Es ist mein Künstlername, aber ich habe ihn als meinen echten eintragen lassen.» Die Illustratorin lächelte nicht, sondern musterte Laura prüfend. «Ermitteln Sie in dieser schrecklichen Geschichte?»

«Ich leiste Ermittlungshilfe. Zuständig ist Commissario Guerrini.»

«Ah.» Jetzt taxierte sie Guerrini.

«Kommen Sie herein.» Benno Peters öffnete die Haustür und ging voraus. Ehe Laura ihm folgte, nahm sie unzählige Katzen wahr, die in Mauernischen ruhten, eine humpelte quer über den Hof, eine andere huschte vor ihnen her ins Haus. Katzenbilder bedeckten auch die Wände des Flurs. Zeichnungen, Ölbilder, Fotos. Alle mit Namen und einem Datum versehen. Peters führte sie in einen Innenhof, der von Weinranken überdeckt wurde. Grünes Dämmerlicht herrschte hier, und es war angenehm kühl. Ein kleiner Brunnen plätscherte an der Hauswand, die mit Terracottareliefs geschmückt war: Sonne und Mond, Katzenköpfe, seltsame Teufelsfratzen. Auch hier lagen Katzen herum, merkwürdige Katzen. Manche hechelten wie Hunde, andere waren so mager, dass man ihre Knochen unterm Fell sehen konnte.

Auf dem Steintisch in der Mitte des Patios stand eine Glaskaraffe mit Eiswasser, eine zweite mit rotem Fruchtsaft und eine dritte mit Weißwein. Außerdem vier Gläser. Laura runzelte die Stirn und sah Benno Peters fragend an.

«Ich habe Sie kommen sehen. In diesem Tal wohnen nur wir. Deshalb war ich sicher, dass Sie zu uns wollten. Möchten Sie Oliven? Wir legen sie selbst ein …»

«Nein, danke. Wir haben nicht viel Zeit. Woher wussten Sie übrigens, dass wir zu zweit sind?»

Peters wurde ein bisschen rot. «Ich habe mit dem Fernglas geschaut. Das mache ich immer, wenn ein Wagen in unser Tal kommt. Ich möchte vorbereitet sein.»

«Auf was?»

«Was auch immer.» Er zuckte die Achseln.

«War Altlander ein Freund von Ihnen?»

«Ja und nein. Er war kein einfacher Mensch. Manchmal

sahen wir uns zweimal die Woche und dann wieder mehrere Monate gar nicht. Aber ich würde sagen – ja, irgendwie war er ein Freund.»

«Wann haben Sie ihn zum letzten Mal gesehen?», fragte Guerrini auf Italienisch. Diesmal antwortete Roswita Wolke.

«Vor einer Woche. Es muss ein paar Tage vor seinem Tod gewesen sein.»

«Ist Ihnen irgendetwas aufgefallen?»

Roswita warf Peters einen Blick zu.

«Er war ärgerlich.»

«Worüber?» Guerrini nahm ein Glas Eiswasser von Peters entgegen, nickte dankend, blieb aber stehen.

«Er war einfach wütend. Ich konnte das spüren. Er hatte schlechte Laune, sprach zu laut, war sogar zu seinem Hund unfreundlich.»

«Er hat nicht gesagt, warum?»

«Nein. Aber das habe ich auch nicht erwartet. Giorgio sprach selten über das, was ihn wirklich bewegte. Solche Dinge schrieb er auf.»

«Warte!» Peters unterbrach seine Freundin. «Er hat doch was gesagt. Vielleicht warst du gerade nicht im Zimmer. Er hat gesagt, dass ihn alles ankotzt … Entschuldigung, aber das sagte er … und dass er an einer Sache dran sei, die stinke!»

«Mehr nicht?» Laura umfasste mit beiden Händen das kalte Glas, das Peters für sie gefüllt hatte.

«Nein, mehr nicht. Ich habe nachgefragt, aber er schüttelte nur den Kopf und sagte, dass ich es ohnehin bald erfahren würde.»

«Nehmen Sie's nicht zu ernst», warf Roswita Wolke ein. «Giorgio sagte öfter solche Dinge. Es machte ihm Spaß.

Außerdem hat ihn eine Menge angekotzt!» Heiser lachte sie auf, zog einen langen dünnen Zigarillo aus ihrer Rocktasche und zündete ihn an. «Ich weiß auch gar nicht, ob ich ihn wirklich mochte. Kinderbuchautoren hat er nicht geschätzt – ich meine, für ihn waren wir keine Leute, die diese Welt bewegen. Und nur das zählte für Giorgio.» Wieder lachte sie. «Für mich war er nicht mehr als ein Nachbar, und weil er Deutscher war, sah man sich ab und zu. Benno hat mehr in diese Beziehung hineingelesen, als wirklich da war. Altlander war eben berühmt, und da fällt ja auch ein bisschen Sonne auf andere, nicht wahr!» Sie stieß eine blaue Rauchwolke aus, und das Lächeln, mit dem sie ihren Gefährten ansah, war verächtlich.

«Was erzählst du denn da! Du weißt doch gar nicht, was für eine Beziehung Giorgio und ich hatten. Warum mischst du dich in alles ein?» Peters hustete, die blaue Zigarillowolke hüllte ihn ein.

Eine wahre Wolke, diese Roswita, dachte Laura und vermied es, Guerrini anzusehen. Sein Humor war ähnlich gelagert wie ihrer, und so konnte es manchmal gefährlich sein, Blicke zu tauschen.

«Und welcher Art war Ihre Beziehung?», hakte Laura nach.

Benno Peters kniff die Lippen zusammen und strich sich über die halblangen graublonden Haare. «Das ist doch meine Sache, oder? Es gibt überhaupt keinen Grund, weshalb ich Ihnen das erzählen sollte. Wir hatten eine freundschaftliche Beziehung, und damit ist alles gesagt.»

Roswita Wolke trug noch immer dieses unangenehme Lächeln im Gesicht, sagte aber nichts.

«*Bene.*» Guerrini leerte sein Glas mit einem Zug. «Kennen Sie auch Elsa Michelangeli?»

«Eine Freundin von uns. Ich wollte sie heute im Krankenhaus besuchen, aber man hat mich nicht zu ihr gelassen. Einer Ihrer Wachhunde sitzt vor Elsas Zimmer.»

«Eine enge Freundin?»

«Eine Freundin eben. Ich wollte, ich hätte ihre Ausdruckskraft.»

«Haben Sie nach Altlanders Tod mit ihr gesprochen?»

Guerrini ließ die Deutsche nicht aus den Augen. Roswita Wolke zog an ihrem Zigarillo, räusperte sich. «Nein, nur kurz telefoniert. Sie wollte niemanden sehen.»

«Ich wüsste gern Ihre Gedanken zu den Ereignissen der letzten Tage.»

Der Rauch hüllte die Frau ein, machte ihre Gestalt unscharf, und Guerrini dachte an Hexen, die sich selbst verschwinden lassen können.

«Wir haben viel darüber gesprochen», murmelte sie. «Benno und ich. Mir erscheint Giorgios Tod irgendwie logisch, er hat mich gar nicht erstaunt. Aber ich könnte Ihnen nicht genau sagen, warum. Es ist nur ein Gefühl von Richtigkeit. Benno ist da allerdings anderer Meinung.»

Benno ließ sich auf eine grüne Holzbank sinken und schenkte sich ein Glas Weißwein ein.

«Für mich ist er tragisch und ein großer Verlust. Ich kann in Giorgios Tod keinerlei Richtigkeit erkennen. Du empfindest es so, weil du ihn nicht mochtest.»

«Und weißt du auch, warum? Ich fand es empörend, dass du sofort losgelaufen bist, wenn er dich anrief. Aber er ließ dich zappeln … und ich weiß genau, wie du dich um ihn bemüht hast … als wärst du …»

«Ach, sei doch still!» Peters machte eine heftige Handbewegung in ihre Richtung.

«Haben Sie sich deshalb mit Elsa Michelangeli angefreundet?», fragte Laura in das erschrockene Schweigen hinein.

«Wieso deshalb? Ich finde sie interessant. Ihre Bilder sind wirkliche Kunstwerke. Wir haben viel über die Arbeit gesprochen.»

«Ja, ich bewundere sie ebenfalls. Aber können Sie sich erklären, warum jemand einen Anschlag auf sie verübte?» Laura beobachtete jede Regung im Gesicht der Künstlerin, nahm ein winziges Zucken ihres rechten Auges wahr.

«Sie war eine Vertraute Altlanders. Mehr fällt mir dazu nicht ein.»

«Wo waren Sie übrigens am Samstagabend, als Altlander starb, und wo waren Sie, als Elsa Michelangeli angefahren wurde?» Guerrini stellte sein Glas ab, so heftig, dass Roswita Wolke leicht zusammenfuhr.

«Wir waren hier.» Peters hob den Kopf und fixierte Guerrini. «Wir arbeiten an einem Kinderbuch und sind ein wenig unter Zeitdruck. Deshalb gehen wir zurzeit kaum aus. Wir arbeiten bis spät in die Nacht hinein.»

«*Grazie.*» Guerrini nickte ihm zu. «Das wäre zunächst alles. Aber ich möchte Sie bitten, sich weiterhin zur Verfügung zu halten.»

«Kommen wir Ihnen so verdächtig vor, Commissario?» Roswita Wolke lachte mit ihrer rauchigen Stimme, aber es klang nicht echt. Guerrini antwortete nur mit einem Lächeln.

«Woher kommen eigentlich all diese Katzen?», fragte er und schaute sich um.

«Wir pflegen sie. Es sind kranke Tiere, um die sich niemand kümmert.» Ihre Stimme klang abweisend, als wolle sie einer erstaunten oder kritischen Bemerkung zuvorkommen. Mit schnellen Schritten begleitete sie die beiden Kommissare vor das Haus, hob eine dürre dreifarbige Katze auf, die sich im Schatten des Lancia niedergelassen hatte, und presste sie an sich.

«Wenn sie zu sehr leiden und wir ihnen nicht mehr helfen können, töten wir sie mit Äther», murmelte Benno Peters und streichelte die Katze in Roswitas Armen. Laura starrte auf seine schmale knochige Hand und spürte einen leisen Schauder.

«Ach», sagte sie. «Was fahren Sie eigentlich für einen Wagen?»

«Einen schwarzen Jeep.» Er sah sie nicht an, streichelte nur weiter die Katze.

«Könnten wir uns den Wagen ansehen?»

«Weshalb denn? Es ist ein ganz normaler schwarzer Jeep. Ich finde, dass Sie allmählich ziemlich weit in unsere Privatsphäre eindringen. Ich schätze das nicht. Schließlich haben nicht wir Giorgio umgebracht ...» Er brach ab, stand mit hängenden Schultern da.

«Sondern? Sie wollten doch ‹sondern› sagen, oder?»

«Wahrscheinlich einer seiner Lover!» Roswita kam ihrem Partner zu Hilfe. «Benno ist einfach zu diskret!»

«Kennen Sie diese Lover?»

Beide schüttelten gleichzeitig die Köpfe.

«Woher wissen Sie dann, dass er Lover hatte?»

«So was spürt man», murmelte Peters und starrte auf den Boden. «Ich habe ihn außerdem manchmal vom Handy angerufen, wenn ich zufällig in der Nähe von *Wasteland* war. Oft hat er gesagt, dass er mitten in der Arbeit sei und ich deshalb nicht kommen könne. Aber dann habe ich gesehen, dass ein fremder Wagen vor seinem Haus parkte.»

«Mit dem Fernglas?», fragte Guerrini trocken.

Peters wurde rot.

«Wieso, ist das verboten?»

«Nein, nur seltsam.»

Peters zuckte die Achseln.

«Haben Sie zufällig einen schwarzen Geländewagen durch Ihr Fernglas gesehen?»

«Nein. Wollen Sie jetzt unseren Jeep sehen oder nicht?»

«Ja, gerne.»

Peters öffnete das Scheunentor. Statt Heu wurde nun Brennholz gelagert, und außer dem Jeep standen zwei Vespas und zwei Fahrräder in der Mitte des hohen Raums. Der schwarze Jeep war sauber, hatte keine Schutzstangen am Kühler und keine dunklen Scheiben. Am rechten vorderen Kotflügel war er allerdings ein wenig verbeult.

Guerrini fuhr mit der Hand über die Delle und sah Peters fragend an.

«Ist beim Parken in Siena passiert», erklärte der schnell. «Sie wissen ja, wie eng es da manchmal zugeht.»

«Jaja», murmelte Guerrini. «Ich danke Ihnen. Falls Ihnen noch etwas einfällt, das uns weiterhelfen könnte, rufen Sie bitte in der Questura an. Hier ist meine Karte. *Buona sera.*»

«Was hältst du von den beiden?», fragte Laura, als Guerrini wendete. Roswita Wolke war bereits ins Haus gegangen, nur der heimatlose Friese stand noch da, deutete eine Abschiedsgeste an, ließ aber gleich wieder den Arm sinken.

«Merkwürdiges Paar.» Guerrini wich ein paar Schlaglöchern aus. «Irgendwas zwischen den beiden stimmt nicht.

Ich hatte das Gefühl, als verachte sie ihn, und er sah nach Schuldgefühlen aus.»

«Könnte es sein, dass da noch einer hoffnungslos in Altlander verliebt war? Eine männliche Elsa Michelangeli?»

Guerrini runzelte die Stirn und schob das Kinn ein wenig vor.

«Ich weigere mich, ihn sofort in die Schublade ‹heimlicher Homosexueller› zu stecken. So viele Schwule gibt es nun auch wieder nicht!»

Etwas in seinem Tonfall ließ Laura aufhorchen. Darüber wollte er in diesem Augenblick offensichtlich nicht sprechen. Seine Stimme sagte: Mauer! Trotzdem fragte sie weiter.

«Weshalb verachtet sie ihn dann?»

Guerrini fuhr zu schnell. Hinter ihnen stob eine gelbliche Staubwolke auf und füllte das Tal.

«Weil er schwach ist, weil er sich bei Altlander angebiedert hat, weil er sie nicht heiratet, weil er impotent ist ... was weiß ich!»

«Warum bist du ärgerlich?»

«Ich bin nicht ärgerlich!»

Laura betrachtete ihn von der Seite. Er wirkte sehr wütend, und es machte ihn ausgesprochen attraktiv. Sie hätte gern eine Hand auf seinen Oberschenkel gelegt, ließ es aber bleiben, denn sie nahm an, dass es ihn noch wütender machen würde. Deshalb rückte sie ein bisschen von ihm weg, öffnete ihr Seitenfenster und hielt einen Arm hinaus, um die warme Luft zu spüren.

Und jetzt?, dachte sie.

«Warum sagst du nichts?», knurrte er.

«Weil ich im Augenblick nicht weiterweiß.» Sagte es und dachte, dass sie früher so einen Satz niemals ausgesprochen hätte, sondern weiter und weiter gefragt und provoziert hätte. Warum eigentlich? Um recht zu behalten, um den anderen aus der Defensive zu locken, um Macht auszuüben? Irgend so was.

Guerrini bremste scharf und sah sie an. Dann streckte er den Arm nach ihr aus und zog sie zu sich heran.

«*Ti amo*», sagte er leise. «Für diesen Satz liebe ich dich, Laura.» Er küsste sie so heftig, dass sie keine Luft bekam und seltsame farbige Schleier vor ihren Augen tanzten, obwohl sie die Lider geschlossen hatte. Sein Geruch mischte sich mit dem Duft der Kräuter und Blüten, der durch das offene Fenster drang, und sie begehrte ihn so sehr, dass sie glaubte, ohnmächtig zu werden.

Sie hatten die Zeit vergessen. Als sie wieder zurückkehrten in die Zeit, Kleidung und Haare ordneten, wurde ihnen bewusst, dass sie sich verspätet hatten. Enzo Leone wartete vermutlich, geplagt von tausend Ängsten.

«Lass ihn nur Angst haben», sagte Laura. «Ich bin sicher, dass er seinen Teil zu Altlanders Tod beigetragen hat!»

«Aber wenn ihm etwas zustößt!»

«Tommasini und ein zweiter Polizist sind in der Nähe.»

Ehe Guerrini antworten konnte, klingelte sein *telefonino*.

«Nimm du es!», sagte er und drückte es Laura in die Hand.

«*Pronto! Commissaria Gottberg!*»

«Oh, Commissaria! Hier ist Tommasini. Wäre gut, wenn Sie und der Commissario schnell kommen würden. Hier ist ziemlich was los. Wir hatten uns hinter dem Haus versteckt, und dann raste plötzlich dieser schwarze Geländewagen auf den Hof, und dann knallte es, und der Gärtner hat geschossen und …»

«Ist jemand verletzt?»

«*No, commissaria.* Aber Leone ist in Ohnmacht gefallen, und wir dachten …»

«Ist gut, Tommasini. Wir sind gleich da!»

«Was ist los?» Guerrini warf ihr einen fragenden Blick zu.

«Der schwarze Geländewagen war wieder da. Und der Gärtner hat geschossen. Klingt wie ein Witz, findest du nicht?»

Guerrini schaute grimmig.

«Kein guter Witz. Es ärgert mich richtig, dass ich noch immer keine Ahnung habe, wer der Besitzer dieses verdammten Wagens sein könnte. Und sie haben natürlich keine Straßenkontrollen angeordnet, wie ich meine Kollegen so kenne. Der ist also schon wieder über alle Berge.»

Der Lancia raste die gewundene Staubstraße nach *Wasteland* hinauf, schleuderte auf dem Schotter des Vorplatzes, so heftig bremste Guerrini.

«Also, was?», fuhr er Tommasini an, der in diesem Augenblick auf die Treppe vor dem Eingang trat.

«Ich habe Straßensperren veranlasst, Commissario. Aber bisher hat niemand etwas von dem besagten Fahrzeug gesehen. Das scheint sich irgendwie in Luft aufzulösen!»

«Na, sehen Sie, Commissario!», murmelte Laura. «Ihre Mitarbeiter sind doch nicht so ohne!»

Guerrini ging nicht auf ihre Bemerkung ein, sondern lief die Stufen zum Haus hinauf. «Wo ist Leone?»

«In der Küche, Commissario. Wir haben ihm einen Grappa eingeflößt und dann Kaffee gekocht. Jetzt geht es ihm wieder besser. Aber er ist richtig aus den Latschen gekippt, als der Gärtner geschossen hat.»

«Und wo ist der Gärtner?»

«Ebenfalls in der Küche, Commissario. Er brauchte auch einen Grappa. Galleo und ich fanden es außerdem sicherer, wenn wir alle in einem Raum zusammenhaben.»

Als Laura und Guerrini die große Küche von *Wasteland* betraten, hing ein bleicher Enzo Leone über dem Tisch, das Gesicht halb in den Händen vergraben. In geziemendem Abstand von ihm saß ein alter braungebrannter Mann mit Lederhaut und weißen Haarstoppeln auf dem Kopf. Er schien nicht mehr viele Zähne zu besitzen, denn seine Oberlippe war eingefallen. Wachtmeister Galleo stand mit verschränkten Armen an der Wand, neben ihm lehnte ein Jagdgewehr. Es roch nach Kaffee und Grappa. Unter dem Tisch lag der schwarze Labrador und hechelte.

«Die wollten mich umbringen, Commissario!» Enzo Leone wisperte auf geradezu lächerliche Weise, und Guerrini dachte, dass dieser junge Mann dem Ernst des Lebens offensichtlich noch nie sonderlich nahegekommen war.

«Wie?», fragte Guerrini.

«Ich … ich hatte meinen Wagen im Schatten unter den Bäumen abgestellt und ging zum Haus zurück. Da hörte ich diesen Motor brüllen. Er kam genau auf mich zu, dann knallte es, und ich lag plötzlich auf der Treppe. Der Wagen drehte sich im Kreis und raste weg! Es war wie in einem Film, Commissario. Pietro hat mich gerettet, Commissario. Er hat geschossen, und Sergente Tommasini hat mir einen Stoß gegeben, das hat er mir hinterher erzählt. Aber ich hab das alles gar nicht mitgekriegt. Ich habe darauf gewartet, dass ich sterbe, und ich wusste, dass es wehtun würde!» Leone schluchzte auf.

Guerrini legte eine Hand auf die Schulter des jungen Mannes und wandte sich dem Gärtner Pietro zu.

«Haben Sie getroffen?»

«*Non lo so!* Keine Ahnung. Jedenfalls ist er abgehauen. Ich treffe meistens ziemlich gut. Signor Leone hat mir gesagt, dass ich mein Gewehr mitbringen soll, und so habe ich es mitgebracht.»

«Hat einer von euch das Nummernschild erkennen können oder vielleicht, wer hinterm Steuerrad saß?»

«Kein Nummernschild!» Pietro schüttelte den Kopf. «Der Wagen hatte keins. Vielleicht kann er es wegklappen wie in Filmen.»

«Und sonst?»

«Vielleicht war's ein Chinese. Aber man sieht ja nichts durch diese dunklen Scheiben. Ich hatte mir nur eingebildet, dass es ein Chinese war. Aber ich bin mir nicht sicher, Commissario. War das der Mörder vom Padrone?»

«Vielleicht, vielleicht auch nicht. Hast du etwas gesehen, Galleo?»

«Fast nichts, Commissario. Aber ich glaube nicht, das es ein Chinese war. Für mich sah er wie ein Italiener aus. Das mit den Nummernschildern stimmt.»

«Und du, Tommasini? Hast du was gesehen?»

«Nur den Wagen. Es war einer von diesen modernen Japanern. Einer von den ganz großen. Toyota, glaube ich. Und er hatte ganz starke Stangen vorm Kühler. Vom Fahrer habe ich nur den Kopf gesehen. Hätte ein Schwarzer sein können. Aber bei den dunklen Scheiben …»

«Wie schnell standen die Straßensperren?»

«Na, zwanzig Minuten wird es schon gedauert haben,

Commissario. Eine Richtung Siena, eine vor Buonconvento und eine vor Asciano. Mehr haben sie nicht geschafft in der kurzen Zeit.»

«Dann war es ja nicht so schwer für ihn. Ich könnte dir zehn Feldwege nennen, auf denen er hätte abhauen können. Aber das ist im Augenblick nicht so wichtig. Interessanter finde ich, warum er es auf Sie abgesehen hatte, Signor Leone.»

«Mafia!», knurrte Pietro und hob den Zeigefinger. «Die bringen immer die ganze Familie um! Sogar den Hund und den Gärtner und die Putzfrau. Alle, die irgendwas wissen könnten!»

Guerrini unterdrückte ein Lächeln.

«Und was wisst ihr?»

«Das ist ja die Sache!» Pietro kratzte sich am Ohr. «Man weiß es oft nicht, was man weiß. Aber die andern wissen es, und das ist gefährlich!»

«Und was denken Sie, Signor Leone?»

Der junge Mann hob den Kopf nur so weit, dass er Guerrini ansehen konnte.

«Ich habe nicht die geringste Ahnung, Commissario. Und das macht mir Angst.»

«Vielleicht sollten Sie genauer nachdenken. Ich hatte den Eindruck, dass Sie ein guter Beobachter sind.»

Leone schloss die Augen. Laura trat einen Schritt näher. Er hatte lange Wimpern und einen weichen Drei-Tage-Bart. Seine Lippen waren voll und fein geschwungen, das halblange dunkle Haar legte sich geradezu perfekt um seinen Kopf – locker und doch gebändigt. Er war ein Mann, der zum Anfassen reizte, ein Verführer anderer Männer, ein Sehnsuchtsobjekt einsamer Frauen. Und Laura war plötzlich sicher, dass der Anschlag aus genau diesem Grund erfolgt war. Jemand hatte dieser Lockung nicht widerstanden und fürchtete nach Altlanders Tod die Konsequenzen. So könnte es sein.

In diesem Augenblick öffnete Leone die Augen und warf Laura unter schweren Lidern einen Blick zu, schien sofort zu begreifen, was in ihr vorging, denn er richtete sich auf, machte eine fahrige Handbewegung, die irgendwie ins Leere ging.

«Ich würde Sie gern unter vier Augen etwas fragen», sagte Laura leise.

Guerrini runzelte die Stirn.

«Was soll denn das?»

«Warte …»

«*No!*» Leone schüttelte den Kopf. «Nein, ich will nicht mit Ihnen reden, Commissaria. Diese Dinge sind meine Privatangelegenheit und gehen die Polizei einen Scheißdreck an! Und sie haben absolut nichts mit Giorgios Tod zu tun!»

«Ich denke doch.»

«*No! No, no, no!* Haben Sie verstanden?»

«Mehr als Sie ahnen, Leone.»

«Gehen Sie! Ich habe genug von diesem Theater! Ich werde jetzt nach Florenz fahren und nie wieder zurückkommen. Sie können ja Giorgios Asche vergraben. Sie sind doch auch Deutsche!» Wieder schluchzte er laut auf, legte den Kopf auf seine Arme.

«Unter den gegebenen Umständen werden Sie nicht nach Florenz fahren», sagte Guerrini. «Sie können sich ein Hotelzimmer in Siena nehmen, und ich setze einen Beamten vor Ihre Tür. Aber ich will, dass Sie in der Nähe bleiben. Sie sind ziemlich tief in diese Geschichte verwickelt, Leone!»

«Warum denn?» Leone fuhr auf. Tränen strömten über seine Wangen. «Ich war in Florenz, als Giorgio starb. Ich habe nichts damit zu tun. Ich will nicht in Siena bleiben – am liebsten würde ich zu Freunden nach London fliegen. Welches Gesetz gibt Ihnen das Recht, mich hier festzuhalten?»

«Es genügt ein Anruf beim Staatsanwalt und beim Untersuchungsrichter, Signor Leone. Wichtige Zeugen dürfen nicht einfach auswandern! Packen Sie Ihre Sachen zusammen. Falls Sie in Siena bei Freunden bleiben wollen, dann können Sie das machen. Sergente Tommasini wird Sie begleiten und für Ihre Sicherheit sorgen. Einer der Beamten wird Sie abholen und morgen wieder zur Questura bringen, damit wir unser Gespräch fortsetzen können. *Buona sera!*»

Enzo Leone hielt die Augen geschlossen und atmete schwer, der alte Pietro grinste aus unerfindlichen Gründen, und Tommasini machte ein skeptisches Gesicht. Er folgte Laura und Guerrini in die Eingangshalle.

«Das geht doch nicht!», flüsterte er. «Ich kann ihn ohne richterlichen Beschluss nicht einfach festhalten.»

«Mach einfach, was ich dir gesagt habe. Morgen hast du deinen richterlichen Beschluss. Du siehst doch genau, dass er bald weich ist. Der schwarze Geländewagen muss nur noch ein-, zweimal durchs Bild fahren, dann erzählt er uns alles, was er weiß.»

«Mein älterer Bruder hat einen – aber das wäre nicht fair, Commissario.»

«Ist es fair, jemanden umzubringen?»

«Glauben Sie, dass er's war?»

«Möglich wäre es, oder hast du einen anderen Vorschlag?»

Tommasini zuckte die Achseln.
«*Bene*», murmelte er. «*Bene.*»

«Leone kommt mir vor wie ein Fußballspieler, der sich bei der geringsten Berührung hinwirft und so tut, als sei er schwer verletzt, und gleichzeitig wie einer, der anderen von hinten ein Bein stellt und jede Schuld weit von sich weist!», knurrte Guerrini und warf die Arme hoch, die geöffneten Handflächen gen Himmel gereckt. «Wir Italiener sind ziemlich gut in solchen Inszenierungen.»

«Leidest du unter Selbsthass?», fragte Laura, als sie die Halle durchquerten. Sie wollte Altlanders Arbeitszimmer sehen, und ihr Blick blieb, wie der aller Besucher, an dem riesigen Gemälde von Bacon hängen.

Noch einer mit Selbsthass, dachte sie. Der es gemalt hat und der es aufgehängt hat – zwei Selbsthasser. Sie wandte sich zu Guerrini um. «Und? Leidest du darunter?»

«Unter was?»

«Unter Selbsthass?»

«Warum stellst du solche Fragen, Laura? Natürlich leide ich manchmal darunter – wie alle Menschen vermutlich. Du nicht?»

«Selten. Aber wenn ich darunter leide, dann heftig. Übrigens – unsere Fußballspieler können das auch, nicht nur die Italiener.»

«Aber sie können es nicht so gut!»

«Wenn du darauf bestehst …» Sie nahm sehr bewusst eine Stufe nach der anderen, strich mit der Hand über die rohen Steine der Wand, blieb vor der verschlossenen Tür stehen und wartete darauf, dass Guerrini das Siegel aufbrach. Er suchte nach dem kleinen Taschenmesser, das er stets bei sich trug, fand es endlich in einer der vielen Taschen seiner Leinenweste.

«Ich habe noch ein bisschen weiter in T. S. Eliot gelesen», sagte Laura. «Es ist eine schreckliche Dichtung, aber sie brennt sich regelrecht ins Gehirn ein. Mir fallen gerade wieder ein paar Sätze ein, nur so ungefähr:

Ich denke wir sind auf der Rattenzeil,
Dort wo die Toten ihr Gebein verloren.

‹Was ist das für ein Rauschen?›
Der Wind unter der Tür.
‹Und dies Geräusch jetzt? Was macht der Wind da?›
Nichts, zweimal nichts.»

Guerrini starrte sie an und fuhr fort:

«‹Du
Weißt rein gar nichts? Du siehst nichts? Du erinnerst dich
An nichts?›

Ich erinnere mich:
Perlen sind die Augen sein …

Mehr fällt mir nicht ein. Aber es läuft mir kalt über den Rücken, wenn ich daran denke. Altlanders Gedichte sind noch erschreckender und stärker als die von Eliot. Ich werde dir heute Abend ein paar vorlesen.»

«Wieso kennst du Eliot, Angelo?»

«Ich kenne ihn nicht wirklich. Ich habe irgendwann in der Schule was von ihm gelesen und habe mich daran erinnert, dass er *The Waste Land* geschrieben hat. Und daraufhin hab ich's eben gelesen. Kein besonderes Verdienst, oder?»

«Doch. Es gibt sicher Menschen, die nicht darauf gekommen wären und den Namen *Wasteland* einfach für eine launige Erfindung des Besitzers gehalten hätten.»

«Vielleicht.» Er löste das Siegel und öffnete die Tür.

Laura mochte Altlanders Arbeitszimmer auf Anhieb, seine Großzügigkeit, die warmen Farben, die Bücherwand, die großen Bodenfliesen, die Balken an der Decke, den riesigen Schreibtisch. Schnell ging sie bis zur Mitte des Raums, drehte sich dann langsam um sich selbst.

«Hat er Musik gehört?», fragte sie, als sie sich zweimal gedreht hatte.

«Ich nehme es an. Jedenfalls steht hier ein CD-Gerät.»

«Und was für CDs besaß er?»

Guerrini ließ seinen Blick über die ordentlich aufgereihte Sammlung wandern, die einen Teil des Bücherregals einnahm.

«Alles.»

«Was hat er wohl beim Schreiben gehört?»

«Vielleicht gar nichts. Vielleicht Beethoven oder die Stones, die *Kreolische Messe* oder …» Guerrini zog eine CD aus dem Regal. «*Tarantella*! Vielleicht Jazz, oder wie wär's mit *Mystische Klänge Australiens*? Er hatte wirklich alles.»

«Leg bitte die *Kreolische Messe* auf.»

«Und warum?»

«Weil ich ein Gefühl für ihn bekommen möchte.»

«Aber es könnte ein falsches Gefühl sein, Laura. Er hat die *Kreolische Messe* vielleicht nie gehört. Vielleicht konnte er sie nicht ausstehen – vielleicht war sie ein Geschenk und steht deshalb im Regal herum …»

Mit zwei Schritten war Laura neben ihm, nahm ihm

die CD-Hülle aus der Hand und betrachtete sie von allen Seiten.

«Sie ist abgewetzt und hat einen Sprung. Wahrscheinlich wurde sie häufig geöffnet … diese Hüllen klemmen manchmal, und wenn man ungeduldig ist, versucht man es mit Gewalt, und sie bekommen einen Sprung.»

«Und wenn er sie gebraucht gekauft hat?»

«Magst du sie nicht?» Laura stand vor ihm, hatte einen kämpferischen Ausdruck im Gesicht.

«Doch, ich mag sie, aber es ist spät. Wir können morgen wiederkommen und sie dann anhören.»

«Bitte leg sie auf, Angelo. Morgen ist es hier anders. Ich will nur den Anfang hören.»

Er seufzte und schaltete die Anlage ein. Laura setzte sich auf das dunkelrote Sofa und lauschte. Sie hatte die Beine hochgezogen und hielt mit beiden Armen ihre Knie umschlungen.

«Lauter! Ganz laut!»

Der gewaltige Chor füllte den Raum. Laura rührte sich nicht, schaute zum Schreibtisch hinüber und zu dem riesigen leeren Ledersessel, in dem Altlander gestorben war. Guerrini beobachtete sie. Laura schien zu warten, zuckte genauso heftig zusammen wie Guerrini, als plötzlich die Tür aufgerissen wurde und Enzo Leone dastand, mit wirren Haaren und entsetzten Augen.

«Was machen Sie da? Warum spielen Sie seine Musik? Ich dachte … dachte, er ist zurück …» Leone lehnte sich an die Wand, schwankte. Noch immer flutete die Musik übermächtig durchs Haus. Jetzt erschienen auch Tommasini und der Gärtner, streckten vorsichtig die Köpfe ins Zimmer. Da nickte Laura und stand auf.

«Sie können jetzt ausschalten, Commissario.»

Wieder einmal hatte Guerrini das Gefühl, als entglitte ihm ein Stück Kontrolle; er kannte dieses Gefühl, wenn Laura in der Nähe war. Meist war es ein sehr erotischer Kontrollverlust. In diesem Augenblick aber wusste er nicht, ob er es mochte oder nicht.

«Hat Altlander diese Musik öfter gehört?», fragte sie, schlenderte zu Leone hinüber. Der hatte sich inzwischen wieder gefasst, strich sich die Haare aus dem Gesicht.

«Sie haben mich erschreckt, Commissaria. Meine Nerven sind zurzeit nicht besonders gut. Vielleicht können Sie das verstehen?»

«Natürlich kann ich das verstehen. Altlander hat diese Musik also häufig gehört und vermutlich sehr laut, oder?»

Leone schluckte, räusperte sich.

«*Sì*, sehr laut. Wahrscheinlich konnte man es noch drei Hügel weiter hören. Er legte sie auf, wenn er eine Schreibblockade hatte …»

«Wenn ihm nichts einfiel?»

«Ja, wenn ihm nichts einfiel.»

«Kam das öfter vor?»

«Manchmal jeden zweiten Tag.»

«Warum hat er sich die *Kreolische Messe* ausgesucht?»

Leone senkte den Kopf und schloss kurz die Augen. «Können wir rausgehen? Ich halte es in diesem Zimmer nicht aus.»

«Natürlich können wir nach unten gehen, Signor Leone. Aber würden Sie bitte vorher meine Frage beantworten!»

«Ich weiß es nicht!» Leone schrie beinahe. «Ich hab ihn nicht verstanden! Giorgio, das verkannte Genie! Er hat gesagt, dass diese Messe ehrlich ist! Verstehen Sie das, Commissaria? Ehrlich!» Sein Lachen klang schrill, endete in einem Schluckauf.

«Bringen Sie ihn nach Siena, Tommasini», sagte Guerrini. Irgendwo im Haus bellte der Hund.

«Woher hast du das gewusst?», fragte Guerrini auf dem Rückweg nach Siena. «Das mit der *Kreolischen Messe*?»

«Ich hab es gar nicht gewusst, Angelo. Es war ein Versuch. Ich bin einfach von mir selbst ausgegangen. Manchmal brauche ich laute, starke Musik, um etwas zu lösen, das in mir festhängt. Ich höre auch manchmal die *Kreolische Messe* oder Beethovens Fünfte oder Jethro Tull oder Queen, und zwar so laut, dass beinahe das Dach wegfliegt. Ich hab mir einfach vorgestellt, dass er etwas brauchte in seinem *Wasteland*. Man kann nicht nur in der inneren Wüste leben, Angelo. Auch ein Altlander nicht.»

Schweigend fuhr Guerrini weiter, dachte wieder einmal an seine eigene innere Wüste. Er füllte sie manchmal mit Verdi, mit dem Spätprogramm des entsetzlichen italienischen Fernsehens, wenn er sich ärgern wollte, aber meistens mit Büchern oder einem guten Essen.

Jetzt, dachte er, schaffe ich gerade einen dieser leeren Räume, in die Frauen nach der Theorie meines Studienfreundes vordringen. Ich sage nichts über mich selbst. Er wartete darauf, dass Laura zum Angriff auf diesen leeren Raum ansetzte. Aber sie tat es nicht. Sie schaute aus dem Fenster und schien tief in ihre eigenen Gedanken versunken zu sein.

«Schade, dass Altlander tot ist», murmelte sie kurz vor Siena. «Ich hätte ihn wirklich gern kennengelernt.»

Wieder antwortete Guerrini nicht, und sie erwartete wohl auch keine Antwort. Er aber spürte eine winzige

Eifersucht darauf, dass der leere Raum Altlanders sie offensichtlich stärker beschäftigte als sein eigener.

«Vater, wir brauchen noch eine Stunde, bis wir dich zum Abendessen abholen.» Laura saß in Guerrinis Büro und dankte dem Himmel, dass der alte Gottberg vor einiger Zeit den Besitz eines Handys akzeptiert hatte und es sogar bedienen konnte. Allerdings hatte er auf extragroßen Tasten bestanden und extragroßen Zahlen.

«Na, das bin ich ja gewöhnt!», antwortete er jetzt trocken. «Außerdem ist es ganz gut, dann kann ich mich vielleicht noch ein bisschen hinlegen.» In die kurze Pause nach seiner Antwort sprach eine Frau hinein. Sie rief: *«Paolo, Paolo! Vieni qua!»*

«Wo bist du denn?»

«Ich sitze in einem Restaurant auf dem Campo. Seit Stunden schon. Es ist wunderbar. Am liebsten würde ich für den Rest meines Lebens hier sitzen bleiben.»

«Findest du zu Natalias Pension zurück, oder soll einer von uns dich auf dem Campo abholen?»

«Weshalb sollte ich nicht zurückfinden, Laura? Wofür hältst du mich eigentlich in letzter Zeit? Siena ist mir so vertraut wie Florenz oder München.»

«Ist gut, Babbo. Wir holen dich also in ungefähr einer Stunde bei Natalia ab.»

«Jaja, ich freu mich schon auf den alten Partisanen.»

«Also, *ciao!*»

«Buona sera, Laura.»

Langsam legte sie den Hörer zurück.

«A dopo!», sagte sie laut und bewunderte, auf welch würdevolle Weise ihr Vater sich von ihrer schuldbeladenen

Fürsorglichkeit abgrenzte. Sie schaute sich in Guerrinis Büro um. Vor ungefähr einem Jahr war sie zum ersten Mal hier gewesen. Kurz nur, und trotzdem erinnerte sie sich an beinahe alles, selbst an den Geruch und das Waschbecken in der Ecke. Sie mochte sein Büro – irgendwie ähnelte es sogar ihrem eigenen in München. Beide beharrten sie auf bestimmten alten Möbelstücken und schotteten sich gegen alle Versuche ab, in ein Großraumbüro integriert zu werden. Was hatte Kriminaloberrat Becker voller Zorn zu ihr gesagt? «Sie sind nicht teamfähig, Laura!»

Noch heute war sie stolz auf ihre Antwort. «Ich bin nur dann teamfähig, wenn ich ab und zu die Tür hinter mir zumachen kann!» Lächelnd lehnte sie sich in Guerrinis Sessel, fuhr mit den Fingerspitzen über das weiche Leder, legte den Kopf zurück. Obwohl er nicht im Zimmer war, hatte sie ein Gefühl, als spüre sie seinen Körper.

Ich muss Baumann anrufen, aber ich will ihn gar nicht anrufen, dachte sie. So ungern sie diesen Münchner Fall an ihn übergeben hatte, so fern erschien ihr die ganze Sache, seit sie in Siena war.

Ich muss ihn anrufen, und ich werde ihn anrufen. Jetzt sofort! Sie griff erneut nach dem Telefon und wählte die Nummer des Dezernats. Zehn vor sechs. Wahrscheinlich waren alle bereits nach Hause gegangen. Sie wollte gerade auflegen und auf Baumanns Handy anrufen, als Claudia sich meldete.

«Was machst du denn noch im Büro?», fragte Laura.

«Der Chef hatte ein paar Sonderaufträge. Schließlich bist du nicht da, um mich zu beschützen!» Sie lachte.

«Lachst du wirklich?»

«Ja, ich lache wirklich, weil es so komisch ist. Mach dir keine Sorgen, Laura. Meine Cousine ist zur Zeit da und hilft mir mit der Kleinen. Mit den Überstunden kann ich ihm beweisen, dass auch Mütter einsatzbereit sind.»

«Wenn du meinst ... sag mal, ist Baumann in der Nähe?»

«Nein, er ist schon nach Hause gegangen. Aber er hat gesagt, dass er morgen mit dir sprechen will. Morgen Nachmittag. Am Vormittag will er nochmal mit diesem Karl-Otto Mayer reden. Die beiden scheinen sich zu verstehen – jedenfalls hat Baumann gesagt, dass er historische Fälle jetzt doch ganz interessant findet.»

«Und warum?»

«Keine Ahnung.»

«Der alte Mayer füllt ihn wahrscheinlich mit Himbeergeist ab!», murmelte Laura.

«Was?»

«Ach nichts. Sag Peter, dass er mich jederzeit auf dem Handy erreichen kann, falls er mich braucht.»

«Sag ich ihm. Wirklich jederzeit?» Wieder lachte Claudia.

«Während der offiziellen Bürostunden. Okay? Mach's gut und lass dich von Becker nicht zu sehr ausbeuten!»

Wieder lehnte Laura sich zurück. Guerrinis Bürotür hatte Milchglasscheiben mit durchsichtigen Ornamenten an den Rändern. Er stand dahinter und sprach mit irgendjemandem. Sie konnte seine verschwommenen Umrisse erkennen, die ausgreifenden Gesten seiner Arme und Hände, genoss es, einfach dazusitzen und ihm zuzuschauen.

Gleich darauf steckte er den Kopf ins Zimmer. «Es dauert noch etwas. Leone macht Schwierigkeiten. Er will nicht in Siena bleiben, sondern zumindest nach Florenz. Ich muss noch mit dem Richter sprechen und den Personenschutz organisieren. Hier ist mein Schlüssel. Du kannst dich ja inzwischen umziehen und dich um deinen Vater kümmern. Ich hole euch beide bei Natalia ab.»

«Zu Befehl, Commissario. Seit wann duzen Sie mich? Und das mit dem Schlüssel sollten Sie nicht so laut in der Gegend herumposaunen.»

«*Scusi!* Ich habe es einfach vergessen, weil ich mich gerade darüber ärgere, dass immer irgendwas nicht funktioniert!» Er kam ins Zimmer, schloss die Tür hinter sich und löste zwei Schlüssel von seinem Schlüsselbund.

«Der große ist für die Haustür, der kleine für die Wohnung. Ich komme so schnell wie möglich. Mein Vater erwartet uns um acht – es wäre riskant, wenn wir bei Perlhuhn mit frischen Feigen zu spät kämen.»

«Wegen des Perlhuhns oder wegen deines Vaters?»

«Wegen beiden!» Guerrini zwinkerte ihr zu und eilte davon.

Es war fünf nach acht, als sie vor Fernando Guerrinis Haustür standen. Die blaugelbe Stunde brach an. Überall leuchteten die historischen Gebäude in der Dämmerung wie Traumbilder auf. Essensdüfte hatten sie durch die Gassen von Siena begleitet, und Laura verspürte heftigen Hunger. Ihr Vater hatte darauf bestanden, seinen leichten hellgrauen Sommeranzug anzuziehen, nur die Krawatte ließ er sich ausreden. Unterwegs hatte er drei Mal gesagt, wie froh er sei, dass Laura ausnahmsweise einen Rock trage. Einen ausgesprochen schönen, weiten dunkelroten Rock.

«Ich kann mich nicht daran erinnern, wann ich sie das letzte Mal im Rock gesehen habe», sagte er zu Guerrini, und der nickte ernst. Laura reichte diese vierte Bemerkung allmählich, doch sie ließ ihren Vater gewähren, wusste, dass es ihm Spaß machte, seine Tochter ein wenig zu ärgern. Außerdem war sie der Meinung, dass er ohnehin jede Menge Kredit bei ihr hatte, weil er sich so selbständig in Siena bewegte und ihr so viel Freiraum ließ.

«Ein schönes Haus», sagte er jetzt, betrachtete die schwere Holztür, den Türklopfer mit dem Löwenkopf. «Ich bin wirklich neugierig auf Ihren Vater, Commissario. Falls die Geschichten zutreffen, die mir Natalia erzählt hat, muss er ein sehr interessanter Mann sein.»

«Er neigt zu Übertreibungen, Dottore, aber er ist interessant.» Guerrini holte tief Luft, ehe er den Türklopfer gegen das Holz schlug und zur Sicherheit kurz klingelte. Drinnen bellte Tonino, erst leise, dann lauter. Als Fernando Guerrini die Tür öffnete, riss sein Sohn die Augen auf. Der alte Guerrini trug ein weißes Hemd, eine schwarze Weste, schwarze Hosen und ein knallrotes Tuch um den Hals wie ein frischgebackener Revolutionär. Er hielt sich sehr aufrecht, lächelte nicht, sagte mit fester Stimme: *«Buona sera, signori»*, und seine Augen forschten in ihren Gesichtern.

Es war Tonino, der die Situation entschärfte. Fiepend und jaulend begrüßte er die Gäste, als seien sie alte Freunde. Unter den strengen Blicken der Großeltern, deren Bild nach wie vor an der Wand gegenüber dem Eingang hing, stellte Guerrini die beiden Deutschen vor. Und wieder fand er, dass sein Vater einen ähnlich stechenden Blick haben konnte wie die beiden Ahnen an der Wand.

Es wurde nicht einfach, Schweigen brach schnell zwischen die Sätze ein, obwohl alle außer dem alten Guerrini sich mit dem Gespräch Mühe gaben. Emilio Gottberg bewunderte die große altmodische Küche, Laura streichelte Tonino und fragte, wie alt er sei. Angelo zeigte auf große

Gläser mit getrockneten Steinpilzen in einem Regal und erzählte, dass sein Vater sie am Monte Amiata gesammelt und selbst getrocknet habe. Mit Toninos Hilfe würde er auch Trüffel finden und zur Jagd gehen.

Fernando Guerrini dagegen füllte schweigend vier Gläser mit schäumendem Spumante secco – Prosecco verachtete er als neumodischen Betrug, der nur Kopfschmerzen machte –, übergoss hin und wieder die Perlhühner, schnitt Weißbrot auf, zündete Kerzen an. Angelo versuchte zu helfen, wurde aus dem Weg geschupst und lehnte sich etwas entnervt an die Wand. Er fragte sich, wie lange sein Vater dieses Spiel des schweigsamen Partisanen noch spielen würde ... erwog kurz, ob er das Lied *Bella ciao* anstimmen sollte, ließ es aber, denn er wollte den Humor seines Vaters nicht überfordern. Er musste zugeben, dass der Alte mit seinen weißen Haaren und dem roten Halstuch ausgesprochen gut aussah. War irgendwie stolz auf ihn – auch auf das rote Halstuch. Fernando Guerrini zeigte Flagge, obwohl das gar nicht nötig gewesen wäre. Doch das konnte er nicht wissen.

Plötzlich drehte er sich zu seinen Gästen um. «Angelo hat gesagt, dass wir in der Küche essen sollen, weil Ihnen das gefallen würde. Ich hoffe, er hat recht!»

«Ja, das gefällt mir», erwiderte Emilio Gottberg bedächtig. «Es ist eine außergewöhnliche Küche, eine, in der seit Jahrhunderten gekocht und gegessen wird, nicht wahr?»

«Mhm», knurrte Angelos Vater und stellte zwei Schüsseln auf den Tisch. «Das ist eine *insalata di boccelli con pecorino*. Angelo hat mir gesagt, dass die Signora Commissaria gern Pecorino isst. Und das andere ist *tonno con la cipolla e fagioli*. Kochen Sie?»

Laura und Guerrini wechselten einen Blick, lauschten

gespannt dem tastenden Gespräch der beiden alten Männer.

«Manchmal koche ich. Aber ich habe keine Übung. Meine Frau war eine wunderbare Köchin. Es macht mich traurig, wenn ich koche …»

«Ah so? Mich macht es glücklich. Meine Frau hat mich nie in die Küche gelassen, als sie noch lebte. Sie kochte nicht schlecht, aber ich koche besser!»

Angelo schaute zur Decke und bat den Geist seiner Mutter um Verständnis.

«Sie kochte, wie die Bauern kochen – gut und einfach. Ich habe ein paar Sachen ausprobiert und herumexperimentiert, und es schmeckt einfach interessanter. Was essen Sie, Dottore? Ich meine, wenn Sie allein sind?»

Emilio Gottberg lachte.

«Ich lebe von Essen auf Rädern, Signor Guerrini. Gibt es das bei Ihnen auch? Für mich ist es die Rache der Gesellschaft an den Alten.»

Fernando Guerrini starrte den alten Gottberg über den breiten Tisch hinweg an.

«Was haben Sie gesagt, Dottore? Die Rache der Gesellschaft an den Alten? Das finde ich gut, sehr gut. Muss ich mir merken. Sie haben recht! Altersheime gehören auch dazu, nicht wahr!»

«Vermutlich.» Emilio Gottberg lächelte und hob sein Glas. «Worauf trinken wir? Auf die Rache der Gesellschaft?»

«*No, dottore!* Wir trinken auf uns Alte!»

Die beiden Männer stießen an, schienen Laura und Angelo vergessen zu haben. Da griff Laura nach ihrem Glas und wiederholte den Toast. «Auf euch Väter!», sagte sie leise und prostete beiden zu.

Danach wurde es ein bisschen lockerer. Sie aßen mit Begeisterung, denn Fernando Guerrini hatte sich bei der Zubereitung der Speisen selbst übertroffen. Die Bohnensalate waren köstlich und erfrischend. Die Perlhühner zerfielen auf der Zunge. Nach der zweiten Flasche Brunello fragte Angelos Vater, was der Dottore im Krieg gemacht hätte. Laura und Angelo hielten den Atem an, aber Emilio Gottberg lehnte sich zurück und antwortete ganz ruhig.

«Ich habe ein paar Monate an der Westfront gekämpft, weil sie mich dahin geschickt haben. Ich war achtzehn und hatte Glück, denn im Grunde genommen habe ich nur den Rückzug erlebt.»

«Sie waren nicht in Italien?»

«Nein.»

Fernando Guerrini räumte gemeinsam mit seinem Sohn und Laura den Tisch ab. Er schien angestrengt nachzudenken, blieb endlich vor Emilio Gottberg stehen und sah ihn stirnrunzelnd an.

«Wo haben Sie dann Ihre Frau kennengelernt, Dottore? Mein Sohn hat mir gesagt, dass sie aus Florenz stammte.»

«Das war lange nach dem Krieg. Ich habe in Florenz einen Sprachkurs gemacht, sie war meine Lehrerin.»

«Ah so. Ich war bei den Partisanen.»

«Das dachte ich mir.»

«Gut, dass Sie nicht in Italien waren, sonst hätten wir vielleicht aufeinander geschossen.»

«Vielleicht.»

Laura bemerkte ein kaum wahrnehmbares Zucken in den Augenfältchen ihres Vaters, bewunderte ihn für seine Gelassenheit.

«Also, ich persönlich habe keinen Deutschen umgebracht, aber ich habe dabei geholfen, dass andere es machen konnten.»

Bemerkenswert, dachte Angelo und wunderte sich, dass sein Vater kein Heldenepos erzählte. Der alte Guerrini hatte ihm gegenüber stets den Eindruck erweckt, als hätte er persönlich mindestens zehn SS-Leute erledigt.

«Ich hoffe, dass ich auch niemanden umgebracht habe. Genau kann ich es aber nicht sagen, denn geschossen habe ich schon. Meistens aus Angst.» Der alte Gottberg ließ den Rotwein in seinem Glas kreisen. «Aber das sind Geschichten von vorgestern. Ich erinnere mich nicht besonders gern daran. Es würde mir sicher leichter fallen, wenn ich Partisan gewesen wäre. Fast beneide ich Sie ein bisschen, Signor Guerrini.»

«*Perché?* Es war nicht so glorreich bei den Partisanen, Dottore. Aber ich bin stolz darauf, dass wir Toskaner gegen unsere eigenen Faschisten und gegen die Deutschen gekämpft haben.»

Lauras Vater nickte.

«Meine Frau hatte eine Menge von diesem Geist der Toskaner. Und Laura hat es geerbt.» Er lächelte seiner Tochter zu.

Der alte Guerrini betrachtete Laura aus leicht zusammengekniffenen Augen, nickte dann und hob sein Glas.

«*È possibile*», murmelte er. «*È possibile.*»

«Sie leben.
Die Ungeheuer unserer Nächte.
Fressen uns mit ihrer Gier,
Die unsere eigene ist.
Will sie reißen aus der Nacht,

Tragen in den Tag,
Meine Ungeheuer.
Will lieben, bis mein Körper brennt.
Das Leben.
Dich.
Wer immer du bist.»

Guerrini räusperte sich und hielt inne. Laura lag neben ihm und lauschte seinen Worten nach.

«Lies das nochmal», sagte sie leise.

Langsam wiederholte er Giorgio Altlanders Gedicht.

Sie legte einen Arm in den Nacken und schaute Guerrini nachdenklich an.

«Das ist stark. Fast erschreckend, weil wir doch alle unsere Ungeheuer verstecken. Ich hätte ihn wirklich gern kennengelernt, diesen Altlander.»

«Er war schwul, Laura.»

«Das ist doch völlig egal. Er war ein Liebender. Er brannte. Er liebte das Leben, obwohl alle dachten, er sei bitter und hart.»

«Du kannst doch aus einem Gedicht nicht auf seine gesamte Persönlichkeit schließen.»

«Natürlich nicht. Aber es kommt ein Mosaiksteinchen zum anderen: Was seine Haushälterin erzählte, die *Kreolische Messe*, Elsa, der Friese, die Gedichte, der Hund und selbst Enzo Leone.»

«Wieso denn der? Er scheint Altlander nicht besonders zu betrauern.»

«Nein, aber er wurde sicher einmal brennend geliebt. Von Altlander. Er ist ein sehr begehrenswerter junger Mann.»

«Wie kommst du denn darauf?»

Laura lachte.

«Weil ich ihn beobachtet habe. Er hat eine sehr erotische Aura – für beide Geschlechter. Jetzt erzähl mir nicht, dass du so etwas nicht sehen kannst, Commissario!»

Guerrini streckte beide Arme in die Luft und ließ sich rückwärts in die Kissen fallen.

«Ich habe gesehen, dass er sich manchmal verführerisch gebärdet, aber das macht mich nicht an, Laura. Ich habe keine homosexuellen Tendenzen!»

«Die sollst du ja auch nicht haben, Angelo. Nur bemerken sollst du es, und das hast du ja auch. Was ist denn, verdammt nochmal, so schwierig daran?»

Er lag da, beide Arme hinter dem Kopf verschränkt, ganz offen, lächelte kaum merklich, sagte: «Angst.»

«Angst?»

«Ja, Angst. Jedenfalls nehme ich an, dass es Angst ist.»

«Vor der erotischen Anziehung von Männern?»

«Vermutlich.»

«Warum ist das so schlimm?»

«Weil es in dieser Gesellschaft jeden Mann noch immer ruinieren kann. Freiräume haben da nur Künstler, Modeschöpfer und solche Leute. Ein schwuler Commissario wäre hier in Siena eine Lachnummer. Warum, meinst du, gockeln hier alle Kerle so herum, wenn eine gutaussehende Frau sich nähert? Vor allem weil sie sich selbst und allen anderen beweisen müssen, dass sie richtige Männer sind.»

Sanft streichelte Laura über Guerrinis Brust.

«Und genau da könnte das Mordmotiv liegen, Commissario. Ich danke dir für deine Offenheit. Du hast gar keine Angst, sonst hättest du sie nicht zugeben können.»

«*Non lo so*», lächelte er und schloss die Augen. «Du könntest recht haben mit dem Motiv. Du bist erstaunlich, Laura.»

Sie legte ihre Wange auf seinen Bauch, streichelte über die weichen dunklen Haare, die von seiner Scham bis zum Nabel heraufwuchsen. «Du auch, Angelo!»

Er lachte auf. «Lass es uns nicht übertreiben. Ich wollte dir noch etwas Interessantes vorlesen. Altlander hat Nachdichtungen zu Lord Byron gemacht. Zu einem Romantiker. Ist das nicht seltsam?»

«Überhaupt nicht. Er war ein radikaler Romantiker. In jeder Hinsicht.»

«*Bene.* Du scheinst ihn wirklich zu verstehen. Ich lese dir vor, was er Byron nachempfunden hat. Bist du bereit?»

Laura nickte. Guerrini stützte sich auf einen Ellbogen und atmete tief ein, ehe er begann:

«Nie mehr werden wir umherschweifen
wie Könige der Nacht,
wenn unsere Herzen auch glühen,
heller als der Mond.

Schwerter werden stumpf,
die Seele schwach.
Lass uns den Atem, Liebster,
Schenk unsrer Liebe Rast.

Könige der Nacht waren wir,
der Tag kam zu schnell.
Nie mehr werden wir umherschweifen,
lockt der Mond noch so hell.»

«Das ist sehr schön, Angelo, und sehr traurig», sagte Laura nach einer Weile. «Hat er dieses Gedicht jemandem gewidmet?»

«Du bist eine kluge Frau. Er widmete es seinem Bruder im Geiste, Lord Byron, und Raffaele. Und dieser Raffaele ist offensichtlich der wunderbare Engel, von dem Altlanders Haushälterin erzählt hat und mit dem Altlander mehrere Jahre zusammenlebte.»

«Es würde mich wundern, wenn dieser Raffaele nicht bald hier auftauchen würde.»

«Glaubst du das wirklich?»

«Wenn das eine so große Liebe war, dann wird er kommen. Da kannst du sicher sein, Angelo.»

«Ich kann mir einfach nicht vorstellen, dass ein Mann einen Mann so leidenschaftlich lieben kann.»

«Er kann, Angelo. Es gibt auch Frauen, die andere Frauen so leidenschaftlich lieben. Vielleicht sind diese Leidenschaften sogar noch heftiger als zwischen Männern und Frauen, einfach deshalb, weil sie noch immer etwas Verbotenes haben. Und, *amore*, wäre ich so interessant für dich, wenn ich hier in Siena leben würde und eine Kollegin wäre?»

Guerrini starrte sie an, warf sie in die Kissen zurück und küsste sie.

«Du bist ein Biest, Laura. Sag nicht so etwas. Würdest du mich weniger interessant finden, wenn ich – sagen wir, Peter Baumann wäre?»

«Aber du kannst gar nicht Peter Baumann heißen. Dann wärst du nämlich nicht Angelo Guerrini, und den liebe ich. Genau diesen italienischen Halbmacho, mit weichen Haaren auf dem Bauch, der genau da lebt, wo er lebt und einen so ungewöhnlichen Vater hat wie ich und der …»

«*Zitto*», flüsterte Guerrini. «Sei still. Es ist spät, und wir müssen morgen früh aufstehen, um der Madonna ein paar Kerzen zu opfern. Weil unsere Väter sich mögen.»

DAS TELEFON klingelte, als Laura und Guerrini noch im Tiefschlaf lagen. Benommen tasteten sie beide nach dem Apparat, wie sie das immer taten, wenn sie aus dem Schlaf gerissen wurden. Erst als Laura die Augen kurz öffnete, wurde ihr bewusst, dass sie nicht in ihrem eigenen Schlafzimmer war, schloss daraus, dass das Klingeln sie nichts anging, und rollte sich wieder ein. Guerrini dagegen suchte leise fluchend weiter, wurde endlich fündig.

«*Pronto*», murmelte er.

«Sind Sie das, Commissario?»

«Jaja. Was ist denn los?»

«Tommasini hier.»

«Wieso bist du denn schon im Büro?»

«Ich habe Frühdienst, Commissario.»

«Aha.» Guerrini unterdrückte ein Gähnen.

«Es tut mir leid, Commissario, aber ich muss Ihnen das sagen, ehe es alle andern wissen.»

«Was denn, um Himmels willen?» Guerrini drehte sich um und schaute auf die Uhr an der Wand. Zehn nach sechs.

«Die Zeitung, Commissario. Da ist auf der ersten Seite ein Riesenbild von Altlanders Haus.»

«Ja und, das war doch zu erwarten, oder?»

«Ja schon …» Tommasini zögerte. «Auf dem Foto ist aber nicht nur das Haus zu sehen.»

«*Dimmi!* Jetzt sag schon!»

«Da sieht man einen schwarzen Geländewagen, aber sehr undeutlich, und dann noch Galleo und mich, und Leone liegt am Boden, und der Gärtner hat das Gewehr im Anschlag … der Hund ist auch drauf.»

Guerrini antwortete nicht, weil ihm nichts einfiel.

«Warum sagen Sie nichts, Commissario? Der Vicequestore und der Questore werden uns alle einbestellen.»

«Warum denn, Tommasini? Diese Fotografen lauern immer da, wo was los sein könnte. Schaut in Zukunft hinter jeden Baum und jagt sie weg.»

«Es ist nur … Galleo ist über eine Wurzel gestolpert, als er zu Leone laufen wollte, und ich wollte ihm aufhelfen.»

«Ja, und?»

«Es sieht ziemlich blöd aus auf dem Foto. Ich meine, die Leute werden sicher lachen.» Nach einer kurzen Pause fügte er hinzu: «Unsere Kollegen auch.»

«Na, gratuliere.»

«Was sollen wir denn tun, Commissario?»

«Nichts. Lass sie lachen. Das vergessen sie auch wieder.»

«Und der Vicequestore?»

«Vielleicht lacht er ja auch.»

«Und wenn er nicht lacht?»

«Dann eben nicht, Tommasini. Wir sehen uns um halb neun. Eher schaffe ich es nicht. Ich muss noch mit der Haushälterin von Altlander sprechen und ins Krankenhaus zu Elsa Michelangeli. Ach, ruf bei der Zeitung an und sag ihnen, dass sie das Negativ oder sonst was Elektronisches herausgeben sollen, damit unser Labor sich den schwarzen Wagen genauer ansehen kann. Sei höflich.»

«*Sì, commissario.*»

«Kopf hoch, Tommasini.»

Guerrini legte das Telefon weg, ging in die Küche und setzte den Schnellkocher in Betrieb, trank ein Glas Wasser. Danach trat er auf die Terrasse, schaute über die Dächer der Stadt, genoss die kühle Luft, die von der Nacht zurückgeblieben war. Jetzt war er wach. Und er hatte genug von dem Versteckspiel des großen Unbekannten. Sie mussten sich die Muster seines Vorgehens genau ansehen. Vielleicht war es möglich, ihm eine intelligente Falle zu stellen. Der Nächste auf Enzo Leones Liste war jedenfalls Paolo Montelli, und Guerrini fühlte eine merkwürdige Hemmung vor dieser Begegnung. Er ging zurück in die Küche und goss Tee auf. Laura verabscheute Kaffee am frühen Morgen, das hatte er nicht vergessen. Und er wusste auch, dass sie einen halben Löffel braunen Zucker und ein wenig Milch in ihren Tee tat. Es machte ihn auf seltsame Weise glücklich, einen Morgentee für sie zuzubereiten und zu wissen, dass sie in seinem Schlafzimmer lag und in ein paar Minuten verschlafen die Tasse entgegennehmen würde, mit jenem Lächeln, das er liebte; er würde ebenfalls eine Tasse Tee trinken, neben ihr, und sie würde ihn ansehen und fragen: «*Che succede?*»

Und er würde ihr erzählen, was Tommasini am Telefon berichtet hatte. Und sie würde lachen.

Ich bin richtig sentimental, dachte er. Aber vielleicht bin ich gar nicht sentimental, sondern einfach glücklich.

Guerrini trug die beiden Tassen ins Schlafzimmer, weckte Laura mit einem Kuss in den Nacken. Sie lächelte, rieb sich die Augen und freute sich über den Tee. Dann musterte sie ihn forschend.

«Das Telefon hat doch geläutet. Oder hab ich das geträumt? Nein, ich sehe es deinem Gesicht an, dass du schon telefoniert hast. *Che succede?*»

Guerrini lachte.

«Warum lachst du?»

«Weil ich wusste, dass du genau das sagen würdest.»

«Bin ich schon so berechenbar für dich?»

«Überhaupt nicht. Nur wenn du gerade aufgewacht bist.»

Und dann erzählte er ihr Tommasinis kleines Drama. Laura lachte.

Die Fahndung nach einem schwarzen Geländewagen, vermutlich Marke Toyota, lief. Es meldeten sich unzählige Bürger von Siena bis Asciano, Buonconvento, Montalcino, selbst in der Nähe von San Galgano war einer gesehen worden. Man musste die Carabinieri um Unterstützung bitten, denn die Polizei allein konnte unmöglich den vielen Hinweisen nachgehen. So waren alle gut beschäftigt, zumal Elsa Michelangeli und Enzo Leone auch noch Personenschutz benötigten.

Laura und Guerrini hatten sich trotz allem ein Frühstück auf der Terrasse gegönnt, danach Emilio Gottberg besucht, der bereits in Natalias Küche saß und Milchkaffee trank.

«Ich werde heute einen sehr ruhigen Tag einlegen!», verkündete er. «Dein Vater will mir ein bisschen die Gegend zeigen, Angelo. Er holt mich um zehn ab. Macht euch um mich keine Gedanken. Heute Abend will ich früh ins Bett gehen. Arbeitet nur.»

«Ist das wirklich in Ordung, Vater?», fragte Laura.

«Allerdings! Fang nicht wieder mit deiner Fürsorglichkeit an!»

«Na ja, in München beschwerst du dich ziemlich oft, dass ich keine Zeit für dich habe …»

«Wir sind nicht in München. In Italien habe ich mich noch nie gelangweilt.»

«Bene!», sagte Laura.

«Bene!», grinste der alte Gottberg.

«Bene!», fügte auch Guerrini hinzu und hoffte, dass die beiden alten Männer wirklich Freunde werden würden.

Guerrini beschloss, Elsa Michelangeli zu besuchen, ehe sie sich dem Gelächter in der Questura stellen mussten. Er hatte seinen Wagen zum Glück nicht im Hof des Polizeipräsidiums abgestellt, sondern ausnahmsweise in der Nähe seiner Wohnung. So konnten sie zum Krankenhaus fahren, ohne von seinen Kollegen gesehen zu werden.

«Das neue Krankenhaus ist nicht schlecht – sehr modern, ziemlich gut ausgestattet. Aber ich hänge noch immer am alten Spedale Santa Maria della Scala. Wahrscheinlich weil ich dort geboren wurde. Ich finde es einfach beruhigend, an einem Ort gepflegt zu werden, wo schon Generationen vor mir gepflegt wurden. Es war eines der ersten Krankenhäuser überhaupt!»

«Romantiker!», erwiderte Laura. «Wahrscheinlich waren die hygienischen Verhältnisse katastrophal.»

«Aber es gab wunderbare Fresken an den Wänden, und die Menschen waren gemeinsam krank, weil fünfzig in einem Saal lagen.»

«Möchtest du wirklich mit fünfzig anderen in einem Saal liegen, wenn du ernsthaft krank bist?»

«Besser als allein.»

«Vielleicht.»

«Sicher!»

Guerrini bog auf den Parkplatz des riesigen Krankenhauskomplexes ein.

«Das hier macht Angst!», sagte er.

«Das andere nicht?»

«Nicht so sehr. Es liegt gegenüber dem Dom – man war dem Himmel näher. Hier ist man einfach nur krank.»

Laura lächelte.

«Außerdem finde ich empörend, dass man den Ort meiner Geburt zum Museum gemacht hat. Wenn ich daran denke, fühle ich mich sofort alt.»

«Ach, das ist ja gar nichts verglichen mit meinem Geburtsort in München – der ist inzwischen ein Altersheim!»

«Dio mio!», murmelte Guerrini.

Elsa Michelangeli lag noch immer im künstlichen Koma auf der Intensivstation. Der Arzt wirkte besorgt.

«Es geht ihr nicht gut», sagte er und schaute über den Rand seiner Brille abwechselnd auf Laura und Angelo Guerrini. «Es gab Komplikationen. Sie hatte eine Nachblutung, die wir zum Glück schnell stoppen konnten. Aber ihr Kreislauf ist schwach und die Atmung eingeschränkt, weil die Lungenflügel gequetscht sind. Sie braucht ein paar Fürsprecher da oben!» Er hob den Blick zur Decke, die weiß und aus Beton war.

«Können wir sie kurz sehen, Dottore?», fragte Guerrini.

«Wenn Sie unbedingt wollen, Signori. Es hat nicht viel Sinn. Sprechen können Sie ohnehin nicht mit ihr. Im Augenblick ist sie nichts als ein bewusstloses Wesen, das um sein Leben kämpft. Und ich werde alles tun, um dieser großen Künstlerin dabei zu helfen.» Er schob die Brille etwas höher und seufzte. Dann wandte er sich um und bedeutete Laura und Guerrini, ihm zu folgen. Sein Haar hing in kleinen Locken über den Kragen seines weißen Mantels. Und Laura dachte, welch seltsame Berufe sie alle drei hatten. Stets konfrontiert mit den Extremen des Lebens. Altlanders Gedicht fiel ihr wieder ein. Er passte auch in diese Gruppe. Vermutlich auch Elsa Michelangeli. Extremisten alle miteinander.

Vor der Intensivstation saß Galleo, sprang auf, als er sie kommen sah, stammelte einen Gruß.

«Wie lange sitzt du denn schon hier?», fragte Guerrini.

«Seit halb sechs. Ich habe Tallone abgelöst.»

«Hast du's gesehen? Das Foto.»

«Ja, Commissario.»

«Schlimm?»

Galleo trat von einem Fuß auf den anderen und starrte auf den Boden.

«Peinlich», murmelte er.

«Soso. Ich habe es noch nicht gesehen.»

«Vielleicht sollten Sie es besser nicht anschauen, Commissario.»

«Ach, mach dir keine Sorgen. Das wird schon wieder. Denk an die peinlichen Fotos von Berlusconi oder Prinz Charles. Die haben das alle überstanden. Wichtig ist, dass du gut aufpasst und keinen reinlässt, der hier nichts zu suchen hat!»

«Zu Befehl, Commissario.»

«*Bene, Galleo.*»

Sie gingen weiter, folgten dem Arzt in einen Seitenraum, dessen Tür zwar ausgehängt war, der aber trotzdem ein wenig Intimität bot, gemessen an den zehn Betten, die im Hauptraum der Intensivstation nebeneinanderstanden.

Elsa Michelangeli lag auf dem Rücken. Die Beatmungsmaske verdeckte den größten Teil ihres Gesichts. Ihre langen weißen Haare hatten die Schwestern straff nach hinten gebürstet.

«Seltsam», murmelte Guerrini. «Altlander atmete sein verdammtes Lachgas auch durch so eine Maske ein.» Er legte seine Hand auf die gelbliche, leblose der Künstlerin. Behutsam, als könnte die leiseste Berührung sie erschrecken.

«Wie hilflos wir werden können ... es braucht gar nicht viel – ein kräftiger Stoß, ein Sturz. Man denkt besser nicht darüber nach ... Sie war so eine stolze Frau.»

«Das ist sie immer noch!» Die Stimme des Arztes klang streng. «Sie lebt, und solange sie lebt, bleibt sie eine stolze Frau!»

«Ich weiß nicht, ob ich mich in dieser Situation stolz nennen würde.»

«Darauf kommt es in dieser Situation nicht an, Commissario. Es kommt darauf an, wie die andern Sie sehen. Die andern sind wichtig, um den Stolz und die Würde zu erhalten. Wir alle hier verehren sie sehr, und wir achten den Stolz der Signora.»

Guerrini schaute den dicklichen Arzt mit den etwas zu langen Haaren verblüfft an. Der nickte und überprüfte die Maschinen, die Elsa Michelangeli beim Überleben helfen sollten.

«Finden Sie den, der das getan hat», sagte der Arzt. «Inzwischen ist es selbst zu mir in diesen Betonbunker gedrungen, dass es ein Mordanschlag war. Sie hätten es mir auch gleich sagen können, Commissario.»

«Was hätte das geändert?»

«Nichts.» Der Arzt verzog das Gesicht. «Aber es hätte meine Neugier befriedigt.»

«Sind Sie immer so ehrlich?»

«Nur bei Leuten, die mir sympathisch sind.»

«*Grazie, dottore*. Können Sie mir sagen, wann Sie die Signora aus dem künstlichen Koma holen werden? Ehrlich, meine ich.»

Der Arzt lächelte und setzte seine Brille ab.

«In zwei, drei Tagen vielleicht – es kann aber auch noch eine Woche dauern. Kommt darauf an, wie sich ihre Atmung entwickelt. Und auch wenn wir sie aufwecken, dauert es ein paar weitere Tage, ehe sie ansprechbar sein wird, wenn Sie darauf anspielen, Commissario. Möglicherweise erinnert sie sich an nichts – all diese Dinge stehen in den Sternen.» Wieder schaute er zur Decke, und Laura dachte, keine Sterne da oben, bloß Beton. Dachte es noch immer, als sie sich längst verabschiedet hatten und zum Auto zurückgingen. Schüttelte den Kopf, um den Gedanken loszuwerden.

«Wieso bekommt die Haushälterin eigentlich keinen Personenschutz?», fragte sie, als Angelo die Zentralverriegelung des Lancia entsicherte.

«Weil sie versprochen hat, das Haus nicht mehr zu verlassen.»

«Das ist doch Quatsch. Natürlich wird sie das Haus verlassen, und wenn die es wirklich auf sie abgesehen haben, dann werden sie Signora Piselli genau beobachten.»

Guerrini ließ sich in den Fahrersitz fallen und nickte grimmig vor sich hin.

«*Die*. Du hast es ganz richtig formuliert. Wenn ich nur eine blasse Idee hätte, wer *die* sein könnten.»

«Lass uns zu Signora Piselli fahren.»

«Aber in der Questura warten sie wahrscheinlich schon auf mich, um das Drama des lächerlichen Fotos zu zelebrieren.»

«Noch ein Grund, um Signora Piselli zu besuchen. Hattest du das nicht ohnehin vor? Irgendwie erinnere ich mich daran, dass ich so etwas heute Morgen im Halbschlaf gehört habe.»

«Du bist eine verdammt gute Commissaria, nicht wahr?»

«Keine Ahnung. Aber ich weiß, dass ich jetzt nicht in die Questura will, um dieses alberne Theater mit anzusehen. Signora Piselli und ihre Sicherheit finde ich wesentlich dringlicher.»

«Deutsche Gründlichkeit?» Guerrini warf ihr einen scharfen Blick zu, während er den Lancia aus der Parklücke steuerte.

Laura zuckte die Achseln.

«Neugier!», antwortete sie. «Ich will näher ran an diese Geschichte. Mir ist das alles zu vage.»

«*Bene!* Fahren wir nach Asciano, und danach können wir gleich einen Abstecher nach Borgo Ecclesia machen.»

«Wer wohnt da?»

«Das werde ich dir später erzählen. Da wohnt jemand, den ich eigentlich gar nicht sehen will.»

Laura kannte Asciano, erinnerte sich an diese herbe kleine Stadt, die sich selbst Hauptstadt der Crete nannte. Vor Jahren war sie mit Ronald und den Kindern hier umhergestreift, hatte im einzigen Hotel erbittert um den Übernachtungspreis gefeilscht und tatsächlich nur die Hälfte bezahlt. Und sie hatte einen Laib Pecorino gekauft, die romanische Kirche bewundert und sich über das protzige Carabinieri-Revier in einem gruseligen Bau aus der Mussolinizeit geärgert.

Das Haus der Familie Piselli lag irgendwo etwas außerhalb Richtung Autostrada und Lago Trasimeno.

Deshalb mussten sie Asciano durchqueren, ein wenig rechts vom Zentrum durch graue Straßen, die von Häusern mit blätternden Fassaden gesäumt wurden. Nichts hatte sich verändert, seit Laura das erste Mal hier gewesen war.

«Jetzt mach die Augen zu, dann musst du diesen Schandfleck nicht sehen!», knurrte Guerrini.

«Haben Sie's immer noch nicht gesprengt?», fragte Laura ungläubig.

«Wenn du das faschistische Hauptquartier der Carabinieri meinst … nein, sie hausen immer noch drin, und niemand scheint sich darüber aufzuregen.»

«Kontinuität der Macht! So könnte man das nennen, nicht wahr?» Laura warf einen kurzen Blick auf das sandfarbene halbrunde Gebäude mit den angedeuteten Säulen, und sie fand es plötzlich interessant, dass die faschistischen Architekten einen Stil geschaffen hatten, an dem ganz deutlich etwas nicht stimmte. Die kalte Machtgeste war in allem zu spüren. Das Gebäude war zu groß geraten für die kleine Stadt, und es war hässlich, obwohl es Ästhetik vortäuschte.

«Gibt es das in Deutschland auch? Polizeireviere in Nazigebäuden?»

«Ich weiß es nicht.» Laura schaute in die andere Richtung. «Ich habe noch keins gesehen. Kann es mir auch nicht recht vorstellen. Unser Trauma sitzt tiefer als eures.»

«Ich wollte, unseres würde so tief sitzen!» Guerrini lachte bitter auf. «Es ist typisch für mein Land, dass so etwas möglich ist. Wir haben uns nie wirklich mit unserem Faschismus auseinandergesetzt. Alle waren zufrieden, dass wir Mussolini aufgehängt haben, und damit *basta*. Haben wir damit nicht bewiesen, dass wir eigentlich unschuldig sind und es den Faschismus bei uns nie wirklich gab? Die Deutschen haben Hitler nicht selbst erledigt, aber wir Italiener unseren Mussolini! Faschismus? Das war nur Mussolini mit ein paar Irren. *Tutto bene!*» Guerrini hatte sich in Rage geredet, nahm die falsche Abzweigung und fluchte, als er wenden musste.

«Ja», murmelte Laura. «Bei uns hat es auch lange gedauert, bis zumindest die meisten kapiert hatten, dass es nicht nur Hitler mit ein paar Irren war.»

«Wahrscheinlich handelte es sich um eine kollektive Störung des Kurzzeitgedächtnisses. Kommt ziemlich häufig vor, wenn man Politik aufmerksam verfolgt. Wenn die Jahre dann vergehen, setzt das Langzeitgedächtnis aus. Eigentlich ganz praktisch, nicht wahr?» Guerrinis Stimme klang noch immer ärgerlich. «Wo ist denn diese verdammte Via degli Alberi?!»

«Vermutlich da, wo ein paar Bäume stehen», erwiderte Laura.

«Siehst du hier irgendwelche Bäume? Die Gegend wurde schon von den Römern abgeholzt.»

«Ehe du das Ende der Welt vorhersagst, Angelo: Da vorn stehen wunderbare Schirmpinien, Zypressen und Steineichen. Die Römer müssen sie übersehen haben. Vielleicht ist das die Via degli Alberi.»

Sie war es nicht, aber ein paar hundert Meter weiter zweigte sie nach links ab, wand sich einen Hügel hinauf, der tatsächlich schütter bewaldet war. Das Haus Nummer 35 sah aus wie ein ehemaliger Bauernhof. Hühner gab es noch immer, gigantische Hühner, offensichtlich eine spezielle Züchtung. Tauben saßen auf dem Dach, und ein braungefleckter Jagdhund bellte heftig, zerrte an seiner Kette, die an einer Schiene quer über den Hof lief und bei Laura den Eindruck erweckte, als sei es ein Hund mit Oberleitung. Unzählige Töpfe mit blühenden Geranien, Margeriten, Oleander und Kräutern standen auf den Stufen des Hauses und an der Mauer entlang.

Als Guerrini den Wagen vor dem Haus abstellte, öffnete sich ein Fenster im ersten Stock, ein verhüllter Kopf erschien, wurde enthüllt, als der Commissario ausstieg, und Angela Piselli rief: «Der Madonna sei Dank, dass Sie da sind, Commissario. Ich habe darum gebetet, dass Sie kommen.»

«Warum haben Sie mich stattdessen nicht angerufen, Signora?»

«Ich wollte Sie nicht belästigen, Commissario. Warten Sie, ich mache die Tür auf!»

Angela Pisellis Kopf verschwand, und gleich darauf wurde die Tür regelrecht aufgerissen.

«Kommen Sie herein, Commissario, und Sie auch, Signora. Wissen Sie, mein Mann hat gesagt, dass ich mich nicht so aufregen soll. Aber wenn er bei der Arbeit ist und ich ganz allein im Haus, dann stelle ich mir vor, wie der schwarze Wagen wiederkommt und dass einer auf mich schießt. Sie werden mich für verrückt halten, Commissario, aber seit dieser Wagen auf mich losgefahren ist, da muss ich dauernd an den seligen Signor Altlander und die arme Signora Elsa denken, und jetzt habe ich auch noch das Foto in der Zeitung gesehen.»

«Sie haben das Foto gesehen?», fragte Guerrini entgeistert.

«Mein Mann war heute früh beim Bäcker und hat die Zeitung mitgebracht. Er hat gelacht, als er das Bild sah, Commissario. Aber ich habe nicht gelacht. Auf dem Foto ist genau der Wagen drauf, der auf mich losgefahren ist. Und ich garantiere Ihnen, dass die immer noch hinter mir her sind.» Angela Piselli stand im halbdunklen Hausflur vor den beiden Kommissaren und rang nach Luft.

«Das ist einer der Gründe, warum wir hier sind, Signora», sagte Guerrini mit sanfter Stimme. «Das hier ist eine Commissaria aus Deutschland. Sie hilft mir bei der Suche nach dem Mörder von Signor Altlander, und wir haben noch ein paar Fragen an Sie.»

«Aber ich habe doch schon alles gesagt, Commissario. Ich weiß ganz und gar nichts mehr!»

«Vielleicht sollten wir uns in aller Ruhe irgendwo hinsetzen und gemeinsam überlegen, ob Ihnen nicht doch noch etwas einfällt, Signora. Und vielleicht können Sie uns auch dieses Foto in der Zeitung zeigen. Wir haben es nämlich noch nicht gesehen.»

«Wieso haben Sie es noch nicht gesehen, Commissario?»

«Weil ich noch keine Zeitung gekauft habe.»

«Ah!» Die kleine runde Frau starrte Guerrini verwirrt an. Dann atmete sie tief durch und öffnete die Tür zur Küche. «Soll ich Kaffee machen?»

«Nein, danke. Aber ein Glas Wasser hätte ich gern.» Guerrini sah Laura fragend an.

«Ich auch.»

«Wirklich keinen Kaffee?»

«Wirklich nicht.

«Ja, dann …» Angela Piselli nahm eine große Plastikflasche aus dem Kühlschrank und füllte zwei Gläser mit Wasser. «Setzen Sie sich doch, Commissario, und Sie auch, Signora.» Sie rückte zwei Plastikstühle zurecht, und als Laura sich niederließ, bemerkte sie an der Wand eine Plastikmadonna, umrahmt von grellfarbigen Plastikblumen. Die Küche selbst hatte noch Form und Aufteilung einer alten Bauernküche. Nur die Resopalmöbel und der Plastikkitsch passten nicht hinein.

«Danke, Signora Piselli. Es tut mir leid, dass Sie solche Angst haben. Vielleicht wäre es besser, wenn Sie für ein paar Tage zu Freunden oder Verwandten ziehen würden. Nur so lange, bis wir den Fahrer des schwarzen Wagens gefunden haben.»

Signora Piselli ließ sich schwer auf den einzigen Holzstuhl fallen.

«Seid ihr sicher, dass ihr den findet? Ich glaube, der ist verdammt schlau. Taucht auf und ist wieder weg. Schneller, als ihr überhaupt kapiert, was los ist!»

Guerrini klopfte mit dem Zeigefinger seiner rechten Hand auf den Resopaltisch, schien es nicht zu bemerken.

«Ist er denn hier bei Ihnen aufgetaucht, Signora?»

«Ich weiß es nicht genau.» Ihre Stimme klang plötzlich rau, und sie flüsterte beinahe. «Einmal bin ich mitten in der Nacht aufgewacht und hatte ein komisches Gefühl. Der Hund hat gebellt. Da habe ich vorsichtig aus dem Fenster geschaut und links, hinter dem großen Feigenbaum, hat etwas geblitzt, und dann habe ich Reifen auf Kies gehört … Sie kennen das Geräusch, Commissario, dieses Knistern, und das Knistern ist den Berg hinunter. Erst viel später hab ich einen Motor gehört. Seitdem kann ich kaum noch schlafen. Mein Mann sagt, dass ich mir was einbilde. Er sagt, dass ich doch überhaupt nichts weiß von Signor Altlander, jedenfalls nichts, für das man einen Menschen umbringen könnte. Aber vielleicht weiß ich etwas, und ich weiß gar nicht, dass es etwas Wichtiges ist. Das hab ich meinem Mann gesagt. Aber er hat gelacht.»

Guerrini trank, verschluckte sich und hustete, brauchte ein paar Minuten, um den Redeschwall der Signora zu verkraften.

«Wir sind gekommen», sagte er endlich langsam und räusperte sich, «wir sind gekommen, Signora, um herauszufinden, ob Sie etwas wissen, das für Sie gefährlich sein könnte. Ich werde Ihnen jetzt ein paar Fragen stellen, und Sie können in aller Ruhe überlegen, ehe Sie antworten.»

Sie legte die Hände auf ihre prallen Oberschenkel, richtete den Oberkörper auf und nickte.

«*Allora* ... Sie haben mir bei unserem letzten Gespräch erzählt, dass Sie etwas gesehen haben, das Sie erschreckt hat. So sehr, dass Sie einen Grappa getrunken haben ... erinnern Sie sich? Es betraf den Signor Leone und einen Gast.»

Angela Piselli senkte den Kopf und antwortete gar nichts. Guerrini wartete ein, zwei Minuten, dann räusperte er sich wieder.

«Haben Sie meine Frage gehört, Signora?»

«Jaja», murmelte sie, «über solche Sachen rede ich nicht. Wenn sich andere versündigen, dann ist das deren Sache, aber ich versündige mich nicht!»

«Ich will ja gar nicht wissen, was die andern da gemacht haben, Signora. Ich will nur wissen, wer mit dem Signor Leone zusammen war.»

«Es war zu dunkel!»

«Wie konnten Sie dann überhaupt was sehen?»

«Na, manche Sachen sieht man, ohne hinzuschauen. Das weiß man einfach, Commissario. Jetzt sagen Sie mir, dass Sie nicht sofort wissen, wenn zwei … entschuldigen Sie, Signora Commissaria.»

«Vielleicht … ja, wahrscheinlich. Aber das interessiert mich im Augenblick weniger. Es kommt darauf an, wer es gewesen ist, Signora!»

«*Non lo so, non lo so!* Ich weiß es nicht!»

Guerrini seufzte.

«Versuchen wir es anders, Signora. Könnte es sein, dass diese Person, die Sie nicht erkennen konnten – dass diese Person Sie gesehen hat? Sie standen ja vermutlich in der beleuchteten Tür zur Küche.»

Sie hob den Kopf und starrte ihn erschrocken an.

«Natürlich. Wieso habe ich nie daran gedacht? Er konnte mich sehen. Der Signor Leone aber nicht, denn der hat mir den Rücken zugedreht.»

«Ach, das konnten Sie also doch sehen?»

«Ja, aber mehr wirklich nicht, weil sie halb unter dem alten Olivenbaum standen, und die Äste reichen ganz tief herunter. Ich kann Ihnen die Stelle zeigen, Commissario.»

Guerrini ließ seinen Blick von Signora Piselli zur Plastikmadonna wandern.

«Gab es einen bestimmten Freund oder Bekannten des Signor Altlander, der in letzter Zeit häufiger als sonst zu Besuch war?»

Angela Piselli wiegte den Oberkörper hin und her, verzog das Gesicht in stiller Verzweiflung.

«Der Signor Peters, der kam ziemlich oft. Einmal habe ich ihn sogar erwischt, wie er mit dem Fernglas hinter einem Baum stand und auf das Haus vom seligen Signor Altlander geschaut hat.»

«Und, war da jemand zu Besuch bei Signor Altlander? Ich meine, als Signor Peters mit dem Fernglas hinterm Baum stand?»

«Ich weiß nicht genau, aber ich glaube, dass die Signora Elsa mit ihm auf der Terrasse saß. Ja, ich bin mir sogar ziemlich sicher.»

Wieder seufzte Guerrini und warf Laura einen genervten Blick zu.

«Ein Besucher mit einem schwarzen Geländewagen ist nie gekommen, oder?», fragte er weiter.

«Doch. Natürlich. Mindestens zehn seiner Bekannten hatten einen schwarzen Geländewagen. Mindestens. Es können auch zwanzig gewesen sein. Wenn der Signor Altlander ein Fest gegeben hat, dann standen überhaupt fast nur schwarze Autos vor der Tür. Mein Mann sagt immer, dass er nicht verstehen kann, wie die Leute das bezahlen können. Er sagt, dass diese Autos sehr teuer sind und dass sie ungefähr doppelt so viel Benzin brauchen wie andere Autos.»

«Kennen Sie den Signor Montelli?»

Sie hielt verblüfft inne, strich sich das Haar aus der Stirn.

«Ja, schon. Aber der war nicht oft da, und er fährt einen blauen Jaguar. Ich hab extra nachgesehen, was das für ein Auto ist, weil es mir gefallen hat und ich so eins noch nie gesehen hatte.»

Guerrini trank sein Glas leer und stellte es so behutsam ab, dass man es kaum hören konnte.

«Das wäre es. Aber bitte befolgen Sie meinen Rat, Signora, und gehen Sie für eine Weile von hier fort.»

Angela Piselli atmete tief ein und nickte. «Ja, ich werde zu meiner Schwester nach Grosseto gehen. Da sucht mich bestimmt niemand.»

«Geben Sie mir bitte Telefonnummer und Adresse Ihrer Schwester. Falls ich noch Fragen habe, Signora, oder Ihnen etwas mitteilen muss.»

«Natürlich.» Sie erhob sich mühsam, suchte einen Zettel und einen Stift, begann zu schreiben, hielt aber wieder inne und sah Guerrini ernst an.

«Es ist also ganz anders, als ich dachte … ich weiß wahrscheinlich gar nichts, aber der andere denkt, dass ich etwas weiß. Dem seligen Signor Altlander würde das gefallen. Er würde lachen, da können Sie sicher sein, Commissario. Das würde er!»

Plötzlich lachte auch sie, schrieb kichernd weiter und reichte Guerrini den Zettel. Dann begleitete sie die beiden Kommissare zur Haustür. Neben der schweren alten Kommode im halbdunklen Flur lehnte ein Jagdgewehr.

«Können Sie schießen?», fragte Laura und wies auf die Waffe.

«Aber sicher! Mein Mann hat es mir schon vor Jahren beigebracht. Wenn irgendein Kerl dir was antun will, dann kannst du dich wehren, hat er gesagt. Und das mach ich auch, da können Sie sicher sein, Commissaria!»

Laura war sicher, dass sie es tun würde. Als sie vors Haus traten, stand die Sonne schon hoch, und es war so hell, dass sie instinktiv ihre Augen mit den Händen beschatteten. Motorengeräusch näherte sich dem Haus der Pisellis, wurde lauter, doch sie konnten nichts sehen. Bäume verdeckten den Blick auf die schmale Straße. Halb geblendet, erwarteten sie irgendwie den schwarzen Geländewagen – doch es kam nur ein knallgrüner Fiat Punto, der auf den Platz vor dem Hof einbog. Der Hund raste bellend an seiner Oberleitung entlang, und Angela Piselli rief: «Es ist Caterina, meine Schwägerin Caterina! Sie will auf mich aufpassen. Caterina, das ist der Commissario, von dem ich dir erzählt habe, und das da ist eine deutsche Commissaria und …»

Guerrini und Laura winkten Caterina zu und stiegen schnell in den Lancia. Caterina wirkte, als könne sie sehr gut auf Signora Piselli aufpassen. Sie war eine kräftige Frau, Bäuerin vermutlich, und auch sie trug ein Gewehr.

«Ich wusste gar nicht, dass wir so eine wehrhafte weibliche Landbevölkerung haben», sagte Guerrini und lenkte den Wagen vom Hof. «Kein Wunder, dass sich so viele aus Versehen gegenseitig erschießen. Ist ja schon beinahe wie in Amerika!»

«Also in diesem Fall finde ich es sehr beruhigend, dass die beiden ein Gewehr haben. Die Polizei ist ja offensichtlich nicht in der Lage, der Signora Personenschutz zu geben.»

«Meinst du mich damit?»

«Wen sonst?»

«Wir haben nicht genug Leute, Laura.»

«Und was ist mit den Herren, die rote Streifen an den Hosen tragen? Ich meine die, die in diesem schrecklichen Gebäude sitzen!»

«Aber das sind Carabinieri, Laura. Die arbeiten sehr ungern mit uns zusammen. Nur in Ausnahmefällen, wenn von oben eine Anweisung kommt.»

«Und im Fall einer Haushälterin wie Signora Piselli gibt es keine Anweisung von oben?»

«Ich halte sie nicht für besonders gefährdet, Laura. Vielleicht war es nicht einmal eine Attacke, sondern Zufall, dass der schwarze Geländewagen auf sie zuraste. Diese Kerle fahren doch immer wie die Irren. Vielleicht hatte der gar nichts mit Altlander und der ganzen Sache zu tun, und Signora Piselli hat es nur in Zusammenhang mit dem Überfall auf Elsa Michelangeli gebracht. Du hast ja gehört, dass sie große Geschichten erzählt.»

Laura verschränkte die Arme vor der Brust und lehnte sich zurück.

«Möglich», erwiderte sie langsam. «Aber unwahrscheinlich. Irgendwie habe ich das Gefühl, dass deine neue Hypothese etwas damit zu tun hat, dass sie Putzfrau ist. Jemand, der viel redet und den man deshalb nicht ganz ernst nehmen muss?»

Guerrini fuhr schnell und konzentriert. Er sah sie nicht an, schwieg einige Minuten. Und plötzlich ärgerte er sich. Diesmal war sie in seinen Raum eingedrungen.

«Glaubst du das wirklich?» Seine Stimme klang lauter, als er beabsichtigt hatte. «Glaubst du wirklich, dass ich sie vernachlässige, weil sie eine Putzfrau ist? Sie ist mir wesentlich lieber als dieser Enzo Leone, das kann ich dir versichern! Aber sie hat eine Familie, die sie beschützt. Das hast du ja gesehen, oder? Und ich garantiere dir, dass Leone außer dem Gärtner niemanden kennt, der ihn mit einem Gewehr verteidigen würde. Die Florentiner Homosexuellen gehen nicht auf die Jagd. Und ich garantiere dir auch, dass Leone weiß oder zumindest ahnt, wer hinter diesen Attacken stecken könnte. Die Piselli weiß es nicht, da bin ich inzwischen ziemlich sicher.»

«Aber sie hat möglicherweise einen entscheidenden Hinweis gegeben, Angelo. Wir müssen den Mann finden, der mit Leone unter dem Olivenbaum eine schnelle Nummer geschoben hat.»

«Irgendwie kotzt mich die ganze Geschichte an.» Guerrini bremste so heftig vor der Hauptstraße, dass der Lancia sich quer stellte.

«Du hast nicht oft mit Homosexuellen zu tun, oder?»

«Nein, und ich habe auch kein Bedürftnis danach.» Er wartete darauf, dass sie seine Fahrweise kommentieren würde, doch sie tat es nicht. Warum tat sie nichts von dem, was er erwartete? Auch das machte ihn ärgerlich und gleichzeitig unsicher.

«In München gibt es ziemlich viele, und die meisten sind wirklich nette Menschen.»

«Mag sein!», gab er heftig zurück. «Aber ich erinnere mich plötzlich an einen, der mich bedrängte, als ich vierzehn oder fünfzehn war. Ich hatte keine Ahnung, was er von mir wollte. Er hat mich ins Kino eingeladen, zum Eisessen. Er ist mit mir spazieren gegangen ... alles ganz harmlos. Aber da war noch etwas anderes. Ich hab es lange nicht begriffen. Mir ist nur aufgefallen, dass er mich manchmal so seltsam ansah, dass er den Arm um meine Schultern legte, wie das Gleichaltrige auch machen. Aber er war zehn Jahre älter als ich. Und ich hab es einfach nicht kapiert, verstehst du? Ich bin immer mitgegangen und hatte ein seltsames Gefühl, aber ich hab nicht kapiert, was hinter diesen ganzen Vorbereitungen steckte.» Er fuhr jetzt langsamer. Die ersten Häuser von Asciano glitten an ihnen vorüber. Guerrini warf einen kurzen Blick auf Laura. Sie saß still da, hörte zu, schaute geradeaus.

«Ich habe es dann sehr schnell verstanden, als er dachte, dass er mich so weit hätte.»

«Was hast du gemacht?» Ihre Stimme klang sachlich.

«Ich hab ihn geschlagen und bin weggelaufen.»

«Und danach?»

«Wir haben uns nie wieder angesehen oder gegrüßt, obwohl wir uns immer wieder begegnet sind. Siena ist nicht so groß.»

«Nein», murmelte sie, und er fragte sich, weshalb er ihr diese Geschichte erzählt hatte. Woher sie überhaupt aufgetaucht war, diese Geschichte, von der er glaubte, dass er sie längst vergessen hätte.

Ein Lieferwagen versperrte die Straße, und sie mussten hinter einer Reihe anderer Autos warten. Ungeduldiges Hupen hallte von den Häuserwänden wider.

«Ich habe es ähnlich erlebt», sagte sie plötzlich, als er keine Antwort mehr erwartete, fast erleichtert über ihr Schweigen war. «Für Mädchen ist es nicht viel anders. Ich habe nichts kapiert und trotzdem gemerkt, dass es keine normale Kameradschaft war. Er war auch mindestens zehn Jahre älter als ich. Tolle Gespräche haben wir geführt. Ich fühlte mich ernst genommen, und trotzdem war da etwas Seltsames. Ich habe ihn nicht geschlagen, als ich es begriff. Ich war wie erstarrt, und dann bin ich weggelaufen. Mein Vater hätte ihn wahrscheinlich umgebracht, wenn er jemals davon erfahren hätte. Es war der Sohn seines besten Freundes, und ich war auch knapp vierzehn ... so alt wie meine Tochter heute. Aber vierzehn war damals anders als heute – es war noch Kindheit. Wir wussten viel weniger als die Jugendlichen heute.»

Der Fahrer des Lieferwagens kam aus einem der Geschäfte, machte angesichts der hupenden Autoschlange eine heftige, etwas unklare und doch deutlich vulgäre Armbewegung, stieg schnell in sein Fahrzeug und fuhr mit quietschenden Reifen an.

«Denkst du oft daran?» Guerrini wollte es wirklich wissen. Die Geschichte passte nicht zu der Laura, die er kannte.

«Nein. Ich denke nicht oft daran. Aber hin und wieder. Es war kein Trauma, nur eine Erfahrung. Danach habe ich aufgepasst. Ich glaube, dass man nur auf so naive Weise Opfer wird, solange man selbst noch nicht handeln kann und in einem Zustand der Unschuld ist. Wenn du selbst anfängst zu begehren, dann ändert sich das. Davor bist du Opfer, und jemand versucht dich zu manipulieren, um Macht über dich auszuüben.»

«Hast du dir das selbst ausgedacht oder irgendwo gelesen?»

«Selbst ausgedacht.»

«Nicht schlecht.»

«Hast du nie darüber nachgedacht?»

«Nein, nicht wirklich. Kurz danach hatte ich meine erste Freundin. Ich habe es verdrängt – so würdest du es wahrscheinlich nennen, nicht wahr?»

«Vermutlich.»

Das faschistische Carabinieri-Revier tauchte rechts von ihnen auf.

«Ich habe Hunger!», sagte Guerrini unvermittelt.

«Es reicht ja auch. Pause!»

Er wandte den Kopf und sah sie an, fürchtete irgendwie, dass sie lächeln könnte, um das intensive Gespräch zu glätten. Aber sie lächelte nicht. Ihre Augen waren ernst, und sie wich seinem Blick nicht aus.

«Bene», sagte er nach einer Weile und räusperte sich. «Es gibt in Asciano eine Osteria, in der sie die beste Kartoffelpizza Italiens machen.»

Guerrini bog nach rechts ab, parkte genau vor dem Carabinieri-Revier, steckte seine amtliche Plakette an die Windschutzscheibe und sah Laura fragend an.

«Pizza di patate?»

Sie nickte, und ihr Magen knurrte so laut, dass sie beide lachten.

«ICH FINDE, du solltest Tommasinis älteren Bruder dazu ermuntern, Enzo Leone ein bisschen zu erschrecken. Er hat doch einen schwarzen Geländewagen.» Laura ließ die Rückenlehne des Beifahrersitzes nach hinten gleiten, streckte sich wohlig aus und legte eine Hand auf ihren Bauch. «Die Pizza war sensationell», murmelte sie. «Hauchdünner Hefeteig, Kartoffeln halbgar kochen und in Scheiben schneiden. Den Teig damit belegen, frische Rosmarinnadeln draufstreuen, salzen und mit Olivenöl beträufeln. Dann backen. Luca und Sofia werden staunen, wenn ich so eine Pizza für sie mache!»

Der Lancia stand seit zehn Minuten im Schatten einer großen Steineiche. Sie hatten die Türen geöffnet und warmer Wind zog durch das Innere des Autos. Wie eine flimmernde Fata Morgana ragten in der Ferne die Türme von Siena auf, wurden noch unscharfer, wenn Laura sie durch den Schleier ihrer Wimpern betrachtete. Guerrini hatte ebenfalls den Sitz nach hinten geklappt und döste vor sich hin.

«Hast du gehört?» Laura stupste ihn leicht an.

Er schüttelte den Kopf, hielt seine Augen fest geschlossen.

«Geländewagen, Tommasini!», wiederholte sie.

«Was?» Verschlafen öffnete er ein Auge.

«Leone erschrecken!», fuhr sie fort. «Wenn wir ihn noch

ein bisschen mehr aufregen, dann erzählt er uns sicher etwas, das uns weiterbringt.»

«Möglich. Ich weiß nicht, was die in die Pizza gemischt haben, aber ich bin so müde, dass ich überhaupt nicht denken kann.»

«Gar nichts. Sie war nur zu groß!»

«Zehn Minuten Siesta … dann fahren wir nach Borgo Ecclesia, und ich rufe Tommasini an.» Er sprach undeutlich, schien eingeschlafen zu sein, ehe sie antworten konnte. Laura vermochte selbst die Augen nur mühsam offen zu halten. Es war diese wohlige Mischung aus vollem Bauch, einem Glas Weißwein und Hitze. Langsam drehte sie den Kopf hin und her. Irgendwo in ihrem Nacken saß ein winziger Schmerz. Sie konnte einfach keine völlig entspannte Stellung finden, wollte sich gerade aufrichten, um auf dem Rücksitz nach einem Kissen zu suchen, da nahm sie einen Schatten wahr, eine Bewegung, rechts, draußen vor der offenen Wagentür. Als sie langsam den Kopf wandte, schob sich beinahe lautlos die Schnauze eines großen schwarzen Wagens hinter den Zypressen auf dem gegenüberliegenden Hügel hervor. Der Hügel war sehr nah, nur durch eine Bodenwelle von ihnen entfernt.

Laura starrte auf den riesigen Kühler, die gewaltigen Reifen, nahm die dunkle Windschutzscheibe wahr. Instinktiv schoss ihr Arm nach vorn, sie knallte die Wagentür zu, streckte sich flach nach hinten, schrie: «Bleib unten!»

Kugeln schlugen ein wie Hagelkörner. Die Fenster auf Lauras Seite schienen zu explodieren, Splitter flogen, waren überall. Mit den Händen schützten beide ihre Augen, konnten nichts tun, als flach auf dem Rücken liegen bleiben und hoffen, dass der Schütze nicht tiefer halten würde.

Dann war es still.

Was ist, wenn er zu Fuß rüberkommt und uns einfach erschießt?, dachte Laura. Entsetzen kroch über ihre Haut, sammelte sich in ihrem Magen, und sie fürchtete, sich übergeben zu müssen. Alle ihre Sinne waren nach draußen konzentriert, auf jedes noch so winzige Geräusch. Trotzdem nahm sie Guerrinis Hand wahr, die sich der Box zwischen Fahrer- und Beifahrersitz näherte. Die Hand öffnete den Deckel der Box, zog eine Pistole heraus. Dann verschwand die Hand mit der Waffe, und Guerrini ließ sich aus der offenen Fahrertür fallen.

«Rühr dich nicht!», flüsterte er, sie konnte ihn nicht mehr sehen.

Warum war es so still? Da war nur Insektengesumm, ein Vogel stieß schrille Warnrufe aus. Laura wartete auf die nächste Garbe von Schüssen. War sicher, dass sie kommen würden. Ihr Magen krampfte sich zusammen. Sie musste raus! Der Wagen bot keinen Schutz. Wenn der Unbekannte tiefer zielte, würden die Projektile mühelos auch das Metall durchschlagen. Zentimeter um Zentimeter schob sie sich auf den Fahrersitz hinüber, blieb mit ihrer Bluse am Schalthebel hängen, hatte es endlich geschafft, lauschte wieder. Der Vogel warnte noch immer, stieß einen scharfen hohen Ton aus, der ihre Nerven reizte.

Raus! Mit den Händen voran ließ sie sich nach draußen gleiten, bewegte sich wie eine Schlange, nahm Guerrini wahr, der neben dem Vorderreifen kauerte, kroch instinktiv zum Hinterreifen, machte sich so klein wie möglich. Warum schoss der andere nicht? Was hatte er vor? Ihre Kehle war so trocken, dass sie kaum schlucken konnte. Irgendwas lief über ihr Gesicht. Sie wischte es weg, starrte auf ihre rote Hand. Dachte an Sofia, Luca. Wieder krampfte ihr Magen. Wenn sie nur eine Waffe hätte.

Neben ihr raschelte es. Der Kopf einer Eidechse erschien zwischen vertrockneten Gräsern, züngelte. Schwarze Knopfaugen starrten sie an. Blut tropfte auf Lauras Bluse. Sie beachtete es nicht. Lauschte nur, hörte sogar ihr Herz schlagen.

Der Motor des Geländewagens brüllte so unvermutet auf, dass Laura sich vor Angst zusammenkrümmte. Kam er näher? Raste er über die Bodenwelle auf sie zu? Sie konnte nicht unterscheiden, ob er lauter oder leiser wurde, warf sich auf den Bauch und schaute unter dem Lancia durch. Sah nichts, nur aufwirbelnden Staub. Zwei Schüsse krachten, keine Garbe. Angelo, dachte sie. Das war Angelo.

Sie konnte ihn nicht sehen. Die verdammte Fahrertür stand noch immer weit offen. Sie beugte sich bis zum Boden. Ihre Wange berührte die Erde. Jetzt konnte sie unter der Tür durchsehen. Aber er war nicht mehr da, kniete nicht mehr neben dem Vorderreifen.

Sie würgte. Blut tropfte von ihrem Kinn auf die Erde. Sie versuchte ruhig zu atmen, ihre Gedanken unter Kontrolle zu bringen. Vielleicht war es besser, vom Wagen wegzukriechen. Der Lancia verdeckte dem andern die Sicht. Sie hob den Kopf und sah sich um. Wenige Meter hinter ihr war ein dichtes Gestrüpp aus Ginster und Brombeerstauden. Aber etwas hatte sich verändert in den letzten Minuten. Irgendwie funktionierte ihr Kopf nicht richtig. Was war anders geworden?

Sie lauschte. Zikaden. Vielleicht war es das. Hunderte von ihnen schienen gleichzeitig zu schnarren. Aber es war noch etwas anderes. Das Motorengeräusch war noch da, aber es hatte sich entfernt, war kaum noch zu hören. Laut waren nur noch die Zikaden.

Laura setzte sich auf, lehnte sich an den Wagen und

versuchte herauszufinden, woher das Blut kam, das stetig von ihrem Gesicht tropfte. Sie spürte keinen Schmerz.

«Laura?»

«Hier bin ich.»

Er gab der offenen Fahrertür einen Tritt und blieb erschrocken stehen.

«Madonna», stieß er heiser hervor, war schon neben ihr, kniete nieder. Vorsichtig strich er die Haare von ihrer Stirn zurück.

«Vier Zentimeter», murmelte er. «Er hat dich nicht getroffen. Das war ein Glassplitter. Nimm du so lange die Pistole. Ich hol den Verbandskasten.»

Laura wischte ihre Hand an der Hose ab, umfasste die Waffe, prüfte die Sicherung. Der Lauf war noch heiß. Als sie wieder aufschaute, war Angelo bereits zurück, bedeckte die Wunde an ihrem Haaransatz mit einer Kompresse und legte einen festen Verband an.

«Hast du den Wagen getroffen?»

«Ich weiß es nicht. Du siehst aus wie eine Schwerstverletzte. Hast du irgendwo Schmerzen? Lass mich nachsehen, ob du noch andere Wunden hast.»

«Es geht schon wieder. Hast du irgendwas zu trinken im Wagen? Mein Mund ist so trocken … und mir ist schlecht. Hilfst du mir bitte auf? Ich möchte sehen, ob ich stehen kann.»

Guerrini zog Laura hoch, stützte sie. Kurz schwankte sie, fand tastend ihr Gleichgewicht, schaute an sich herunter. Bis auf die tiefe Schnittwunde am Kopf war sie unverletzt. Guerrini fand im Kofferraum eine Flasche lauwarmes Mineralwasser. Es war ihr egal. Sie trank es trotzdem fast aus, fühlte sich ein bisschen besser. Aber in ihren Muskeln war ein merkwürdiges Zittern, eine Art Frösteln, das sie nicht kontrollieren konnte. Langsam ließ sie sich wieder in die Hocke gleiten. Schaute zu Guerrini hinüber, versuchte dieses Zittern loszuwerden und dieses Gefühl, als müsste sie weinen, doch sie konnte nicht weinen. Alles steckte in ihr fest.

Guerrini stand ein Stück entfernt von ihr im Schatten der großen Pinie und sprach heftig in sein Handy. Sie beobachtete ihn, wie er jetzt mit gesenktem Kopf auf und ab ging, den linken Arm hob, eine weitausholende Bewegung machte. Es half ein bisschen, ihm zuzusehen. Er war am Leben. Sie beide waren am Leben.

«Ich war ganz sicher, dass er uns erschießen würde», sagte sie leise, als er zu ihr zurückkehrte. «Würdest du mich bitte festhalten? Nur eine Minute. Ich möchte spüren, dass wir beide noch am Leben sind.» Guerrini setzte sich neben sie auf den Boden, legte beide Arme um sie und drückte sie an sich. Laura spürte die Wärme seines Körpers, wartete darauf, dass dieser innere Krampf sich löste. Doch er ballte sich in ihrer Herzgegend zusammen.

«Ich hatte auch Angst. Unsere Chancen standen nicht besonders gut. Die Waffe klang wie ein Schnellfeuergewehr.»

Gut, es war gut, dass er darüber sprach. Sie holte vorsichtig Luft. Das funktionierte und auch ihr Kopf. Sie konnte denken und etwas sagen.

«Wir haben die Geschichte nicht ernst genug genommen, Angelo. Du musst sofort jemanden zum Schutz von Signora Piselli schicken.»

Guerrini löste seine Umarmung und begann Lauras Gesicht mit dem Rest des Mineralwassers und einem Taschentuch zu säubern.

«Ist schon geschehen», erwiderte er. «Tommasini und

ein paar unserer Leute werden bald hier sein. Sie bringen auch die Spurensicherung mit. Sämtliche verfügbaren Polizeieinheiten suchen nach dem schwarzen Geländewagen. Er kann sich ja nicht jedes Mal in Luft auflösen.»

Laura dankte ihm im Stillen, dass er sie nicht fragte, wie es ihr ginge. Er wusste, dass sie mit sich selbst nicht im Reinen war, ließ ihr den Raum, sich neu zusammenzusetzen. So konnte sie einfach losreden.

«Weißt du, was mir Angst macht? Er muss uns beobachtet haben. Vielleicht schon in Siena, dann ist er uns zum Haus der Pisellis gefolgt und hat zugesehen, wie wir in Asciano Pizza aßen. Anders kann es nicht sein. Wie sonst hätte er uns finden sollen … hier auf diesem Hügel am Ende eines Feldwegs.»

«Möglich. Aber vielleicht ist er uns erst gefolgt, seit wir von den Pisellis nach Asciano zurückgefahren sind. Das bedeutet aber, dass er wirklich an Altlanders Haushälterin interessiert ist.» Guerrini rubbelte einen Streifen eingetrocknetes Blut von Lauras Hals. Es tat ein bisschen weh, machte das Lebendigsein wirklicher, ließ ihren Kopf besser arbeiten.

«Natürlich ist er das und inzwischen an uns ebenfalls. Also an allen, die mit Elsa Michelangeli, Enzo Leone und Angela Piselli Kontakt hatten. Möglicherweise sind auch diese seltsamen Kinderbuchautoren in Gefahr, und was ist mit dem Gärtner?» Sie konnte reden, richtig professionell mitdenken. War froh darüber und fand es trotzdem absurd.

«Im Zweifelsfall alle!», hörte sie Angelo sagen. Weiter, dachte sie. Rede weiter! Er redete weiter: «Ich krieg es aber trotzdem nicht zusammen. Was ist zum Beispiel mit dem Laptop? Hat der Mörder ihn gleich mitgenommen? Hat ein anderer später danach gesucht? Ich versteh das alles nicht, und vor allem verstehe ich nicht, dass jemand, der so vorsichtig ist, dass er keinerlei Spuren hinterlässt, auf einmal wie im Wilden Westen herumballert.» Guerrini stand auf, fegte Glassplitter vom Fahrersitz, setzte sich dann hinters Steuer und drehte den Zündschlüssel. Als der Lancia sofort ansprang, seufzte er erleichtert.

In der Ferne ertönten Polizeisirenen, gleichzeitig brummte Guerrinis *telefonino*. Es war Tommasini, der wissen wollte, welchen Feldweg er nehmen müsse. Ein paar Minuten später waren sie da, brachen über sie herein. Versammelten sich erschrocken um Laura, die noch immer am Boden saß. Guerrini scheuchte sie weg, worauf sie den Tatort erkundeten und ausschwärmten wie ein Rudel Jagdhunde. Capponi und seine Leute sammelten Projektile ein, liefen mit gerunzelten Stirnen umher, die Augen auf den Boden geheftet.

«Signora Commissaria!», stammelte Tommasini, der unerschütterlich neben Laura stehen geblieben war. «Sie sind verletzt. Sie müssen zum Arzt. Ich werde Sie fahren!»

«Ich werde die Commissaria fahren! Und du wirst die Spurensuche leiten. Wen hast du zu Signora Piselli geschickt?»

«Das haben die Carabinieri von Asciano übernommen, Commissario. Wir haben nicht genug Leute …»

«Was hat der Maresciallo gesagt?»

«Nichts. Er hat es gern gemacht, weil er die Signora schon lange kennt. Sie hat früher mal seine Wohnung geputzt – bevor er geheiratet hat. Was ist denn eigentlich passiert, Commissario?»

«Wir wurden von dem verdammten schwarzen Geländewagen aus beschossen. Mehr kann ich dir auch nicht sagen!»

Mit bedächtigen Schritten ging Tommasini um den Lancia, sah erschüttert aus.

«Wie im Krieg!», murmelte er. «Die Beifahrerseite hat es ganz schön erwischt. Das schöne Auto. Da haben Sie aber Glück gehabt, Commissaria.»

Tommasini erforschte mit zwei Fingern das schüttere Haar auf seiner Halbglatze, schaute um sich – hinauf zur Steineiche, übers Land, den Feldweg entlang – und schien nachzudenken. Endlich gab er sich einen Ruck, räusperte sich und fragte: «Was haben Sie eigentlich hier oben gemacht, Commissario?»

Genau diese Frage hatte Guerrini erwartet und gehofft, dass sie nicht kommen möge. Er hatte sich die Antwort zurechtgelegt, eine glatte Lüge. Aber er konnte schließlich nicht sagen, dass er und die Commissaria eine Siesta einlegen wollten.

«Wir sind dem schwarzen Geländewagen gefolgt! Was sonst sollten wir hier oben machen?»

«Ja, was sonst?», murmelte der Sergente, und als Guerrini einen Blick auf Laura warf, hoffte er ein winziges belustigtes Lächeln in ihren Augenwinkeln zu sehen. Doch sie schaute auf den Boden, schien gar nicht zuzuhören.

«Fahr bitte meinen Wagen später in unsere Werkstatt. Ich nehme deinen. Die Commissaria muss ins Krankenhaus. Sie hat eine schlimme Schnittwunde.»

«Wie Sie meinen, Commissario.» Tommasini warf einen besorgten Blick auf den mit Glassplittern bedeckten Lancia.

Guerrini führte Laura zum Streifenwagen, half ihr beim Einsteigen.

«War ich gut?», fragte er, als sie auf dem Weg nach Siena waren.

«Nicht schlecht», antwortete sie leise. «Aber ich fürchte, dass Tommasini dir nicht geglaubt hat.»

«Denk ich auch nicht. Aber er muss es schlucken, weil ich sein Chef bin. *Basta!*»

«*Basta!*», wiederholte Laura und versuchte zu lächeln, es gelang nicht richtig. «Ich glaube, ich habe so was wie einen Schock, Angelo. Ich bin innerlich ganz taub.»

«Kämpf nicht dagegen an. Das verschwindet von ganz allein. Es ist nicht dein erster Schock, Commissaria. Du bist zu lange im Geschäft! Was hast du früher gemacht, wenn dich ein Schock überwältigt hat? Ich meine nicht die kleinen Schrecken wie den Katzenkopf in den Cinque Terre, nicht einmal unsere unvergessliche Schlacht mit eisernen Bratpfannen. Ich meine Situationen, in denen dein Leben ernsthaft in Gefahr war.»

«Ich weiß es nicht.» Laura schloss die Augen. «Es gab nicht viele solcher Situationen – nur ein paar. Ich bin gelaufen. Einmal im Englischen Garten in München. Ich lief so lange, bis ich umfiel. Ich erinnere mich noch genau daran, wie das Gras gerochen hat. Danach ging es mir wieder ganz gut. Ein anderes Mal habe ich unser Schlafzimmer demoliert. Damals war ich noch verheiratet. Ronald war ziemlich schockiert.»

«Hat es geholfen?»

«Ja.»

«Möchtest du etwas demolieren?»

«Nein.»

«Was dann?»

«Gar nichts. Es ist anders als sonst.»

«Wie anders?»

«Das muss ich erst herausfinden.»

«*Bene.* Sagst du es mir dann?»

«Vielleicht.»

Guerrini warf ihr einen forschenden Blick zu, Laura bemerkte es nicht.

«Wirst du deinem Vater sagen, was passiert ist?»

«Nein.»

Sie waren nicht mehr weit vom Krankenhaus entfernt, standen im üblichen Stau auf der Umgehungsstraße von Siena.

«Wenn der Schnitt genäht ist, kannst du dich bei mir zu Hause ausruhen. Ich fahr inzwischen nach Borgo Ecclesia und schau nach, ob dieser Montelli zu Hause ist.»

«Ich fahre mit.»

«Laura, du hattest einen Schock. Du solltest ein bisschen schlafen, dich ausklinken.»

«Das funktioniert bei mir nicht, Angelo. Wenn ich mich ausklinke, wird es schlimmer. Dann fange ich an nachzudenken, und die Angst nimmt zu statt ab. Ich hab eine zu ausgeprägte Phantasie, weißt du.»

«Dann geh mit deinem Vater einen Kaffee trinken.»

«Er würde sofort merken, dass etwas nicht stimmt. Nein, ich dusche, zieh mich um und komme mit. Ich möchte wissen, was es mit diesem Montelli auf sich hat. Irgendwas ist zwischen dir und ihm, nicht wahr? Deshalb willst du auch allein hinfahren.»

Guerrini antwortete nicht, erinnerte sich plötzlich daran, dass sie in einem Streifenwagen saßen, und schaltete das Blaulicht ein, ließ ein paarmal die Sirene aufjaulen. Die anderen Autofahrer quetschten ihre Fahrzeuge an den rechten Straßenrand, und Guerrini arbeitete sich zäh voran, bis sie hinter einem Laster hängenblieben. Aber da waren es nur noch ein paar Meter bis zum Krankenhaus.

Irgendwie wollte er mit Laura nicht über Montelli

reden. Nicht jetzt. Außerdem hatte er die Sache für sich selbst noch nicht geklärt. Er spürte nur diese undefinierbare Wut. Was hatte Altlander zu nahezu allen Leuten gesagt, die sie bisher befragt hatten? Dass ihn alles ankotze. Das traf ganz gut dieses unklare Gefühl, das Guerrini in Bezug auf Montelli mit sich herumtrug.

Laura hakte nicht nach. Er wartete darauf, aber sie tat es nicht. Erst als er ihr aus dem Wagen half, obwohl sie eigentlich keine Hilfe benötigte, denn alle ihre Glieder waren heil, brachte sie ein kleines Lächeln zustande und sagte:

«Wir sind beide ziemliche Einsiedlerkrebse, nicht wahr?»

Dottor Fausto – endlich hatte Guerrini die Zeit gefunden, den Arzt nach seinem Namen zu fragen – nähte persönlich Lauras Schnittwunde. Guerrini blieb bei ihr, schaute aber in eine völlig andere Richtung, weil er sicher war, dass ihm schlecht werden würde. Mit Nadeln, die in Fleisch stachen, hatte er seine Schwierigkeiten. Besonders wenn es sich um das Fleisch seiner Geliebten handelte. Der Dottore redete die ganze Zeit, berichtete geradezu euphorisch, dass es ihm gelungen sei, Elsa Michelangelis Zustand nachhaltig zu stabilisieren.

«Sie halten uns ganz schön auf Trab hier, Commissario. Vielleicht sollte ich eine spezielle Notfallaufnahme für Ihre Fälle einrichten.» Er verknotete den Faden, eine Schwester schnitt ihn ab. *«Brava!»*, nickte er. «Also, wer ist der Nächste, Commissario?»

«Ich hoffe, niemand!» Guerrini schaute starr aus dem Fenster.

«Na ja, ich hätte nichts dagegen, den Kerl unters Messer zu bekommen, der Signora Michelangeli so zugerichtet hat, und er ist ja vermutlich auch derjenige, der Signor Altlander auf dem Gewissen hat. Habe ich recht?»

«Ist es nicht so ...», Guerrini räusperte sich, «... ist es nicht so, dass ein Arzt alle gleich behandeln muss? Da gibt es doch diesen Eid des Hippokrates?»

«Aber natürlich!» Dottor Fausto zog die nächste Schlinge auf Lauras Stirn fest. «Aber auch wir Ärzte sind nicht gegen bestimmte Antipathien gefeit. Man kann sich mehr oder weniger einsetzen, Commissario. Ich sagte Ihnen ja schon, dass ich gegenüber Menschen, die mir sympathisch sind, sehr ehrlich bin. Es hat durchaus Vorteile, wenn ein Chirurg Sympathie für seinen Patienten hegt. Ich meine für den Patienten!» Diesmal schnitt Fausto selbst den Faden ab und lachte.

Während Laura unter der Dusche stand, telefonierte Guerrini mit Sergente Tommasini und bat ihn, seinen Bruder mit dem schwarzen Geländewagen auf Enzo Leone anzusetzen. Guerrini würde dafür in Zukunft sämtliche Freunde und Verwandte in dessen Osteria schicken und auch selbst dort essen. Natürlich nur unter der Voraussetzung, dass das Essen erstklassig sei!

«Aber Commissario!» Tommasinis Stimme klang gekränkt. «Mein Bruder ist ein hervorragender Koch! Es hat sich nur noch nicht herumgesprochen in Siena!»

«Ist schon in Ordnung. Ich werde es testen. Und haltet bloß beide den Mund!»

«Selbstverständlich, Commissario!»

«Gibt's irgendwas Neues? Habt ihr was gefunden?»

«Projektile, Commissario, aber keine Reifenspuren. Es ist zu trocken.»

«Na, wunderbar. Wir machen Fortschritte, nicht wahr!»

«Nein, Commissario. Und es macht mich genauso wütend wie Sie!»

«Umso dringender brauchen wir deinen Bruder, Tommasini. Könntest du heute Abend den Personenschutz für Leone übernehmen und arrangieren, dass er den schwarzen Geländewagen sieht?»

«Meine Frau wird nicht mehr mit mir sprechen, aber davon abgesehen wird sich das machen lassen.»

«Dann tu's, und wenn du das Gefühl hast, dass Leone etwas sagen will, lass ihn reden oder ruf mich an.»

«*Sì, commissario.* Was haben Sie jetzt vor?»

«Ich werde mich auf den Weg zu Montelli machen – er ist der Nächste auf der Liste.»

«Soll ich nicht lieber mitkommen, Commissario? Ich habe kein gutes Gefühl, was diesen Montelli betrifft.»

«Die Commissaria wird mich begleiten.»

«Aber sie ist doch verletzt!»

«Es ist ein Kratzer, Tommasini. Längst genäht und schon fast vergessen.»

«Aber es ging ihr nicht gut ...»

«Inzwischen geht es ihr viel besser.»

«Wenn Sie meinen, Commissario.»

«Ich meine, Tommasini. Mach's gut.»

Guerrini schaute auf seine Armbanduhr. Beinahe vier. Er zog den Zettel aus seiner Brieftasche, den d'Annunzio ihm vor ein paar Tagen zugesteckt hatte. Die Geheimnummer der Villa in Borgo Ecclesia 23. Natürlich hatte Montelli keine gewöhnliche Nummer, die im Telefonbuch stand. Noch immer hoffte Guerrini, dass es sich nicht um jenen Montelli handelte, der in seinem Gedächtnis rumorte. Er hätte ihm doch irgendwo über den Weg laufen müssen – in einem Restaurant, auf dem Campo. Aber vielleicht lief Montelli nicht einfach herum, vielleicht ging er nur in die teuren Clubs, vielleicht hatte er sich so sehr verändert, dass Guerrini ihn niemals erkennen würde.

Entschlossen griff er wieder nach dem Telefon und wählte die Geheimnummer. Es klingelte lange, kein Anrufbeantworter sprang an. Nach dem zehnten Mal wollte Guerrini auflegen, doch da erklang plötzlich ein *«Pronto»* – ein weibliches? Guerrini konnte es nicht genau erkennen.

«Signor Montelli, bitte!», sagte er knapp.

«Wer spricht da?»

In diesem Augenblick hatte Guerrini eine Eingebung, die ihm irgendwer schickte, kein Irdischer vermutlich, und er antwortete:

«Leone hier, Enzo Leone.»

Am anderen Ende blieb es ein paar Sekunden lang still, dann hustete es, und endlich sagte die undefinierbare Stimme:

«Ich werde fragen. Warten Sie bitte.»

Er ist da, dachte Guerrini, und eine kribbelnde Erregung erfasste ihn. Wieder dauerte es lange, dann erklang eine kühle und diesmal deutlich weibliche Stimme.

«Was wollen Sie, Signor Leone?»

«Ich muss Montelli sprechen.»

«Er hat gerade keine Zeit. Sie können nur mit mir sprechen.»

«Es ist aber wichtig für Signor Montelli.» Guerrini versuchte Leones Stimme zu imitieren, räusperte sich mehrmals, um eine Erkältung vorzutäuschen.

«Was könnte schon so wichtig für ihn sein?» Die Frau am anderen Ende lachte spöttisch, und Guerrini sah plötzlich die arrogante Blonde hoch zu Pferd vor sich, die ihm vor einer Woche so unangenehm aufgefallen war.

«Richten Sie es ihm einfach aus.» Guerrini legte auf. Als er sich umwandte, lehnte Laura am Türrahmen und hatte offensichtlich zugehört. Sie hatte sich umgezogen, trug eine dunkelblaue Jeans und eine blaue Leinenbluse, ihr Haar war noch feucht vom Duschen.

«Kein schlechter Einfall, Signor Leone», sagte sie. «Der arme Kerl tut mir beinahe leid. Jetzt wird ihn nicht nur ein schwarzer Geländewagen verfolgen, sondern vermutlich zwei.»

Guerrini stand auf, zuckte die Achseln. «Ich habe kein Mitleid mit ihm. Der deckt mit Sicherheit jemanden, von dem er sich finanzielle Vorteile verspricht. Aber abgesehen davon … du siehst wunderbar aus. Geht es dir besser?»

«Mmh», antwortete sie zögernd, «ich glaub schon. Könntest du bitte den Verband kontrollieren? Er ist ein bisschen feucht geworden. Ich musste meine Haare waschen. Sie waren voller Blut und ganz verklebt.»

Guerrini strich vorsichtig die feuchten Locken von Lauras Stirn zurück. «Ist schon in Ordnung. Morgen darf ich dir sowieso ein Pflaster drüberkleben, meinte Dottor Fausto.»

Laura nickte, spürte dem leichten Schmerz nach, den offensichtlich die Naht verursachte. «Ich habe übrigens inzwischen meinen Vater angerufen. Er ist immer noch irgendwo mit deinem Vater unterwegs. Sie sind in der Nähe von Volterra. Weißt du, was mein Vater gesagt hat? ‹Ich habe keine Ahnung, wann wir zurückkommen – mach dir also keine Sorgen, wir sehen uns morgen.› Irgendwie erinnert er mich an meinen Sohn Luca.»

«Aber das ist phantastisch. Das bedeutet, dass die beiden sich wirklich etwas zu sagen haben. Wir schulden der Madonna viele Kerzen!»

«Das können wir ja vielleicht heute Abend machen, Angelo. Wir haben viele Gründe, Kerzen zu spenden, findest du nicht?»

Guerrini lachte leise und zog Laura an sich. Sie roch nach Mango oder Pfirsich, und er biss zärtlich in ihren Hals.

«Borgo Ecclesia», sagte Laura nachdenklich, während Guerrini den Streifenwagen durch einen dichten Zedernwald lenkte, der die Sonne aussperrte und die schmale Straße in grünes Dämmerlicht tauchte. Hin und wieder öffnete sich der Wald, gab den Blick frei auf eine Villa, einen Palazzo, auf den Ausschnitt eines Parks, ein Tor, eine feudale Auffahrt. Sie überholten einen Jogger, der sich sichtlich gestört fühlte und aussah, als sei er bedeutend.

Seltsam, dachte Laura. Irgendetwas am Haarschnitt, am Körperbau, an den Bewegungen, der Gesichtsform verrät unsere Klassenzugehörigkeit. Sie hatte Fotos von Giorgio Altlander studiert und genau diesen beinahe aristokratischen Ausdruck gefunden, den auch der ärgerliche Jogger ausstrahlte.

«Wir sind gleich da», sagte Guerrini. «Wahrscheinlich werden sie uns nicht reinlassen. Das habe ich schon beim Telefonieren in meiner Rolle als Enzo Leone gemerkt.»

War er ein bisschen schneller gefahren, um den Jogger einzustauben? Laura kam es so vor, es machte sie neugierig. Sie war froh, wieder unterwegs zu sein, fort von den Schrecken der letzten Stunden, hatte dem Impuls widerstanden, ihre Kinder anzurufen. Jetzt hoffte sie sogar, dass Baumann sich nicht melden würde. Sie kannte sich ganz gut, wusste, dass die Stimmen von vertrauten Menschen Dämme in ihrem Inneren brechen konnten. Weit weg von ihnen gelang es ihr besser, die Berührung durch den Tod zu bewältigen. Und sie war Guerrini dankbar für den Raum, den er ihr ließ. Er war da, und das genügte.

«Warum sollten sie uns nicht reinlassen?», fragte sie.

«Es ist eine Sache der Erfahrung. Ich habe solche Situationen schon öfter erlebt und fast immer mit Leuten dieser speziellen Klasse. Es macht ihnen Spaß, andere wie Idioten zu behandeln. Ganz besonders Vertreter der so genannten staatlichen Ordnung. Sie lassen dich spüren, dass für sie diese Ordnung nicht gilt.»

«Alte Wunden?»

«So kann man es nennen.» Guerrini ließ den Wagen vor einem üppig verzierten schmiedeeisernen Tor ausrollen. «Wir sind da! Borgo Ecclesia 23.»

«Kennst du diesen Montelli?»

Er hatte die Frage schon viel früher erwartet, war erleichtert, dass sie erst jetzt kam.

«Könnte sein», murmelte er.

«Du bist nicht sicher?»

«Nein.»

«Woher kennst du ihn?»

«Aus der Schulzeit. Vielleicht.»

Laura sah Guerrini von der Seite an. Sein Gesicht war angespannt. Jetzt schlug er mit der flachen Hand aufs Steuerrad.

«Lass uns die Festung stürmen!»

Er stieg aus, ging zum Tor, suchte nach einer Klingel, fand sie endlich an einem Seitenpfosten und betrachtete nachdenklich die beiden Kameras, die links und rechts der Einfahrt angebracht waren.

«*Buona sera!*» Die laute Stimme schien von allen Seiten zu kommen. «Die Herrschaften sind nicht zu Hause. Wir bedauern, aber Sie müssen an einem anderen Tag wiederkommen und zuvor einen Termin ausmachen.» Es klang wie eine automatische Ansage, wie die Stimme eines Roboters in einem Science-Fiction-Film. Wütend drückte Guerrini noch einmal auf den Klingelknopf, lange diesmal. Wieder erklang die blecherne Ansage, im Park bewegte sich nichts. Da stellte Guerrini sich vor eine der Kameras. «Hier spricht Commissario Guerrini. Ich fordere hiermit die Herrschaften auf, sich in der Questura von Siena zu melden. Ich habe einige wichtige Fragen, die nur Sie selbst beantworten können! *Buona sera!*»

Einen Augenblick lang dachte Laura, dass er auf den Boden spucken würde, doch er beherrschte sich und stieg schnell zu ihr ins Auto. Ruppig stieß er zurück, ließ den Motor aufheulen, dann aber fuhr er im Schritttempo an dem hohen Zaun entlang. Jede der eisernen Streben war gekrönt von einer Speerspitze. Laura hasste Zäune dieser Art, empfand ihre Wehrhaftigkeit wie eine Verletzung, die man sich bereits zuzog, wenn man sie nur ansah.

Der Park war leer.

«Ich hatte kurz das heftige Bedürfnis, an das verdammte Tor zu pinkeln!», sagte Guerrini. «Aber das wäre ein Jungenstreich gewesen wie damals, als wir noch gemeinsam zur Schule gingen. Deshalb hab ich's gelassen.»

«Ich dachte, du wolltest hinspucken.»

«Das auch.»

«Hast du ihn jemals wiedergesehen? Ich meine nach der Schulzeit?»

Guerrini schüttelte den Kopf, wies auf den Park, der langsam an ihnen vorüberzog.

«Als ich das letzte Mal hier entlangfuhr, habe ich lauter Chinesen gesehen. Ich dachte schon, dass ich verrückt bin oder so was.»

«Und was haben die gemacht?»

«Gartenarbeit.»

«Also waren es echte Chinesen.»

«Ja, echte Chinesen.»

«Wo kommen sie her?»

«Montelli hat eine Modefirma in Prato. Er arbeitet vorwiegend mit Chinesen, und die sind offensichtlich vielseitig verwendbar.»

«Hast du Kontakt zu den Kollegen in Prato?»

«Ich habe anfragen lassen, aber noch keine Antwort bekommen. Prato lebt von den Chinesen. Da halten sich alle raus – Polizei, Einwanderungsbehörden, Politiker. Ich habe ein bisschen recherchiert. Unsere berühmte italienische Konfektionsmode ist inzwischen fest in chinesischer Hand. Prato sieht aus wie Chinatown. Ich war nicht dort, aber Kollegen haben es plastisch beschrieben. Montelli kann froh sein, dass die Firma noch ihm gehört und er sogar einer der Größten der Branche ist.»

«Wie macht er das?»

«Keine Ahnung. Ich kenne mich in der Modeindustrie nicht aus. Vielleicht zahlt er Schutzgeld an die Chinesen-Mafia.»

«Vielleicht sollten wir nach Prato fahren und chinesisch essen gehen.»

«Isst du gern chinesisch?»

«Sehr gern.»

«Wieder etwas, das ich noch nicht von dir wusste.»

«Du weißt noch sehr wenig, Angelo. Aber da geht es dir nicht anders als mir.»

Ihm fiel keine passende Antwort ein. Es war so, Laura hatte vollkommen recht. Irgendwie wünschte er sich, dass er sie niemals ganz und gar kennenlernen würde, dass sie immer voller Geheimnisse bleiben möge. Er bog gerade auf die Straße nach Siena ab, als sein Handy brummte.

D'Annunzio meldete das Auftauchen eines gewissen Raffaele Piovene, der dringend mit dem Commissario zu sprechen wünsche.

«Er ist da!», sagte Guerrini.

«Wer?»

«Piovene, der engelsgleiche Liebhaber.»

«Ich wusste, dass er kommen würde.» Laura sah Guerrini ernst an. «Ich freu mich auf ihn.»

Den Rest der Fahrt dachte Guerrini darüber nach, weshalb sie sich auf Piovene freute.

ER WAR EIN ENGEL. Gezeichnet von winzigen Spuren des Alterns, die ihn noch reizvoller machten. Seine sanftgelockten dunkelblonden Haare trug er halblang. Seine Augen leuchteten in einer ungewöhnlichen Mischung aus Blau und Grün, erinnerten Laura an Opale und an Meeresbuchten. Er war groß, schlank und doch kaum merklich gerundet. Laura schätzte ihn auf Ende dreißig oder Anfang vierzig, und sie war beeindruckt. Bei seinem Anblick fühlte sie sich an irgendjemanden erinnert, wusste aber nicht, an wen, und hatte den Impuls, ihn anzufassen, um zu sehen, ob er lebendig war.

Raffaele Piovene zeigte sich tieferschüttert von Gorgio Altlanders Tod – ganz anders als Enzo Leone, anders auch als Elsa Michelangeli.

«Er war einmal ein Teil von mir», bekannte er ohne Scheu. «Ist es noch immer, obwohl wir uns vor Jahren getrennt haben. Ich kann hier nicht gut über ihn sprechen.» Mit einer Handwegung umschrieb er das Büro des Commissario und die gesamte Questura. «Könnten Sie mich nach *Wasteland* begleiten? Ich muss es noch einmal sehen.»

Guerrini warf Laura einen fragenden Blick zu, sie nickte.

«Fahren wir.»

Auf dem Weg zum Streifenwagen nahm Guerrini sie kurz zur Seite.

«Ist es nicht zu viel für dich? Du bist verletzt und hast einen Schock erlitten.»

«Nein, nein. Es ist viel besser, wenn ich etwas zu tun habe. Glaub mir.»

Er musterte sie nachdenklich, zuckte die Achseln.

«Du musst es wissen.»

Auf der Fahrt nach *Wasteland* schwiegen sie fast die ganze Zeit. Raffaele Piovene saß auf dem Rücksitz und betrachtete die Landschaft, sprach irgendwann halblaut ein Gedicht:

«Bussard bin ich,
wilde Malve,
Ölbaum und Zypresse.
Steige aus den Knochen
der Erde,
verhaftet noch,
bald schon Wolke,
bald schon Stern.»

«Haben Sie das geschrieben?» Laura wandte sich zu ihm um.

«Nein, das sind Verse von Giorgio. Sie sind mir gerade eingefallen. Wenn er einen Grabstein bekäme, wäre das die Inschrift. Aber er wollte nie einen Grabstein.»

Wieder verfielen sie in Schweigen. Als Guerrini in den Feldweg nach *Wasteland* einbog, beugte Piovene sich vor, wirkte plötzlich seltsam erregt.

«Bitte sagen Sie nichts, ehe wir angekommen sind», murmelte er. «Ich möchte all das auf mich wirken lassen.»

Und als würde der tote Altlander seinem ehemaligen Geliebten einen dramatischen Empfang bereiten, beleuchtete die tiefstehende Sonne nur den Bergrücken, auf dem *Wasteland* stand – ein einsames Haus in einsamer Landschaft. Als sie nur noch ein paar hundert Meter vom Haus entfernt waren, wollte Piovene aussteigen und den Rest des Wegs zu Fuß gehen. Laura und Guerrini fuhren langsam weiter, hielten im Hof und warteten. Laura ertappte sich dabei, dass sie mit den Augen die Hügel und Täler nach einem schwarzen Geländewagen absuchte. Doch da waren nur die silberblauen Kronen der Olivenbäume und grasbewachsene Hänge mit Erosionsnarben. Weiter weg liefen Schafe herum wie eine zerrissene Perlenkette, sammelten sich auf einem Hohlweg und verschwanden in einem Tal. Laura schloss kurz die Augen, spürte leichte Kopfschmerzen.

Während Guerrini das Haus aufschloss, ging sie Raffaele Piovene ein paar Schritte entgegen, wollte herausfinden, an wen er sie erinnerte. Als er zwischen den Ölbäumen auftauchte, fiel ihr – und seltsam, dass sie es erst jetzt bemerkte – seine ungewöhnliche Kleidung auf. Er trug ein weißes Leinenhemd mit weit offenem Kragen, darüber eine braune Leinenjacke. Seine Füße steckten in weichen braunen Stiefeln und seine Beine in braunen Leinenhosen. Zögernd kam er auf sie zu, die Sonne ließ sein dunkelblondes Haar aufleuchten, und in diesem Augenblick wusste Laura, an wen er sie erinnerte: an eine historische Abbildung des jungen englischen Dichters Percy Bysshe Shelley, den sie als Schülerin eine Weile stürmisch verehrt hatte.

Ohne Zweifel kleidete Piovene sich in Anlehnung an Shelley. Laura verwirrte sein Anblick, und irgendwie fühlte sie sich hilflos. Ihr kam es vor, als sei seit diesem Nachmittag die Wirklichkeit aus den Fugen geraten. Auf der einen Seite war es wunderbar, einer Wiedergeburt Shelleys zu begegnen, auf der anderen ziemlicher Blödsinn. Sie war hier, um einen Mord aufzuklären! Deshalb nahm sie sich zusammen und empfing ihn mit Zeilen aus Shelleys *Ode an den Westwind*, die ihr besonders passend erschienen:

«Wär ich die Wolke und im Fluge dein,
Wär ich die Woge, unter dir vergehend,
Und tränke deine Kraft, von dir allein
Beherrscht …»

Er blieb stehen, runzelte die Stirn.

«Warum tun Sie das?»

«Ich bin Polizistin.»

«Zitieren Polizisten Shelley?»

«Manchmal.»

«Sie haben es erkannt, nicht wahr?»

Laura nickte. Piovene senkte den Kopf, stieß mit der Stiefelspitze gegen einen Stein, dann lächelte er leicht, schaute in Lauras Augen, ließ sie nicht mehr los.

«Ich laufe nicht immer herum wie der alte Shelley. Ich habe es für Giorgio getan und für das, was wir gemeinsam erlebt haben. Ich weiß nicht, ob sie es verstehen können, ob irgendwer es verstehen kann – außer mir und Giorgio.»

Laura fragte nicht, wartete.

«Sie werden sich fragen, wovon ich spreche … vielleicht werden sie darüber lachen, aber ich kann Ihnen sagen, dass es die schönste Zeit meines Lebens war. Sehen Sie … wir waren ganz woanders, haben zwei, drei verschiedene Leben gleichzeitig gelebt, Giorgio und ich. Wir waren Lord Byron und Shelley, und wir waren mindestens so kreativ wie die beiden. Für Giorgio war Byron eine Leitfigur, die er absolut bewunderte. Als er mich kennenlernte, hielt er es für eine Fügung des Schicksals, weil ich Shelley so ähnlich sah und weil ich schrieb.»

«Aber weder Byron noch Shelley war homosexuell, wenn ich mich nicht täusche.» Laura wich Piovenes Blick nicht aus, hatte nicht einmal das Bedürfnis danach.

«Das spielt keine Rolle», erwiderte er ernst. «Sie waren Liebende, und ein Geheimnis umgibt sie. Sie liebten Frauen und Männer, waren universelle Liebende. Das ist mehr, das ist eigentlich alles!»

Jetzt erst bemerkten beide Guerrini, der ihnen entgegengekommen war und vermutlich schon eine Weile zuhörte.

«Lassen Sie uns zum Haus gehen.» Piovene schien irritiert. «Erzählen Sie mir, was mit Giorgio geschehen ist.»

Schweigend streifte er durchs Haus, durch alle Räume, blieb hier und dort stehen, flüchtig einen Gegenstand berührend. Er war blass geworden, ein schmerzvoller Zug lag um seinen Mund. Guerrini und Laura begleiteten ihn, hielten aber Distanz, um ihn nicht zu stören. Nur einmal, als er neben Altlanders Schreibtisch stand, wollte Piovene wissen, wie sein Gefährte gestorben war. Guerrini beschrieb es in knappen Sätzen. Piovene nickte, verließ endlich mit schnellen Schritten Altlanders Arbeitszimmer.

«Lassen Sie uns etwas trinken und uns auf die Terrasse setzen. Um diese Tageszeit war der Blick schon immer unbeschreiblich.»

Plötzlich wirkte er wie ein Gastgeber, obwohl er angeblich seit zehn Jahren nicht mehr in diesem Haus wohnte. Laura und Guerrini folgten ihm die Treppe hinunter, schauten mit ihm auf das Bild von Francis Bacon, und Laura versuchte all die verschiedenen Eindrücke zu fassen, die sie von Giorgio Altlander inzwischen hatte, fand es an der Zeit, Piovene wieder Fragen zu stellen.

«Wie lange haben Sie hier gelebt, Signor Piovene?»

Er schien nachzudenken, ganz allmählich erst aus einer anderen Welt zurückzukehren.

«An die sechs Jahre», antwortete er leise.

«Warum sind Sie ausgezogen?» Guerrini fuhr mit einer Hand über das glatte Treppengeländer. Piovene schien seine Frage nicht gehört zu haben. Er ging vor ihnen her in die Küche, schaute sich kurz um, nahm eine Flasche aus dem Weinregal, prüfte das Etikett. Dann aber hob er den Kopf und sah Guerrini an.

«Warum haben Sie sich von Ihrer letzten Partnerin getrennt, Commissario?»

«Meine letzte Partnerin wurde nicht ermordet, Signor Piovene. Es spielt also keine Rolle.»

Piovene öffnete eine Schublade und nahm den Korkenzieher heraus. «Ein Punkt für Sie. Hier hat sich kaum etwas verändert, seit ich gegangen bin. Aber um auf Ihre Frage zurückzukommen, Commissario: Unsere Beziehung war vermutlich zu intensiv. Ich habe es einfach nicht länger ausgehalten. Giorgio wollte mich damals nicht gehen lassen, aber ich wusste, dass ich mich selbst wiederfinden musste. Sehen Sie … wenn Sie ständig die Rolle eines andern spielen, dann entfremden Sie sich von sich selbst. Ich bin nicht Shelley, obwohl Shelley mir viel gegeben hat. Wissen Sie, was ich gemacht habe, als ich Giorgio verließ? Ich bin an den Strand von Viareggio gefahren und habe Shelley noch einmal symbolisch ersäuft und verbrannt, um endlich wieder frei zu werden!»

«Ich kenne Shelleys Geschichte nicht so genau», erwiderte Guerrini. «Würden Sie mich bitte aufklären?»

Piovene entkorkte die Flasche, schnupperte am Flaschenhals, nickte und nahm drei Gläser aus dem Regal neben dem großen Kühlschrank. Erst nachdem er einen Schluck Wein gekostet hatte, wandte er sich mit einem Lächeln zu Guerrini. «Shelley ertrank am 8. Juli 1822 im Meer vor Viareggio. Er wollte mit einem Freund von Livorno nach La Spezia segeln, doch sie gerieten in einen heftigen Sturm. Beide kamen ums Leben. Die Sache war aber komplizierter, als sie sich anhört, denn Shelley hatte eine Affäre mit der Ehefrau des Freundes. Das Boot wurde unversehrt geborgen – es war nicht gekentert. Ein ungeklärter Fall, Commissario … vielleicht sollten Sie ihn noch einmal aufrollen.»

«Danke für diesen Hinweis, aber mir reichen die aktuellen Verstrickungen. Trotzdem würde mich interessieren, was Lord Byron machte, als er vom Tod seines Freundes erfuhr.» Guerrini ließ den Dichter nicht aus den Augen.

«Shelleys Leiche wurde an den Strand von Viareggio gespült. Man verständigte Byron, und er eilte sofort herbei – damals lebte er in Pisa … glaube ich. Er ließ einen Scheiterhaufen errichten und verbrannte Shelleys Körper, wo man ihn gefunden hatte. Interessanterweise blieb Shelleys Herz unversehrt. Byron nahm es mit nach Rom und hat es dort begraben.» Er stippte nachdenklich einen Finger in einen winzigen Weintropfen, den er beim Einschenken verschüttet hatte. «Hin und wieder besuche ich Shelleys Grab auf dem Friedhof am Testaccio. Eine sentimentale Regung – vielleicht. Doch es schaudert mich jedes Mal, wenn ich mir vorstelle, dass dort nur ein Herz in die Erde gelegt wurde.» Wieder trank Piovene einen Schluck und fügte sehr ernst hinzu: «Der Wein ist gut, wie ich es in Giorgios Haus nicht anders erwartet habe. Lassen Sie uns also auf die Terrasse gehen und in Ruhe über alles sprechen.»

Laura und Guerrini nickten, folgten Piovene durch die Tür auf eine breite Veranda hinaus, die halb unter einem Bogengang im Westen des Hauses lag. Eine Treppe führte gleich vor der Küchentür zum Olivenhain hinab, und Laura vermutete, dass Angela Piselli von hier Enzo Leone und den Unbekannten beobachtet hatte.

Piovene stellte Flasche und Gläser auf einem Marmortisch ab, wies auf eine Bank und zwei Holzsessel.

«Das war Giorgios Lieblingsplatz am Abend und wenn die Nacht kam. Er saß oft stundenlang hier und schaute über die Hügel nach Westen.» Piovene blickte ebenfalls nach Westen, wo die Sonne orangerot knapp über den Bergen stand, dann wandte er sich schnell um und füllte die Gläser. Laura kam es vor, als hätte Piovene die Regie ihres Treffens übernommen: ein sensibler, unterhaltsamer Gastgeber, der sich bemühte, alle Fragen zu beantworten. Trotzdem fühlte sie sich nicht ganz wohl dabei. Es lag nicht an ihrer Verletzung oder an den Erlebnissen des Nachmittags.

«Haben Sie mit Giorgio Altlander unter einem Dach gewohnt?», fragte sie, als er ihr eines der Gläser reichte.

«Nein – wir sind uns immer neu begegnet. Ich habe im Nebenhaus gewohnt. Das ist auch wichtig für die Arbeit, Commissaria. Wenn ich schreibe oder male, dann brauche ich absolute Ruhe, und Giorgio ging es nicht anders.»

Also noch einer in der Dependance, dachte Laura und brauchte so respektlose, flapsige Gedanken, um diesen edlen Dichter nicht ins Überdimensionale wachsen zu lassen.

«Hatten Sie noch Kontakt mit ihm?», fragte sie, ließ

den roten Wein im Glas kreisen, nahm sein Funkeln in den letzten Sonnenstrahlen wahr.

«Ja, wir hatten noch Kontakt. Wir haben uns über unsere Arbeit ausgetauscht. Nicht regelmäßig, aber immer wieder. Und ich kann Ihnen gleich sagen, dass Giorgio an einer Biographie über Lord Byron arbeitete.»

«Hatte das etwas mit Ihrer Beziehung zu tun?» Laura hob ihr Glas. Piovene erwiderte ihre Bewegung und schloss mit einem Blick auch Guerrini ein.

«Natürlich hatte es etwas damit zu tun. Giorgio konnte nicht gut loslassen. Aber es war auch noch etwas anderes, er lebte als Lord Byron irgendwie ein zweites Leben. Manchmal hinkte er sogar – Byron war zwar groß und schön, aber auch behindert. Das wissen nicht viele. Also hinkte Giorgio an manchen Tagen. Und er teilte Byrons Verachtung für alle Spießer und alles Mittelmäßige. Seine unerbittliche Gesellschaftskritik speiste sich aus vielen romantischen Gedanken. Aber er hatte recht … er hat diese Gesellschaft von geldgierigen skrupellosen Spießern ganz gut durchschaut. Und dazu kam, dass er die Natur sehr liebte. Er litt geradezu körperlich unter der Zerstörung der Erde durch die Menschen.»

«Wie würden Sie ihn bezeichnen – als Dichter, der Sie sind, Signor Piovene?», fragte Guerrini.

Raffaele Piovene stellte sein Glas ab, strich mit einem Finger der rechten Hand über die Innenfläche seiner linken, tat einen tiefen Atemzug.

«Als dunklen Engel, als einsamen Wolf, als den Weisen auf dem Berg und als einen bitteren Menschen, der trotzdem das Leben geradezu leidenschaftlich liebte. Er war in allem widersprüchlich – manchmal lebte er asketisch wie Byron, dann wieder feierte er Fress- und Saufgelage.»

«Shelley hätte es nicht besser sagen können», murmelte Laura und nahm einen großen Schluck. Sie lauschte, stellte sich plötzlich vor, dass der schwarze Geländewagen irgendwo drüben unter den tiefhängenden Ästen der Olivenbäume stand und der Unbekannte sein Schnellfeuergewehr auf sie gerichtet hielt. Langsam erhob sie sich, ging zurück zur Küchentür, schaute zu den Bäumen hinüber. Blaugrüne Schatten umhüllten die Stämme, ein Käuzchen stieß schrille Schreie aus. Als Guerrini plötzlich neben sie trat, zuckte sie leicht zusammen.

«Es ist noch nicht vorbei, wie?» Seine Stimme klang weich und beruhigend. «Da steht kein Wagen, Laura. Wir hätten den Motor gehört. Ich habe sehr genau darauf geachtet. Komm wieder zu uns.» Er legte eine Hand auf ihre Schulter.

«Danke», sagte sie leise. «Ich komm ja schon.»

Gemeinsam kehrten sie zu Piovene, der Bank und dem Geist Altlanders zurück.

«Wo waren Sie eigentlich, als Altlander starb?» Guerrini setzte sich auf einen der Stühle, während Laura sich an eine Säule lehnte.

«Ja, natürlich. Sie müssen diese Frage stellen. Ich habe schon darauf gewartet. Es ist ein interessantes Phänomen, dass man nur mühsam die eigenen Schritte im Leben rekonstruieren kann, selbst wenn sie wenige Tage oder Stunden zurückliegen. Ich habe darüber nachgedacht und beschlossen, eine Kurzgeschichte daraus zu machen. Aber um Ihre Frage zu beantworten: Ich war in Rom, am Samstag mit Freunden beim Baden in Ostia, am Samstagabend in einer Bar an der Piazza Navona – ebenfalls mit Freunden –, ich habe einen Zeugen für die Nacht von Samstag auf Sonntag. Wir haben um elf auf meiner Dachterrasse gefrühstückt. Am Nachmittag habe ich gearbeitet, allein. Aber da war Giorgio schon tot, und ich brauche kein Alibi mehr – ist es nicht so?»

«Durchaus. Und nun kommt die nächste Frage, die Sie vermutlich erwarten, Signor Piovene: Haben Sie einen Verdacht, irgendeine Idee, wer Giorgio Altlander ermordet haben könnte?»

Der Dichter steckte drei Finger der rechten Hand in den offenen Kragen seines weißen Leinenhemds und massierte seine Halsmuskeln.

«Auch darüber habe ich lange nachgedacht, wie Sie sich denken können. Bei unserem letzten Telefongespräch – es ist ungefähr sechs Wochen her – erzählte mir Giorgio, dass er einer ziemlich schlimmen Geschichte auf der Spur sei. ‹Ich hoffe bald jemanden auffliegen zu lassen›, sagte er. Einen der Heuchler, wie er sie bezeichnete. Mehr wollte er nicht sagen. Aber es schien ihm Spaß zu machen, und er war geradezu wild darauf.»

«Und Sie haben keine Ahnung, um wen es sich handeln könnte?» Laura strich die Locken von ihrer Stirn zurück, und Piovene schien erst jetzt ihren Verband wahrzunehmen.

«Sie haben sich verletzt, Commissaria?»

«Es ist keine Attrappe, Signor Piovene», antwortete sie. «Der Heuchler ist nicht besonders begeistert davon, dass wir nicht an einen Selbstmord seines Opfers glauben. Er hat seit Altlanders Tod bereits vier Anschläge auf Menschen verübt, die dem Dichter nahestanden oder unbequeme Fragen stellten. Es wäre also gut, wenn Sie sich an jedes noch so winzige Detail Ihres letzten Gesprächs mit Altlander erinnern könnten.»

Der Himmel hatte sich inzwischen grellrot verfärbt,

verlieh ihren Gesichtern ein unwirkliches Aussehen, als könnten sie riesige Fledermausflügel aufklappen und davonfliegen wie dunkle Engel, von denen Piovene zuvor gesprochen hatte. So jedenfalls kam es Laura vor, und sie fragte sich, ob es an diesem Haus lag oder an den Folgen des Schocks, den sie erlitten hatte.

Piovene leerte sein Glas in einem Zug. «Er sagte, dass da einer sei, der sich selbst verloren habe. Wie drückte er es aus … einer, der seine Leidenschaft begraben habe, ein lebendiger Toter, ein gefährlicher Betrüger, weil man nur ein Betrüger werden kann, wenn man sich selbst belügt. Ja, so hat er es ausgedrückt.»

«Aber er hat keinen Namen genannt?»

«Nein, keinen Namen. Und ich habe keine Ahnung, wen er gemeint haben könnte. Zudem sagte er, dass dieser Mensch erst seit kurzer Zeit wiederaufgetaucht sei. Ein Phantom aus der Vergangenheit.»

«Ein Phantom im schwarzen Geländewagen», murmelte Guerrini. «Hat Altlander jemals den Namen Montelli erwähnt, Paolo Montelli? Ich meine nicht nur bei Ihrem letzten Gespräch, sondern früher?»

«Nein, Commissario. Ich kann mich nicht daran erinnern. Falls es ein ehemaliger Geliebter war, dann hätte Giorgio seinen Namen niemals genannt. Er war sehr diskret. Wir Homosexuellen schützen uns gegenseitig vor der Brutalität der Gesellschaft.»

Piovenes Antwort verwirrte Guerrini. Niemals hatte er auch nur in Erwägung gezogen, dass Montelli ein ehemaliger Geliebter des deutschen Dichters sein könnte. Er war froh, dass Laura die lange Unterbrechung beendete und nach Elsa Michelangeli fragte.

«Natürlich kenne ich Elsa. Wir waren viel zusammen

damals. Sie ist eine kluge und talentierte Frau. Ich nehme an, dass sie in gewisser Weise wichtiger für Giorgio war als ich. Leidenschaften erlöschen, Freundschaften sind beständiger.»

«Haben Sie jemals Ihren Nachfolger getroffen?»

«Nachfolger?» Piovene lachte auf. «Sie meinen diesen Leone. Nein, ich habe ihn nie getroffen und hatte auch kein Bedürfnis danach. Ich war nie wieder in *Wasteland,* seit ich Giorgio verlassen habe.»

«Hatten Sie Kontakt mit Elsa?»

«Hin und wieder.»

«Wann zum letzten Mal?»

«Jetzt wird es ein richtiges Verhör, nicht wahr?» Piovene lächelte. «Nach Giorgios Tod. Ich habe es von ihr erfahren, nicht aus den Zeitungen.»

«Hat Sie eine Vermutung geäußert, wer Altlander umgebracht haben könnte?»

Piovene seufzte. «Sie war völlig aufgelöst, das können Sie sich vorstellen. Und sie sprach von einer Verschwörung – was immer sie damit gemeint haben mochte. Ich erinnere mich an einen merkwürdigen Satz: ‹Manchmal reicht unsere Phantasie nicht aus, um die Dinge zu begreifen.› So ähnlich hat sie sich ausgedrückt. Und dabei mangelt es Elsa wirklich nicht an Phantasie.»

Guerrini hatte plötzlich das dringende Bedürfnis nach einer Denkpause. Manchmal, wenn er komplizierte Fälle einfach zur Seite schob, um auf seiner Terrasse zu sitzen oder irgendwo essen zu gehen, fand sein Unbewusstes ganz neue Lösungen. Auf so ein Wunder richtete sich nach all diesen verwirrenden Ereignissen seine Hoffnung, deshalb stand er auf, stützte die Arme auf die hohe Stuhllehne und sagte: «Ich glaube, es reicht für heute, Signor Piovene. Sie haben uns sehr geholfen. Werden Sie in Siena bleiben und sich um die Beisetzung von Signor Altlander kümmern? Mir kommt es so vor, als sei Enzo Leone dazu nicht in der Lage.»

Piovene zögerte einen Moment, erhob sich ebenfalls, strich sein Haar zurück. «Das kommt überraschend … ich hatte nicht damit gerechnet – nach all den Jahren. Allerdings, ich habe wichtige Termine in Rom. Wir arbeiten gerade an einem Theaterstück. Ist denn … Giorgios Leiche schon freigegeben?»

«Nein, aber es wird vermutlich nicht mehr lange dauern.»

«Ich könnte jederzeit wiederkommen. Von Rom nach Siena sind es nur zwei Stunden.»

«Werden Sie heute Nacht in Siena bleiben?»

«Ich weiß es noch nicht. Dieses Wiedersehen mit *Wasteland* hat mich sehr bewegt … war eine Art Wallfahrt, die noch nicht zu Ende ist.»

Sie traten in die Küche, spülten die Gläser, stellten die angebrochene Flasche auf den Tisch, als könne nach ihnen jemand kommen und sich ebenfalls ein Glas einschenken. Piovene ging sehr langsam durch die Eingangshalle, blieb immer wieder stehen und sah sich um. «Vielleicht», sagte er leise, «könnte ich morgen noch einmal durchs Haus gehen. Wäre das möglich, Commissario?»

«Ich kann es organisieren.» Guerrini wollte weg, hätte Piovene am liebsten aus dem Haus gezogen. Als das *telefonino* in seiner Jackentasche zu brummen begann, war er dem unbekannten Anrufer dankbar. Wer auch immer es war, er würde die Abfahrt aus *Wasteland* beschleunigen.

Es war Tommasini, und seine Stimme verriet tiefe Befriedigung.

«Er dreht durch, Commissario!»

«Wer?»

«Leone! Mein Bruder und ich haben es geschafft, dass er dreimal den schwarzen Geländewagen gesehen hat.»

«Wo ist er jetzt?»

«Bei seinen Freunden. Ich glaube, er ist kurz vor einem Nervenzusammenbruch. Was soll ich jetzt machen, Commissario?»

«Beruhige ihn und sag ihm, dass ich schon auf dem Weg bin.»

«Ich weiß nicht, ob ihn das beruhigen wird, Commissario.»

«Das soll es auch gar nicht. Bis gleich, Sergente!»

Guerrini wandte sich zu Laura und Piovene um. «Wir müssen uns beeilen. Ich werde in Siena gebraucht.»

Sorgfältig schloss er das Tor von *Wasteland* ab, warf noch einen Blick zurück, ehe er ins Auto stieg. Auf den Mauern des alten Hauses lag ein roter Schimmer, als glühe es von innen heraus.

Wie eine unwirkliche Erscheinung verschwand Raffaele Piovene in einer Touristengruppe, als Guerrini in der Via della Sapienza anhielt. Ein paar Meter weiter tauchte er wieder auf, drehte sich am Eingang des *Albergo Bernini* noch einmal um und hob grüßend den Arm. Alle Touristen starrten in seine Richtung.

«Shelley hat bessere Gedichte geschrieben als Byron», sagte Laura und winkte zurück. «Würde mich interessieren, ob es bei den beiden umgekehrt ist.»

«Mich interessiert jetzt vor allem, was wir aus Leone rausquetschen können. Mein Bedarf an Dichtern ist im Augenblick gedeckt.»

«Ich werde trotzdem morgen versuchen, ein Buch von Piovene zu bekommen.»

«Könntest du den falschen Shelley für ein paar Minuten vergessen und mit mir darüber nachdenken, wie wir Leone am besten zu fassen bekommen?» Guerrini fuhr ein bisschen zu schnell für die engen Straßen, ließ ab und zu die Sirene kurz aufheulen, um Fußgänger zu verscheuchen.

«Worüber sollen wir nachdenken? Wir müssen ihn sehen!»

«Ich will rauskriegen, wen er unter dem Olivenbaum bedient hat. Wenn wir das wissen, sind wir einen großen Schritt weiter.»

«Sicher, aber um ihn das zu fragen, müssen wir erst sehen, wie weit er schon gar gekocht ist. Das verrät er erst, wenn er wirklich um sein Leben fürchtet!»

Guerrini hielt hinter Tommasinis Wagen vor einer kleinen ockerfarbenen Villa an der Viale XXIV Maggio. Der Sergente stieg sofort aus und eilte zu ihnen.

«Er ist drinnen!» Tommasini wies auf die Villa. «Das sind Bekannte von ihm und Altlander. Die Frau ist Deutsche. Bisher haben Sie es halbwegs geschafft, Leone zu beruhigen. Aber der ist reif, wenn Sie mich fragen.»

«Danke, Tommasini. Du kannst in die Questura zurückfahren und dich um deine Ablösung kümmern. Bis die hier ist, werden wir bei Leone bleiben.»

Tommasini war offensichtlich sehr erleichtert, enteilte innerhalb weniger Sekunden. Als Laura gleich darauf hinter Guerrini die Eingangsstufen der Villa hinaufstieg, stolperte sie vor Erschöpfung, fühlte sich gleichzeitig hellwach und seltsam aufgeregt. Der Fall Altlander hatte Besitz von ihr ergriffen.

Die Tür wurde erst geöffnet, als Guerrini seinen Ausweis durch den Briefschlitz gesteckt hatte.

«Entschuldigen Sie, Commissario», erklärte der breitschultrige bärtige Mann, der endlich aufmachte. «Fagioli, Benedetto Fagioli, ist mein Name. Aber wir sind solche Situationen nicht gewohnt, meine Frau und ich. Zuerst haben wir gedacht, dass Enzo übertreibt – aber ich habe den schwarzen Wagen auch gesehen. Er ist sogar zweimal hier vorbeigefahren, ganz langsam. Wenn der Sergente nicht bei uns gewesen wäre, dann hätten wir alle drei die Flucht ergriffen. Ich habe schon Freunde in Rom angerufen …»

«Es tut mir leid, dass Sie solche Schrecken durchmachen müssen, Signor Fagioli. Und es ist sehr verdienstvoll, dass Sie sich Enzo Leones angenommen haben …»

«… und des Hundes!», sagte eine ironische Stimme am Ende des Korridors.

«Meine Frau Anna!» Der große Mann mit dem dunklen Vollbart wies auf eine blonde Frau, die jetzt schnell auf sie zukam und ihre Hände schüttelte.

«Schön, dass Sie da sind. Mir reicht das Babysitten allmählich. Er ist kein besonderer Held, unser Enzo!»

«Na ja, sei nicht so streng, Anna. Ich hab mal einen amerikanischen Film gesehen, da wurde auch jemand von einem dunklen Auto verfolgt. Das war ziemlich unangenehm, sogar im Kino.»

«Hat Signor Leone irgendwas gesagt … irgendeinen Hinweis darauf, wer in dem schwarzen Wagen sitzen könnte?» Guerrini lächelte der blonden Frau zu, und sie lächelte zurück, warf mit einer schnellen Kopfbewegung ihr langes Haar zurück.

«Nein, Commissario. Er jammert nur die ganze Zeit, dass er ganz bestimmt das nächste Opfer des unbekannten

Mörders sein wird. Ich finde das ein bisschen albern, wenn Sie mich fragen. In dieses Haus kommt so schnell keiner rein. Wir haben Gitter vor den Fenstern, und außerdem sitzt ein Polizist vor der Tür.» Ihr Italienisch war nicht ganz so weich wie das der Einheimischen, aber ziemlich gut. Man hätte es für einen Dialekt der ligurischen Küste halten können.

«Sie sind Deutsche, nicht wahr?», fragte Laura.

«Sagen Sie nicht, dass Sie es an meiner Aussprache erkannt haben!», flehte Anna Fagioli und lachte gleichzeitig. «Ich habe es immerhin geschafft, dass die Gemüsehändler auf dem Markt mich nicht mehr auf Deutsch ansprechen.»

«Nein, es liegt nicht an Ihrer Aussprache. Sergente Tommasini erwähnte es. Ich bin auch Deutsche. Ermittlungshilfe für den Commissario. Und ich wiederhole seine Frage auf Deutsch: Hat Signor Leone irgendwas gesagt, das auf den Fahrer des schwarzen Wagens hindeuten könnte?»

«Nein, er ist nur völlig aus dem Häuschen und will unbedingt weg. Ich nehme an, dass die Situation wirklich ein bisschen gefährlich ist, sonst hätte Enzo wohl keinen Personenschutz bekommen, oder?»

«Ein bisschen», bestätigte Laura. «Aber nicht so gefährlich, wie Signor Leone befürchtet.»

Anna Fagioli lehnte sich an ihren Mann. «Siehst du, ich habe es geahnt. Ist Giorgio wirklich ermordet worden, oder sind das alles Gerüchte, die von den Medien verbreitet werden?»

«Er ist wirklich ermordet worden. Aber würden Sie uns jetzt bitte zu Enzo Leone bringen. Es ist sehr wichtig.»

Benedetto Fagioli nickte und wies ihnen den Weg zur

Treppe. Laura fielen große Holzskulpturen auf, die in Wandnischen standen – Madonnen und Heilige zuhauf. Fagioli bemerkte ihren erstaunten Blick.

«Wir restaurieren Skulpturen und Gemälde. Unser ganzes Haus ist voller Kunstwerke, weil die Werkstatt zu klein geworden ist. Gehen Sie nur allein hinauf. Zweite Tür rechts. Und keine Sorge, der Hund ist im Garten.»

Die Stufen waren aus dunklem Holz, das Geländer schlicht, nur an wenigen Stellen mit ein paar Schnörkeln verziert. Auch im ersten Stock standen Skulpturen herum, und Laura fragte sich, ob all diese Märtyrer, Wundertäter und göttlichen Wesen den Bewohnern des Hauses noch Luft zum Atmen ließen. Neben der zweiten Tür rechts lehnte eine lebensgroße Figur des heiligen Sebastian, an einen Pfahl gefesselt und von unzähligen Pfeilen durchbohrt.

«Hier würde ich auch durchdrehen», knurrte Guerrini und klopfte kräftig an die Tür.

«Bist du das, Benedetto?» Leones Stimme klang heiser und so nah, als hätte er hinter der Tür gewartet.

«Nein, Commissario Guerrini und die deutsche Commissaria.»

Die Tür wurde aufgerissen, Leone wich drei Schritte zurück, fuhr sich mit allen zehn Fingern durchs Haar und sah ihnen mit leicht zusammengekniffenen Augen entgegen. Er wirkte wie ein Schauspieler, der sich auf eine dramatische Rolle vorbereitet. Aber nicht unbedingt wie ein guter Schauspieler.

Er hat sich eine Strategie zurechtgelegt, dachte Laura. Vielleicht macht er allen etwas vor und ist gar nicht so am Ende.

«Gut, dass Sie da sind, Commissario», murmelte er

jetzt. «Sie müssen mich hier wegbringen. Florenz ist nicht weit genug. Es muss mindestens Rom sein. Besser noch London. Niemand wird mich in London finden.»

«Aber Sie sind wirklich sicher hier, Signor Leone. Ich habe unsere zuverlässigsten Polizisten zu Ihrer Bewachung abgestellt.» Guerrini musste sich Mühe geben, Leone nicht zu duzen. Er konnte Elsa Michelangelis Abneigung gegen ihn sehr gut verstehen.

«Zuverlässig?» Leone lachte schrill auf. «Er hat mich in den Garten gelockt, damit ich mit dem Hund spielen kann. Und dann hat er mit dem Hund gespielt und den schwarzen Geländewagen übersehen! Der ist ganz nah am Zaun vorbeigefahren – im Schritttempo, hat sogar angehalten. Die hätten mich in aller Ruhe abknallen können! Jetzt wissen Sie, wie zuverlässig Ihre Polizisten sind!» Leones Stimme hatte sich immer mehr gesteigert, kippte zuletzt, und der junge Mann sank erschöpft in einen antiken Sessel, der ein leises Knarren von sich gab.

«Das ist bedauerlich, und ich entschuldige mich dafür. Es wird nicht wieder vorkommen, Signor Leone.» Guerrini sprach mit ausgesuchter Höflichkeit. «Allerdings kann ich Sie nicht gehen lassen – nach London zum Beispiel, was an sich kein Problem wäre …»

«Sehen Sie! Kein Problem, Sie sagen es selbst, Commissario!» Leone richtete sich wieder auf, lächelte verzerrt.

«Sie haben mich nicht richtig verstanden, Signor Leone: London wäre kein Problem – das Problem sind Sie selbst!»

«Ich?» Leone riss seine Augen auf.

«Ja, Sie! Ihre mangelnde Bereitschaft zur Zusammenarbeit ist das Problem!»

«Aber wie, was? Ich habe alles gesagt, was ich weiß. Ich

begreife nicht …» Er vergrub sein Gesicht in den Händen, stöhnte laut auf.

Guerrini schüttelte den Kopf. «Nein, Signor Leone, das haben Sie nicht. Erinnern Sie sich an unsere letzte Begegnung in *Wasteland*, als die Commissaria Sie etwas fragen wollte – unter vier Augen? Das wollten Sie ganz und gar nicht. Aber genau darum geht es.»

«Mein Privatleben hat nichts mit Giorgios Tod zu tun. Ihr behandelt mich so, weil ich schwul bin! Gibt es nicht inzwischen Gesetze gegen Diskriminierung von Minderheiten?» Er sprach jetzt leise, seine Hände zitterten.

«Nein, es hat überhaupt nichts damit zu tun, dass Sie schwul sind, Enzo.» Laura wagte den Schritt zum Vornamen. «Wenn Sie nicht schwul wären und unter den Zweigen eines Olivenbaums mit einer schönen Unbekannten rumgemacht hätten, einer Freundin oder nahen Bekannten Ihres Partners, dann würde ich Sie auch danach fragen. Es gibt nämlich Zeugen dafür, und was wir wissen wollen, ist der Name der betroffenen Person.»

Leone war wieder in sich zusammengesunken, saß mit gesenktem Kopf da, die Hände um seine Oberschenkel gekrampft.

«Welche Zeugen?», flüsterte er nach einer Weile. «Was hat das mit Giorgios Tod zu tun? Ich verstehe das nicht!»

«Es könnte durchaus mit Signor Altlanders Ermordung zu tun haben und vor allem erklären, warum Sie bedroht werden. Irgendjemand scheint die Dinge sehr ernst zu nehmen. Es wäre in Ihrem eigenen Interesse, uns den Namen zu nennen.»

Leone schüttelte den Kopf, immer heftiger, bis seine Haare flogen.

«Nein!», keuchte er. «Ihr legt mich nicht rein.»

«Bene!» Guerrini wandte sich zur Tür. «Dann gehen wir jetzt, und Sie können darüber nachdenken. Der Polizist für die Nachtwache wird bald hier sein. *Buona notte, signor Leone!»* Guerrini machte einen Bogen um den heiligen Sebastian, und noch ehe er und Laura die Treppe erreicht hatten, stand Leone im Flur.

«Es war dieser verklemmte Deutsche. Der angeblich bekannte Kinderbuchautor, der seit Jahren hinter Giorgio her war. Da hätten Sie auch schon ihr Motiv, Commissario!» Wieder stieß Leone ein schrilles Lachen aus, lehnte sich an den heiligen Sebastian, fuhr aber entsetzt zurück, als er die Pfeile in seinem Rücken spürte. «Jetzt kann ich gehen, was, Commissario! Nach London!»

«Nein», erwiderte Guerrini ruhig. «Sie bleiben genau hier, bis wir Ihre Aussage überprüft haben. Schlafen Sie gut!»

Am Fuß der Treppe warteten die Fagiolis, waren eine einzige Frage, obwohl sie nichts sagten.

«Es wäre schön, wenn Sie ihn noch ein, zwei Tage beherbergen könnten. Machen Sie sich keine zu großen Sorgen … das müssen Sie aber nicht unbedingt Signor Leone erzählen.» Wieder lächelte Guerrini der blonden Signora Anna zu, doch Laura war zu müde, um darüber nachzudenken.

«Ich habe Hunger!», stöhnte Guerrini als sie wieder im Streifenwagen saßen. «Ich muss jetzt ganz besonders köstliche Dinge essen, sonst bekomme ich diesen Fall niemals in den Griff.» Er schaute auf die Uhr am Armaturenbrett. «Gleich halb zehn. Komm, wir suchen jetzt Tommasinis Bruder heim und belohnen ihn für seine Hilfe. Ich hoffe nur, dass er uns auch belohnt und einen halbwegs anständigen Koch beschäftigt. Hast du noch die Kraft, mit mir essen zu gehen, Laura?»

Laura lehnte sich zurück und gähnte. «Ja, ich habe richtig Lust, mit dir essen zu gehen. Weißt du, was ich jetzt in München machen würde? Ich würde zu Benno Peters fahren und mit ihm die ganze Fragerei nochmal durchziehen. Aber da habe ich auch niemanden, mit dem ich so gern essen ginge wie mit dir.»

«Ist das dein Ernst? Ich meine, dass du jetzt noch zu diesem merkwürdigen Katzenfreund fahren würdest?»

«Nein, wenn ich genau darüber nachdenke, dann spricht alles dagegen: Ich bin müde, hungrig und habe leichte Kopfschmerzen. Übrigens ... hast du eben mit Anna Fagioli geflirtet?»

«Natürlich. Erstens wollte ich wissen, ob du es bemerkst, und zweiten war es Tarnung.»

«Aha, sie ist ganz hübsch, diese Anna.»

«Das auch.»

«Warum fährst du eigentlich nicht?»

«Ich warte auf unsere Ablösung. Leone hat Personenschutz, und im Augenblick sind wir dafür verantwortlich, dass ihm nichts passiert.»

«Ich werde einschlafen, wenn wir länger im Dunkeln herumsitzen.»

«Liebst du absurde Dialoge?»

«Ja, ausgesprochen.»

«Gut, dann können wir ja weitermachen. Was hältst du von Shelley?»

«Er hat wunderbare Gedichte geschrieben.»

«Ich meine den falschen.»

«Er ist mindestens so hübsch wie diese Anna – eigentlich hübscher.»

Guerrini stieß ein leises Knurren aus. «Und sonst? Ich meine, abgesehen davon, dass du ihn hübsch findest.»

«Er ist interessant.»

«Weiter.»

«Er weiß viel mehr, als er uns sagt.»

«Brava ragazza.»

«Na ja, so gut es nach einem Tag wie diesem eben geht.»

«Und Leone?»

«Hat gelogen. Der Süße deckt jemanden und hängt deshalb den Katzenfreund hin. Wobei der sicher scharf auf alle beide war, auf Altlander und Leone. Einer, der sich nie traute, sich selbst zu leben.»

«Der Heuchler, von dem Altlander Piovene erzählte?»

Laura schüttelte den Kopf, hörte aber sofort wieder auf damit, denn die Naht am Haaransatz schmerzte.

«Ich mag es nicht, wenn man mich zusammennäht», murmelte sie.

«Was sagst du?»

«Ach nichts. Heuchler, wir sprachen vom Heuchler. Ich glaube, dass Altlander einen viel größeren Heuchler gemeint hat als diesen Peters. Der ist ein kleiner Heuchler, wird von seiner Frau verachtet, weil sie ihn vermutlich längst durchschaut hat.»

«Nicht schlecht, Commissaria. Ich muss allerdings unseren fruchtbaren Dialog unterbrechen, weil ich in wenigen Minuten vor Hunger ohnmächtig werde.»

Guerrini nahm sein Handy, drückte die Nummer des Kommissariats.

«Guerrini hier! Ich erwarte, dass in zwei Minuten die Ablösung für mich hier ist. Bewegt euren Arsch, aber schnell!»

Es dauerte noch sechs Minuten, ehe d'Annunzio mit kreischenden Reifen um die Kurve raste und vor ihnen bremste. Bei ihm handelte es sich ebenfalls nur um eine Zwischenlösung, denn er sprang nur für einen Kollegen namens Scudari ein, der gerade eine Anzeige aufnahm. Scudari wiederum würde um drei Uhr morgens von einem Kameraden namens Pergolano abgelöst werden, der von außerhalb zur Verstärkung angefordert worden war.

«Es ist mir egal!», brüllte Guerrini. «Hauptsache, es ist immer einer da! *Buona notte!*»

Es dauerte eine Weile, ehe Guerrini die *Osteria Aglio e Olio* gefunden hatte. Zweimal fuhr er in die falsche Gasse, und zweimal fluchte er laut. Ansonsten sagte er wenig, doch Laura machte seine schlechte Laune irgendwie fröhlich. Bisher war Angelo ihr manchmal sehr abgeklärt vorgekommen. Sie mochte ihn, wenn er fluchte und schimpfte.

Tommasinis Bruder, der ehemalige Kellner, hatte seine Osteria im Parterre eines Wohnhauses aus dem 17. Jahrhundert eingerichtet. Es war ein gemütliches kleines Lokal voller Kerzenlicht und Kränzen getrockneten Knoblauchs. In Vitrinen wurde edles Olivenöl ausgestellt, farbliche Akzente setzten rote Pepperoncini und gelbe Zierkürbisse. Und es roch so gut, dass sowohl Laura als auch Guerrini das Wasser im Mund zusammenlief.

«Commis ...», wollte der jüngere Tommasini ausrufen, als er Guerrini erkannte, verstummte aber sofort, als der Commissario abwehrend beide Arme hochnahm, und änderte seine begeisterte Begrüßung in *«Buona sera, signori!»*. Er drückte ihnen diskret die Hände und geleitete sie zu einem ebenso diskreten Tisch in einem Erker, rückte die

Stühle zurecht und flüsterte verschwörerisch: «Hat geklappt, nicht wahr, Commissario!»

Guerrini nickte. «Gut gemacht! Ich danke Ihnen, Tommasini.»

«Sie können sich jederzeit auf mich verlassen, Commissario.» Tommasini verbeugte sich leicht und reichte ihnen die Speisekarte.

«Wir haben heute als Vorspeisen wunderbare *crostini misti*, ganz frische *insalata di mare* oder hausgemachte *gnocchi di patate con burro e salvia*.»

«Bringen Sie alles, einen Liter roten Hauswein und Wasser. Danach sehen wir weiter!»

«Alles?»

«Alles!»

«Sehr wohl, Commissario.» Tommasini eilte davon, gab die Bestellung an die Küche weiter und füllte hinter der Theke roten Wein in eine Karaffe. Ab und zu schaute er dabei zu Laura und Guerrini hinüber, und einmal überprüfte er – genau wie sein Bruder es zu tun pflegte – mit zwei Fingern seinen leicht gelichteten Haaransatz.

«Nicht zu übersehen, dass er Tommasinis Bruder ist!», sagte Guerrini. «Aber wir haben schon wieder ein Problem. Ich kann dich weder küssen noch umarmen … ich meine, falls wir unser Theater weiterspielen wollen.»

«Ich bestehe darauf, es weiterzuspielen, Commissario. Es ist ein bisschen wie Altlanders Dependance. Auf diese Weise kann man sich immer neu begegnen. Der wiedergeborene Shelley hat es gut ausgedrückt, nicht wahr? Und Altlander hatte völlig recht.»

«Woher nimmst du nur die Kraft, nach diesem Tag noch so komplizierte Dinge zu denken?»

«*Non lo so* … keine Ahnung. Aber ich habe plötzlich

an Serafinas Osteria in Buonconvento denken müssen. Da haben wir zum ersten Mal zusammen gegessen. Soweit ich mich erinnere, war unser Gespräch sehr erotisch und ein bisschen absurd. Und wir haben uns dabei weder geküsst noch umarmt!»

Guerrini lächelte, legte seine Hand neben ihre auf den glatten Holztisch. Der Zwischenraum betrug etwa zehn Zentimeter, doch Laura spürte seine Wärme und ein wohliges Ziehen in ihrem Bauch.

«Genau das!», flüsterte sie und lächelte Tommasini entgegen, der Wein in ihre Gläser füllte, ihr einen tiefen Blick schenkte und wieder davoneilte, um eine große Platte Crostini herbeizutragen.

Sie hatten keine Mühe, sich durch alle Vorspeisen hindurchzuessen – die Crostini mit ihren verschiedenen Aufstrichen aus Hühnerleber, Knoblauchwürsten, Tomaten und Spinat waren köstlich. Der Meeresfrüchtesalat so frisch und wohlkomponiert, dass Guerrini vor Begeisterung stöhnte, und die Gnocchi schmeckten wirklich nach Kartoffeln und nicht wie Mehlklumpen.

Laura und Guerrini sprachen nicht, während sie aßen, tauschten nur Blicke und wortlosen Genuss.

«Allora!», rief Tommasini, als er die leeren Teller abräumte. «Jetzt würde *coniglio alla contadina* passen. Das Kaninchen lag zwei Tage in einer Beize aus Kräutern und Knoblauch, ein wenig Essig und Olivenöl. Es ist perfekt, Signori!»

«Ich kann eigentlich nicht mehr», seufzte Laura.

«Einen kleinen Grappa zwischendurch, Signora Commissaria?» Tommasini verbeugte sich lächelnd.

«Wenn Sie dem Commissario helfen, mich zum Wagen zu tragen. Nein, danke.»

«Bringen Sie eine kleine Portion vom Kaninchen – nur zum Probieren. Ich bin auch ziemlich satt, und es ist spät.»

Tommasini eilte davon, und Guerrini prostete Laura zu. «In Altlanders Kühlschrank lag auch ein Kaninchen – in Knoblauch und Kräutern, eingelegt von Enzo Leone. Wahrscheinlich hat Angela Piselli es mit nach Hause genommen und für ihren Mann gebraten.»

«Traurig, dass er es nicht mehr essen konnte», murmelte Laura. «Ich finde es überhaupt traurig, dass Menschen sterben müssen. Das Leben ist eigentlich viel zu schön, um zu sterben.»

«Wirklich erstaunlich, welch tiefe Einsichten du heute Abend hast.» Guerrini verzog keine Miene, als Laura ihm unter dem Tisch einen Fußtritt verpasste. Stattdessen begrüßte er freudig den Kaninchenbraten, der köstlich nach Rosmarin, Thymian und Knoblauch duftete. Schweigend schafften sie auch dieses Gericht, streikten aber endgültig, als Tommasini ihnen frittierte Reisbällchen als Nachspeise anbot. Doch es fehlte ihnen die Kraft, aufzustehen und nach Hause zu gehen, deshalb tranken sie noch einen *caffè*. Diskret stellte Tommasini *biscotti di Prato* und zwei Gläser *vinsanto* daneben. Diskret genossen sie auch diese Köstlichkeit.

«Morgen erzählst du mir was von diesem mysteriösen Montelli, ja?»

«Vielleicht», erwiderte Guerrini und gab Tommasini seine Kreditkarte. Der aber wollte sie nicht annehmen.

«Aber Commissario – es war mir ein Vergnügen. Empfehlen Sie mich weiter und betrachten Sie es als Einladung.»

«*No!* Ich weiß, dass Polizisten umsonst in Restaurants

essen, sich umsonst die Haare schneiden lassen, Wurst und Käse zum Preis von vor dreißig Jahren einkaufen und so weiter und so weiter … ich finde das total beschissen, verstanden? Du hast uns geholfen, und ich danke dir dafür! Ich werde dein Lokal empfehlen, weil es gut ist. Wenn es schlecht wäre, würde ich es nicht machen! Und jetzt buch, verdammt nochmal, die Rechnung von meiner Kreditkarte ab!»

Tommasini zog den Kopf ein und tat, was der Commissario ihm aufgetragen hatte.

«Nicht schlecht», sagte Laura, als sie auf der Straße standen. Das Kopfsteinpflaster glänzte im Mondlicht, und ein Windstoß entfaltete die großen Fahnen, die von allen Häusern hingen. Ganz am Ende der Gasse strahlte hell die Torre di Mangia.

ZU LANGE geschlafen. Laura wusste es, als sie die Augen aufschlug, tastete nach dem Verband auf ihrer Stirn. Er hatte sich ein wenig gelöst, die Naht pochte leicht. Sie hatte etwas geträumt, deshalb war sie aufgewacht. Etwas Unangenehmes. Aber es war weg. Ihr Handy lag auf dem niedrigen Tischchen neben dem Bett. Sie zog es zu sich heran, entzifferte mühsam die SMS-Botschaften, musste sich zur Seite drehen, um die Sonne abzuschirmen.

Hi, Mama. Alles klar in Monaco. Sofia ist auch brav. Mach dir keine Sorgen, sondern eine schöne Zeit. Luca

Nett, dachte Laura, schloss die Augen und streckte sich wohlig aus. Dann rappelte sie sich auf, setzte sich im Schneidersitz in die Mitte des Bettes und tippte ihre Antwort ein: *Hallo, Luca, bin sehr froh, dass es euch gutgeht. Hier ist es ziemlich spannend, Opa ist in Topform. Liebe euch! Mama.*

Danach wandte sie sich der zweiten Nachricht zu. Sie stammte von Kommissar Baumann.

Komme im Schneckentempo voran. Der alte Mayer ist eine harte Nuss. Dobler hat sicher Dreck am Stecken. Weiß nur noch nicht, welchen! Ich bleib dran. Hoffe, dass bei dir alles läuft. Peter.

Laura dachte kurz nach und antwortete: *Es läuft. Bleib schön dran. Ich ruf demnächst an. Laura.*

«Schwachsinn!», murmelte sie und stand leise auf. Was

hatte sie nur geträumt? Sie streichelte Angelos Rücken mit ihren Augen. Er lag auf dem Bauch, das Gesicht in den Kissen vergraben, rührte sich nicht. Laura schlich in die Küche, setzte Wasser auf, hängte Teebeutel in zwei große Tassen und ging ins Bad. Vor dem Spiegel löste sie vorsichtig den Verband, der inzwischen bis auf ihre Augenbrauen herabgerutscht war. Die Naht an ihrem Haaransatz war nur ein dunkler Strich mit ein paar Fäden. Haarebürsten tat trotzdem weh, und sie hatte den Eindruck, dass die obere Hälfte ihres Gesichts ein wenig geschwollen war.

Die lauwarme Dusche tat ihr gut. Ein paar Minuten lang blieb sie mit geschlossenen Augen unter dem Wasserstrahl stehen, versuchte sich an den Traum zu erinnern, aber sie bekam nur ein unklares Gefühl von Bedrohung zu fassen. Dachte plötzlich an ihre Tochter Sofia und ihre Beschreibung der Unfähigkeit, sich an Träume zu erinnern. Verschwundene Träume fühlten sich an, als betaste man etwas mit verbundenen Augen und müsse herausfinden, was es sei. Es komme einem bekannt vor, und trotzdem könne man es nicht erkennen, sosehr man sich auch bemühe. Nur eines wisse man ziemlich sicher, ob es etwas Entsetzliches oder etwas Angenehmes ist.

Etwas Angenehmes war es nicht, dachte Laura, drehte entschlossen das Wasser ab und wickelte sich in ein großes Badetuch. Dann lief sie barfuß in die Küche, goss den Tee auf, wartete ungeduldig darauf, dass vier Minuten vergingen, ehe sie die Beutel herauszog. Schon zwanzig vor neun. Sie rührte einen halben Löffel Zucker in jede Tasse, steckte das Badetuch fester um ihren Körper, wartete darauf, dass der Tee etwas abkühlte.

Die Küche hatte nur ein kleines Fenster, und das ging auf den Hinterhof und die Dächer der umliegenden Häuser hinaus. Laura konnte den Ausschnitt einer Terrasse sehen. Dort saß eine Frau in der Morgensonne und las Zeitung. Sie hatte Lockenwickler im Haar und trug ein glänzendes pinkfarbenes Negligé. Neben ihr auf der Mauer lag eine schwarze Katze, die sich den ersten Sonnenstrahlen hingab. Laura meinte ihr Schnurren durch das geschlossene Fenster zu hören. Plötzlich beneidete sie diese Frau, stellte sich vor, wie es wäre, jeden Morgen auf Guerrinis Dachterrasse Zeitung zu lesen, den Tauben zuzuschauen und ein pinkfarbenes Negligé zu tragen. Eine angesehene Signora, die sich nur Gedanken darüber machte, was sie am Abend kochen sollte und in welcher Bar sie später ihren ersten Cappuccino trinken würde.

Nein, eigentlich war das keine gute Vorstellung. Sie mochte keine pinkfarbenen Negligés und würde sich sicher langweilen. Deshalb löste sie ihren Blick, nahm die beiden Teetassen und trug sie ins Schlafzimmer. Guerrini hatte sich inzwischen auf den Rücken gedreht, war aufgewacht, begrüßte sie aber mit einem Lächeln, das noch ganz dem Schlaf verhaftet war.

«*Buon giorno, carina*», murmelte er. «Ich weiß gar nicht, wie lange es her ist, dass mir jemand Tee ans Bett gebracht hat.»

«Vermutlich seit Carlotta dich verlassen hat!», antwortete Laura trocken.

Er setzte sich auf.

«Wie kommst du denn auf Carlotta? Sie hat mir nie Tee ans Bett gebracht. Carlotta hat morgens Kaffee gekocht und gewartet, bis ich in die Küche kam. Manchmal war sie auch schon weg, wenn ich aufstand.»

«Wie schade. Hast du ihr Tee ans Bett gebracht?»

«Nein. Sie mochte keinen Tee.»

«Wirklich?»

«*Vero!* Und sie mochte auch keinen Kaffee im Bett.»

«Was mochte sie denn?»

«Sie hat es nie genau gesagt. Vielleicht wusste sie es selbst nicht.»

«Hast du sie gefragt?»

«Ja, manchmal. Hat dein Exmann dir Tee gebracht?»

«Manchmal. Aber lassen wir das. *Buon giorno, Angelo!*»

«*Buon giorno!*» Guerrini nickte und schlürfte genüsslich seinen Tee, stellte dann die Tasse neben das Bett und verschränkte die Arme vor der Brust.

«Ich habe nachgedacht, während du im Bad warst. Es macht mich ziemlich nervös, wenn ich nicht weiterkomme, wie in diesem Fall. Und mir ist etwas aufgefallen: Gewisse Aspekte rund um Altlanders Ermordung wirken sehr professionell. Ich glaube nicht, dass ein gewöhnlicher Mensch, der einen Mord verüben will, so umsichtig vorgeht, dass er nirgendwo den Hauch einer Spur hinterlässt.»

Laura zuckte die Achseln.

«Sag mal, was steckt denn eigentlich hinter diesem mysteriösen Paolo Montelli? Bisher bist du mir immer ausgewichen.»

«Ich weiß es nicht, weil ich ihn noch nicht getroffen habe. Aber nach all den Fakten, die ich bisher kenne, handelt es sich um einen alten Schulkameraden von mir. Allerdings muss er inzwischen eine Persönlichkeitswandlung durchgemacht haben, denn nichts vom heutigen Montelli passt zu dem, den ich in Erinnerung habe.»

«Aber er kannte Altlander.»

«Offensichtlich.»

«Und woher?»

«Keine Ahnung. Es könnte allerdings sein, dass sie sich

bereits seit den Studentenrevolten der Siebziger kannten. Der zweiten Welle sozusagen. Damals waren beide sehr aktiv. Ich studierte in Rom und hatte nur gelegentlich Kontakt zu den Gruppen im Norden.»

Laura setzte sich auf die Bettkante und trank nachdenklich ihren Tee.

«Wie heißt Montellis Firma?»

«*Moda più alta*. Klingt sehr bescheiden, nicht wahr?»

«Vielleicht sollten wir wirklich nach Prato fahren und heute Abend chinesisch essen gehen. Du hast nicht zufällig einen guten Kollegen bei der Guardia di Finanza in Prato, der uns ein paar Tipps geben könnte?»

«Ich kenne nur Leute in Florenz, die werde ich heute anrufen. Vielleicht haben die eine verlässliche Verbindung nach Prato.»

«Was meinst du eigentlich, wenn du sagst, dass dir die Geschichte zu professionell vorkommt?»

«Na ja … keine Spuren, nirgends. Der schwarze Wagen verschwindet jedes Mal spurlos, der Angriff auf uns. Das schüttelt niemand so aus dem Handgelenk.»

«Und was ist dir sonst noch eingefallen?»

«Chinesen!»

Laura lachte auf. «Passt zu unserer Vorliebe für absurde Dialoge.»

«Aber es ist nicht absurd. Ich meine es ernst!»

«Wir müssen mit Montelli reden.»

«Wenn er mit uns zu reden bereit ist; noch kann ich nicht mit einem Durchsuchungsbefehl bei ihm anrücken. Und außerdem möchte ich wirklich wissen, wer diesen Laptop hat, der offensichtlich aus Altlanders Arbeitszimmer verschwunden ist. Ich nehme inzwischen an, dass der Überfall auf Elsa Michelangeli eine massive Warnung war.

Die haben den Laptop gesucht … Deshalb wurde Elsas Haus auf den Kopf gestellt. Deshalb ist jemand in Altlanders Arbeitszimmer eingestiegen. Die hatten vergessen, ihn mitzunehmen.» Guerrini sprang aus dem Bett.

«Vielleicht haben sie ihn absichtlich vergessen», sagte Laura langsam. «Vielleicht wollten sie jemanden nervös machen, und dieser Jemand ist nachts über eine Leiter in das Arbeitszimmer eingestiegen, um den Laptop zu suchen, damit die Polizei ihn nicht auswerten kann. Aber das Ding war nicht da. Und es war auch nicht da, als die Spurensicherung eintraf. Wer also hat den Laptop? Die Carabinieri von Asciano, die als Erste am Tatort waren? Elsa Michelangeli, die den Ermordeten gefunden hat? Die Haushälterin, der Gärtner, Enzo Leone? Oder hat der Mörder ihn doch gleich mitgenommen?»

Guerrini lief unruhig hin und her. Er trug nur hellgraue Boxershorts, und Laura fand seinen Anblick außerordentlich erfreulich. Sie kroch wieder ins Bett, lehnte sich mit dem Rücken ans Kopfende und wickelte sich in das Badelaken.

«Und wo stecken wir Enzo Leone und seinen heimlichen Liebhaber hin? Und den Angriff auf Angela Piselli? Was sagte Elsa zu Mr. Shelley alias Piovene? Manchmal reicht unsere Phantasie nicht aus, um die Dinge zu begreifen. Jedenfalls so ähnlich. Und sie sprach von einer Verschwörung. Gegen wen? Gegen Altlander oder gegen jemand anderen … oder gegen beide? Den Unbekannten und Altlander?» Guerrini zog die Vorhänge zurück und öffnete weit die Tür zur Dachterrasse.

«Also Fragen haben wir jetzt genug. Fehlen nur noch die Antworten», erwiderte Laura. «Hast du welche?»

«*No!*» Guerrini ließ sich rücklings aufs Bett fallen. «Keine einzige. Nicht sehr überzeugend, was?» Er zog an ihrem Badelaken.

«Hör auf, sonst kann ich nicht denken! Ich finde, wir fangen ganz woanders an. Nämlich bei den Chinesen! Du hast mir doch diese merkwürdige Geschichte von den chinesischen Gärtnern erzählt, die auf einmal verschwanden, als du sie genauer ansehen wolltest. Vielleicht ist es eine Kulturrevolution wie damals in China! Die chinesischen Gärtner wollen ihren Ausbeuter Montelli loswerden und denken sich eine geniale Verschwörung aus, die ihn zum Mörder werden lässt. Sobald er aus dem Weg geräumt ist, übernehmen sie die Herrschaft, sprich seine Firma, und machen sich fleißig an die weitere Zerstörung der europäischen Modeindustrie.»

Guerrini sprang wieder auf. «Klingt nicht schlecht, aber wieso Altlander? Was hat der bedauernswerte Dichter damit zu tun? Sag's mir!»

«Vielleicht wusste er was von Montelli, was die Chinesen auch wissen und was vielleicht auch Enzo Leone weiß!»

«Möglich. Ich geh jetzt ins Kommissariat und schau mal nach, was Tommasini und d'Annunzio über Altlanders revolutionäre Zeit in den siebziger Jahren herausgefunden haben.»

«Und ich werde meinen Vater bitten, ein Auge auf die Zeitungen zu haben. Journalisten sind in solchen Fällen meistens schneller als Polizisten!»

«Zweifelst du etwa an d'Annunzio?», grinste Guerrini.

«Nein, aber er und Tommasini hatten ja nicht besonders viel Zeit in den letzten Tagen, und dein Stellvertreter schien mir nicht sehr motiviert zu sein.»

«Das war er noch nie ... Was macht deine Narbe? Tut

es weh? Lass mich sehen!» Guerrini beugte sich zu Laura hinab und betrachtete die Naht auf ihrer Stirn. «Ich glaube, es heilt», murmelte er dann, setzte sich neben sie und legte beide Arme um sie.

«Ich habe mich immer wieder gefragt, warum ich eigentlich diesen irren Beruf ergriffen habe. Eine klare Antwort darauf habe ich mir selbst nie geben können. Aber eines habe ich gestern wieder gespürt: Ich habe große Angst vor einem unerwarteten Ausbruch von Gewalt … so wie es uns gestern passiert ist: Wir fühlen uns wohl, machen Siesta, und dann taucht dieser schwarze Panzer auf, jemand schießt auf uns, und wir wissen nicht mal, wer und warum. Auf einmal bricht das Monster über uns herein. Wie die Kinderangst vorm schwarzen Mann. Nimm Altlander als Beispiel. Er hat an seinem Schreibtisch gesessen, in seinem Haus, seiner vertrauten Umgebung, in der er sich sicher fühlte. Und dann kam das Monster und hat ihn umgebracht. Nimm Elsa Michelangeli. Sie geht auf ihrem vertrauten Weg, hat Kerzen für den verlorenen Freund angezündet, und dann kommt das Monster und zermalmt sie beinahe.»

Guerrini hielt Laura so fest, dass sie nur ganz flach atmen konnte.

«Das Monster ist immer da», erwiderte sie leise. «Es hat nur verschiedene Gesichter. Manchmal auch gar keines … Meine Mutter ist an plötzlichem Herztod gestorben. Es gab kein Monster, keinen Täter, und trotzdem kam es mir vor, als habe jemand mit einem Messer zugestochen. Das Monster ist der Tod, Angelo, und unser aller Wissen, dass es keine wirkliche Sicherheit gibt.»

Er ließ sie so unerwartet los, dass sie beinahe umkippte, und verließ das Schlafzimmer. Gleich darauf hörte sie das

Rauschen der Dusche. Laura legte sich auf den Rücken und schaute an die Decke.

Das Monster ist die unerwartete Ohrfeige, der Griff zwischen die Beine, der Autounfall, die Vergewaltigung, der Mord, der Tsunami, der Terroranschlag, der Krieg, dachte sie. Es ist alles, was Vertrauen und Leben zerstört.

Langsam rollte sie sich aus dem Bett und zog sich an. Weiße Leinenbluse, schwarze Jeans, brauner Gürtel und braune Mokassins. Dann versuchte sie vor dem großen alten Spiegel im Schlafzimmer ihr Haar so zu kämmen, dass die Naht möglichst gut verdeckt war.

Sie hörte, wie Angelo wieder ins Zimmer kam, drehte sich aber nicht um, nahm nur im Spiegel wahr, dass er heftig im Kleiderschrank herumwühlte.

«Ich habe, verdammt nochmal, was dagegen, wenn andere sich zu Vollstreckern machen und ihre Mitmenschen in Angst und Schrecken versetzen. Das konnte ich noch nie akzeptieren! Ganz egal, was mir die Psychologen auf der Polizeiakademie erzählt haben! Solche Leute will ich aus dem Verkehr ziehen, damit sie nicht noch mehr Schaden anrichten! Den Tod selbst kann ich nicht hinter Gitter stecken!»

Laura drehte sich noch immer nicht um.

«Und damit halten wir unsere eigene Angst in Schach, nicht wahr?», entgegnete sie.

«Vielleicht!» Er griff nach seiner Jacke. «Wir sehen uns später. Ich rufe dich auf dem *telefonino* an. *Ciao.*»

Zu nahe, dachte Laura, während sie die Stufen hinunterging. Wir sind uns zu nahegekommen.

Vor der Haustür standen zwei ältere Herren, die Laura

anstarrten und keine Anstalten machten, den Weg freizugeben.

«Buon giorno!», sagte sie. *«Permesso?»*

«Sì sì, scusa signora.» Jetzt stolperten sie beinahe übereinander, weil der eine nach links, der andere nach rechts ausweichen wollte, beide aber noch immer Laura anstarrten.

«Il commissario …», stammelte der eine. Er trug einen hellen Strohhut, war sehr hager, und die Unterlider seiner Augen hingen ein wenig, was ihm einen traurigen Blick verlieh. «Der Commissario», wiederholte er, «ist er noch oben? Ich müsste ihn etwas fragen.»

«Welcher Commissario?», antwortete Laura eine Spur zu unfreundlich und bereute es schon auf halbem Weg zu Natalias Pension.

Guerrinis Cousine stand vor dem Haus und schnitt verwelkte Kletterrosen ab.

«Er ist nicht da, Commissaria! Falls Sie Ihren Vater suchen, er wollte ins *Café Nannini* an der Piazza Matteotti, weil man da draußen sitzen kann und er um elf mit seinem neuen Freund Fernando verabredet ist. Ich sage Ihnen, Commissaria, es geschehen noch Wunder auf dieser Welt.»

«Ich habe auf dieses Wunder gehofft, Natalia. Und ich würde mich freuen, wenn Sie Laura zu mir sagen würden und nicht Commissaria, und vielleicht könnten wir auch das Sie weglassen?»

«Durchaus möglich, Laura. Aber ich sage dir eines: Angelo ist widerlich! Wir haben noch nicht mal fünf Minuten miteinander gesprochen, seit du und dein Vater hier angekommen sind!» Sie wandte sich wieder den Kletterrosen zu, schnitt zwei, drei vergilbte Blüten ab.

«Ich will ihn nicht entschuldigen, aber er hatte wirklich

viel zu tun … wir beide, um genau zu sein. Es ist ein sehr komplizierter Fall, Natalia. Ich habe ein schlechtes Gewissen, weil ich mich so wenig um meinen Vater kümmern kann.»

«Ah!» Natalia schnitt wieder kräftig zu. «Um den musst du dich nicht sorgen. Er ist richtig aufgeblüht. Er liebt meine Küche, ist ständig irgendwo unterwegs, macht Ausflüge mit Fernando. Heute früh hat er zu mir gesagt, dass er nicht so schnell nach München zurückwill. Hier fühle er sich wieder viel jünger.»

«Ich auch!»

Natalia drehte sich um und starrte Laura an.

«Was?»

«Ich fühle mich auch jünger, und ich will auch nicht so schnell zurück!»

«Na, dann bleibt doch einfach. Dein Vater kann das Zimmer den ganzen Sommer behalten, wenn er Lust hat. Ich mag es sowieso nicht, wenn alle drei Tage neue Gäste kommen, und dein Vater ist der beste Gast, den ich seit langem hatte. Ich meine, man kann sich gut mit ihm unterhalten, er hat Humor und ist zufrieden. Vielleicht sehe ich auf diese Weise auch meinen werten Cousin irgendwann wieder, diesen Mistkerl!» Natalia musterte plötzlich Lauras Gesicht, trat einen Schritt vor, um sie noch genauer ansehen zu können. «Was ist denn mit deinen Augen passiert? Vor zwei Tagen waren sie noch größer!»

«Nichts Schlimmes. Ich habe mir nur den Kopf gestoßen.»

Natalias Hand schoss so schnell nach vorn, dass Laura nicht mehr ausweichen konnte. Sie hob Lauras Locken an, nickte befriedigt. «Den Kopf gestoßen, wie? Das sieht eher aus wie ein Streifschuss, der genäht werden musste.

Warum passt Angelo nicht besser auf dich auf? Was ist das für ein Fall, an dem ihr arbeitet? Weiß dein Vater schon davon, dass du verletzt bist?»

«Natalia, bitte. In der Sache gilt absolute Geheimhaltung. Ich spreche auch mit meinem Vater nicht darüber. Und wenn ich ihn gleich im Café treffe, werde ich meine Sonnenbrille aufsetzen. Der Kratzer auf meiner Stirn ist harmlos.»

«Das sehe ich!» Entschlossen nahm sie den Korb auf, in dem sie die verwelkten Rosen gesammelt hatte. «Ich hoffe, Angelo hat auch einen Kratzer abgekriegt. Das kannst du ihm gerne ausrichten, Laura. Und mach dir keine Sorgen um deinen Vater, der ist bei mir besser aufgehoben als du bei Angelo!» Plötzlich lachte sie. «Schau nicht so erschrocken! Wir Guerrinis sind manchmal ziemlich direkt. Und jetzt geh und such deinen Babbo. Aber vergiss die Sonnenbrille nicht.» Sie winkte Laura zu und verschwand im Haus.

Eindruckvoll, dachte Laura und machte sich auf den Weg zur Piazza Matteotti. Unterwegs sah sie einen Hund Wasser von einem eisernen Wasserspeier in Form eines Wolfskopfes saufen und dachte, dass man darüber ein Gedicht schreiben könnte.

Emilio Gottberg saß auf der Terrasse des *Café Nannini*, vor sich eine große Tasse Milchkaffee und zwei frische Hörnchen. Er las gerade den *Corriere della Sera,* und auf seinem Tisch lagen außerdem die neuesten Ausgaben von *La Repubblica* und *L'Unità*, dem Organ der alten und neuen Kommunisten. Nichts unterschied ihn von all den anderen älteren Herren, die ebenfalls zeitunglesend ihren

Kaffee tranken. Und er war so vertieft in seine Lektüre, dass er Laura erst bemerkte, als sie vor ihm stand und sich räusperte.

«*Ecco!*», sagte er. «Ich wusste, dass ich eine Tochter habe. Guten Morgen, meine Liebe, was führt dich zu mir?»

«Sehnsucht!», erwiderte Laura und setzte sich auf den Stuhl neben ihm.

«Das hast du nett gesagt. Aber ich denke, dass es eher schlechtes Gewissen ist, das du nicht haben musst, weil es mir lange nicht mehr so gutgegangen ist. Möchtest du ein *cornetto*?»

«Ich habe kein schlechtes Gewissen, Babbo. Ich weiß, dass es dir gutgeht. Ein Hörnchen reicht nicht! Ich habe Hunger, und einen Milchkaffee will ich auch.»

«*Bene*, meine Tochter. Und was ist es sonst noch?»

«Ich habe einen Auftrag für dich, Vater. Würdest du bitte alle wichtigen Zeitungen auf Hintergrundberichte über das Leben von Giorgio Altlander und eine Verbindung zwischen ihm und einem gewissen Paolo Montelli durchsehen? Montelli war in den siebziger Jahren einer der Anführer der linken Studenten in Norditalien.»

Der alte Gottberg legte seine Zeitung auf den Tisch und schaute Laura über den Rand seiner Brille nachdenklich an. «Denkst du dir solche Sachen eigentlich aus, um mich zu beschäftigen, oder meinst du das ernst?»

«Ich meine es ernst, Babbo. Ich habe zwar bereits in München allerlei quergelesen, und Angelo hat zwei Kollegen auf das Internet und die Archive angesetzt. Aber denen trau ich nicht so ganz, und ich wusste in München noch nicht, worauf ich speziell achten …»

«Ist schon gut, Laura. Ich hab's verstanden. Paolo Montelli. Ich werde mir Mühe geben. Und wie geht es dir sonst? Willst du nicht deine Sonnenbrille abnehmen? Wir sitzen im Schatten!» Er winkte den Kellner herbei, bestellte einen zweiten Milchkaffee und zwei *brioches*.

«Nein, ich will meine Sonnenbrille nicht abnehmen. Meine Augen sind heute sehr empfindlich, weil wir eine extrem lange Nacht hatten. Die Ermittlungen zogen sich bis in die frühen Morgenstunden hin.»

Der alte Gottberg musterte das, was er von Lauras Gesicht sehen konnte.

«Du bist blass!», stellte er fest. «Habt ihr neben der Arbeit noch Zeit für andere Dinge? Ich hoffe es doch sehr!»

«Vater!»

«Tu doch nicht so, Laura. Dieser Angelo ist ein reiner Glücksfall! Also lebe, was du geschenkt bekommen hast!»

«Ich lebe es. Zufrieden? Aber nebenbei haben wir auch noch einen Fall zu lösen. Sonst wären wir alle beide nicht hier, Vater.»

«Jaja», murmelte Emilio Gottberg. «Wir müssen dem armen Giorgio Altlander dankbar sein für sein Ableben. Ich weiß, ich weiß … durch ihn kannst du dein Gesicht wahren, dein Versprechen halten …»

«Warte, Vater. Meinst du das wirklich?» Laura vergaß die Naht auf ihrer Stirn und nahm ihre Sonnenbrille ab.

«Natürlich nicht. Ich wollte erreichen, dass du deine Sonnenbrille abnimmst, und das habe ich. Hast du geweint, oder warum sind deine Augen geschwollen?»

Laura lehnte sich zurück und setzte die Sonnenbrille wieder auf. «Gegen dich habe ich keine Chance, oder?»

«Das würde ich nicht sagen, Laura. Also, was ist passiert?»

«Wir haben einen Wagen verfolgt und mussten scharf bremsen. Da bin ich mit der Stirn aufgeschlagen.»

Laura war froh, dass der Kellner in diesem Augenblick Kaffee und die *brioches* brachte, doch auch diese Unterbrechung lenkte den alten Gottberg nicht nachhaltig ab.

«Und das soll ich glauben?», murmelte er.

«Ja.» Sie schüttete ein halbes Päckchen Zucker in ihren Kaffee, rührte um.

«Nun gut.»

Laura tunkte ihre *brioche* in den Milchschaum.

«Es sind also gefährliche Ermittlungen, deshalb höre ich so selten von euch.»

«So gefährlich nun auch wieder nicht. Mehr kompliziert als gefährlich.»

«Glaube ich nicht. Ich kenne dich schon seit beinahe sechsundvierzig Jahren, und ich weiß genau, wann du nicht die Wahrheit sagst. Wenn ich Nachforschungen über diesen Montelli anstellen soll, dann musst du mir schon ein bisschen mehr erzählen.»

Laura gab auf. In knappen Worten umriss sie den Fall Altlander, ließ weder die Chinesen noch die deutschen Katzenfreunde aus, beschrieb Enzo Leone, den schönen Piovene, Elsa Michelangeli und selbst die Haushälterin.

«Klingt sehr interessant», sagte Emilio Gottberg, als seine Tochter endlich schwieg. «Hat Angelo eigentlich seinen Vater nach diesem Paolo Montelli gefragt? Sein Vater hat schließlich die ganze Zeit über hier gelebt, während Angelo in Rom und Florenz war.»

«Ich weiß es nicht.»

«Wahrscheinlich nicht!», knurrte der alte Gottberg. «Ich werde Fernando fragen, wenn ich mich nachher mit ihm treffe.»

«Das ist keine gute Idee, Babbo. Angelo würde es sicher selbst tun, wenn …»

«… wenn er auf die Idee käme. Das meinst du doch, oder? Aber er kommt nicht auf die Idee, weil Fernando sein Vater ist, und Väter fragt man nicht in solchen Fällen.»

«Ich möchte nicht, dass du mit Angelos Vater darüber sprichst. Ich bereue es schon, dass ich dir die Geschichte erzählt habe.»

«Soll ich dir mal was sagen, Laura? Alte Leute sind manchmal von unschätzbarem Wert. Sie haben nämlich eine Verbindung zur Vergangenheit, die ihr Jüngeren nicht habt, und sie können sich an Dinge erinnern, die sonst niemand mehr weiß. Angelo hat mit seinem Vater über den Fall Altlander gesprochen. Fernando hat es mir selbst erzählt. Aber er hat in diesem Zusammenhang nie den Namen Montelli erwähnt.»

«Vielleicht hatte er seine Gründe?»

«Blödsinn! Er hat nicht daran gedacht! Also lass jetzt mal uns Alte nachdenken und Zeitung lesen. Du musst es Angelo ja nicht auf die Nase binden!»

Laura gab auf. Sie kannte ihren Vater auch schon seit beinahe sechsundvierzig Jahren.

«Aber sagt keiner Menschenseele etwas von euren Nachforschungen, klar? Die Sache ist verdammt gefährlich!»

«Natürlich, wofür hältst du uns!»

Als Lauras Handy in diesem Augenblick klingelte, lachte er grimmig. «Wie immer hatten wir gerade Zeit genug, das Wichtigste zu besprechen. Pass bitte auf dich auf. Ich möchte mir keine Sorgen machen, dabei habe ich schon angefangen damit.»

Am Telefon war Guerrini, und er bat Laura, ins Kommissariat zu kommen. Er hatte eine richterliche Vorladung für Paolo Montelli erwirkt.

Der Erste, den Laura im Kommissariat traf, war d'Annunzio. Er wurde rot und nahm Haltung an.

«Der Commissario ist in seinem Büro, Commissaria!»

«Danke, d'Annunzio. Und bitte stehen Sie doch bequem. Ich bin diese militärische Art nicht gewohnt … Bei uns geht es lockerer zu.»

«Scusa, commissaria.»

«Sie brauchen sich nicht zu entschuldigen. Wie ist es gestern Abend bei der Bewachung von Leone gelaufen?»

«Es war ruhig, Commissaria. Aber ich war nicht sehr lange dort. Die anderen haben auch keine besonderen Vorkommnisse gemeldet.»

«Gibt es sonst etwas Neues?»

«In der Nähe von Asciano hat vor einer halben Stunde ein schwarzer Geländewagen eine Straßensperre der Carabinieri durchbrochen.»

«Und, hat man ihn erwischt?»

«Nein, Commissaria.» D'Annunzio schüttelte bekümmert den Kopf. «Ein Carabiniere hat sich beim Sprung in den Straßengraben den Daumen gebrochen.»

«Das tut mir leid.»

Am Ende des Flurs zur Linken tauchte Vicecommissario Lana auf. Laura nickte dem jungen Wachtmeister zu und bog nach rechts in die Richtung von Guerrinis Büro ab.

Nicht Lana, nicht gerade jetzt, dachte sie. Als Lanas Schritte schneller wurden, lief sie ebenfalls schneller, riss Guerrinis Tür auf, ohne anzuklopfen.

Er stand neben einem kleinen grauhaarigen Herrn am Fenster und fuhr gleichzeitig mit seinem Gast erschrocken herum.

«Was zum Teufel …», begann er, fasste sich aber sofort.

«Vicequestore, darf ich Ihnen die deutsche Commissaria vorstellen: Signora Laura Gottberg. Eine sehr temperamentvolle Kollegin.»

Der Vicequestore lächelte. «Werden Sie verfolgt, Commissaria? Ich freue mich, Sie kennenzulernen!» Er streckte Laura die Hand entgegen. Als in diesem Augenblick Lana in der Tür auftauchte, intensivierte sich das Lächeln des alten Herrn, und Lana lief rot an, vollführte eine seltsame Mischung aus Gruß und irgendetwas Militärischem.

«*Buon giorno, vicecommissario*. Ich dachte, Sie wären bereits nach Arrezzo unterwegs, um die Koordination in dieser Drogensache zu organisieren.» Der Vicequestore musterte Lana mit hochgezogenen Augenbrauen.

«Ich war gerade auf dem Weg zu meinem Wagen. Es waren noch eine Menge Telefonate zu erledigen, Vicequestore.» Lana bemühte sich um einen halbwegs würdigen Abgang.

«Jaja, so ist es jeden Morgen, nicht wahr. Gute Fahrt, Lana. Und halten Sie mich auf dem Laufenden!»

Lana knickte in der Mitte ab und verschwand so schnell, wie er aufgetaucht war.

«*Grazie!*», sagte Laura, und der Vicequestore kicherte wie ein boshafter Kobold.

«Es war mir ein Vergnügen, Commissaria. Doch nun zu dieser komplizierten Angelegenheit, an der Sie mit Commissario Guerrini arbeiten. Ich unterstütze die Vorladung von Montelli. Vielleicht reicht die aus, dass er Sie beide empfängt. Man muss ja nicht unnötig Aufsehen erregen, solange nichts bewiesen ist. Eine traurige Angelegenheit, nicht wahr. Übrigens habe ich auch ein-, zweimal mit Giorgio Altlander gespeist. Ich bin ein großer Verehrer seiner Gedichte und empfand es als Ehre für unsere Provinz, dass er sich hier niedergelassen hatte. Sein tragischer Tod allerdings gereicht uns weniger zur Ehre.» Er hielt plötzlich inne, zog wieder die Augenbrauen hoch. «Verstehen Sie mich eigentlich, Commissaria?»

«Sehr gut, Vicequestore.»

«Erstaunlich! Nun ja, Altlander sprach perfekt Italienisch, warum nicht auch Sie? Ich wollte immer viele Sprachen lernen und war leider zu faul dazu. Ich habe gehört, dass Sie bei dem Überfall bei Asciano verletzt worden sind. Das tut mir sehr leid, Commissaria. Wie geht es Ihnen?»

«Es ist nur ein Kratzer, kein Grund zur Sorge.»

«Das beruhigt mich. Wenn diese Sache vorüber ist, dann sollten wir alle gemeinsam essen gehen. Aber jetzt will ich Sie nicht länger von der Arbeit abhalten!» Er lächelte, hob grüßend die Hand und eilte davon.

«Er ist nett!», sagte Laura, als die Tür hinter dem Vicequestore ins Schloss fiel.

«Vor allem wenn er Lana eins auswischen kann, um einer attraktiven Frau zu imponieren», knurrte Guerrini. «Aber du hast recht. Meistens ist er ziemlich nett, und ich komme gut mit ihm aus. Allerdings hat er mir gerade auch gesagt, dass wir sehr vorsichtig vorgehen sollen, um ja keinen Skandal loszutreten. So etwas liebt er nicht besonders, und er war regelrecht schockiert, als ich ihm erzählte, dass Altlander homosexuell war.»

Er ging an Laura vorbei zum Schreibtisch, warf ihr nur einen kurzen Blick zu.

«Was hast du jetzt vor?», fragte sie.

«Ich werde Montelli anrufen und ihm die Wahl lassen, entweder in die Questura zu kommen oder mich in seine verdammte Festung reinzulassen.»

Laura registrierte, dass er ‹mich› und nicht ‹uns› gesagt hatte. Beschloss es zu ignorieren, fragte stattdessen: «Was ist mit dem Wagen, der die Absperrung durchbrochen hat?»

Guerrini schaute erstaunt auf. «Woher weißt du das?»

«D'Annunzio hat es mir gesagt.»

«Der Wagen ist weg. Und eins ist sicher: Montelli saß nicht drin.»

«Wer dann?»

«Du wirst es nicht glauben, aber zwei Carabinieri behaupten, es sei ein Chinese gewesen. Einer hat sogar zwei Chinesen gesehen.»

«Passt gut zu meiner Theorie.»

«Dazu müssen wir sie erst erwischen.» Er klang irgendwie uninteressiert.

«Sicher. Ich würde übrigens vorschlagen, dass wir nochmal zu den beiden Deutschen fahren. Vielleicht hat Peters mehr gesehen, als er uns sagen wollte. Er könnte ebenfalls gefährdet sein.»

«Darf ich vielleicht erst in Borgo Ecclesia anrufen?» Jetzt klang seine Stimme gereizt.

«Oh, der Commissario ist ungehalten. Telefonieren Sie in aller Ruhe. Ich werde so lange draußen warten und mir von d'Annunzio ein Glas Wasser geben lassen.» Laura drehte sich um und verließ Guerrinis Büro, schloss die Tür sehr leise hinter sich, dachte «Arschloch», nahm es aber gleich zurück. Musste es allerdings nochmal denken, um ihren Ärger zu entladen. Dachte es sogar ein drittes Mal, als Guerrini keinerlei Anstalten machte, ihr zu folgen, und atmete tief durch.

«Können Sie mich zu Capponi bringen?», fragte sie d'Annunzio, der hinter seinem Schreibtisch aufsprang und sofort wieder Haltung annahm, als Laura sein kleines Zimmer betrat.

«*Subito, commissaria.*» Er lief vor ihr her durch lange Gänge, eine Treppe hinauf, eine halbe hinunter, klopfte endlich an einer Tür.

«*Avanti!*», rief eine Stimme von drinnen.

«Das ist Capponi, Commissaria. Gehen Sie nur zu ihm rein. Ich muss ganz schnell zurück in mein Büro, weil ich Telefondienst habe.»

Auch Capponi wurde ein bisschen rot, als Laura sein Büro betrat, das er mit zwei anderen Kollegen von der Spurensicherung teilte. Die anderen waren aber gerade im Labor, was ihm deutlich unangenehm war. Doch er gab sich einen Ruck, schüttelte Lauras Hand und erkundigte sich nach ihrer Kopfverletzung.

«Halb so schlimm. Ich hätte ein paar Fragen, Signor Capponi.» Laura hatte keine Ahnung, welchen Dienstgrad er bekleidete. Das waren Dinge, die sie auch zu Hause nicht interessierten und die sie dauernd durcheinanderbrachte. All diese Ober- und Hauptmeister, Ober- und Hauptkommissare, Räte, Oberräte und Direktoren waren aber immer noch übersichtlicher als die militärischen Dienstgrade und all die anderen Hierarchien in Italien. Sie hatte sich vorgenommen, irgendwann ein großes Poster mit all diesen Titeln zusammenzustellen und es mit dem Slogan *Männliche Hackordnungen* zu vermarkten.

«Wir sollten ins Labor gehen, Commissaria. Da sind auch die andern und alle Beweismittel.»

«Das Beweismittel, um das es mir geht, ist nicht im Labor.»

«Wie soll ich das verstehen, Commissaria?» Capponi runzelte die Stirn.

«Ganz einfach. Es ist nicht im Labor, weil es nie in Ihre Hände geraten ist. Es ist weg. Oder haben Sie es etwa gesehen, als sie das Arbeitszimmer von Giorgio Altlander untersucht haben?»

Capponi rieb seine Handflächen aneinander und scharrte ein bisschen mit den Füßen. «Sie meinen den Computer oder Laptop, nicht wahr? Leute, die schreiben, haben so was. Aber ich sage Ihnen, Commissaria, außer ein paar CDs mit Gedichten und Texten von Büchern, die er früher geschrieben hat, war da absolut nichts. Nicht mal ein Kabel.»

«Es ist also wahrscheinlich, dass der Mörder den Laptop mitgenommen hat.»

«Ja, sehr wahrscheinlich.»

«Aber in der Nacht, nachdem Altlanders Leiche entdeckt worden ist, ist jemand durchs Fenster in das Arbeitszimmer eingestiegen und hat etwas gesucht. Und es ist auch jemand durch die Haustür gekommen, die der Commissario versiegelt hatte. Ich nehme an, dass auch dieser Unbekannte den Laptop wollte, denn kurz darauf wurde das Haus von Elsa Michelangeli auf den Kopf gestellt und sie selbst beinahe umgebracht.»

«Der Commissario sieht da auch einen Zusammenhang. Wir haben aber bei Elsa Michelangeli auch keinen Laptop gefunden – nicht mal den der Signora. Und sie hatte einen, da bin ich sicher. Solche Leute haben immer einen … außer unserem Commissario. Der benutzt nur den im Büro und will zu Hause seine Ruhe haben.» Capponi grinste.

«Kann ich gut verstehen», erwiderte Laura. Capponi zuckte die Achseln.

«Sie und Ihre Kollegen haben also nicht den geringsten Hinweis auf den oder die Täter gefunden. Halten Sie den Mord und die anderen Vorkommnisse für die Taten von Profis – nennen wir sie organisiertes Verbrechen, eventuell Chinesen-Mafia?»

«Möglich ist alles, Commissaria. Es ist schon auffällig, dass wir so gut wie nichts gefunden haben. Glassplitter, die Leiter, eine Reifenspur, ein paar Projektile. Aber sonst nichts, nirgends. Weder bei Altlander noch bei der Michelangeli oder den anderen Überfällen. Die sind keinerlei Risiko eingegangen. Das sind die absoluten Grenzen der Spurensicherung. Und das passiert immer häufiger, Commissaria. Nur dumme Täter hinterlassen heutzutage Spuren. Die intelligenten nicht – oder sie präparieren den Tatort, um den Verdacht auf andere zu lenken.»

«Ja», murmelte Laura. «Das habe ich auch schon erlebt. Ich danke Ihnen, Signor Capponi.»

«Tenente», berichtigte er und lächelte ein bisschen unglücklich.

«Tenente Capponi!», wiederholte Laura zackig und tippte zwei Finger an ihre Stirn.

Auf dem Rückweg über Treppen und Flure kam ihr Guerrini entgegen.

«Mi dispiace, Laura», sagte er leise und schaute sich um, ob jemand in der Nähe war. «Es tut mir leid, dass ich eben so unfreundlich war.»

«Ist schon in Ordnung. Ich habe dich dreimal Arschloch genannt, und damit ist die Sache erledigt. Ich bin nicht besonders nachtragend, aber ich habe eine Frage an dich.»

«Welche?»

Ehe Laura ihre Frage stellen konnte, streckte d'Annunzio den Kopf aus seinem Büro. «Ich habe endlich diese Leute in Borgo Ecclesia am Telefon, Commissario. Wollen Sie hier mit denen reden oder in Ihrem Büro?»

«Stell das Gespräch in mein Büro!»

«*Subito, commissario.*» D'Annunzio verschwand.

«Lauf schon! Die Frage stell ich dir später, Commissario!»

Guerrini breitete entschuldigend die Arme aus und eilte in sein Zimmer zurück. Laura aber bat d'Annunzio um die Telefonnummer des deutschen Kinderbuchautors Peters, setzte sich dann ihm gegenüber an den freien Schreibtisch und wählte.

«Soll ich hinausgehen, Commissaria?»

Laura schüttelte den Kopf.

Peters war selbst am Apparat, und Laura bestellte ihn ohne höfliche Umwege in die Questura.

«Ich sagte Ihnen doch, dass wir derzeit unter Druck sind!», antwortete Peters nach einer kurzen Pause.

«Es ist aber äußerst wichtig. Könnten Sie in einer Stunde hier sein? Es wird nicht lange dauern.»

«Geht das nicht am Telefon?»

«Nein.»

«Warum nicht? Was kann denn so wichtig sein? Ich weiß nichts und habe Ihnen außerdem alles gesagt, was ich wissen könnte, verdammt nochmal!»

«Herr Peters, der Untersuchungsrichter ist derzeit sehr freigebig mit Vorladungen. In dem Fall könnte man Sie sogar abholen. Wäre Ihnen das lieber?»

Diesmal schwieg Peters ziemlich lange.

«Nein», sagte er endlich leise. «Ich bin in einer Stunde da.»

Laura ließ den Hörer sinken und lächelte d'Annunzio zu. «*Bene.* Jetzt kommt vielleicht ein bisschen Bewegung in die Geschichte. Telefoniert der Commissario noch?»

D'Annunzio schaute auf die Telefonanlage. «Er hat gerade aufgelegt, Commissaria.»

«Danke.» Laura ging langsam zu Guerrinis Büro zurück, klopfte diesmal an. Nicht allein deshalb, weil Tommasini gerade an ihr vorbeiging. Und sie wartete, bis sie Guerrinis «*avanti*» hörte, ehe sie die Tür aufmachte.

Wieder stand er am Fenster, wandte ihr den Rücken zu. Laura lehnte sich neben der Tür an die Wand und wartete wieder.

«Welche Frage wolltest du mir stellen?», fragte er nach einer Weile.

«Du bist unvorsichtig, Angelo. Ich hätte auch einer deiner Kollegen sein können.»

«Hättest du nicht! Die würden niemals schweigend herumstehen. Also?»

«Ich wollte dich fragen, ob du manchmal launisch bist, aber vielleicht sollte ich diese Frage lieber d'Annunzio oder Tommasini stellen. Die kennen dich sicher ziemlich gut, nicht wahr?»

Er drehte sich schnell zu ihr um.

«Frag sie lieber nicht. Ich bekenne, dass ich manchmal launisch, ja vielleicht sogar unbeherrscht bin. Reicht das?»

«Im Augenblick ja. Bitte sag es mir, wenn ich dir bei deiner Arbeit im Weg bin. Schließlich bin ich nur Ermittlungshilfe und ...»

«Laura, bitte! Du bist mir nicht im Weg. Es ist wunderbar, mit dir zusammenzuarbeiten. Mich hat nur unser Gespräch heute Morgen ein bisschen aus der Fassung gebracht. Ich glaube, du hattest recht mit deinem Satz über die Angst, die wir mit unserer Arbeit in Schach halten. Aber es kommt noch etwas anderes hinzu. Ich brenne inzwischen regelrecht darauf, Paolo Montelli gegenüberzustehen … und gleichzeitig graut mir davor. Es ist ein total beschissenes Gefühl und hat mit diesem Fall nicht unbedingt etwas zu tun!»

Guerrini sah blass aus, hatte den Kragen seines dunkelblauen Hemds aufgeknöpft, schlug jetzt mit der Faust auf seinen Schreibtisch.

«Er gibt das Spiel immer noch nicht auf, verstehst du! Natürlich ist er nie am Telefon zu erreichen. Immer antwortet diese eingebildete Zicke. Und er ist gerade nicht da – jedenfalls nicht in Borgo Ecclesia. Dringende Geschäfte haben ihn nach Rom gerufen. Man wird versuchen, ihn zu erreichen, und mir mitteilen, wann ein Treffen möglich ist!» Guerrini sprach sehr laut. «Es ist denen scheißegal, ob es eine Vorladung gibt oder nicht. Wahrscheinlich hat er inzwischen irgendeinen wichtigen Politiker angerufen, um sich rauszuwinden.» Plötzlich hielt er inne und sah Laura an, die noch immer an der Wand lehnte.

«Du musst denken, dass ich auf einmal den Verstand verloren habe. Entschuldige bitte!»

Laura schüttelte den Kopf, spürte ihre Wunde und verzog ein bisschen das Gesicht.

«Nein, ich glaube nicht, dass du den Verstand verloren hast. Ich glaube nur, dass du sehr wütend bist und dass es eine alte Wut ist. Und ich glaube, dass Montelli sich vielleicht auch vor der Begegnung mit dir fürchtet.»

«Der?!» Guerrini lachte auf. «Vor mir fürchtet der sich bestimmt nicht!»

«Woher willst du das wissen? Du könntest es wenigstens in Erwägung ziehen. Aber da du jetzt auf Montelli warten musst, kannst du vielleicht mit mir den deutschen Katzenfreund vernehmen. Er hat sich nicht verleugnen lassen, sondern wird in einer Stunde hier sein … allerdings musste ich ihm mit einer richterlichen Vorladung drohen.»

«Der Typ ist so ziemlich der Letzte, den ich jetzt sehen möchte! Lieber würde ich mir Enzo Leone nochmal vorknöpfen.» Guerrini ging zu seinem Waschbecken, trank ein paar Schlucke direkt aus dem Wasserhahn.

«Der kommt auch noch dran. Falls es dich interessiert, was ich mir zurechtgelegt habe, dann wäre ich bereit, es dir zu erzählen. Ich meine, falls du nicht zu wütend bist, um zuzuhören.»

«Ich dachte, du glaubst, dass ich den Verstand verloren habe.» Er versuchte ein Lächeln. Wasser tropfte von seinem Kinn auf das Hemd. Er wischte es weg. «Also, ich höre.»

«Wirklich?»

«Wirklich!»

«Mich interessiert im Augenblick vor allem Altlanders Laptop. Dir geht es vermutlich ähnlich. Irgendjemand hat ihn mitgenommen, und irgendjemand sucht ihn. Und ich habe das Gefühl, dass diesem perfekten Täter genau da ein gefährlicher Fehler passiert ist, den er nicht mehr rückgängig machen kann, sosehr er sich auch darum bemüht.»

Guerrini nickte. «In meinem Kopf laufen lauter ganz verrückte Gedanken ab. Und ich krieg sie einfach nicht zusammen, als hätte ich eine Blockade.»

«Vergiss sie doch einfach, deine Gedanken. Je weniger du nachdenkst, desto schneller findest du wahrscheinlich die Lösung. Es hilft bestimmt, wenn wir jetzt mit Peters reden. Es lenkt uns ab von diesem Montelli-Syndrom, und ich hab da so vage Vorstellungen.»

«Und welche?»

«Das kann ich nicht sagen, Angelo. Es ist noch nicht greifbar. Kennst du so was nicht?»

Guerrini strich sein Haar zurück und massierte seinen Nacken.

«Verdammt gut kenne ich das, und es macht mich noch wütender, wenn du mich daran erinnerst.»

«*Caro commissario*», erwiderte Laura, «ich habe den Eindruck, dass ich jeden Tag neue Facetten deines Wesens kennenlerne. Bisher warst du immer so reif und wunderbar überlegen.»

«Und was bin ich jetzt?»

«Du spinnst rum, und ich finde das sehr reizvoll!»

Guerrini starrte sie an.

«Das ist ein merkwürdiges Kompliment, Laura.»

«Wir führen ja auch eine merkwürdige Beziehung, findest du nicht?»

Guerrini machte einen Schritt auf sie zu, hielt aber inne, als es heftig an die Tür klopfte. D'Annunzio wartete nicht, bis jemand «*avanti*» rief. Er streckte den Kopf ins Zimmer und verkündete aufgeregt, dass die Sekretärin von Signor Montelli am Apparat sei und ob er sie durchstellen könne.

«Stell sie durch!», knurrte Guerrini.

Als d'Annunzio wieder verschwunden war, lehnte Guerrini sich mit dem Rücken an die Tür und zog Laura zu sich heran. «Ich würde dich jetzt gern lieben», sagte er leise.

«So was geht in merkwürdigen Beziehungen nie, weil immer das Telefon klingelt», flüsterte sie zurück.

Es klingelte.

Dottor Montelli sei bereit, den Commissario gegen vier Uhr nachmittags zu empfangen, richtete die kühle Frauenstimme aus, und Guerrini trat gegen seinen Papierkorb, als er den Hörer weglegte.

«Willst du allein hinfahren?», fragte Laura.

«Vielleicht. Ich weiß es nicht. Nein, ich möchte, dass du mit Tommasini in der Nähe bleibst!»

«Wie du willst. Aber könntest du vielleicht diesen blöden Montelli kurz vergessen und dir einen blonden hageren Deutschen vorstellen, der Peters heißt? Mit dem müssen wir nämlich anfangen, um deinen Montelli zu erwischen!»

Guerrini bückte sich, stellte seinen Papierkorb wieder auf, sammelte die verstreuten Blätter ein.

«Ich würde gern einen Aperitiv mit dir trinken, ehe dieser Peters kommt. Irgendwas Bitteres, Campari vielleicht. Ich muss kurz abschalten. Kommst du mit?» Er sah sie fragend an, presste die Lippen zusammen, als wieder das Telefon klingelte.

«*Pronto!* Kannst du die Leute nicht abwimmeln, d'Annunzio? Wozu machst du eigentlich Telefondienst?» Er lauschte, hielt dann Laura den Hörer hin. «Für dich!» Er sah aus, als würde er gleich wieder gegen den Papierkorb treten. Zögernd nahm Laura den Hörer entgegen.

«Ja, d'Annunzio … wer ist es denn?»

«*Un commissario tedesco.*»

«Gut, stell ihn durch. Danke.»

Es war Peter Baumann.

«Das ist ja wie beim Buchbinder Wanniger!», stöhnte er. Diesen Vergleich liebte Baumann, wie auch Karl Valentin, den tragischen Komiker und Erschaffer des Buchbinders.

«Ich glaube, dass ich inzwischen zweimal quer durch Italien verbunden wurde.»

«Und warum hast du mich nicht auf dem Handy angerufen?»

«Weil ich da überhaupt keine Verbindung bekommen habe. Irgendeine technische Störung. Bist du es wirklich?»

«Jaja, ich bin es wirklich. Was gibt es denn?»

«Schlechte Nachrichten: Der gute Karl-Otto Mayer hatte einen Herzanfall, und die Ärzte im Schwabinger Krankenhaus meinen, dass er wahrscheinlich nicht mehr aufwacht. Ich hatte ihn beinahe so weit, mir die Geschichte von dem Dobler zu erzählen. Da muss kurz vor Kriegsende was ziemlich Schlimmes passiert sein. Der alte Herr wollte sich lange nicht daran erinnern, weil es ihn zu sehr aufrege, hat er gesagt.»

«Hat er deshalb einen Herzanfall bekommen? Hast du ihn unter Druck gesetzt?»

«Nein, nicht besonders … aber natürlich habe ich ihn in gewisser Weise unter Druck gesetzt. Einfach weil ich immer wieder bei ihm aufgetaucht bin. Wir haben uns gut unterhalten. Ich mag ihn, den alten Schnapsler. Geschichtliche Nachforschungen können manchmal ganz interessant sein.»

«Ganz neue Erkenntnisse, wie? Du hast also gar nichts rausgekriegt?»

«Nichts Konkretes – nur völlig neue Einsichten in die Techniken, mit denen unsere Altvordern sich durchs Dritte Reich gemogelt haben.»

«Auch kein schlechtes Ergebnis. Jetzt müssen wir also von vorn anfangen, oder?»

«Sieht so aus. Ich bin dabei, noch ein paar andere Alte

auszugraben, und ich glaube, man könnte auch Leute finden, die damals noch halbe Kinder waren, aber trotzdem was mitgekriegt haben …»

«Was ist denn mit dir los, Peter?»

«Na ja, wenn du nicht da bist und gerade nichts anderes läuft. Wie geht es denn bei euch voran? Unser Chef wartet auf die fette Story für die Presse.»

«Sag ihm einen schönen Gruß, er bekommt sie bald. Ich werde ihm sowieso heute eine E-Mail schicken. Bisher gilt völlige Nachrichtensperre wegen äußerst schwieriger Ermittlungen.»

«Ist das eine Ausrede, oder stimmt das?»

«Es ist keine Ausrede, und du kannst dem Chef ausrichten, dass es nicht nur schwierige, sondern gefährliche Ermittlungen sind.»

«Kein Witz?»

«Kein Witz!»

«Pass auf dich auf, Laura!»

«Danke, das hat mein Vater auch gesagt.»

«Ach du lieber Himmel, der ist ja auch dabei.»

«Ja, aber er macht sich prima. Gibt's sonst noch was?»

«Nein. Grüß den Commissario.»

«Ich werd's ausrichten. Servus.»

Langsam legte Laura das Telefon auf Guerrinis Schreibtisch zurück, atmete tief durch.

«Schlechte Nachrichten?» Guerrini griff nach seinem Jackett.

«Irgendwie schon, traurige zumindest. Lass uns gehen und etwas trinken.»

Guerrini führte Laura in eine kleine Bar, die schräg gegenüber vom Kommissariat lag. Er meinte, von hier aus könnten sie das Kommen des Kinderbuchautors beobachten und trotzdem in Ruhe einen Campari trinken. Die Ruhe stellte sich allerdings erst ein, nachdem der Wirt den Commissario lautstark begrüßt hatte und Laura so lange anstarrte, bis Guerrini sie vorstellte. Fünf Minuten dauerte diese Zeremonie (»*Che bella commissaria tedesca!*«), dann saßen sie endlich an einem runden Bistrotisch nahe dem Fenster, konnten so den Eingang des Kommissariats sehen, ohne selbst aufzufallen. Laura genoss den bittersüßen Campari-Geschmack auf ihrer Zunge und erzählte Angelo von dem alten Herrn Mayer, der zwei Zimmer seiner großen Wohnung abgesperrt hatte, weil er sie nicht mehr brauchte. Der gern Schnaps trank und sich genau an die Vergangenheit erinnerte, aber nicht gern, weil die Vergangenheit wehtat.

«Vielleicht hat er den Herzanfall erlitten, weil er sich zu sehr erinnert hat», sagte sie traurig.

«Zu sehr erinnert», wiederholte Guerrini nachdenklich. «Du hast manchmal ungewöhnliche Einfälle.»

«Aber das ist doch gar nicht so ungewöhnlich. Sich zu sehr erinnern – das machen wir doch alle ab und zu. Meistens an Ereignisse, die sehr wehtun. Und wenn wir uns dann erinnern, zerreißt es uns innerlich.»

Guerrini schwenkte langsam sein Glas, und die Eiswürfel klingelten leise.

«Ich erinnere mich zum Beispiel manchmal an einen Vogel, der in unseren Kamin gefallen war.» Laura folgte mit den Augen den kreisenden Eisstücken. «Drei Tage lang kämpfte er um sein Leben, wir hörten sein Flattern und Scharren … Es war ein Albtraum. Wir konnten ihn einfach nicht finden, obwohl meine Eltern alle Kaminöffnungen absuchten. Nach zehn Tagen fand meine Mutter ihn – er hatte sich bis in den alten Herd vorgearbeitet, mit dem früher der Waschkessel geheizt wurde. Natürlich war er tot. Uns allen ist regelrecht das Herz gebrochen. Ich erinnere mich bis heute genau an dieses Gefühl hilfloser Wut. Es überdeckte für eine Weile das ganze Leben … es ist wie ein Muster, das sofort auftaucht, wenn ich nicht in der Lage bin, etwas Schreckliches zu verhindern.»

Sie war Angelo dankbar, dass er nicht die Hand auf ihren Arm legte oder irgendetwas Mitfühlendes sagte, sondern sie einfach nur ansah und zuhörte. Seit den Schüssen bei Asciano fühlte sie sich ziemlich wackelig.

Keine Tränen, dachte sie – sich selbst beschwörend. Keine Tränen. Keine Tränen. Entschlossen hob sie ihr Glas und prostete Angelo zu. «Auf unsere verborgenen Muster!»

Er lächelte kaum merklich, hob ebenfalls sein Glas.

«Auf dich und deine seltsamen Einfälle. Vielleicht hat sich auch Altlander zu sehr erinnert. An etwas, das ihn verletzte, aufregte, das ihn ankotzte, wie er es selbst einigen Leuten gesagt hat, und das ihn das Leben gekostet hat.»

«Ich bin sicher, dass es etwas in dieser Richtung sein muss.» Laura stellte ihr Glas auf das runde Marmortischchen und beugte sich vor.

«Da kommt Peters!»

Der bärtige Friese hatte sich vom Strom der Touristen abgesondert und stand jetzt ein paar Meter vom Eingang des Kommissariats, fuhr nervös mit einer Hand über seinen Hinterkopf, wandte sich ab, entfernte sich einige Schritte, gab sich dann aber einen Ruck und trat durch die Pforte. Sofort wurde er von zwei Wachhabenden in Empfang genommen.

«Warten wir noch fünf Minuten», murmelte Guerrini, «dann wird er noch ein bisschen nervöser.»

Laura nickte. «Anstatt Campari zu trinken, sollten wir

eigentlich in deinem Büro sitzen und Archivmaterial studieren. Ich wette ...»

«Pssst!» Guerrini schüttelte den Kopf. «Es tickt schon wieder, dieses deutsche Pflichtbewusstsein, Commissaria! Ich wette mit dir, dass wir bei diesem Campari mehr Einsichten hatten als beim Studieren von alten Akten. Das können wir immer noch machen!»

«Und was nun?», fragte Guerrini, als sie darauf warteten, dass Peters zu ihnen in den Vernehmungsraum geführt wurde.

«Ich werde bluffen. Was anderes bleibt uns gar nicht übrig. Wir können also nur hoffen, dass es funktioniert.» Laura lief mit verschränkten Armen auf und ab.

«Und du wirst natürlich deutsch mit ihm sprechen, was mich in eine unangenehme Lage bringt. Mir ging es schon vorhin bei deinem Telefongespräch so. Ich verstehe überhaupt nichts, wenn du deutsch redest.»

«Aber es ist sicher besser, wenn ich mit ihm deutsch rede. Ich werde übersetzen.»

«Aber ich kann nicht spontan eingreifen. Für dich ist es ein Heimspiel.»

«Also hast du doch Probleme damit!»

«Nein, aber ich will wissen, was läuft!»

«Es gibt Sprachkurse!»

«Manchmal bist du ein richtiges Biest!»

«Na, zum Glück!»

«Also gut, rede deutsch mit ihm.»

«*Grazie, commissario!* Und würdest du bitte das Aufnahmegerät bedienen.»

Die Tür ging auf, und Peters wurde von zwei Polizisten

hereingeführt. Er war blass, seine Augen lagen tief in den Höhlen, aber er lächelte, irgendwie ungläubig und gleichzeitig verlegen.

«Ich hab keine Ahnung, wie man sich in so einer Situation verhält», sagte er und räusperte sich. «So was kenn ich nur aus Fernsehkrimis. Was muss ich jetzt machen?»

«Guten Tag, Herr Peters. Sie müssen gar nichts machen. Sie können sich setzen, Commissario Guerrini wird das Aufnahmegerät einschalten, und dann werde ich Ihnen einige Fragen stellen.»

«In Krimis verlangen die Leute jetzt einen Anwalt, oder? Ich kenne allerdings keinen, und ich glaube auch nicht, dass ich einen brauche.» Peters setzte sich, atmete tief ein und stieß die Luft hörbar aus.

«Gut, dann fangen wir an. Das Gerät läuft …» Laura warf Guerrini einen fragenden Blick zu, der nickte und drückte auf den Knopf. «Bitte nennen Sie Ihren Namen, Geburtsdatum und -ort und Ihren Wohnsitz in Italien.»

Peters gehorchte kopfschüttelnd, hatte noch immer diesen ungläubigen Ausdruck in den Augen. Beinahe empfand Laura Mitleid mit ihm.

«Herr Peters», begann sie. «Sie haben uns bei anderer Gelegenheit erzählt, dass Sie mit Giorgio Altlander befreundet waren. Könnte es sein, dass Sie in den frühen Morgenstunden des vergangenen Sonntags in *Wasteland* waren, um Altlander zu besuchen – einen Kaffee mit ihm zu trinken? Sie wussten, dass er häufig die ganze Nacht durcharbeitete …»

Peters schüttelte heftig den Kopf.

«Nein, nein. Niemals. Letzten Sonntag, warten Sie. Da habe ich selbst die ganze Nacht durchgearbeitet und bin dann ins Bett gegangen.»

«Was würden Sie sagen, wenn Altlanders Gärtner Sie gesehen hätte?»

Peters fuhr auf, schaukelte kaum merklich hin und her.

«Sie wollen mich reinlegen, nicht wahr? Niemand hat mich gesehen, weil ich nicht da war!»

«Aber der Gärtner hat sogar gesehen, dass Sie ins Haus hineingegangen sind, Herr Peters.»

Benno Peters schloss seine Augen und rieb mit den Fingern der rechten Hand seinen Bart, immer auf und ab, auf und ab.

«Hinzu kommt», fuhr Laura leise fort, «dass die Autopsie von Giorgio Altlander den Zeitpunkt des Todes auf die frühen Morgenstunden des Sonntags festgelegt hat.»

Noch immer hielt Peters seine Augen geschlossen.

«Ich nehme an, dass Sie bluffen», murmelte er endlich. «Aber sicher sein kann ich natürlich nicht. Vielleicht bluffen Sie auch nicht, und der alte Pietro hat tatsächlich in den Oliven gearbeitet oder seine Schafe gesucht. Eigentlich spielt es gar keine Rolle …» Er öffnete kurz seine Augen, machte sie aber gleich wieder zu. Kniff sie sogar zusammen, als könne er auf diese Weise die Außenwelt fernhalten.

«Ich war da. Am Sonntagmorgen um halb sechs. Es war ein wunderbarer Morgen, taufrisch. Ich habe einen langen Spaziergang gemacht und wollte anschließend zu Giorgio auf einen frühen Kaffee. Das habe ich öfter gemacht. Elsa Michelangeli kam am Abend auf ein Glas Rotwein und ich am Morgen auf einen Kaffee. Roswita weiß nichts davon. Sie ist Langschläferin, während ich das erste Morgenlicht liebe.» Er hielt inne, bat um ein Glas Wasser. Laura gab seine Bitte an Guerrini weiter, der wiederum den Wachmann vor der Tür losschickte. Peters sprach erst weiter, als er getrunken hatte.

«Es stand ein Auto vor dem Haus. Keines, das ich kannte. Ein kleiner Fiat – älteres Baujahr. Erst dachte ich, dass er Pietro gehören könne. Dann fiel mir ein, dass Pietro einen kleinen Lieferwagen fährt. Ich selbst hatte meinen Wagen ein Stück weiter unten stehen lassen – hinter dem Hügel.»

«Warum?»

Peters zuckte bei Lauras Frage kaum merklich zusammen.

«Weil Giorgio manchmal Besuch hatte und ich nicht stören wollte.»

«Hatten Sie Ihr Fernglas dabei?»

«Nein!» Seine Stimme klang abweisend. Wieder trank er einen Schluck. «Ich folgte dem Weg zum Haus, sah den Wagen und wollte schon umkehren. Und dann … es war wohl Neugier. Ich ging zum Haus, fand die Tür offen …»

«Und dann?»

«In der Halle war niemand. Es war völlig still. Als ich in der Küche keinen fand, ging ich die Treppe hinauf zu Giorgios Arbeitszimmer. Dort war die Tür nur angelehnt. Ich lauschte und hörte eine Art Stöhnen, beinahe Schluchzen. Da bin ich umgekehrt. Ich wollte nicht stören … Giorgio hatte manchmal solchen Besuch.» Plötzlich schluchzte Peters auf und begrub sein Gesicht in den Händen. «Wenn ich gewusst hätte … vielleicht hätte ich ihn retten können. Ich denke ununterbrochen darüber nach.»

«Sind Sie einfach gegangen, oder haben Sie noch irgendwas gemacht?»

Peters atmete schwer.

«Sie werden mich für verrückt halten, aber ich habe in der Halle geschrien.»

«Wie geschrien?»

«Ich habe ein paarmal seinen Namen geschrien: Giorgio, Giorgio! Und dann bin ich weggelaufen und nach Hause gefahren. Ich wollte nur noch weg. Es war wie eine Demütigung!»

«Warum haben Sie geschrien?»

Er krümmte sich auf dem Stuhl zusammen und erinnerte Laura plötzlich an den Bacon in Altlanders Eingangshalle.

«Weil ich eifersüchtig war. Ich habe ihn angebetet, aber er hat mir niemals auch nur die kleinste Berührung gestattet. Geredet hat er mit mir, das ja. Aber er hat nie meine Gefühle erwidert, niemals! Ich konnte mir sehr gut vorstellen, was da oben in seinem Arbeitszimmer abgelaufen ist. Wahrscheinlich hatte er einen dieser hübschen Burschen aus der Gegend bei sich. Einen wie Enzo!»

«Und Sie glauben, dass einer dieser hübschen Burschen ihn umgebracht hat?»

«Wer denn sonst? Erinnern Sie sich an den Tod von Pasolini? Er war auch Schriftsteller und ein berühmter Filmregisseur. Das hat ihm gar nichts geholfen, als ein kleiner römischer Stricher ihn mit einem Holzprügel erschlagen hat.» Peters Stimme hatte plötzlich etwas Gehässiges.

«Klingt auf einmal so, als seien Sie gar nicht traurig über Altlanders Ermordung.» Laura stand auf, ging zum Fenster, machte es weit auf und atmete tief ein. Dann wandte sie sich um und musterte Peters mit kühlen Augen. «Sie können jetzt gehen. Das ist alles, was ich von Ihnen wissen wollte.»

Peters sprang auf. «Sie haben mich nicht gefragt, warum ich es Ihnen nicht gleich gesagt habe …»

«Ich nehme an, Sie hatten Angst, dass wir Sie für den Mörder halten könnten», erwiderte sie.

Peters senkte den Kopf und wandte sich zur Tür, drehte sich aber wieder um.

«Ich möchte Sie um etwas bitten.» Seine Stimme klang brüchig und sehr leise. «Bitte sagen Sie Roswita nichts von diesem Gespräch. Und nichts davon, was ich über Giorgio gesagt habe.»

«Wenn Sie sonst keine Sorgen haben», murmelte Laura.

«Ich verlange, dass Sie meine Gefühle achten!» Er schrie so unerwartet, dass der junge Polizist neben der Tür einen Schritt nach vorn tat und nach seinem Arm griff.

«Ich achte Ihre Gefühle», erwiderte Laura und sah ihn an. «Meine Gedanken waren im Augenblick mehr bei Giorgio Altlander. Ich habe übrigens noch eine letzte Frage: Enzo Leone hat behauptet, dass er mit Ihnen intim war.»

«Was?» Sein Gesicht entgleiste in verzweifelte Fassungslosigkeit.

«Dieses Schwein», stammelte er. «Er hat mich immer gedemütigt, war überheblich. Er wusste, wie ich litt. Dass ich nicht bekam, was er hatte. Niemals wären wir … es ist ungeheuerlich!» Er atmete heftig, schluchzte auf.

«Lassen Sie ihn gehen!», sagte Laura und nickte dem Wachhabenden zu.

Laura übersetzte, fasste zusammen. D'Annunzio brachte ihnen Kaffee in Pappbechern, platzte offensichtlich vor Neugier, wagte aber nicht, etwas zu fragen. Tommasini lieferte einen zweiten, eher mageren Bericht über Altlanders Aktivitäten während der Studentenrevolte und der Zeit der Roten Brigaden. Eigentlich kam dabei wieder nur heraus, dass Altlander häufig in Norditalien war, vor allem in Mailand und Turin. Dass er damals in beinahe allen linken Zeitungen und Zeitschriften große Artikel über die notwendigen gesellschaftlichen Veränderungen schrieb. Und das war's dann.

«Mein Gott, bin ich froh, dass Lana nicht da ist», stöhnte Guerrini, als der Sergente endlich ging. «Der hat nämlich ein Talent, andere völlig konfus zu machen und die absurdesten Theorien zu entwickeln. Ich schätze Tommasini sehr, er ist zuverlässig, aber manchmal schwerfällig und stur.»

«Und was hältst du von mir?», fragte Laura.

«Sehr begabt, mit der Neigung zu Alleingängen, was die Teamarbeit nicht erleichtert. Aber sonst ganz angenehm.» Er lachte nicht, blieb völlig ernst. «Lass uns den ganzen Schrott vergessen, den Tommasini gerade über uns ausgekippt hat. Peters hat also etwas gehört, hielt es in seiner etwas perversen Phantasie für sexuelle Aktivitäten und hat aus Eifersucht in der Halle geschrien. Lass mich mal weiter überlegen, was danach passiert sein könnte: Der mutmaßliche Mörder hört die Schreie und erschrickt natürlich zutiefst. Altlander ist vermutlich gerade gestorben, also nichts wie weg. Ist es möglich, dass er in seiner Aufregung den Laptop vergisst?»

«Natürlich ist es möglich, und das wäre genau der Fehler, der ihm eigentlich nicht hätte unterlaufen dürfen.» Laura trank den Rest des Kaffees, verzog das Gesicht und schüttelte sich.

«War es einer der hübschen Burschen, von denen Peters gesprochen hat?»

«Unwahrscheinlich. Dann wäre er nicht am Laptop interessiert gewesen.»

«Aber der alte Fiat ...»

«Tarnung. Nur ein Idiot würde mit einem auffälligen Luxuswagen zum Morden vorfahren.»

«Kommt aber vor.»

«Ja, bei Idioten, denen die Sicherung durchbrennt.»

«Also gut, gehen wir davon aus, dass es kein Idiot war. Es ist wirklich schade, dass Peters nicht gewartet hat, bis der andere rauskam, oder ihm nachgefahren ist. Das würde unsere Arbeit wesentlich erleichtern.»

«Lass uns weiter nachdenken!» Laura faltete den Pappbecher zusammen. «Altlander sitzt tot in seinem Stuhl. Es ist Sonntag. Der Mörder kann also davon ausgehen, dass Altlander nicht so schnell entdeckt wird. Wahrscheinlich hat er Enzo Leone wegfahren sehen oder wusste sogar, dass der häufig die Wochenenden woanders verbrachte. Vielleicht ist er tagsüber zurückgekommen und hat den Laptop geholt.»

Guerrini lehnte sich in seinem Ledersessel zurück und verschränkte die Arme hinter dem Kopf.

«Vielleicht ist er aber nicht zurückgekommen, weil er sich nicht traute. Vielleicht kam ihm jemand zuvor. Elsa Michelangeli zum Beispiel. Vielleicht hat sie Altlander bereits viel früher gefunden, als sie angegeben hat. Und sie wusste, dass dieser Laptop wichtige Informationen enthielt und außerdem Altlanders letztes Werk – jedenfalls was davon festgehalten war.»

«Und sie nahm den Laptop an sich und versteckte ihn. Erst danach verständigte sie die Polizei. Klingt nicht schlecht. Dafür spricht auch, dass ihr Haus durchwühlt wurde und der brutale Überfall auf sie.» Laura zielte mit dem zerknautschten Pappbecher auf den Papierkorb, verfehlte ihn aber.

«Also weiter!», seufzte Guerrini und betrachtete den Pappbecher auf dem glänzenden Parkettboden. «In den frühen Morgenstunden – nachdem Tommasini und ich den volltrunkenen Enzo Leone ins Bett gebracht hatten und Stille eingekehrt war –, da tauchte noch einer auf und suchte den Laptop. Diesmal mit einer Leiter. Aber da muss noch einer gewesen sein, weil auch die Siegel an der Tür aufgebrochen wurden.»

«Vielleicht wurde die Leiter nur aufgestellt, um gründlich Verwirrung zu stiften. Vielleicht war Leone gar nicht betrunken, sondern hat euch was vorgemacht.»

«Bitte hör auf, Laura. Er stank nach Alkohol, als hätte er darin gebadet!»

«Das kann ich auch, wenn ich schnell einen Mund voll Grappa schlucke und mir einen ordentlichen Schwall über die Bluse kippe … Was hast du eigentlich mit diesem Montelli? Wie kommst du auf die Idee, dass er etwas mit Altlanders Tod zu tun haben könnte? Montelli ist reich, hat ein florierendes Unternehmen und war zufällig ab und zu bei Altlander eingeladen. Vielleicht hat Leone ihn nur auf die Liste gesetzt, weil er ihn nicht leiden konnte. Leone traue ich alles zu! Warum du aber mit gefletschten Zähnen an Montellis Zaun entlangstreifst, ist mir immer noch nicht klar.»

Guerrini fuhr auf, doch ehe er aufbrausend antworten konnte, brummte sein *telefonino*. Er zog es aus der Jacke, die über seiner Stuhllehne hing, und hatte einen Gesichtsausdruck, als würde er es am liebsten zerquetschen.

«Guerrini!», schnauzte er.

Laura drehte die Augen zur Decke, stand auf und ging zum Fenster. Unten im Hof fuhr gerade ein Einsatzwagen mit Blaulicht los. Aber ganz oben, am obersten Rand des

Fensterausschnitts, den sie übersehen konnte, leuchtete eine Ecke des Doms in der Sonne. Welch merkwürdige Mischung, dachte sie.

«Wir sind zum Mittagessen eingeladen», sagte Guerrini und trat hinter sie. Er legte beide Hände auf ihre Schultern. «Entschuldige meine schlechte Laune.»

Laura hatte keine Lust, auf diese Bemerkung einzugehen.

«Von wem sind wir denn eingeladen?»

«Von unseren Vätern. Sie haben gemeinsam *tagliatelle al tartufo* zubereitet und einen Salat. Außerdem müssen sie uns unbedingt sofort etwas mitteilen, was angeblich wichtig für die Ermittlungen ist.»

«Ich hab gewusst, dass die beiden besser sind als d'Annunzio und Tommasini.»

«Hast du ihnen wirklich einen Auftrag gegeben?» Guerrinis Hände auf ihren Schultern griffen ein bisschen härter zu.

«Natürlich habe ich sie eingesetzt. Mein Vater kennt Altlander und deiner Montelli und diverse andere aus dieser Gegend. Was ist also dabei, wenn die beiden die Zeitungen und Zeitschriften durchsehen? Und bitte sag jetzt gar nichts, sondern lass uns zum Essen gehen. Ich habe nämlich Hunger!»

Guerrini ließ es dabei bewenden. Allerdings war er auf dem Weg zum Haus seines Vaters betont schweigsam. Er dachte darüber nach, dass Laura tatsächlich in bestimmte leere Räume vordrang. In andere allerdings, als er vermutet hatte.

«Ich habe mich daran erinnert, dass ich noch besonders gute getrocknete Trüffel vom letzten Jahr hatte, und weil es sonst schwierig ist, euch zu sehen, da dachten wir …»

«Tutto è bene, padre!», unterbrach Guerrini die Rechtfertigungsrede seines Vaters. «Wir freuen uns darüber, wirklich!»

«Du siehst überhaupt nicht aus, als würdest du dich freuen. Deine selige Mutter würde sagen, dass du besser einmal um die Häuser gehen solltest, um dein Gesicht auszuwechseln!» Fernando Guerrini hatte inzwischen seine Partisanenkleidung abgelegt und glich an diesem Tag eher einem toskanischen Jäger.

Angelo tat so, als hätte er die Bemerkung seines Vaters nicht gehört, begrüßte den alten Gottberg und anschließend besonders ausgiebig den Hund.

Der Tisch war bereits gedeckt, diesmal auf der Veranda, die von dichten Weinranken beschattet wurde und den Blick über die Dächer der Stadt bis zu den sanften Hügeln Richtung Grosseto freigab.

Es gab kühlen Weißwein aus einer Karaffe, Wasser, frisches Brot und gemischten Salat.

«Morgen wollen wir nach Santa Fiora!» Lauras Vater hatte rosige Wangen, und seine Augen leuchteten. «Seit zwanzig Jahren war ich nicht mehr in Santa Fiora! Ich hätte nie gedacht, dass ich es nochmal wiedersehe.»

«Santa Fiora?», fragte Laura ein bisschen abwesend.

«Santa Fiora ist ein Traum. Es liegt hinter dem Monte Amiata, und wenn du es genau wissen willst: Du bist in Santa Fiora entstanden!»

«Oh», sagte Laura.

Der alte Gottberg aber lächelte und legte seine Hand auf die ihre. «Wo bist du denn mit deinen Gedanken, Laura?

Soll ich mal in die Hände klatschen, damit du aufwachst?» Er klatschte.

«Danke, Babbo. Dieser Fall macht uns ganz verrückt. Entschuldige.»

«Na, dann hoffe ich, dass ihr beide bald fröhlicher schaut. Fernando und ich haben nämlich etwas entdeckt, das euch vielleicht weiterhelfen wird.» Triumphierend hielt der alte Gottberg eine kleinformatige Zeitung hoch.

«Jaja!», murmelte Fernando Guerrini. «Mein Sohn kann froh sein, dass ich meinen Verstand noch halbwegs beieinander habe. Jetzt passt mal auf! Seht ihr dieses Foto?» Er schlug die Seite drei der kleinen Zeitung auf. Das zweispaltige Schwarz-Weiß-Foto war nicht von erstklassiger Qualität, trotzdem konnten sie die Person in der Mitte erkennen. Es war Giorgio Altlander – erheblich jünger zwar, aber mit den unverkennbaren hageren Gesichtszügen. Er hielt eine Fahne hoch, die natürlich grau war und doch eindeutig rot. Neben ihm stand eine zweite Person, sehr eng neben ihm sogar, in engster Umarmung sozusagen. Ein junger Mann, kleiner als Altlander, mit halblangen Haaren und bemerkenswert hübsch. Er lachte, und etwas mitreißend Siegessicheres lag in der Art, wie er seinen freien Arm hochstreckte und dabei die Faust ballte. Den anderen hatte er um Altlanders Hüften geschlungen.

«Das!», sagte der alte Guerrini bedächtig. «Das ist Paolo Montelli. Da steht außerdem ein ganz unauffälliger Satz in dem Artikel: Sie waren eigentlich das perfekte revolutionäre Paar. Und jetzt esst den Salat, sonst werden die Tagliatelle kalt!»

«Sie kannten sich also von früher!», sagte Laura, als sie zur Questura zurückgingen. «Es kann eine ganz gewöhnliche Kameradschaft gewesen sein oder mehr.»

Angelo erwiderte nichts, ging mit gesenktem Kopf neben ihr. Die Zeitung hielt er so unterm Arm, als würde er sie gleich fallen lassen. Es war das Parteiblatt einer Splittergruppe der ehemaligen PCI. Laura warf ihm einen prüfenden Blick zu. Er wirkte völlig unnahbar.

Jetzt weiß ich wieder nicht weiter, dachte sie. Ein Spatzenschwarm senkte sich wild flatternd und tschilpend auf das Kopfsteinpflaster vor ihnen. Alle Spatzen hackten auf einen ein, der sich duckte und erfolglose Fluchtversuche unternahm. Federchen wirbelten auf, und so unvermutet dieser Aufruhr begonnen hatte, so unvermutet endete er. Der Geprügelte schüttelte sich, flog auf einen Fenstersims und schaute verwundert um sich. Laura musste lächeln, obwohl ihr eigentlich nicht danach war.

Ich sage jetzt einfach nichts mehr, bis er sich entschließt, das Gespräch wiederaufzunehmen, dachte sie und schaute auf ihre Armbanduhr. Bis zur Verabredung mit Montelli waren es noch zweieinhalb Stunden. Sie hatten also durchaus noch Zeit, Enzo Leone in die Mangel zu nehmen. Die Fahrt nach Borgo Ecclesia dauerte nicht länger als zwanzig Minuten.

Ich werde nichts sagen, dachte sie. Keine Alleingänge. Ich bin Ermittlungshilfe, und Angelo ist ein guter Polizist. Aber ich wette, dass Enzo Leone mit Paolo Montelli unter dem Olivenbaum rumgemacht hat, und ich bin mir nicht sicher, ob Angelo diese Einsicht zulassen kann. Die Frage ist im Augenblick nur, wie wir die Chinesen in dieser Geschichte unterbringen.

Dieser Gedanke erheiterte sie, und sie war sicher, dass

er auch Guerrini erheitern würde, wenn sie mit ihm reden könnte. Doch er ging noch immer schweigend und in sich gekehrt neben ihr her. Als sie jedoch die Questura erreichten, zog er einen Autoschlüssel aus der Tasche, schloss einen zivilen Wagen im Innenhof auf und sagte: «Lass uns zu Leone fahren.»

Das Haus der Fagiolis wurde von zwei jungen Polizisten bewacht, die Guerrini noch nie gesehen hatte. Alles sei ruhig geblieben, berichteten sie, obwohl vier schwarze Geländewagen vorübergefahren waren. Sie hätten alle angehalten und die Personalien der Fahrer notiert.

«Der Bruder von Sergente Tommasini war auch dabei!», grinste einer der Polizisten.

«Soso», murmelte Guerrini. «Irgendwelche Chinesen?»

«Nein, Commissario. Nur Italiener.»

«Kann ich mal die Namen sehen?»

Der junge Mann reichte Guerrini ein Blatt Papier.

Tommasini, Bertone, Scilla, Gambetti las er und fragte sich, warum sie alle schwarze Geländewagen fuhren.

«Sehr gute Arbeit», sagte er. «Wir gehen jetzt ins Haus zu Signor Leone, und ihr passt weiter auf!»

«Zu Befehl, Commissario!»

Diesmal flirtete Guerrini nicht mit Anna Fagioli, obwohl sie ihm einen tiefen Blick schenkte.

«Wie geht es Leone?», fragte er ohne Umschweife.

«Er ist sehr unruhig. Wir machen uns inzwischen wirklich Sorgen um ihn.»

Laura konnte sehen, dass Guerrinis Sachlichkeit sie enttäuschte. Anna Fagioli strich ihr Haar zurück, legte den Kopf ein wenig schief und zog auf sehr sinnliche Weise ihre Unterlippe zwischen die Zähne. Guerrini aber ging an ihr vorbei zur Treppe.

«Ist er in seinem Zimmer?»

«Ja, er ist oben. Der Hund übrigens auch.» Jetzt klang ihre Stimme schnippisch, beinahe ärgerlich.

Interessant, dachte Laura. Scheint nicht ganz zufrieden zu sein mit ihrem Fagioli.

Sie nickte Anna Fagioli zu und folgte Guerrini in den ersten Stock. Der von Pfeilen durchbohrte heilige Sebastian stand noch immer neben der Tür, und drinnen schlug der Hund an. Enzo Leone hatte offensichtlich ihre Ankunft beobachtet, denn er öffnete, ehe Guerrini anklopfen konnte. Er hielt Lupino am Halsband fest, wirkte noch blasser als am Abend zuvor. Der Hund wedelte mit dem Schwanz und jaulte.

«Lassen Sie ihn los, er wird uns schon nicht fressen!», sagte Guerrini.

Als Leone das Halsband freigab, raste der schwarze Labrador auf den Commissario los, umklammerte dessen Oberschenkel mit den Vorderbeinen und fiepte, als hätte er einen lange verschollenen Herrn wiedergefunden.

«Ein richtiger Wachhund scheint er ja nicht zu sein!», bemerkte Guerrini und hatte Mühe, sich von dem Tier zu befreien.

«Er sucht Giorgio.» Enzo Leone ließ sich in einen Sessel fallen, legte den Kopf in den Nacken und seufzte tief.

«Das arme Tier!», erwiderte Guerrini grimmig. «Signor Leone! Ich möchte jetzt, dass Sie mir ganz genau zuhören und präzise antworten, wenn ich Ihnen eine Frage stelle.»

Leone fuhr auf.

«Halten Sie den Mund! Sie haben mir bisher nur Lügen erzählt! Ich nehme an, dass Sie bei unserer ersten Begegnung nicht einmal wirklich betrunken waren. Sie decken jemanden und stecken bis zum Hals in Schwierigkeiten. Die Geschichte, die Sie uns über Peters einreden wollten, ist ebenfalls erfunden. Sie hatten nie Geschlechtsverkehr mit Peters, sondern mit einer völlig anderen Person, und ich sage Ihnen auch, mit wem! Mit Paolo Montelli!»

Enzo Leone riss seine Augen weit auf und starrte Guerrini entsetzt an.

«Nein, Commissario», stammelte er. «Das ist nicht wahr. Weshalb sollte ich … niemals! Montelli ist verheiratet, er ist nicht schwul. Es ist … wie kommen Sie denn auf diese Idee?»

«Ich komme auf diese Idee, weil Altlander jemanden hochgehen lassen wollte. Er hat Material über jemanden zusammengetragen, den er einigermaßen gut kannte und der eine gewisse Rolle im öffentlichen Leben spielt: einen großen Heuchler! Das waren sicher nicht Sie, Signor Leone, und es war auch nicht Benno Peters. Es war ein viel größerer Heuchler als Sie beide zusammen.»

«Ich weiß nicht, wovon Sie reden … es ist alles wie ein böser Traum. Giorgios Tod, diese schwarzen Autos … ich habe Mühe zu atmen, Commissario. Ich brauche einen Arzt. Warum hat jemand in meinem Namen diesen Montelli angerufen? Er hat mich gefragt, was ich von ihm will. Und er hat mich bedroht!» Leone röchelte, schnappte nach Luft. Der schwarze Hund verzog sich unter den Tisch und fiepte leise.

«Woher hatte er Ihre neue Telefonnummer?» Guerrini machte einen drohenden Schritt auf den jungen Mann zu.

«Ich weiß es nicht. Vielleicht haben die Fagiolis …?»

«Die Fagiolis haben gar nichts! Sie selbst haben Montelli Ihre Nummer gegeben. Und Sie haben gemeinsam mit ihm Altlanders Laptop gesucht, den er dummerweise vergessen hatte, weil jemand ihn bei seiner Tat gestört hat. Und Sie wissen ganz genau, wer in diesem schwarzen Geländewagen sitzt!»

Enzo Leone röchelte noch immer, war tief in den Sessel gesunken und sah aus, als würde er das Bewusstsein verlieren. Da packte Guerrini ihn am Kragen und zog ihn hoch.

«Lass dieses verdammte Theater!», brüllte er. «Atme gefälligst!»

Der schwarze Hund bellte heftig, wagte sich aber nicht unter dem Tisch hervor. Laura spürte ihr Herz und den gestrigen Schock. Doch sie wusste, dass Guerrini das Richtige tat.

Enzo Leones Widerstand brach ganz unerwartet zusammen und ganz körperlich. Seine Knie gaben nach, und er hing an Guerrinis Schulter, hielt sich an ihm fest, um nicht zu Boden zu sinken.

«Ich habe nichts damit zu tun», flüsterte er. «Nichts mit Giorgios Tod. Montelli hat mich erst danach angerufen. Er hat mich angefleht, mir viel Geld geboten, wenn ich ihm den Laptop besorge. Aber der Laptop war nicht da.»

«Hat Montelli Altlander umgebracht?»

«Ich weiß es nicht, ich weiß es wirklich nicht. Er hat nichts gesagt, und ich habe ihn nicht gefragt. Ich hatte Angst, verstehen Sie!» Tränen liefen ihm übers Gesicht.

«Sie lügen, Leone! Nicht Montelli hat Sie angerufen, sondern Sie haben Montelli von Altlanders Tod berichtet!» Guerrini schüttelte den jungen Mann wie ein Jagdhund seine Beute.

«Nein! Nein. Das habe ich nicht!»

«Und woher wussten Sie, dass der Laptop nicht bei der Polizei war?»

«Ich habe einen von der Spurensicherung gefragt, was mit dem Laptop passiert sei. Und der hat mir gesagt: Welcher Laptop? Da wusste ich, dass er weg war …»

«Sie sind verdammt schlau, Enzo! Haben Sie Montelli den Tipp mit Elsa Michelangeli gegeben?» Guerrini versuchte Enzo Leone wieder in den Sessel zu expedieren, doch der hielt sich an ihm fest.

«Nein, ja … nicht direkt. Aber er war das nicht. Das hat er mir selbst gesagt. Diese schwarzen Geländewagen, die kommen irgendwo anders her. Das ist so furchtbar! Deshalb muss ich nach London. Die werden uns alle umbringen … mich, Montelli und vielleicht sogar Sie, Commissario!» Er schluchzte auf und barg sein Gesicht an Guerrinis Schulter.

«Bitte ruf die beiden Kollegen herauf», sagte Guerrini zu Laura. «Wir werden ihn vorläufig festnehmen.»

GUERRINI musste raus aus der Stadt, fuhr einfach los, nahm eine kleine Seitenstraße Richtung Massa Marittima. Dabei beobachtete er im Rückspiegel jeden Wagen, der ihnen folgte. Als die Straße hinter ihnen endlich leer war, bog er in einen Feldweg ein, der erst durch ein Bambuswäldchen führte, dann einen Bach überquerte und endlich knapp unter einer Hügelkuppe endete. Oben auf dem Hügel stand eine riesige Schirmpinie. Guerrini stieg aus dem Wagen, kletterte die letzten Meter zu dem mächtigen Baum hinauf und lehnte sich an den Stamm.

Laura folgte ihm nicht. Sie ließ sich in den Sitz zurücksinken und versuchte, sich selbst zu spüren. Aber da war nicht viel, irgendwie schwebte sie mehr, als sie saß, fühlte sich nicht geerdet. Musste ihre Füße bewegen, um sie wahrzunehmen. Es war ein Zustand, den sie nicht ausstehen konnte.

Der Duft von wildem Thymian drang zu ihr herein, überdeckte den Plastikgeruch des Wagens. Die Außenwelt erschien ihr wirklicher als ihr Inneres. Sie beschloss auszusteigen, empfand aber bei diesem Gedanken so etwas wie Panik. Im Handschuhfach suchte sie nach Guerrinis Pistole, fand aber nur Straßenkarten. Auch im Kasten zwischen den vorderen Sitzen lag keine Waffe.

Es ist ja auch ein anderer Wagen, dachte sie, wurde plötzlich wütend auf Guerrini, weil er sie hier allein sitzen ließ, ohne Waffe. Falls der schwarze Geländewagen von irgendwoher auftauchte, wäre sie völlig wehrlos.

Sie stieg aus, ging ein paar Schritte, folgte einem schmalen Jägersteig, der in die Macchia am Fuß des Hügels führte. Fand bunte Patronenhülsen, zwei Stachelschweinborsten. Links von ihr flog kreischend ein Fasan auf, ließ sie mit klopfendem Herzen zurück.

Sie versuchte sich zu entspannen, nur die blühenden Büsche wahrzunehmen, das Summen der Bienen. Es funktionierte nicht. Sie sah Risse in der trockenen Erde, winzige Tierknochen und noch mehr Patronenhülsen. Als Guerrini nach ihr rief, wäre sie vor Erleichterung beinahe losgerannt, zwang sich aber, langsam zu gehen.

Er stand noch immer neben der Schirmpinie auf dem Hügel, winkte ihr zu, als sie aus dem Gebüsch trat.

«Komm rauf!»

Sie keuchte, als sie oben ankam, fühlte sich schwach, ließ ihren Blick suchend über das Tal wandern.

«Er ist nicht da!», sagte Guerrini und legte einen Arm um ihre Schultern. «Niemand ist uns gefolgt.»

Laura tastete mit einer Hand unter seine linke Achsel, fand die Waffe im Schulterhalfter.

«Dich hat's ganz schön erwischt, was?», murmelte er und drückte sie leicht an sich. «Ich wollte dir das hier zeigen. Einer meiner Fluchtpunkte. Dieser alte Baum hier, dieser Hügel und dieser Blick. Fass diesen Stamm an, dann geht es dir gleich besser.»

Er legte Lauras Hand auf den Stamm der Pinie. Die rotbraunen großen Schuppen der Rinde fühlten sich an wie die Haut eines riesigen Reptils, eines Urtiers. Laura legte den Kopf in den Nacken und schaute zu dem Dach aus dunkelgrünen weichen Nadeln hinauf und zu den mächtigen Ästen, die weit über den Hügel hinausragten, als wollten sie ihn beschützen.

«Er war schon so groß, als ich noch ein Junge war. Mein Vater hat mich manchmal auf die Fasanenjagd mitgenommen, dann bin ich hier heraufgeklettert und habe auf ihn gewartet. Er ist so was wie mein Kraftbaum.»

«Danke», sagte Laura leise.

Nebeneinander setzten sie sich zwischen die Wurzeln, lehnten sich an den Stamm, blickten schweigend über das krause Grün der Macchia hinaus auf Weiden und Felder, die sich wie farbige Muster über die Hügellandschaft legten.

Nach einer Weile schaute Angelo auf die Uhr.

«Es ist Zeit für Montelli.»

GUERRINI hatte beschlossen, seine ganze kleine Truppe nach Borgo Ecclesia mitzunehmen. Auch ihn beunruhigten die schwarzen Geländewagen tiefer, als er zugeben wollte. Deshalb ließ er seine Kollegen rund um das Anwesen Montellis in Position gehen, möglichst unauffällig, aber mit der Anweisung, jeden aufzuhalten, der das Gelände verlassen wollte. Laura blieb bei Tommasini, obwohl Guerrini ihr halbherzig angeboten hatte, ihn zu begleiten. Montelli war seine Angelegenheit.

Als er mit seinem Auto auf die Einfahrt mit den vergoldeten schmiedeeisernen Toren zusteuerte, spürte er ein leichtes inneres Beben, dachte, dass man sich vor einem Duell so ähnlich fühlen müsste. Und er versuchte, zwischen dem Schulkameraden Montelli und dem anderen zu trennen, zu rekapitulieren, was er inzwischen von dem anderen Montelli wusste. Die Kollegen aus Florenz hatten ihm eine E-Mail geschickt, gerade noch rechtzeitig vor dieser Begegnung.

Ende der achtziger Jahre hatte Montelli die kleine Textilfabrik eines Onkels in Prato geerbt. Mitte der Neunziger erlebte die Firma einen plötzlichen Aufschwung, expandierte seither fast ununterbrochen. Seit diesem Aufschwung beschäftigte Montelli immer mehr Näherinnen und sonstiges Personal aus China, was in der allgemeinen Expansion der Textilindustrie von Prato nicht auffiel. Sie wurde ohnehin still und heimlich von chinesischen Geschäftsleuten übernommen. Montelli jedoch blieb an der Spitze seines Unternehmens, bekam Auszeichnungen als Unternehmer des Jahres und so weiter. Genau dieser Punkt war wohl die Verbindung zu Altlanders Buch über organisierte Kriminalität und zu seinen Bemerkungen, dass ihn alles ankotze! Oder war es Zufall?

Aber er hat zwei Geschäftsführer, und die sind Chinesen, dachte Guerrini. Ihm erschien das Ganze merkwürdig, und er hätte gern mehr gewusst. Doch offensichtlich gab es darüber keine Informationen. Solange einer die Wirtschaft am Laufen hielt, wurde er in Ruhe gelassen. Das hatten schon ganz andere vorgemacht, in wesentlich höheren Positionen als Montelli.

Als das Tor sich lautlos öffnete, verstärkte sich Guerrinis inneres Beben, und er versuchte, ruhig zu atmen. Langsam fuhr er den breiten Kiesweg entlang, vorbei an Oleanderhecken und Rosenbeeten, erreichte endlich die herrschaftliche Auffahrt vor der Villa, registrierte die geschwungene Freitreppe, die riesigen Terrakottakübel mit Palmen und exotischen Blumen, empfand ein leichtes Ekelgefühl wie jedes Mal, wenn er mit der äußeren Demonstration von Macht und Reichtum konfrontiert wurde. Und ihm fiel plötzlich der letzte in der langen Reihe ehemaliger italienischer Ministerpräsidenten ein, der ein besonderes Talent für solche Gesten hatte und kürzlich einen künstlichen Vulkanausbruch samt künstlichem Erdbeben inszenierte. Als wollte er seinen Gästen und der Welt zeigen, dass er wiederkommen würde – mit Feuer und Donnergrollen.

Guerrini musste sich einen Ruck geben, um auszusteigen, blieb neben der Autotür stehen und sah zum Haus hinauf. Am Ende der Freitreppe stand ein Mann und sah ihm entgegen. Er war allerdings kaum mehr als ein Schattenriss, hatte die Sonne im Rücken, und Guerrini empfand auch das als Teil der Gesamtinszenierung. Deshalb weigerte er sich, seine Augen mit einer Hand zu schützen und angestrengt noch oben zu starren. Wieder überkam ihn dieses Wurm-im-Staub-Gefühl, das der andere ihm offensichtlich vermitteln wollte, denn er machte keine Anstalten, ihm auch nur eine Stufe entgegenzukommen.

Guerrini blieb neben seinem Wagen stehen und wartete auf eine Reaktion des anderen. Dass der zu ihm herunterkommen würde, hielt er für unwahrscheinlich. Er allerdings würde auch nicht zu ihm hinaufsteigen. Um ins Gespräch zu kommen, mussten sie einen Kompromiss finden.

Der andere allerdings verblüffte Guerrini, denn nach ein, zwei Minuten wortloser Konfrontation kam er tatsächlich ein paar Stufen herab – ganz locker, eine Hand auf dem Sandsteingeländer, allmählich Kontur annehmend, und rief: «Bist du das, Guerrini? Komm rauf und spiel nicht den Geheimpolizisten!»

Guerrini nahm daraufhin ein paar Stufen nach oben. Als sie nur noch zwei Meter voneinander entfernt waren, blieben sie stehen, taxierten einander blitzschnell.

Ich hätte ihn nie erkannt, dachte Guerrini. Niemals hätte ich diesen kurzgeschorenen Schädel mit meinem ehemaligen Schulkameraden in Verbindung gebracht.

Montelli hatte inzwischen eine untersetzte Statur, seine dunklen Augen über den schweren Tränensäcken waren sehr klein und wachsam.

«Was willst du?», fragte er jetzt – die Hand noch immer auf dem Geländer und sich sehr gerade aufrichtend, denn er war mindestens einen Kopf kleiner als Guerrini.

«Mit dir reden!»

«Über was?»

«Das weißt du ganz genau.»

«Nein.»

«Nein? Du warst noch nie harmlos, Montelli. Deshalb spiel nicht den Harmlosen!»

Montelli wandte kurz den Blick von Guerrini ab, schien über den Park zu schauen.

«Wie gefällt dir mein Garten?», fragte er.

«Nicht schlecht, aber es sind zu viele Chinesen drin!», erwiderte Guerrini.

«Was?»

«Du hast schon richtig verstanden.»

«Meine Chinesen gehen dich überhaupt nichts an, Guerrini!»

«Tun sie auch nicht – sie sind mir nur aufgefallen. Eigentlich wollte ich mit dir über etwas anderes reden …»

«Über alte Zeiten vielleicht?» Montelli lachte auf. Es klang wie ein Bellen.

«Über die auch. Ich habe ein Bild von dir und Giorgio Altlander in der Zeitung entdeckt. Ein altes Foto. Da hattest du noch mehr Haare.»

«Die Zeiten ändern sich. Weshalb interessieren dich meine Haare?»

«Du warst hübscher mit Haaren.»

Montelli kniff die Augen zusammen, sein rechter Mundwinkel zuckte zweimal.

«Was meinst du damit, Guerrini?»

«Nichts Besonderes – ist mir nur ebenfalls aufgefallen. Und die rote Fahne. Die war auch hübsch!»

«Worauf willst du eigentlich hinaus?»

Er ist in der Defensive, dachte Guerrini. Wieso ist er so schnell in der Defensive?

«Das kann ich dir genau sagen, Montelli. Ich habe Schwierigkeiten mit Leuten, die sich vom Revolutionär zum Großkapitalisten wandeln. Da geht es mir ganz ähnlich wie dem verstorbenen Giorgio Altlander. Dagegen macht es mir nichts aus, dass du schwul bist.»

Guerrini wusste, dass er eine Bombe gezündet hatte, wartete auf die Detonation. Aber sie kam nicht. Montelli fasste auch mit seiner zweiten Hand nach dem Geländer, schaute an Guerrini vorbei in die Ferne. Sein Gesicht war grau, seine Lippen leicht geöffnet. Mit einem röchelnden Laut zog er die Luft ein.

«Du begreifst gar nichts, Guerrini», murmelte er. «Überhaupt nichts.»

«Mag sein. Deshalb möchte ich, dass du mir erklärst, was ich nicht begreife. Ich bin nicht hier, um einen alten Schulkameraden zu besuchen, sondern um einen Mord und einige Mordversuche aufzuklären.»

«Altlander ist nicht ermordet worden. So bedeutend war er nicht!»

«Weshalb ist er dann tot? Weshalb hat er Druckstellen am Hals und im Gesicht? Weshalb ist sein Laptop verschwunden? Weshalb tauchen plötzlich überall schwarze Geländewagen auf, die das Leben seiner Freunde und sogar seiner Haushälterin bedrohen? Weshalb wird auf mich geschossen?»

Montelli zuckte die Achseln.

«Woher soll ich das wissen, Guerrini? Auf Polizisten wird eben manchmal geschossen. Ist es nicht so? Ich habe jedenfalls nicht auf dich geschossen, und ich fahre auch keinen schwarzen Geländewagen, sondern seit Jahren einen blauen Jaguar.»

«Manchmal auch einen kleinen grauen Fiat?»

«Nein. Du hast dich kaum verändert, Guerrini. Penetrant warst du schon in der Schule.»

Guerrini überhörte diesen Angriff.

«Enzo Leone hat ausgesagt, dass du mit ihm gemeinsam nach Altlanders Laptop gesucht hast. In der Nacht nach Altlanders Tod. Nachdem die Spurensicherung bereits das Arbeitszimmer und ich das Haus versiegelt hatte.»

«Hat er das!» Wieder stieß Montelli ein bellendes Gelächter aus. «Und du glaubst dieser kleinen Schwuchtel? Wahrscheinlich hat er seinen Gönner um die Ecke gebracht. Wäre nicht der erste Fall in solchen Kreisen!»

«Vor allem wenn er noch einen Gönner hatte – einen, der schnellen Sex unter Bäumen schätzte, mit dem zusätzlichen Nervenkitzel, dass der andere Gönner ihn entdecken könnte!»

«Ach, lass mich in Ruhe mit solchem Geschwätz!»

«Es gibt zwei Zeugen für dieses Geschwätz, Montelli!»

Am Ende der Treppe tauchte eine Frau auf. Die blonde Reiterin, über die Guerrini sich am vergangenen Sonntag geärgert hatte.

«Was will er?», fragte sie mit ihrer kühlen Stimme.

«Geh ins Haus!» Montelli drehte sich kurz zu ihr um. «Ich habe dir gesagt, dass du im Haus bleiben sollst!»

Guerrini war erstaunt, dass sie tatsächlich den Rückzug antrat und wieder verschwand. Aber jetzt kannte er noch eine Schwachstelle Montellis.

«Sie soll nichts davon wissen, nicht wahr! Und sie hat keine Ahnung vom zweiten Gesicht ihres Ehemanns.»

«Nicht diese Nummer, Guerrini. Das ist unter deinem Niveau. Auch wenn du ein Bulle bist!»

«Welche Nummer dann?»

«Eine andere.»

«Gut. Eine andere. Du hast deine Firma auf dem Rücken illegaler Einwanderer aufgebaut. Hast ihnen – sagen wir zwei, drei Euro pro Stunde bezahlt und sie deine *Moda più alta* nähen lassen. Eine echte Glanzleistung für einen ehemaligen Kämpfer für Freiheit und Gerechtigkeit …»

«Du hast ja keine Ahnung!», unterbrach Montelli ihn. «Es geht um unser Land, um unsere Modeindustrie …»

«Mir kommen die Tränen. Ich will dir eine Geschichte erzählen, und du kannst mir am Ende sagen, ob ich ganz falschliege! Also pass auf: Zuerst ging alles gut. Die Chinesen waren fleißig. Du hast Aufträge sogar von berühmten französischen Modehäusern bekommen, die natürlich nie zugeben würden, dass ihre sündhaft teuren Modelle von illegalen chinesischen Näherinnen zusammengefummelt werden, die für einen Hungerlohn arbeiten. Dann aber änderte sich die Situation. Es gab plötzlich nicht nur kleine billige Näherinnen, sondern intelligente chinesische Geschäftsleute. Manager im besten Sinne. Und die sagten: Signor Montelli, wir arbeiten wunderbar zusammen. Sie setzen uns als Manager ein, und wir erzählen niemandem, dass Sie schwul sind. Wir haben hier ein paar Informationen über Sie gesammelt, gar nichts Schlimmes: ein bisschen Rote Brigaden, Bombenanschläge, Entführung von Politikern. Aber besser, wir arbeiten gut zusammen. Sie waren sehr höflich, diese Herren, wie Chinesen das sind. Zwar waren sie Angehörige der chinesischen Mafia, aber eben sehr höflich, und so einigte man sich, und Signor Montelli bekam seine Villa in Borgo Ecclesia, behielt seinen blauen Jaguar und seine Rolex, seine blonde Frau und vieles mehr.»

Montelli setzte sich plötzlich auf die Treppe, zog ein Päckchen Zigaretten aus der Jackentasche und begann zu rauchen. Erst nach dem dritten Zug hob er den Kopf und sah Guerrini an.

«Bist du inzwischen unter die Märchenerzähler gegangen?»

«Ja, es macht Spaß. Die Geschichte ist noch nicht zu Ende: Als Signor Montelli nach Borgo Ecclesia zog, traf er einen alten Freund wieder … einen aus revolutionären Tagen. Dieser Freund war allerdings seinen Grundsätzen treu geblieben und kam Signor Montelli bald auf die Schliche. Er lud ihn hin und wieder ein, man diskutierte und stritt auch ziemlich lautstark. Dabei merkte Signor Montelli gar nicht, dass der alte Freund begonnen hatte, Material über ihn zu sammeln. Er war nämlich kein Freund mehr, denn er konnte Leute, die ihre alten Ideale verrieten, nicht ausstehen. Der alte Freund war wild entschlossen, diesen Verräter und Heuchler hochgehen zu lassen. Und er erzählte ziemlich vielen Leuten, dass er an einer Geschichte dran sei, die ihn ankotze!»

Guerrini hielt inne, hätte sich am liebsten ebenfalls auf eine der Stufen gesetzt und eine Zigarette geraucht. Und wie geht die Geschichte weiter?, dachte er. Da begann Montelli plötzlich zu sprechen. Leise, von gelegentlichem Husten unterbrochen, wie einer, der das Rauchen nicht gewöhnt ist.

«Nicht schlecht, Guerrini. Im Erfinden von Geschichten warst du auch damals schon gut. Aber es fehlen dir doch Einzelheiten. Altlander war erbarmungslos. Er verachtete ehemalige Liebhaber, die fett und kahl wurden. Er verachtete jeden, der nicht seine hohen moralischen und politischen Ideale einhielt. Nur eines hatte er nicht begriffen: dass ich von einem bestimmten Punkt an nicht mehr verantwortlich war.» Montelli warf seine halb gerauchte Zigarette achtlos auf die Stufen, zündete sich eine zweite an. «Kannst du dir unter Fernsteuerung etwas vorstellen? Ich meine, das gibt es in Italien schon lange. Der Unterschied ist nur, dass es nicht mehr unsere eigene Mafia ist, sondern eine ganz andere. Eine, die man noch weniger einschätzen kann. Interessante Entwicklung, nicht wahr?» Er lachte auf, hustete, stand wieder auf. «Ich bin so was wie ein Roboter, Guerrini. Einer, dem sie einen Chip ins Gehirn setzen.»

«Mir kommen schon wieder die Tränen!»

«Hör auf mit solchen Sprüchen. Die haben meine Firma übernommen wie Außerirdische. Altlander hat irgendwann doch Wind davon bekommen und wollte eine große Geschichte daraus machen. Leone hat mir davon erzählt.»

«Und du hast Leone Geld gegeben, damit er dich über alle Entwicklungen auf dem Laufenden hält. Was hast du ihm für den Laptop geboten?»

«Zwanzigtausend Euro», erwiderte Montelli sachlich. «Aber irgendwer hatte den Laptop bereits mitgenommen. Ich dachte zunächst an meine chinesischen Freunde. Aber weil sie so intensiv in die Suche einstiegen, ließ ich diese Möglichkeit wieder fallen.»

«Du gibst also zu, dass du mit Leone das Polizeisiegel aufgebrochen hast und in Altlanders Arbeitszimmer eingedrungen bist.»

«Eingedrungen», wiederholte Montelli und dehnte das Wort mit einem verächtlichen Unterton. «Wir sind einfach reingegangen und haben nachgesehen. Der Laptop war nicht da, aber das weißt du ja selbst.»

«Und dann habt ihr Elsa Michelangeli angefahren!»

«Das waren die andern. Die sind immer da, Guerrini. Ihr Polizisten habt ja keine Ahnung.»

«Und du hast nichts davon gewusst – erst hinterher, was? Ich glaub dir das nicht, Montelli!»

«Glaub, was du willst!»

«Du hast denen all die Tipps gegeben. Den mit der Haushälterin, mit Enzo Leone, mit mir und der deutschen Commissaria.»

«Der Geschichtenerzähler ist wieder in Aktion!»

«Sei vorsichtig, Montelli. Es geht um deinen Kopf. Du wirst haarklein nachweisen, wo du dich in der Zeit von Samstagmitternacht bis Sonntagmorgen aufgehalten hast. Und dazu wirst du genügend Zeit haben, denn ich werde dich vorläufig festnehmen lassen.»

«Ich hab schon verstanden.» Montelli zündete sich seine dritte Zigarette an. «Eigentlich waren wir gar keine schlechten Kumpel damals. Erinnerst du dich?»

Guerrini sah zu ihm hinauf, überlegte, ob es ein Trick war oder echte Empfindung.

«Natürlich», antwortete er langsam. «Natürlich erinnere ich mich.»

«Kumpel stehen in schwierigen Situationen zueinander, oder? Helfen sich gegenseitig. Jeder mit dem, was er hat, nicht wahr?»

«Scheiße!» Guerrini spürte ein Zucken in seinem rechten Arm, hätte am liebsten zugeschlagen. «Komm mir nicht so, Montelli. Wir gehen jetzt!»

Montelli stand auf, schob das Zigarettenpäckchen in sein legeres Leinenjackett, nahm es wieder heraus, steckte sich eine Zigarette in den Mundwinkel, ließ das Päckchen wieder in die Tasche gleiten.

«Du bist genauso verdammt unfehlbar wie Altlander, was?» Die Zigarette wippte zwischen seinen Lippen auf und ab. Er zündete sie nicht an.

«Hast du ihm auch Geld angeboten?»

Montelli drehte sich um und ging die Freitreppe hinauf.

«Bleib stehen!»

Montelli ging einfach weiter.

«Ich habe gesagt, du sollst stehen bleiben!» Guerrini folgte ihm.

«Gar nichts werde ich tun, Guerrini. Ich gehe jetzt in mein Haus, rede mit meiner Frau und rufe meinen Anwalt an.» Er hatte die Terrasse erreicht, setzte plötzlich zu einem Sprint an, war bereits durch die weit offene Tür verschwunden, ehe Guerrini ihn einholen konnte. Drinnen hinterließ er einen Hindernislauf von umgestürzten Sesseln und Stühlen, ein erschrockenes chinesisches Dienstmädchen und einen kreischenden Yorkshireterrier und verschwand in einem Seitengang. Guerrini folgte ihm, so schnell er konnte, kickte Stühle zur Seite, sprang über einen Sessel. Er hatte eine höchst unangenehme Vorahnung. Als er den Seitengang erreichte, war von Montelli nichts zu sehen. Guerrini lauschte, doch außer dem Gekläffe des kleinen Hundes war nichts zu hören. Der Flur erweiterte sich am Ende, und eine Treppe, deren Stufen mit schwerem dunkelrotem Teppich bedeckt waren, führte in den ersten Stock.

Als Guerrini seinen Fuß auf die erste Stufe setzte, fiel der Schuss, den er befürchtet hatte. Er rannte, stolperte, riss eine Tür nach der anderen auf. Es war die dritte auf der linken Seite. Montelli lag auf dem Rücken, die Arme weit ausgebreitet, die Hände geöffnet. Die Gewalt des Schusses hatte ein Stück seiner Schädeldecke weggerissen, und die Blutlache um seinen Kopf wuchs mit jeder Sekunde. Neben seiner rechten Hand lag die Waffe auf dem weißen Teppich.

Montelli war tot.

Als Guerrini sich über ihn beugte, hatte er das Gefühl, als kehre seine innere Wüste mit Macht zurück. Eine kalte, dunkle Winterwüste. Er wandte sich um. Die blonde Frau stand auf der Schwelle, starrte auf den Toten und hielt eine Hand vor den Mund. Ein paar Sekunden lang rührten sie sich beide nicht von der Stelle, und Guerrini fiel auf, dass der Hund nicht mehr bellte. Dann ging er zu Montellis Frau, nahm ihren Arm und führte sie den Flur entlang.

«Kommen Sie, Signora», sagte er leise.

Wenig später strömte Guerrinis kleine Streitmacht in Montellis Park und die Villa. Tommasini übernahm die Untersuchung des Selbstmords, die Spurensicherung war unterwegs, Dottor Salvia verständigt. Graziella Montelli saß auf einem riesigen schwarzen Sofa, trank Whisky und schien seltsam unberührt zu sein von all den Ereignissen. Der Yorkshireterrier lag neben ihr und hechelte nervös. Seine rosarote Zunge zitterte. Guerrini hatte Laura gebeten, sich um Signora Montelli zu kümmern, doch es gab nicht viel zu tun.

«Machen Sie sich keine Mühe», sagte sie nach ein paar Minuten des Schweigens zu Laura. «Ich brauche keine Krisenintervention, falls Sie das vorhaben. Wir waren schon lange kein Liebespaar mehr. In gewisser Weise löst dieses Ereignis sogar einige Schwierigkeiten.»

«Welcher Art?», fragte Laura.

«Darauf muss ich Ihnen keine Antwort geben.» Sie nippte an ihrem Glas, fasste kurz an ihr Ohrläppchen, um den Sitz ihres Perlenohrrings zu überprüfen. Ihre Frisur war perfekt, ihr Make-up ebenfalls. Sie trug eine teure Jeans, niedrige Lederstiefel und eine enganliegende schwarze Seidenbluse.

«Sie können jetzt gehen», sagte sie und warf Laura einen beinahe feindseligen Blick zu.

Schickt mich weg wie ein Dienstmädchen, dachte Laura. Auch nicht schlecht. Jedenfalls kann man dieser Dame kein mangelndes Selbstbewusstsein nachsagen.

«Wie schön, dass es Ihnen gutgeht», erwiderte sie deshalb, nickte Graziella Montelli kurz und kühl zu und machte sich auf die Suche nach Guerrini. Als sie in den Flur einbog, der zur Treppe nach oben führte, fiel ihr eine angelehnte Tür auf. Sie blieb stehen und lauschte. Jemand sprach hinter der Tür, und zwar nicht Italienisch, sondern eindeutig Chinesisch. Es war eine hohe nasale Frauenstimme. Behutsam schob Laura die Tür ein wenig weiter auf. Ein kleiner Salon öffnete sich vor ihr, ganz in Gelb gehalten. Das Dienstmädchen stand neben einem barocken Schreibtisch, wandte Laura halb den Rücken zu und sprach angestrengt in ein Handy.

Interessant, dachte Laura und zog sich leise zurück. Die junge Frau hatte sie nicht bemerkt.

Guerrini kam Laura auf der Treppe entgegen.

«Komm mit!», sagte er. «Wir sollten nochmal mit Leone reden. Wie geht es der Signora?»

«Richtig gut.»

«So habe ich sie eingeschätzt.»

«Eines der chinesischen Dienstmädchen telefoniert sehr aufgeregt.»

«Auch das wundert mich nicht.»

«Wozu brauchst du mich dann?»

«Um meine Eindrücke zu bestätigen.»

«Du bist dir immer noch nicht sicher, hab ich recht?»

«Ja, natürlich. Hast du eine Idee?»

«Die einfachste Lösung ist, alles auf die Chinesen-Mafia zu schieben. Ich meine, falls dein Questore nervös werden sollte.»

«Daran habe ich auch schon gedacht.»

«Na also.»

Sie verabschiedeten sich schnell von Montellis Witwe, die ihrerseits kaum Notiz von ihnen nahm. Das chinesische Dienstmädchen folgte ihnen bis zur Freitreppe, stand immer noch auf der obersten Stufe, als ihr Auto bereits zur Pforte rollte.

«Wie geht es dir?», fragte Laura.

«Ich weiß nicht.»

«Er war immerhin ein Schulkamerad von dir.»

Guerrini antwortete nicht. Da war dieses innere Bild der kalten Eiswüste. Wie ein Abstieg in die Unterwelt, seine ureigene, die sich immer mehr mit Toten bevölkerte.

«Tut es dir leid, dass er tot ist?»

«Ich weiß es nicht. Irgendwie vielleicht. Er hatte früher etwas Mitreißendes an sich. Aber es war nicht mehr da. Ein Fremder ist gestorben, ein Montelli, den ich nicht kannte. Irgendwas ist mit ihm passiert auf dem Weg dorthin. Er hat es mir nicht erzählt. Aber ich hätte es gern erfahren.»

Ganz allmählich färbten sich die Hügel blaugrün, Zypressen und Zedern wurden schwarz. Der Himmel dagegen hatte ein so durchsichtiges Blau angenommen, als könne man von einer Galaxie in die andere schauen und doch nichts als unendlichen Raum wahrnehmen.

Kurz vor Siena hielt Guerrini im Hof einer Autoreparaturwerkstatt.

«Ich will mich nur schnell erkundigen, wann der Lancia fertig ist», sagte Guerrini und stieg aus. Ein kleiner Mischlingshund sprang an ihm hoch, überschlug sich vor Begeisterung. Guerrini streichelte ihn kurz, rief: «Antonio!»

In der Werkstatt brannte bereits Licht. Es roch nach Motorenöl, der Boden war schwarz.

«Ah, Commissario!» Antonio Santo rutschte auf dem Rücken unter einem alten Volvo hervor und rappelte sich auf. Seine Hände waren ölverschmiert, und er wischte sie an einem Lappen ab. Mit dem Handrücken strich er das graue Haar aus seiner Stirn. Guerrini kannte Antonio Santo, seit er sein erstes Auto gekauft hatte, und das war immerhin beinahe dreißig Jahre her.

«*Buona sera,* Antonio. Ich wollte nur fragen, wann ich meinen Lancia wiederbekomme.»

«Ich warte noch auf die neuen Fensterscheiben, Commissario. Die lassen sich Zeit mit der Lieferung. Tut mir wirklich leid. Dabei habe ich denen mächtig Dampf unterm Hintern gemacht.»

«Schon gut. Ruf mich an, wenn du so weit bist. Wem gehört denn dieser alte Volvo?»

«Mit dem hatte ich auch Scherereien, weil es nicht ganz leicht ist, Ersatzteile zu bekommen. Aber jetzt eilt es nicht so, weil die arme Signora Michelangeli im Krankenhaus liegt und ihn eh nicht abholen kann.»

«Was sagst du? Der gehört Elsa Michelangeli?»

«Ja, Commissario. Sie fährt ihn schon seit achtzehn Jahren, und es ist ein tolles Auto. Schauen Sie sich den Lack an – kaum Rost. Außerdem kann man so einen Wagen noch reparieren, ohne studiert zu haben.» Antonio lachte.

«Wann hat sie ihn denn zu dir gebracht?»

«Anfang voriger Woche … Dienstag, glaube ich.»

«Aber dann hatte sie gar kein Auto. Wie ist sie denn nach Hause gekommen?»

«Ich hab ihr eines geliehen, Commissario. Das mache ich immer so mit ihr. Da draußen kann man doch nicht ohne Auto leben.»

«Was für eines hast du ihr geliehen, Antonio?»

«Einen grauen Fiat, aber sie hat ihn am Sonntagmittag zurückgebracht, weil angeblich irgendwas mit der Kupplung nicht stimmte. Dann hab ich ihr einen gelben Punto gegeben. Den muss mein Sohn abholen. Der steht jetzt bei ihr in der Garage, und wer weiß, wie lange die Signora noch krank ist.»

«Einen grauen Fiat!», wiederholte Guerrini erschrocken. «Warum hast du mich nicht angerufen, Antonio? Sonst denkst du doch auch immer mit!»

Antonio Santo rubbelte heftig mit dem Lappen an seinen Fingern herum.

«Was hätte ich denn denken sollen, Commissario? Es war eine ganz normale Sache. Die Signora bekommt immer ein Auto von mir, wenn ihr Volvo in Reparatur ist. Da ist doch nichts dabei, oder?»

«Nein, nein – es ist nichts dabei, Antonio. War denn was mit der Kupplung von dem grauen Fiat?»

«Ach, überhaupt nichts. Der Volvo hat ein Automatikgetriebe. Wahrscheinlich hat sie das Kuppeln verlernt, die Signora.»

«Ich danke dir, Antonio!» Guerrini winkte dem Mechaniker zu und ging zu Laura zurück. Das Hündchen sah ihm nach, wedelte so sehr mit dem Schwanz, dass sein Hinterteil hin und her wackelte.

«Jetzt stehen wir vor einem neuen Problem!», stieß Guerrini grimmig hervor, als er sich wieder hinters Steuer setzte. «Erinnerst du dich an die Aussage von Benno Peters, dass in den frühen Morgenstunden des Sonntags ein grauer Fiat vor Altlanders Haus parkte? Rate mal, wer diesen Fiat vermutlich gefahren hat?»

«Montelli?»

«Schön wär's. Es war Elsa Michelangeli.» Guerrini klopfte einen nervösen Trommelwirbel auf das Lenkrad. «Und sie hat genau diesen grauen Fiat am Sonntagmittag gegen ein anderes Auto eingetauscht. Hier bei Antonio!»

«Uff!», machte Laura. «Das bedeutet also, dass sie den toten Altlander bereits am Morgen gefunden hat und erst am Abend die Polizei rief. Warum?»

«Vielleicht hat sie ihn umgebracht. Der Gedanke erscheint mir nicht mehr völlig abwegig.» Guerrini griff nach seinem Handy und rief im Krankenhaus an. Aber Elsa Michelangeli lag noch immer im künstlichen Koma.

«Und jetzt?», fragte er. «Ich weiß wirklich bald nicht mehr weiter.»

«Der Gerichtsmediziner und Shelleys Wiedergeburt.»

«Aber der alte Granelli hätte mich angerufen, wenn er etwas Neues herausgefunden hätte.»

«Vielleicht hat er's vergessen.»

«Granelli vergisst nie etwas!»

«Wie alt ist er?»

«Beinahe siebzig.»

«Ich bin sechsundvierzig und vergesse manchmal wichtige Dinge.»

«Gut, fragen wir Granelli.» Guerrini drückte die entsprechenden Knöpfe, stellte erleichtert fest, dass der alte Professore noch in seinem Institut war.

«Was Neues über Altlander?», krächzte er, und Laura konnte mithören. «Natürlich gibt es was Neues über Altlander. Ich hab ihn mir nochmal ganz genau angeschaut, und ich bin zu der Auffassung gekommen, dass die Spuren an seinem Hals keine Würgemale sind. Es sind Pigmentfehler. Wahrscheinlich hat er sich früher zu oft in die Sonne gelegt. Er ist mit neunundneunzig Prozent Sicherheit an einem Atemstillstand gestorben, weil er zu viel Lachgas eingeatmet hat. Wenn ich ganz ehrlich bin, dann sieht es nach einem Selbstmord aus, und das war eine weise Entscheidung, obwohl Altlander das nicht wissen konnte: Er litt nämlich an Leberkrebs im Frühstadium. Reicht das, Guerrini? Ich möchte jetzt nach Hause gehen.»

«Seit wann wissen Sie das, Professore?»

«Was? Dass ich nach Hause gehen will?» Granelli lachte sein meckerndes Lachen. «Das weiß ich schon, seit meine Frau mich angerufen hat, um mir zu sagen, dass sie heute Abend *ravioli con ricotta e spinaci* macht! Nehmen Sie's mir nicht übel, Guerrini. In meinem Alter darf man auch mit dem Entsetzen Scherz treiben. Das mit Altlander weiß ich seit gestern. Bin noch nicht dazu gekommen, es Ihnen zu sagen. Salvia hat es offensichtlich auch vergessen.»

«Danke, Professore, und guten Appetit!»

«Ebenfalls, Guerrini, ebenfalls! Und grüßen Sie die Commissaria. Ich erinnere mich noch gut an sie.»

Guerrini ließ das Telefon sinken, legte den Kopf in den Nacken und betrachtete die Decke des Dienstwagens.

«*Santa Caterina*», murmelte er, «was hat Tommasini neulich gesagt? Das Leben dieser Künstler sei ein ziemliches Durcheinander oder so ähnlich. Da kann ich ihm nur zustimmen.»

«Shelley!», sagte Laura.

«Der hat mir gerade noch gefehlt.»

«Aber er ist wichtig! Der hat uns nicht mal die Hälfte von dem erzählt, was er weiß!»

«Aber guten Wein hat er uns angeboten. Und das bringt mich darauf, dass ich etwas essen möchte. Wenn ich jetzt nicht eine halbe Stunde abschalte, fällt mir gar nichts mehr ein!»

Ihr Wagen stand noch immer im Hof der Autowerkstatt, und es war inzwischen beinahe dunkel. Antonio Santo klopfte an Guerrinis Fenster.

«Alles in Ordnung, Commissario?»

«War jemals irgendwas in Ordnung?», fragte Guerrini zurück und gab Gas.

An diesem Abend erreichten sie gar nichts mehr, und Laura fand, dass es gut so war. Ihr kam es vor, als hätten sie in den vergangenen Tagen das Wasser eines Tümpels aufgewühlt, und nun müssten sich die Sedimente setzen, damit man die Fische wieder sehen konnte.

Sie aßen nicht bei Tommasinis Bruder, sondern in einer kleinen Osteria nicht weit von Guerrinis Wohnung. Es gab Knoblauchwürste mit weißen Bohnen in Tomatensauce, die besten *salsicce* von Siena, wie Guerrini behauptete, geröstetes Weißbrot und einen leichten Rotwein. Sie versuchten, nicht an Montelli, Altlander und all die anderen zu denken, aber es gelang ihnen nicht. Außerdem rief Sergente Tommasini dreimal an, um den letzten Stand der Dinge mitzuteilen. Laura telefonierte mit ihrem Vater, der äußerst zufrieden klang, dass seine Recherche so viel Erfolg erbracht hatte, und ihr ansonsten einen schönen Abend wünschte. Sie dachte daran, dass sie Kriminaloberrat Becker keine E-Mail geschickt hatte, dachte kurz an ihre Kinder, schob sie wieder weg. Sie hätte gern ohne all diese Gedanken einfach in dieser Osteria gesessen, in der es nach köstlichen Speisen roch, warm und höhlenartig geborgen. Sie genoss es, Guerrinis Bein an ihrem zu spüren, doch auch er wirkte abwesend, sagte nicht viel. Als sie gegen elf das Lokal verließen, um zu seiner Wohnung zu gehen, meinte Laura die Schnauze eines schwarzen Geländewagens am Beginn einer dunklen Gasse zu erkennen. Doch als sie Angelo darauf aufmerksam machen wollte, war nichts mehr zu sehen.

In dieser Nacht fiel sie immer wieder in einen kurzen unruhigen Schlaf, träumte von Raffaele Piovene, der lachend eine Pistole auf sie richtete und in einem schwarzen Geländewagen davonfuhr.

Raffaele Piovene kam von selbst zu ihnen. Sie mussten nicht nach ihm suchen oder ihn einbestellen. Er rief um acht in der Questura an und teilte d'Annunzio mit, dass er um zehn Uhr mit Commissario Guerrini und der deutschen Commissaria sprechen müsse. Es sei dringend. D'Annunzio rief den Commissario zu Hause an und wiederholte, was Piovene gesagt hatte.

«Hast du die Nummer von Piovene?», fragte Guerrini, der gerade seinen ersten Kaffee trank.

«Ja, Commissario.»

«Dann gib sie mir, d'Annunzio!»

Guerrini war plötzlich hellwach, wählte sofort Piovenes Handynummer. Er meldete sich nicht gleich, und Guerrini ging unruhig in der Küche auf und ab. Endlich, nach dem zehnten Klingeln, kam das *«pronto»*.

«Commissario Guerrini hier. Hören Sie, Piovene. Sie können nicht einfach durch Siena spazieren und in die

Questura kommen. Wenn ich richtig vermute, was Sie so dringend mit mir besprechen wollen, dann kann Sie das Ihr Leben kosten. Ich schlage deshalb vor, dass wir zu Ihnen kommen und dass Sie sich nicht aus dem Zimmer wegbewegen, in dem Sie sich gerade aufhalten, und vor allem niemandem die Tür öffnen.»

«Es könnte sein, dass Sie recht haben, Commissario», erwiderte Piovene ruhig. «So weit habe ich nicht gedacht. Ich hatte gehofft, völlig außerhalb dieses Spiels zu sein.»

«Wir auch. Wo sind Sie eigentlich?»

«Wie immer im *Bernini*. Zimmer Nummer 10. Ich bin erst vor einer halben Stunde aus Rom angekommen.»

«Rühren Sie sich nicht von der Stelle. Wir sind sofort da!»

Guerrini scheuchte Laura aus dem Bad und wies per Telefon Tommasini an, mit drei Einsatzwagen zum *Albergo Bernini* zu fahren. Fünf Minuten später waren er und Laura bereits unterwegs, und Guerrini hielt über seine Freisprechanlage Kontakt mit Tommasini. Die Via della Sapienza war noch ziemlich leer an diesem Morgen. Tommasini hatte die Polizeifahrzeuge links und rechts der Straße postiert, alle nicht weiter als zwanzig Meter vom Hotel entfernt. Guerrini allerdings hielt genau vor dem Eingang. Alles schien ruhig, und Guerrini dachte kurz, dass er vielleicht überreagiert hatte.

«*Andiamo!*» Er nickte Laura zu.

Sie verließen den Wagen, betraten das Hotel. Guerrini zeigte dem Mann an der Rezeption seinen Ausweis.

«Wo ist Zimmer Nummer 10?»

«Hier die Treppe hinauf im ersten Stock auf der linken Seite. Signor Piovene ist einer unserer Stammgäste. Was ist denn los?»

«Gar nichts!», erwiderte Guerrini und lief vor Laura die Treppe hinauf. Vor Zimmer 10 blieb er stehen und klopfte.

«Guerrini und Commissaria Gottberg sind hier! Sie können aufmachen!»

Raffaele Piovene begrüßte sie lächelnd, und Laura musste an ihren Traum denken.

«Ich fühle mich geehrt», sagte er. «All dieser Wirbel um mich. Ich danke Ihnen!»

Er sah nicht mehr aus wie Shelley, trug hellblaue Jeans und ein dunkelblaues Polohemd, und er kam ohne Umschweife zur Sache.

«Bitte setzen Sie sich.» Er wies auf drei Sessel und einen Tisch nahe der Fensterfront. Erst jetzt nahm Laura wahr, dass Nummer 10 ein ungewöhnlich großes, gemütliches Zimmer war. Der Blick hinüber zur Altstadt war geradezu unwirklich schön. Der Dom, all die anderen Türme und Häuser schienen zum Greifen nah.

Piovene hatte Lauras Staunen bemerkt und lächelte wieder. «Jetzt wissen Sie, warum ich immer in diesem Hotel und immer in Nummer 10 wohne. Aber lassen Sie uns keine Zeit verlieren.» Er nahm eine CD aus seinem Koffer und reichte sie Guerrini. «Das ist es, was offensichtlich einige Leute suchen! Ich habe diese Informationen aus Giorgios Laptop kopiert. Und ich bin voll Ehrfurcht. Er hat ein schönes Paket geschnürt, um Paolo Montelli und seine Chinesen-Mafia hochgehen zu lassen. Er muss lange daran gearbeitet haben.»

Guerrini nahm die CD und setzte sich langsam. «Wieso haben Sie den Laptop?»

«Ich habe ihn schon seit letztem Sonntag. Wenn Elsa nicht gewesen wäre, dann hätten ihn die andern.»

«Erzählen Sie, Piovene!»

«Elsa hat manchmal eine Art siebten Sinn. In der Nacht zum Sonntag konnte sie nicht schlafen. Sie machte sich Sorgen um Giorgio. Er kam ihr depressiv vor, geradezu lebensüberdrüssig. Deshalb stand sie sehr früh auf, um nach ihm zu sehen. Sie wusste, dass er oft bis in die Morgenstunden arbeitete. Sie nahm den Leihwagen ihres Mechanikers und fuhr nach *Wasteland*. Und sie fand Giorgio tot in seinem Arbeitszimmer. Da sie aber wusste, dass er an der Geschichte mit Montelli arbeitete und außerdem bereits große Teile seiner Byron-Biographie fertig waren, nahm sie den Laptop mit, um sein Werk zu retten. Aber jemand hatte sie offensichtlich beobachtet, denn sie hörte Schreie im Haus, die sie beinahe zu Tode erschreckten. Deshalb wartete sie eine Weile, ehe sie sich wieder zu ihrem Wagen traute. Dann raste sie auf Umwegen nach Hause und rief mich in Rom an. Sie flehte mich an, zu kommen und den Laptop in Sicherheit zu bringen. Das habe ich gemacht. Ich brauchte knappe zwei Stunden und bin sofort wieder umgekehrt. Elsa hat danach das Auto ausgetauscht und am Abend die Polizei verständigt. Den Rest der Geschichte wissen Sie selbst.»

«Weshalb hat Elsa behauptet, dass Altlander ermordet wurde, wenn sie doch annahm, dass es Selbstmord war?» Guerrini drehte die Plastikhülle der CD in seinen Händen.

«Ich nehme an, dass sie den Verdacht auf Montelli lenkte, weil sie Giorgios letzten Streich zum Erfolg machen wollte. Elsa war bedingungslos solidarisch mit ihm.»

«Und warum haben Sie uns diese Geschichte bisher verschwiegen, Signor Piovene?» Laura stand auf und schaute auf den Balkon vor dem Zimmer, meinte, eine Bewegung gesehen zu haben. Doch da war nichts, nur Kübel mit rosa

Oleander und dahinter die unfassbare Kulisse der Stadt Siena.

«Es hat eine Weile gedauert, bis ich Giorgios Sicherheitscode geknackt hatte. Und dann musste ich mich durch seine Dateien arbeiten. Es ist ein sehr großer Computer. Er enthielt auch die Kopie seines Testaments, das offensichtlich beim Notar liegt. Ich war völlig erschüttert.»

Piovene schloss kurz die Augen und stieß einen tiefen Seufzer aus. «Giorgio hat verfügt, dass ich die Biographie über Lord Byron zu Ende schreiben soll. Er hat mir *Wasteland* vermacht und dankt mir für die besten Jahre seines Lebens.»

Guerrini betrachtete den Dichter nachdenklich.

«Haben Sie das verdient?»

Piovene sah erstaunt auf.

«Nein», antwortete er. «Ich habe ihn verlassen, und ich glaube, dass er seither sehr einsam war. Zwei Zeilen eines Gedichts von Keats hat er an den Anfang seines Testaments gestellt:

… steh ich, stiller Gast
Am Strand der Welt allein und grüble lang,
Bis Ruhm und Liebe in ein Nichts versank.»

Guerrini stand auf, trat neben Laura und schaute zur Stadt hinüber.

«Kein Abschiedsbrief im Laptop?»

«Nein, kein Abschiedsbrief. Nur eine Zeile unter der letzten Seite, die er geschrieben hat. Ich musste weinen, als ich sie las. Er schrieb: Es geht nicht mehr!»

Sie schwiegen ein paar Minuten, dann wandte Guerrini sich seufzend um.

«Sie wissen vermutlich, dass Sie sich eines Vergehens schuldig gemacht haben. Ebenso wie Elsa Michelangeli. Sie haben Beweismaterial unterschlagen und uns belogen.»

«Ja, das habe ich.»

«Vielleicht können wir darüber hinwegsehen, nachdem Sie uns die Informationen über Montelli und seine Firma beschafft haben. Aber Sie sind keineswegs in Sicherheit. Ich würde Ihnen empfehlen, für ein paar Wochen zu verreisen, bis der Staatsanwalt die Informationen ausgewertet hat. Wir werden Sie nach Rom zurückbringen und für Ihre Sicherheit sorgen, bis Sie außer Landes sind.»

«Aber die haben mich doch bisher auch nicht gefunden!»

«Aber Sie werden Sie finden! Packen Sie bitte Ihre Sachen und kommen Sie mit uns in die Questura.»

Piovene zuckte die Achseln.

«Wenn Sie meinen.»

«Ich meine.»

Als sie das Hotel verließen, raste ein schwarzer Geländewagen die Straße entlang. Guerrini warf sich auf Piovene, riss ihn zu Boden. Laura ließ sich hinter den Polizeiwagen fallen, hielt die Arme schützend über ihren Kopf. Schüsse peitschten, Glas splitterte, Menschen schrien, Motoren heulten auf. Kurz darauf krachte es entsetzlich, Metall kreischte, und wieder Schüsse, wieder das Geräusch von berstendem Metall. Dann Stille. Ein Scheppern noch, ein Nachklang.

Laura blieb am Boden, wollte es eigentlich nicht sehen. Hatte plötzlich Angst, dass Piovene tot sein könnte. So, wie es manchmal in bestimmten Filmen endete. Immer dann, wenn die Menschen sich schon in Sicherheit wähnten. Genau dann schlug das Monster zu. Laura hasste solche Filme. Sie musste sich gut zureden, um langsam die Arme sinken zu lassen und den Kopf zu heben.

«Signora Commissaria. Ist alles in Ordnung?» Es war d'Annunzio, der sich besorgt über sie beugte.

«Danke, ich glaube schon. Was ist mit den andern?»

«Wir haben ihn erwischt, den schwarzen Wagen.»

«Wo ist der Commissario?»

«Weiter vorn bei Tommasini. Galleo hat einen Streifschuss am Arm abbekommen.»

«Und wo ist Piovene?»

«Der sitzt neben Ihnen, Commissaria.»

Laura drehte sich um. Tatsächlich lehnte Raffaele Piovene neben ihr am Wagen und hielt sich die Schulter.

«Ich bin froh, dass Sie leben», sagte sie leise.

Er sah sie fragend an, lächelte dann kaum merklich.

«Ich glaube zu verstehen, was Sie meinen, Commissaria.»

Sie zogen tatsächlich zwei Chinesen aus dem schwarzen Geländewagen, von dem nur noch ein Trümmerhaufen übrig geblieben war. Die beiden hatten nur ein paar Schrammen abbekommen, was für die Stabilität japanischer Autos sprach. Natürlich schwiegen sie beharrlich, und der Questore verhängte eine Nachrichtensperre, um die Auswertung von Altlanders CD abzuwarten. Galleos Streifschuss erwies sich als harmlose Fleischwunde, und bereits am Nachmittag kehrte wieder Ruhe ein. Sie entließen Enzo Leone, der sich nur des Verrats an seinem

Partner schuldig gemacht hatte, und dagegen gab es kein Gesetz.

Peter Baumann rief Laura an und verkündete, dass der alte Herr Mayer wahrscheinlich doch seinen Herzanfall überleben würde und sie dann die Ermittlungen weiterführen könnten wie geplant.

«Du kommst ja bald wieder!», sagte er, und es klang beinahe wie ein Befehl.

«Ich weiß nicht», antwortete sie. «Hier ist noch eine Menge aufzuarbeiten.» München erschien ihr unendlich fern, und sie hatte keinerlei Bedürfnis zurückzukehren.

«Ich möchte ans Meer», sagte sie zu Guerrini, als sie gegen Abend endlich die Questura verlassen konnten. «Am Meer werde ich wieder heil. Im Augenblick fühle ich mich irgendwie zerstückelt.»

«*Bene*, morgen früh fahren wir ans Meer. Ich habe mir die nächsten Tage freigenommen.»

«Aber ich muss erst meinen Vater fragen.»

«Ob er es dir erlaubt?»

«Nein, ob er es aushält.»

«Ich bin sicher, dass er es aushält.»

«*Bene*, dann fragen wir unsere Väter heute Abend, ob sie es aushalten, wenn wir ans Meer fahren. Wir laden sie zum Essen zu Tommasinis Bruder ein und bringen es ihnen schonend bei.»

FERNANDO GUERRINI hatte ein paar Kleinigkeiten am Essen auszusetzen, doch ansonsten wurde der Abend im *Aglio e Olio* ein voller Erfolg.

«Ich würde am liebsten noch wochenlang hierbleiben», sagte der alte Gottberg. «Fahrt ihr nur ans Meer und erholt euch von dieser verrückten Geschichte.»

«Schade, dass Montelli tot ist», murmelte der alte Guerrini. «Er war mal ein ganz netter Junge. Ich kann mich noch gut an ihn erinnern. Er hatte lustige dunkle Augen und wäre sicher ein guter Partisan gewesen.»

«Da war nichts Lustiges mehr an ihm, Vater. Ich würde wirklich gern wissen, was ihn so verändert hat.»

«Manchmal ist es einfach das Leben ... du musst nur zweimal die falsche Abzweigung nehmen, und schon ist es passiert.» Fernando Guerrini nickte heftig.

Angelo zog einen Zettel aus seinem Jackett und glättete ihn auf dem Tisch.

«Übrigens hat mir Raffaele Piovene etwas mitgegeben, als Andenken an Giorgio Altlander sozusagen. Es ist das Lebensmanifest von Lord Byron, und es war einer der Leitsätze von Altlander. Ich lese es euch vor, einverstanden? Hört zu:

Das große Ziel des Lebens ist Empfindung –
zu spüren, dass wir sind, wenn auch mit Schmerzen.

Es ist diese ‹begehrliche Leere›, die uns antreibt zu spielen – zu kämpfen – zu reisen – zu unmäßigen, aber scharf empfundenen Unternehmungen aller Art, deren hauptsächlicher Reiz die Erregung ist, die sich untrennbar mit ihrer Ausführung verbindet.»

«Tja», sagte Emilio Gottberg nach einer Weile und trank einen Schluck Rotwein, «man kann es auch einfacher ausdrücken: Leben ist Abenteuer, aber man muss sich hineinbegeben.»

«So seh ich das auch. Deshalb kämpfe ich, bis es mich endgültig umlegt, das Leben. Aber was dieser Byron gesagt hat, klingt schon verdammt hochgestochen.» Fernando Guerrini schüttelte den Kopf.

Der alte Gottberg lachte. «Die Romantiker waren süchtig nach großen Gefühlen. Wahrscheinlich sind sie deshalb so früh gestorben. Man kann's auch ein bisschen ruhiger angehen.»

«Altlander ist immerhin vierundsechzig geworden. Ich hätte ihn wirklich gern kennengelernt», sagte Laura.

«Das hast du doch!»

Laura sah ihren Vater fragend an.

«Du warst in seinem Haus, hast seine Freunde und Feinde gesehen, seine Gedichte gelesen und ein Stück seiner Schmerzen gespürt. Was willst du mehr?»

«Seine Stimme hätte ich gern gehört, sein Lachen.»

«Du bist auch eine Romantikerin, was? Passt überhaupt nicht zu einer Commissaria. Bist du nicht eifersüchtig, Angelo?»

«*No!* Jedenfalls nicht heute Abend. Dazu bin ich viel zu müde! Morgen vielleicht.»

«Übrigens», flüsterte Laura kurz vor dem Einschlafen, «ich hatte eben einen merkwürdigen Gedanken. Ich hielt es für möglich, dass Raffaele Piovene Altlander umgebracht hat.»

«Ja, ich auch», erwiderte Guerrini. «Und ich hielt es auch für möglich, dass es Elsa Michelangeli war.» Er zog Laura an sich. «Vergessen wir das!»

Quellen

B 184/1

Foto: Paul Mayall

Felicitas Mayall

Kommissarin Laura Gottberg ermittelt

Nacht der Stachelschweine
Laura Gottbergs erster Fall.
Während deutsche Urlauber in einem italienischen Kloster Ruhe suchen, wird die junge Carolin in einem nahen Waldstück tot aufgefunden. rororo 23615

Wie Krähen im Nebel
Laura Gottbergs zweiter Fall.
Zeitgleich werden eine Leiche im Eurocity aus Rom und ein bewusstloser Mann auf den Gleisen des Münchner Haupbahnhofs gefunden. Kommissarin Laura Gottberg ist ratlos. Hängen die beiden Fälle zusammen? rororo 23845

Die Löwin aus Cinque Terre
Laura Gottbergs dritter Fall.
Eine junge Italienerin, die als Aupair in Deutschland arbeitete, ist tot. Um den Fall zu lösen, muss Laura in die Heimat des Mädchens fahren: ein kleines Dorf in Cinque Terre, wo die Frauen der Familie ein dunkles Geheimnis hüten.
rororo 24044

Wolfstod
Laura Gottbergs vierter Fall.
Ein deutscher Schriftsteller wird in seiner Villa südlich von Siena leblos aufgefunden. rororo 24440

Hundszeiten
Laura Gottbergs fünfter Fall.
In München machen Jugendliche nachts Jagd auf Obdachlose.

Kindler 40526

Weitere Informationen in der Rowohlt Revue *oder unter* www.rororo.de